Kurz nach einer Lesung aus seinem neuen Roman »Heidefieber« wird der Regionalkrimiautor Armin Breddeloh in einem Teich bei Bad Bevensen gefunden: mausetot und übel zugerichtet. Und er ist auf die gleiche bestialische Weise umgebracht worden wie ein Opfer in seinem Roman. Hauptkommissar Gerold und Oberkommissarin Fischer aus Uelzen nehmen die Ermittlungen auf und gehen in Bienenbüttel einem ersten Verdacht nach. Wenig später trifft es weitere Verfasser von Regionalkrimis. Der Verein deutschsprachiger Kriminalromanautoren ist alarmiert. Allen voran der Schriftsteller Waldemar König, der eine katastrophale Ereigniswelle lostritt. Unterdessen zieht der Täter weiter mordend durch die Lande, die »SoKo Heidefieber« tappt im Dunkeln, und ein anderer deutscher Schriftsteller erlebt auf der Balkanhalbinsel sein blaues Wunder …

Gerhard Henschel, bekannt durch seine vielbändige und kontinuierlich weiter wachsende Chronik über die Geschicke des Romanhelden Martin Schlosser, hat immer wieder Satiren und Grotesken veröffentlicht. Auch Sachbücher und Erzählungen gehören zum Werk des 1962 geborenen Autors. Seine Romane wurden u. a. mit dem Hannelore-Greve-Literaturpreis, dem Nicolas-Born-Preis und dem Georg-K.-Glaser-Preis ausgezeichnet. Gerhard Henschel lebt bei Hamburg. 2021 erscheint sein zweiter Überregionalkrimi *SoKo Fußballfieber*.

GERHARD HENSCHEL

EIN ÜBERREGIONALKRIMI

HOFFMANN UND CAMPE

1. Auflage 2021
Copyright © 2020 Hoffmann und Campe Verlag, Hamburg
www.hoffmann-und-campe.de
Dieses Werk wurde vermittelt durch die
Literarische Agentur Thomas Schlück, Hannover.
Umschlaggestaltung Bildmotiv:
© Hauptmann & Kompanie Werbeagentur, Zürich,
unter Verwendung eines Fotos von
© plainpicture / Carmen Spitznagel
Satz: Dörlemann Satz, Lemförde
Gesetzt aus der Minion Pro und der Mazzard
Druck und Bindung: C. H. Beck, Nördlingen
Printed in Germany
ISBN 978-3-455-01063-3

**HOFFMANN
UND CAMPE**

Ein Unternehmen der
GANSKE VERLAGSGRUPPE

1

In der Buchhandlung Patz in Bad Bevensen klirrten die Gläser.

»Liebe Freundinnen und Freunde des gepflegten Buches«, rief der Geschäftsführer Detlev Patz in die Runde, »normalerweise stoßen wir hier ja erst nach dem Ende einer Veranstaltung miteinander an, aber wie Sie alle wissen, ist es schon Tradition, daß die Lesungen des Autors Armin Breddeloh bei uns auf seinen Wunsch mit einem Sektempfang beginnen. Also Prost!«

Die Büchertische und die Ständer waren beiseite geräumt worden, damit genug Stuhlreihen Platz fanden, und ganz hinten wurden immer noch weitere Klappstühle aufgestellt, denn der Andrang war immens. Nach »Heideblut« und »Heidejagd« spielte auch Breddelohs dritter Kriminalroman »Heidefieber« in Bad Bevensen, einem Städtchen in der Lüneburger Heide, das in Wirklichkeit nur selten als Tatort grausamer Verbrechen von sich reden machte. Vielleicht gefielen diese Krimis den Einwohnern gerade deshalb so gut. In Breddelohs Büchern gingen Mörder mit Eispickeln und Kettensägen auf einheimische Orthopäden, Kassiererinnen, Bäcker, Busfahrer und Bademeister los, und das Blut sprudelte an Orten, die jeder kannte – im Rosenbad, am Elbeseitenkanal, im Kloster Medingen, im Baumarkt an der Ludwig-Ehlers-Straße oder auf der Klein Bünstorfer Heide. Und zwar in Strömen, denn Breddeloh war »kein Kind von Traurigkeit«. Das hatte er in einem Interview mit dem *Uelzener Anzeiger* betont.

Auch in seinem neuen Roman, aus dem er jetzt las, richtete jemand gleich auf der ersten Seite ein Blutbad an. In der Jod-Sole-Therme am Kurpark schlich der Täter sich an eine Rentnerin heran, die nichts Böses ahnte: »Sie hatte es sich in ihrer Wickelpackung auf der Thermo-Spa-Liege bequem gemacht und genoß mit geschlossenen Augen den Duft der Aromaöle«, las Breddeloh vor.

»Die Wärme, die harmonische Musik und die sanften Schwingungen der Liege verliehen ihr die Illusion der Schwerelosigkeit. Einen Moment lang dachte sie noch an ihre nächste Wurzelkanalbehandlung und an den Appetitmangel ihres geliebten Zwergschnauzers Kalimo, aber dann überkam sie eine Seligkeit, neben der alles andere verblaßte. Die Klangwellen flossen so zart über sie hinweg wie Mondlicht, und ihr war, als schwebte sie nun selbst so leicht dahin wie der Samenfaden einer Pusteblume im Sommerwind. Sie sah sich über eine grüne Wiese gleiten, auf den Horizont zu, der in Blau und Gold erstrahlte. Und so tief war sie in diesen Tagtraum versunken, daß sie nicht merkte, wie der Schatten eines Hammerbeils auf ihre Lider fiel. Der erste Hieb durchtrennte den Kehlkopf, die Halsschlagader, die Luftröhre, die Speiseröhre und sämtliche Halsmuskelstränge, und der zweite teilte auch die Nackenwirbelsäule in zwei Hälften. Dieser Vorgang hatte nur ein paar Sekunden gedauert, aber einen großen Schwall von Blut verursacht. Es ergoß sich auf den Boden, und es tropfte von dem Beil. Der Mann wischte die Klinge an der Aromawickelpackung ab. ›Das hast du davon, daß du mich damals auf Gomera mit Aids angesteckt hast‹, sagte er zu der Leiche. ›Und jetzt kümmere ich mich um deine Kinder. Und um deine Enkelkinder. Die lieben Kleinen freuen sich bestimmt schon auf den Mann mit dem Hackebeilchen …‹«

Breddeloh blickte auf. Und er konnte zufrieden sein: In den Gesichtern malten sich Abscheu und Angstlust.

In dem Kapitel, das er vortrug, schlug der Mörder am Ende ein zweites Mal zu, doch die Tatwaffe war eine andere. Diesmal bediente er sich eines Bolzenschußgeräts, um den jüngsten Sohn der geköpften Rentnerin, einen Jugendtrainer, im Vereinsheim des BSV Union Bevensen von allen Sorgen zu erlösen.

»Nach getaner Tat«, las Breddeloh weiter vor, »trat der Mann einen Schritt zurück, um sein Werk zu begutachten. Es behagte ihm ganz ausgezeichnet. Vor allem das gespenstische Grinsen, zu dem sich der Mund des Opfers verzogen hatte. ›Saubere Arbeit‹, dachte der Mann. ›Ich werde immer besser …‹ Er nahm dieses Bild in sich auf und schloß einen Moment lang die Augen. Dann drehte er sich um, verließ das Stadion an den Sandschellen und ging pfeifend die paar hundert Meter zum DRK-Waldkindergarten hinüber, wo es auch noch etwas zu tun gab. Allerdings erst später. In den nächsten Tagen würde es hier von Polizisten wimmeln, und für das, was der Mann sich vorgenommen hatte, brauchte er ein wenig Abgeschiedenheit. Heute wollte er nur schon einmal das Gelände sondieren. Denn es sollte ja eine gelungene Überraschung werden, wenn er aus sicherer Entfernung die Armbrust auf die kleine Emilia anlegte. Oh, wie würden sie da staunen, die Erzieherinnen, wenn der Pfeil einschlug! Und Emilia selbst erst! Und die anderen Kinder! Es sollte für sie alle ein unvergeßlicher Tag werden. Und für Emilia der letzte ihres Lebens.«

Breddeloh klappte das Buch zu und trank einen Schluck Sekt, während das Publikum applaudierte.

Detlev Patz erhob sich. »Vielen Dank, Herr Breddeloh, für diesen schaurigen Einblick in die Unterwelt von Bad Bevensen, in der es offenkundig gefährlicher zugeht, als die Polizei erlaubt! Und vielen Dank auch Ihnen, meine Damen und Herren, daß Sie so zahlreich erschienen sind. Gestatten Sie mir noch den Hinweis auf die nächste Veranstaltung: Am Freitagabend nächster Woche wird der renommierte Hamburger Schriftsteller Frank Schulz hier bei uns aus seinem Kriminalroman ›Onno Viets und der Irre vom Kiez‹ lesen. Beehren Sie uns dann bitte wieder! Und bevor ich gleich das kleine Büfett eröffne, das wir für Sie angerichtet haben, wird Herr Breddeloh gewiß gern einige Bücher signieren. Oder möchten Sie vorher vielleicht noch die eine oder andere Frage an ihn richten? Ja? Der Herr dort hinten in dem grünen Jackett?«

Ein Mittfünfziger stand auf und sagte: »Herr Breddeloh, in dem Abschnitt, den Sie heute vorgelesen haben, kommt zweimal die Formulierung ›einen Moment lang‹ vor. Ist das Absicht oder Einfallslosigkeit?«

Breddeloh lief rot an. »Sie scheinen zu glauben, daß Sie meine

7

Romane besser schreiben könnten als ich selbst«, erwiderte er. »Aber das Urteil über meine literarischen Fähigkeiten können Sie getrost meinen Leserinnen und Lesern überlassen!«

Dafür gab es abermals Beifall, und als Breddeloh die Bücher signierte, bekam er viele Komplimente zu hören. »Sie haben so eine samtige Stimme«, sagte eine freundliche ältere Dame, die sich auf ihren Rollator stützte. »Machen Sie auch Hörbücher, Herr Breddeloh?« Ein junger Mann teilte ihm mit, daß er niemals etwas Geileres gelesen habe als die Schilderung des Amoklaufs in der Fritz-Reuter-Schule in dem Roman »Heidejagd«. »Wie da die Lehrer in der Mensa umgenietet werden – das hätte nicht mal Stephen King besser hingekriegt!« Und eine Buchhändlerin aus Lüneburg, Ende zwanzig, sommersprossig und strohblond, reichte ihm ihre Visitenkarte, lud ihn zu einer Lesung ein und fragte ihn, ob denn auch schon ein vierter Roman in Arbeit sei.

»Oja«, sagte Breddeloh. »Der wird ›Heidegold‹ heißen. Da geht es um die Verwicklung eines Juweliers aus Bad Bevensen in illegale Geschäfte mit Edelmetallen aus dem Amazonasbecken. Ich arbeite mich gerade in diese Materie ein …«

Trotz des Zuspruchs konnte man ihm deutlich ansehen, daß ihm eine Laus über die Leber gelaufen war. In Gestalt des Herrn mit dem grünen Jackett. Der nun auch noch die Frechheit besaß, die nette Buchhändlerin aus Lüneburg in ein Gespräch zu ziehen, obwohl Breddeloh ihr gern noch etwas mehr von seinen Recherchen für das neue Buch berichtet hätte.

Leise grummelnd ging er zum Büfett und angelte sich eine Cocktailtomate.

»Und?« sagte Detlev Patz. »Geht's jetzt auf große Lesereise?«

»Erst Dienstag. Deutschland, Österreich und die Schweiz. Vier Wochen lang.«

»Ist das nicht langweilig, immer dieselben Sachen vorzulesen?«

Breddelohs Miene verdüsterte sich weiter. Ein Wort der Bewunderung für die Reichweite seiner Lesetour hätte ihm besser gefallen. Was sollte er auf diese unverschämte Frage antworten?

Ihrer Ansicht nach, warf eine keck frisierte Dame ein, sei Harry Rowohlt ja der beste Vorleser aller Zeiten gewesen. »Haben Sie den mal kennengelernt?«

»Nein«, sagte Breddeloh, wobei es ihm mühelos gelang, seine Stimme eisig klingen zu lassen.

»Und Sie haben auch nie eine Lesung von ihm besucht?«

»Nicht daß ich wüßte.« Die Stimme noch fünf Grad kälter.

»Da haben Sie was versäumt! Der Mann war einfach göttlich …«

Harry Rowohlt habe auch mal in Bad Bevensen gelesen, sagte Patz. »Da hat er erzählt, daß er sich ganz komisch gefühlt habe, als er hier aus dem Zug gestiegen sei, und erst nach zehn Minuten sei er darauf gekommen, woran das lag: Er war überall der Jüngste!«

In das Gelächter, das diese Anekdote auslöste, stimmte Breddeloh nicht ein. Man hatte ihn in der vergangenen Viertelstunde zu oft gedemütigt. Er schützte vor, daß er heute noch arbeiten müsse, kassierte sein Honorar und setzte seinen 595 Euro teuren Kaninchenfilzhut von Hermès auf. Dann schwang er sich in seinen vor der Buchhandlung geparkten Citroën C5 Aircross, um in den Nachbarort Bienenbüttel zu fahren, wo er eine Villa mit zwölf Zimmern, Fitneß-Studio, Dachgarten und Außenpool bewohnte.

Aber er kam nie dort an.

»Wer hat ihn entdeckt?« fragte Hauptkommissar Gerold die Polizisten, die das Schutzzelt über dem Nixengrund aufbauten.

»Das Ehepaar da oben am Kopf der Treppe …«

Gerold seufzte. Wie es sich für einen Hauptkommissar gehörte, war er ein breitschultriger Bär von einem Mann mit einem Nervenkostüm aus korrosionsfreiem Stahl, aber wenn es etwas gab, das ihm fast so viel zu schaffen machte wie das Überbringen einer Todesnachricht, dann war es die Befragung von Spaziergängern, die einen grausigen Fund gemacht hatten. Sicherlich, sie standen unter Schock, diese Leutchen, und das mußte man verstehen.

Schwer erträglich war es jedoch, wenn sie die einfachsten Fragen nur mit einem Stammeln beantworten konnten. Oder wenn sie sich, schlimmer noch, so großspurig wie der Meisterdetektiv Kalle Blomquist aufspielten. Hin und wieder war es auch vorgekommen, daß sie jede Auskunft verweigerten und ihren Anwalt zu sprechen wünschten.

Doch in diesem Fall erwiesen sich die Zeugen als gescheit und zurechnungsfähig. Die beiden Eheleute – ein Forstrat und eine Lehrerin aus Klein Bünstorf, einem Vorort von Bad Bevensen – sagten in aller Ruhe aus: Sie hätten an diesem schönen Frühlingsmorgen eine Wanderung zu dem beliebten Ausflugsziel Sängershöh unternommen, einer hochgelegenen Uferböschung über der Ilmenau, und dort bemerkt, daß im Nixengrund, einem Tümpel unterhalb der Anhöhe, eine Leiche liege, woraufhin sie mobiltelefonisch die Polizei verständigt hätten.

»Haben Sie den Toten angefaßt?« fragte Gerold.

»Wo denken Sie hin!« sagte die Frau, und ihr Mann lachte auf und stellte fest, daß sie weder blöd noch nekrophil seien.

»Das wollte ich Ihnen auch nicht unterstellen«, sagte Gerold. »Sie haben alles richtig gemacht, und wir sind Ihnen dankbar.«

»Chef?« rief die Oberkommissarin Fischer von unten herauf. »Können Sie mal kommen? Wir haben hier was Merkwürdiges gefunden ...«

Es war ein menschlicher Augapfel. Zehn Meter vom Fundort der Leiche entfernt.

»Hier liegt noch einer!« rief einer der Polizisten, die den Boden absuchten. »Und der wird gerade von zwei Würmern belutscht!«

Angesichts der obduzierten Leiche aus dem Nixengrund fiel es dem Pathologen Dr. Hans-Werner Büthers nicht leicht, die richtigen Worte zu finden. Armin Breddeloh, sagte er, sei durch Strangulation zu Tode gekommen. »Die Gewalteinwirkung auf das Zungenbein und das Kehlkopfgerüst ist unübersehbar. Insofern ist das alles nicht ungewöhnlich. Aber womit Sie sich noch beschäftigen müssen, ist der Fakt ... ich meine, der Umstand ...«

»Machen Sie's nicht so spannend«, sagte Kommissar Gerold. Er saß wie auf heißen Kohlen, denn er hätte seinen Sohn Fabian schon längst aus dem Kegelverein abholen müssen. Noch drei Sekunden länger, und er hätte gesagt: »Spucken Sie's aus, Doc!«

»Um es kurz zu machen«, sagte Dr. Büthers, »verhält es sich so: Die in der Nähe des Fundorts der Leiche geborgenen Augäpfel sind dem Opfer mit einem Instrument unbekannter Bauart entnommen worden, und dann hat man ihm zwei Glasaugen eingesetzt.«

»Wollen Sie mich auf den Arm nehmen?«

»Nein. Diese Leiche hat zwei Glasaugen.«

»Und die hat ihr der Mörder eingepflanzt?«

»Entweder der oder eine andere Person.«

»Vor oder nach dem Mord?«

»Post mortem. Also danach.«

Gerold atmete tief ein. Und wieder aus. »Gibt's auch irgendwelche guten Nachrichten? Verwertbare Spuren zum Beispiel?«

»Bisher nicht. Der Täter muß einen Weltraumanzug getragen haben. Anders kann ich mir das nicht erklären. Aber der Todeszeitpunkt läßt sich jetzt eingrenzen: zwischen Donnerstagabend um neun und Freitagmorgen um drei.«

Immerhin etwas, dachte Gerold und rief Kommissarin Fischer an. »Sie werden mir nicht glauben, wenn ich Ihnen erzähle, was sich bei der Obduktion ergeben hat ...«

Weder in Breddelohs Gemächern noch auf seiner Festplatte stießen die Beamten auf weiterführende Anhaltspunkte. Fündig wurde Kommissarin Fischer ganz woanders, und sie eilte in Kommissar Gerolds Büro. »Chef? Ich hab hier was ...«

»Seien Sie doch bitte so nett, mich nicht mehr ›Chef‹ zu nennen«, sagte er. »Mein Name ist Gerold. Vorname Gerold, Nachname Gerold. Gerold Gerold.«

»Im Ernst? Also, ich heiße Ute. Wie Sie ja schon wissen. Angenehm. Aber ich heiße nicht Ute Ute, sondern Ute Fischer. Wie Sie ebenfalls schon wissen. Und wir kennen uns zwar erst seit vierzehn Tagen, aber in Zukunft werde ich Sie mit Gerold ansprechen, Chef.«

»Und was haben Sie?«

»Ich hab Breddelohs Roman ›Heidefieber‹ gelesen. Da wird ein Mordopfer im Nixengrund in Bad Bevensen aufgefunden. Mit zwei Glasaugen, die der Mörder der Leiche eingesetzt hat.«

O Himmel, dachte Gerold. Was ist das für eine kranke Scheiße?

Im Beisein von Detlev Patz sahen Kommissar Gerold und Kommissarin Fischer sich das Video von Armin Breddelohs letzter Lesung an. Die Überwachungskamera hatte alles aufgezeichnet.

»Wer ist denn dieser Meckerpott in dem grünen Jackett?« fragte Gerold.

Patz zuckte die Achseln. »So 'n Journalist aus Lüneburg, glaub ich. Der war ab und zu schon mal hier. Alwin Peters oder so. Haben Sie den etwa im Verdacht?«

»Das lassen Sie mal unsere Sorge sein«, sagte Kommissarin Fischer. »Ist Ihnen an dem Abend hier was aufgefallen, das uns weiterhelfen könnte?«

Da müsse er passen, sagte Patz. »Es war alles wie immer. Von den Leuten, die hier gelesen haben, ist vorher noch nie einer umgebracht worden, und soweit ich weiß, ist von unseren Kunden auch noch nie einer auf einem Steckbrief aufgetaucht …«

»Spulen Sie mal vor«, sagte Gerold. »Bis zu der Stelle, wo dieser Grünspecht Ihren Laden verläßt.«

Das war um 21.57 Uhr gewesen. Zwanzig Minuten nach Armin Breddelohs Abgang.

»Dann sollten wir jetzt vielleicht doch diesem Peters auf den Zahn fühlen«, sagte Gerold und reckte seine ansehnlichen Schultern. Dabei blieb sein Blick an einem Tisch mit Kriminalromanen hängen: »Heidegrab«, »Heideglut«, »Heidezorn«, »Heidefluch«, »Heidefleisch«, »Eisheide«, »Mordheide«, »Blutheide«, »Killerheide« … Er griff eines der Bücher heraus, schlug es auf und las die Sätze:

Der Mörder schlug den Mantelkragen hoch und stapfte durch den Schafkot zur Bushaltestelle. Irgendwo bellte ein Hund.

»Verkaufen Sie viele von diesen Heidekrimis?« fragte Gerold.

Patz nickte. »Hunderte.«

»Und wie viele Breddelohs haben Sie im letzten Quartal verkauft?«

»Jedenfalls mehr als die von seinem schärfsten Konkurrenten Waldemar König aus Schneverdingen. Der schreibt auch nur lauter Heidekrimis. Für die haben wir einen eigenen Tisch eingerichtet. Wollen Sie mal sehen?«

Es lagen dort Bücher mit Titeln wie »Die zersägte Äbtissin«, »Die Heidegrabschänder« und »Die Blutmühle von Barum« aus.

»Das scheint ja ein einträgliches Marktsegment zu sein«, sagte Kommissarin Fischer.

»Segment?« Detlev Patz lachte so trocken auf, wie er konnte. »Das ist kein Segment! Die Kunden kaufen praktisch überhaupt keine anderen Bücher mehr! Versuchen Sie mal, denen was von Goethe oder Arno Schmidt schmackhaft zu machen!«

Kommissar Gerold sah ihn groß an. »Arno wer?«

»Arno Schmidt«, sagte Patz. »Der hat auch in der Lüneburger Heide gewohnt. Aber nicht, daß Sie den jetzt auch noch verdächtigen. Arno Schmidt ist schon 1979 gestorben.«

Kommissarin Fischer empfing einen Anruf und sagte dann: »Chef? Ich meine, Gerold?«

»Ja?«

»Neuigkeiten. Wir haben Breddelohs Wagen. Leider ausgebrannt. Auf einem Acker zwischen Becklingen und Bostelwiebeck.«

»Zwischen wo?«

»Zwischen Becklingen und Bostelwiebeck.«

»Sie sehen mich so an, als ob Sie sich vorstellen könnten, daß ich einen Schimmer davon hätte, wo das ist, meine liebe Frau Fischerin, aber da irren Sie sich! Ich bin selbst erst vor drei Jahren in diese entlegene Gegend gezogen ...«

Bevor sie losfuhren, um Alwin Peters zu verhören, drückte Kommissarin Fischer ihrem Chef im Auto Armin Breddelohs Roman »Heidefieber« in die Hände. Auf Seite 204 stand:

Mit einem Schuhlöffel klaubte Lamborghini-Uwe dem Posaunisten das rechte Auge heraus.

»Haben Sie doch Erbarmen«, wimmerte der Musiker. »Ich bin ein Vater von drei Kindern!«

»Nein, von drei Halbwaisen«, sagte Lamborghini-Uwe und riß ihm auch das andere Auge heraus. Dann setzte er ihm mit einer Spezialzange zwei Glasaugen ein und schnitt ihm die Kehle durch. Weil er das cool fand. Und weil er die Bullen damit schocken wollte.

»Adieu, Monsieur«, sagte er und warf den Toten in den Nixengrund.

Es stiegen drei, vier Wasserblasen auf, und dann versank die Leiche im Morast.

»Das ist ja grauenhaft schlecht geschrieben«, sagte Gerold. »Und was soll das für eine Zange gewesen sein?«

Kommissarin Fischer meinte, daß Herr Breddeloh da wohl zu faul zum Googeln gewesen sei. »Wohingegen unser Täter genau gewußt hat, wie man in so einem Fall vorgehen muß. Er hat das getan, wovon Breddeloh nur phantasiert hat.«

»Na, wenn das Schule machen sollte, sehe ich schwarz für unsere Krimischreiber«, sagte Gerold. »Dann können sie einpacken!«

Unterwegs trommelte er mit den Fingern aufs Lenkrad und singsangte: »Pampa dammtamm, pada tamm, pampa dammtamm, pada tamm ...«

Im Profil sieht er noch ganz passabel aus, dachte Kommissarin Fischer. Kein schöner Mann, aber einer mit einem markanten Kinn, und er hatte sich gut rasiert, im Gegensatz zu den meisten Jünglingen, die ihr nachstellten. In den letzten zwei, drei Jahren waren mehr als genug Verehrer mit Grätenhals um sie herumscharwenzelt. Mit ihren Männerbekanntschaften hatte sie bislang nicht viel Glück gehabt. Zwei Pharmaziestudenten, ein italienischer Jungkoch und ein freischaffender Künstler trauerten ihr nach. Sie selbst hatte beschlossen, sich nach oben zu orientieren und sich nicht noch einmal mit einem beruflich ungefestigten Mann einzulassen.

Links und rechts sausten die Maisfelder und die Birken vorbei.

»Pampa dammtamm, pada tamm«, sang Kommissar Gerold vor sich hin.

»Ist das irgendein Geheimcode?« fragte Kommissarin Fischer.

»Quatsch. Ich brüte nur gerade die Melodie für einen Song aus. Ich hab da so 'ne Garagenband. Schon seit Jahren …«

»Und wie heißt die?«

»Das wollen Sie nicht wissen.«

»Doch.«

Er warf ihr einen Seitenblick zu. Eine Liaison mit dieser jungen Kollegin kam nicht in Frage. Erstens würden sich alle darüber das Maul zerreißen, zweitens gab es da den Altersunterschied, und drittens …

»Reden Sie sich's von der Seele, Chef. Sie wissen doch, wie sehr einen Geständnisse erleichtern.«

»Sie sollten Gerold zu mir sagen.«

»Gut. Ich merk's mir. Und wie heißt nun Ihre Band?«

»Gerold Gerold and the Middle Agers.«

Es entging ihm nicht, daß sie sich auf die Unterlippe biß.

»Und wovon handelt der Song?« fragte Kommissarin Fischer.

»Von einem Computerspiel. Fortnite.«

»Nie gehört.«

»Kombiniere, kombiniere: Sie haben keine Kinder.«

»Richtig.«

»Ich schon. Und mein fünfzehnjähriger Sohn spielt Tag und Nacht Fortnite. So'n Killerspiel. Da murksen sich einhundert Gamer gegenseitig ab, bis nur noch einer von ihnen lebt.«

»Und das halten Sie für bedenklich?«

»Sagen wir's mal so: Es kotzt mich an. Und der Refrain ist schon fast fertig: ›Fort mit Fortnite, weg damit! Spiel nicht diesen Killefit!‹«

»Killefit?«

»Kennen Sie das Wort nicht?«

»Nein.«

Kommissar Gerold kratzte sich am Kiefer und fragte sich, ob diese Frau überhaupt von irgendwas eine Ahnung hatte.

Alwin Peters lachte lange und herzlich, nachdem er begriffen hatte, daß er verdächtigt wurde, Armin Breddelohs Mörder zu sein. »Entschuldigen Sie bitte meine Heiterkeit«, sagte er und hielt sich seinen dicken, vor Vergnügen bebenden Bauch. »Aber da sind Sie auf dem Holzweg! Ich habe Herrn Breddeloh immer für einen Dünnbrettbohrer gehalten, aber ich habe ihm nie nach dem Leben getrachtet.«

»Sie haben die Buchhandlung Patz um kurz vor zehn verlassen«, sagte Kommissarin Fischer. »Wo sind Sie dann hingegangen?«

»Zum Bahnhof. Und um zehn nach zehn bin ich in den Metronom gestiegen. Die Fahrkarte müßte hier noch irgendwo rumliegen. Ich kann Ihnen sogar zwei Zeugen für mein Alibi nennen, denn der Schaffner, der meine Fahrkarte kontrolliert hat, ist ein Vetter von mir, und der Taxifahrer, der mich heimgefahren hat, ist ein Schwager meiner Nachbarin.«

»Gibt es einen tieferen Grund dafür, daß Sie Herrn Breddeloh vor versammelter Mannschaft angegriffen haben?« fragte Kommissar Gerold.

Peters räusperte sich. »Ich bin Literaturkritiker«, sagte er. »Ich habe Herrn Breddeloh wegen seiner Schlamperei zur Rede gestellt.

Das wird ja wohl noch erlaubt sein. Wenn ich jeden Autor ermorden wollte, dessen Romane ich schlecht finde, hätte ich mehr zu tun als ein einarmiger Akkordeonspieler …«

Kommissar Gerolds Blick schweifte über die Rücken der Bücher in den Regalen. »Haben Sie die alle gelesen?« fragte er.

»Chef, ich meine, Gerold«, sagte Kommissarin Fischer, als sie wieder im Wagen saßen, »jetzt mal ernsthaft: Was wollten Sie mit dieser bescheuerten Frage bezwecken?«

»Das hat mich halt interessiert«, sagte er. »Wenn einer seine Bude dermaßen mit Büchern vollstopft, kann man das doch fragen …«

»Aber uns ist hoffentlich beiden klar, daß Alwin Peters als Verdächtiger ausscheidet.«

»Ja. Leider. Und jetzt sollten wir uns mal diesen Waldemar König vornehmen.«

»Den fragen Sie dann aber bitte nicht, ob er die Bücher, die ihm gehören, alle gelesen hat.«

»Und wieso nicht?«

»Weil das nur Idioten fragen.«

Er sah sie an, doch sie blickte geradeaus, und er musterte ihre Adlernase. Andere Frauen hätten sich einen solchen Höcker wegoperieren lassen, dachte er. Aber dafür mußte man wohl ein klein wenig mehr verdienen. Und bei Licht betrachtet sah sie gar nicht so verkehrt aus, diese Nase. Irgendwie indianisch. Oder persisch. Doch man hieß nicht mit Nachnamen Fischer, wenn man indianische oder persische Gene hatte. Es sei denn, daß sich irgendwann eine Indianerin oder eine Perserin in den Stammbaum verlaufen hatte …

Kommissar Gerold schnallte sich an und straffte sich, wobei ihm auffiel, daß es klüger gewesen wäre, sich erst zu straffen und dann anzuschnallen. Im unangeschnallten Zustand hätte er beim Straffen mehr Bewegungsfreiheit gehabt und das Augenmerk der

Fischerin leichter auf seinen Brustkorb lenken können, für dessen Umfang er vor zehn, zwölf Jahren viel getan hatte, an der Kraftstation, als seine Ehe noch nicht im Eimer gewesen war.

Am Rande von Schneverdingen bewohnte Waldemar König, 48, ein »Nurdachhaus«, das so hieß, weil es keine Seitenwände hatte, und er servierte seinen Besuchern Fencheltee in selbstgetöpferten Keramiktassen. Das alles hätte schon genügt, um Kommissar Gerolds Stimmung zu dämpfen, aber König trug außerdem einen Schnurrbart zur Schau, der waffenscheinpflichtig zu sein schien: ein beidseitig in eine neunfache Spiralform gezwirbeltes Ding, das starke Zweifel an der Intelligenz seines Besitzers nährte.

»Kannten Sie Breddeloh persönlich?« fragte Kommissarin Fischer.

»Nein«, sagte König, und Kommissar Gerold sah angewidert zu, wie der Befragte ein Schlückchen Fencheltee schlipperte und es dabei sorgfältig vermied, seine Barthaare zu benetzen.

»Haben Sie denn mal ein Buch von ihm gelesen?«

»Ja. Diesen Fehler habe ich jedoch nur ein einziges Mal begangen. Über Breddelohs Charakter steht mir kein Urteil zu, aber als Autor ist er ein Stümper gewesen.«

»Und wo waren Sie in der Tatnacht?« fragte Kommissar Gerold. »Zwischen zehn Uhr abends und drei Uhr morgens?«

»In einem Puff in Soltau«, sagte König und lächelte. Vielleicht aus stiller Freude über die Verblüffung, die seine Antwort ausgelöst hatte, vielleicht aber auch nur wegen der süßen Erinnerung an seine Erlebnisse in der Soltauer Lustoase. »Dort hat man mich schon um zwanzig Uhr willkommen geheißen, und wenn mein Gedächtnis mich nicht trügt, bin ich erst um fünf Uhr morgens wieder gegangen. Das können Mandy, Pamela, Daisy und Coco bezeugen.« Er zückte ein Kärtchen und reichte es Kommissar Gerold. »Hier finden Sie alle notwendigen Angaben, was diesen kleinen, exklusiven Club betrifft. Sie können die Damen von mir grüßen. Doch ich warne Sie: Die Tarife, die man dort verlangt, liegen ein paar Zentimeter oberhalb Ihrer Gehaltsstufe ...«

Das Lächeln, das Königs Lippen unterhalb seiner Bartgirlanden umspielte, wurde breiter, aber Kommissar Gerold blieb bei der Sache. »Wir werden das überprüfen. Und lassen Sie uns nochmal auf Ihr Verhältnis zu Armin Breddeloh zurückkommen. Seine Krimis sind größere Verkaufsschlager als Ihre eigenen. Sehe ich das richtig?«

Wenn König sich von dieser Bemerkung vor den Kopf gestoßen fühlte, wußte er es gut zu verbergen. Es sei ihm begreiflich, sagte er, daß ein schlichtes Polizistengehirn ihn für den Mörder halte und ihm als Motiv den Neid auf Breddelohs Bestseller unterschieben wolle. »Sehen Sie sich doch mal das Ranking bei Amazon an. Im Hinblick auf Armin Breddelohs Buchverkäufe ist seine Ermordung der größte Glücksfall seines Lebens. Bei den Krimis steht sein neuer Roman jetzt auf dem ersten Platz, und Sie dürfen mir glauben, daß ich keinen Finger gerührt hätte, um irgendetwas zu diesem Hype beizutragen. Haben Sie sonst noch Fragen?«

»Dieser ekelhafte, selbstgefällige, fenchelteeschlabbernde Hurenbock mit seinem Kotzbrockenbart!« schrie Kommissarin Fischer, als sie neben Kommissar Gerold wieder im Wagen saß. »Wieso haben wir den nicht gleich in Beugehaft genommen? Wenn ich den mal als Falschparker erwischen sollte, dann gnade ihm Gott!«

Kommissar Gerold unterbrach sie nicht. Er aß ein Snickers, schaute aus dem Fenster und wartete das Ende des Wutausbruchs ab.

Doch sie war noch lange nicht fertig. »Glaubt dieser Pestfetzen im Ernst, daß er was Besseres ist als Armin Breddeloh? Und daß er mit seinem Heidegrabschändermüll den Literaturnobelpreis abgreifen kann? Und was sollte das anzügliche Geläster über Ihre Gehaltsstufe? Darauf ist er wohl auch noch stolz, dieser miese, eingebildete, vernagelte und arrogante Schmierlappen, der sich heute abend wahrscheinlich wieder in Soltau gesundstößt! He leeft as 'n Graf un geiht in Samt un Siede, aver fründelk is he as 'n Arm vull Slangen!«

»Stammen Sie aus Ostfriesland?«

»Jau!«

»Eigentlich schade, daß Sie Herrn König das alles nicht ins Gesicht gesagt haben.«

»Dat haar ick man daun sullt ...«

»Fertig?«

»Weet ick noch neet.«

»Statt zu schimpfen, sollten Sie lieber ein stilles Gebet sprechen und den lieben Gott darum bitten, daß Königs Alibi wasserdicht ist. Oder würden Sie ihn gern ein zweites Mal verhören?«

»Das nicht. Aber Handschellen würde ich ihm schon gern anlegen ...«

2

Die Kleinstadt Hachenburg im Westerwald bot ein Bild des Friedens. Fleißige Einzelhändler dekorierten ihre Schaufenster, die örtlichen Taxibetriebe wickelten die Fahrten der Dialysepatienten ab, im Forstlichen Bildungszentrum wurde ein Rezept für Wildkraftbrühe mit Rehnudeln ausgearbeitet, und in der hochklassigen Hähnelschen Buchhandlung in der Wilhelmstraße gingen zwei Dutzend Kriminalromane von Frieder Lindenthal über den Tisch: »Blutiger Westerwald«, »Der Westerwald-Killer« und »Spiel mir das Lied vom Westerwald«.

In diesen Romanen ging es etwas härter zu als im wirklichen Leben. Lindenthal, ein gebürtiger Hachenburger, hatte seine Heimatstadt zum Schauplatz internationaler Bandenkonflikte erkoren, und der Erfolg gab ihm recht: Selbst den Schußwechsel zwischen der GSG 9 und der Todesschwadron eines kolumbianischen

Drogenkartells im Hachenburger Seniorenwohnpark hatten die Leser ihm abgekauft.

Jetzt heizte er seine Kellersauna an. »Ich bin ein Genießertyp«, hatte er in einer Talkshow verkündet. »Ich gehe gern mal mit mir allein in die Sauna. Dann weiß ich wenigstens, daß ich mich in guter Gesellschaft befinde. Denn ich mag mich! Wer sich selbst nicht leiden kann, der ist auf dem falschen Dampfer …«

Dieser Satz war sogar in der *Washington Post* zitiert worden: *Those who do not like themselves are on the wrong steamer, as Mr. Lindenthal said, a prominent German novelist.*

Ein treuer Leser hatte ihm diese Zeitungsseite zugeschickt. Lindenthals Blick ruhte jedesmal wohlgefällig darauf, wenn er sie wieder hervornahm, und das tat er oft.

Doch nun war eine Runde Schwitzen angesagt. Er hatte an der Gürtellinie etwas zugelegt und wollte Fett verbrennen.

Die Kohlen glühten gemütlich, und er streckte sich auf seinem saugstarken, in pfiffigen Pastelltönen kolorierten Badehandtuch aus gekämmter ägyptischer Baumwolle aus und dachte über seinen nächsten Kriminalromantitel nach. Denn der Titel war ja das eigentliche Tittenpaket. Der mußte Goldstandard haben. Vielleicht »Westerwaldgift« oder »Tod im Westerwald« oder »Den Westerwald sehen und sterben« oder etwas in dieser Richtung …

Wenn Lindenthal ein feineres Gehör besessen hätte, wäre er bereits aufgeschreckt, als die Terrassentür aufgebrochen wurde. Das erste Geräusch, das er bewußt wahrnahm, war eine Art Scharren. Als würde jemand etwas Schweres durch die Diele schleifen. Aber konnte das sein?

Lindenthal stand auf und öffnete die Saunatür.

Stille.

»Ist da wer?«

Eine blöde Frage. Wer hätte da schon sein sollen? Die Putzfrau kam jeden Donnerstagmittag, und heute war Montag. Außerdem hatte sie keinen Schlüssel. Und es besaß auch sonst niemand einen Schlüssel.

Nachdem er lange genug ins Nichts gehorcht hatte, zog Lindenthal die Tür wieder zu und begab sich in die Rückenlage. Und dann kam der Geistesblitz: »Westerwaldsterben«, das war der Titel, nach dem er gesucht hatte! Eine Melange aus Western, Waldsterben und als Jagdunfälle getarnten Auftragsmorden. Chapeau! Ein würdiger Nachfolger seines Debütwerks »Oh, du tödlicher Westerwald«, das demnächst vom ZDF verfilmt werden sollte. Die Verträge waren noch nicht in trockenen Tüchern, doch man hatte ihn wissen lassen, daß Heiner Lauterbach und Veronica Ferres die Hauptrollen bekleiden wollten. Zwei absolute Superstars. Aber man wußte ja nie. Schon gar nicht im Filmgeschäft. Kein Grund, dachte Lindenthal, sich bereits jetzt die Sahne auf den Lachs zu gießen. Das konnte er später noch tun …

Aus diesen Gedanken riß ihn ein Mann, der in die Sauna eindrang und ihm an den Händen und den Füßen Plastikfesseln anlegte, bevor er überhaupt verstand, wie ihm geschah. Mit einer weiteren Fessel fixierte der Einbrecher Lindenthals Hals an der Saunabank.

»Wer sind Sie?« wollte er fragen, doch die Halsfessel engte ihn zu stark ein. Auf der Zunge lagen ihm noch viele weitere Fragen, die er nicht mehr stellen konnte: »Was wollen Sie von mir? Wieso machen Sie das? Geht es um Geld? Muß ich noch beteuern, daß ich dem Phantomzeichner der Polizei gegenüber schweigen werde, obwohl ich Ihr Gesicht gesehen habe? Gehen Sie jetzt weg? Und sind Sie sicher, daß es klug ist, eine Flasche Rapsöl auf die Kohlen zu packen?«

Lindenthal sah richtig: Der Eindringling legte eine Plastikflasche mit einem Liter Rapsöl auf die Kohlen in der Sauna und ging dann hinaus.

Jetzt war Lindenthal klar, was ihm blühte – der gleiche Tod wie einem der Opfer in seinem Roman »Blutiger Westerwald«. Das war in seiner Sauna verbrannt, nachdem der Mörder es gefesselt und von außen einen schweren Grabstein an die Tür gelehnt hatte, damit sie sich von innen nicht mehr öffnen ließ. In Lindenthals

Roman hatte der Mörder sich durch das Sichtfenster in der Tür alles freudig angesehen:

»Stirb, du Schwein«, dachte Rogowski und weidete sich daran, wie Leonhards Haut kross wurde und in Flammen aufging. Es war lustig, die einzelnen Feuerstellen aufspringen zu sehen, während das Leben in Leonhards Augen erlosch ...

Als Lindenthal die Plastikflasche schmelzen sah, gab er sich selbst noch zwei Sekunden.

Der Plopplaut, mit dem das Öl explodierte, klang bescheiden, aber das Feuer röstete Lindenthals Haut von der Stirn bis zu den Knien, und der Brand, der darauf folgte, verzehrte ihn bis auf die Knochen.

»Das kann kein Einzeltäter gewesen sein«, sagte Hauptkommissarin Elke Farian, als sie das Meßergebnis prüfte. Der Grabstein, den der Mörder an die Saunatür gelehnt hatte, wog neunzig Kilogramm. »Wie soll jemand ganz allein einen derartig schweren Stein die Kellertreppe runtergetragen haben? Und man klaut auf dem Friedhof auch nicht eben mal so einen Grabstein von diesem Kaliber, wenn man nicht mindestens einen Komplizen hat ...«

Oberkommissarin Anna Schubert nickte und signalisierte mit zwei Fingern vor dem Mund ihr Interesse an einer Zigarettenpause.

»Gut«, sagte Kommissarin Farian. »Laß uns rausgehen.«

Neben dem Eingang des Gebäudes stand zu diesem Zweck ein sandgefüllter Betonkübel bereit, der nur unregelmäßig geleert wurde. Wer unbedingt rauchen will, schien dieses Ding zu besagen, der kann es zwar tun, doch er soll sich bloß nicht einbilden, daß er oder sie einen hübscheren Aschenbecher verdient hätte.

Die beiden Frauen rauchten eine Weile stumm vor sich hin. Dieser Mordfall bot ihnen viel Stoff zum Nachdenken. Nicht einmal ein Augenbrauenhärchen schienen die Täter in dem Haus zurückgelassen zu haben. Nur den Grabstein und ein paar Scherben auf dem Fußboden vor der Terrassentür. Und was nicht verbrannt war, hatten die von Lindenthals Nachbarn alarmierten Feuerwehrleute geflutet oder zertrampelt. Und kein Mensch hatte irgendwen kommen oder gehen sehen. Es war genau wie in Lindenthals Krimi: eine verkohlte Leiche in der Sauna und keine einzige heiße Spur.

»Und was macht deine Urlaubsplanung?« fragte Kommissarin Schubert. »Mecklenburger Seenplatte oder wieder Schiermonnikoog?«

»Weder noch. Mein Mann will ins Gebirge …«

Dann wurde Kommissarin Farian ans Telefon gerufen.

»Guten Tag, Frau Kollegin. Hauptkommissar Gerold hier aus Uelzen. Ich hab von Ihrem Fall in Hachenburg gehört. Ist Ihnen bekannt, was bei uns in Bad Bevensen passiert ist?«

»Nein. Überraschen Sie mich.«

Er setzte sie ins Bild.

»Das sind wirklich ganz erstaunliche Parallelen«, sagte Kommissarin Farian. »Und wie kommen Sie voran?«

»Keinen Millimeter. Der Kerl ist ein Phantom.«

»Sie gehen davon aus, daß es nur einer ist?«

»Es ist mir bereits ein Rätsel, wie ein einziger Mensch so wenige Spuren hinterlassen kann. Bei zwei oder drei Tätern würde das schon an ein Wunder grenzen.«

»Vielleicht haben wir's in Hachenburg ja mit einem Nachahmungstäter zu tun.«

»Möglich ist alles. Das mit den Glasaugen haben wir allerdings nicht an die Öffentlichkeit gegeben.«

»Sehr vernünftig. Halten Sie mich bitte auf dem laufenden über Ihre Ermittlungen.«

»Eine Hand wäscht die andere«, sagte Kommissar Gerold.

3

Drei Seemeilen nördlich von Spiekeroog machten zwei Aale Jagd auf einen Hering. Er war auf einem Auge blind, seit er in der Nacht zuvor mit einer Makrele gekämpft hatte, und seine Chancen standen schlecht. Auf dem Meeresboden hätte er sich vielleicht in einem gesunkenen Krabbenkutter oder hinter dem versteinerten Backenzahn eines Mammuts verstecken können, aber nicht hier oben, nur ein paar Meter unter der Wasseroberfläche, ohne jeden Schutz durch seinen Schwarm, den er nach dem Zusammenstoß mit der Makrele nicht mehr wiedergefunden hatte.

Er geriet in Konfusion, so wie die meisten Heringe außerhalb ihres Schwarms, und suchte sein Heil in der Flucht. Aber die Aale waren kräftiger und schneller. Mit dem heilen Auge erhaschte der Hering, als er sich umsah, einen Blick auf die spitzen Kieferzähne des einen Aals, der ihn verfolgte, während der andere aus dem toten Winkel auf ihn zuschoß.

Es gab drei Augenzeugen dieser Attacke – einen Petersfisch, einen Heilbutt und einen Froschdorsch –, doch sie gingen auf Distanz. Sie hatten ihre eigenen Erfahrungen mit räuberischen Aalen gesammelt, und es lag ihnen nichts am Leben eines Herings. Wenn er den Appetit seiner Jäger stillte, umso besser.

Auch von der Ohrenqualle, die dort herumschwabbelte, konnte sich der Hering keine Hilfe erhoffen. Quallen und Heringe hatten nie gelernt, einander beizustehen.

Die Rettung kam von oben. Kurz bevor die beiden Aale zuschnappen konnten, fiel aus einem Boot etwas Großes und Blutiges auf sie herab: die enthauptete Leiche von Hobbe Hubertus Schepker, der die Inselkrimis »Mord auf Spiekeroog«, »Selbstjustiz auf Baltrum«, »Totschlag auf Sylt«, »Exitus auf Pellworm« und »Amoklauf auf Amrum« verfaßt hatte.

Dem einäugigen Hering war es gleichgültig, um wen es sich dabei handelte. Er wollte einfach nur heim. Die Aale aber witterten eine fettere Beute und disponierten augenblicklich um. Und bissen zu.

Ein Dornhai und zwei Zitterrochen, die auch etwas von dem Happen abhaben wollten, verjagten die Aale und fraßen sich am Bauchspeck satt. Das restliche Fleisch reichte in den folgenden Stunden sogar noch für dreihundert andere hungrige Mäuler, denn an seinem Todestag hatte Schepkers Körper zweihundertfünfzig Pfund gewogen. Ohne den Kopf.

Am Hafen von Neuharlingersiel roch es nach Seetang und Meersalz, aber das nahm Fritjof Haferland kaum noch wahr, denn danach roch er selbst, und mit seinem Geruchssinn war es nicht mehr weit her, seit er hoch in den Siebzigern stand. Auch sein Gehör hatte gelitten, doch die Augen und die Beine waren noch intakt.

Nach fast sechzig Arbeitsjahren als Fischer versah er zweimal in der Woche vormittags seinen Dienst als Wärter des Buddelschiffmuseums in Neuharlingersiel. Dank einiger Fernsehbeiträge hatte es überregionale Bekanntheit erlangt, und er wies die Besucher immer wieder gern auf die schönsten Modelle hin: Thor Heyerdahls Floß Kon-Tiki, ein Nilschiff mit Zweibeinmast, eine chinesische Dschunke, die sinkende Titanic und ein Atom-U-Boot.

An diesem etwas windigen und regnerischen Vormittag war nicht mit vielen Leuten zu rechnen. Haferland nahm auf einem Stuhl neben der Eingangstür Platz und holte aus seiner Aktentasche eine Zeitschrift heraus, die den Titel *Rätsel mit Pfiff* trug. Ein Geschenk seiner Großnichte Paula aus Ziallerns.

Südwind am Gardasee mit drei Buchstaben? Besser anderswo ansetzen, sagte sich Haferland. Zugmaschine am Verschiebebahnhof mit zehn Buchstaben? Woher sollte er das wissen? Er suchte sich ein anderes Kreuzworträtsel aus. Erkrankung am Pferdefuß mit fünf Buchstaben? Ja, waren die denn gaga, diese Rätselmacher?

Den Polizeibeamten sagte Haferland später, daß er das Heft nach einer Viertelstunde weggelegt und einen Rundgang durch das kleine Museum unternommen habe, um nachzusehen, ob irgendwo Staub gewischt werden müsse. Und dann habe er die Flasche mit dem Schädel von Hobbe Hubertus Schepker erblickt. An der Stelle, wo sonst die chinesische Dschunke gestanden habe. »Un ick dach', mi draapt de Slag! Daar stunn ick tomaal de Mann tegenöver! Of beter geseggt, sien Kopp! Oog in Oog!«

»Ja ... ja ... ja ... verstehe ... was? Das kann doch wohl nicht sein! ... Aha ... ja ... ja ... und wie soll das funktioniert haben? ... Verstehe ... gut ... ja ... tun Sie das ... nein, wir stochern hier noch im Nebel ... ja ... danke ...«

Kommissar Gerold legte auf, glotzte Löcher in die Luft und ließ die Unterlippe hängen.

»Bad news?« fragte Kommissarin Fischer.

Er sah sie an. »Das können Sie laut sagen. Unser Mann hat wieder zugeschlagen. Falls es wirklich unser Mann ist.«

»Und wo?«

»In einem Kaff an der Nordseeküste. Hat einem Krimischreiber aus Jever den Kopf abgehackt und ihn in einem Buddelschiffmuseum ausgestellt. In einer Glasflasche. Und die Kollegen fragen sich, wie er den Schädel da reingekriegt hat.«

»Und?«

»Zur Stunde ist die einzige Erklärung die, daß er ein Glasbläser ist und das Flaschenglas um den Schädel herumgeblasen hat.«

»Schwachsinn«, sagte Kommissarin Fischer. »Wie soll denn das gehen?«

Zum erstenmal fiel ihr jetzt auf, daß sich unter Gerolds Augen Tränensäcke bildeten. Die Vorboten des Alters. Noch recht unscheinbar, denn er war ja erst Anfang vierzig, aber hey, noch fünfzehn oder zwanzig Jahre, und sie hätten das Format von Adidas-Umhängetaschen. Doch im Embryonalstadium standen sie ihm gar nicht so schlecht.

»Das ist alles noch unklar«, sagte Gerold. »Die Flasche und der Schädel werden jetzt von der KTU untersucht. Wenn hier tatsächlich ein Serienmörder am Werk ist, dann hat er mehr drauf als Jack the Ripper, Fantomas und David Copperfield zusammen. Was aber nicht heißt, daß wir ihn nicht drankriegen können …«

4

Der Zellersee in der baden-württembergischen Gemeinde Kißlegg im Landkreis Ravensburg war an und für sich eine gute Wahl als Kulisse für seine Kriminalromane gewesen, denn auf den Zellersee und dessen Umgebung war zuvor noch niemand verfallen, und es hatten sich viele Titel angeboten: »Zellerseemord«, »Zellerseeblut«, »Zellerseegift« und »Zellerseetod«. Drei davon hatte Justus Weindl bereits verbraucht, als er nach einem Ohnmachtsanfall mit gefesselten Händen und Beinen wieder zu Bewußtsein kam und sich in Erinnerung rief, was vorgefallen war: Er hatte einem Paketboten die Tür geöffnet und war k. o. geschlagen worden. Und nun lag er hier in seinem Jacuzzi. Nackt, gefesselt und mit schweren Fußkugeln zur Unbeweglichkeit verurteilt.

»Wollet Sie mai Geld?« fragte er den Einbrecher, der aus dem Nebenraum auf einer Sackkarre ein großes graues Objekt hereinschob. Was war das? Ein Bierfaß?

»I hon vill Geld gbunkerd!« rief Weindl. »Damit könndet Sie sich einen schöna Lebensabend uf Ibiza macha! Wäre des ned schee?«

Der Einbrecher hatte es jedoch weder auf Geld noch auf Wertgegenstände abgesehen. Er stellte das Faß ab und rollte die Sackkarre wieder hinaus.

Bei der jähen Erkenntnis, mit wem er es hier zu schaffen hatte, hielt Weindl den Atem an, und seine Hoden zogen sich in Richtung Beckenraum zurück. Natürlich! Er hatte die Nachrichten verfolgt. Er wußte, daß ein Mörder umging, der die Verfasser von Regionalkrimis umbrachte. Nach den Methoden, die sie selbst in ihren Krimis beschrieben hatten. Und in seinem Roman »Zellerseeblut« hatte Weindl detailliert geschildert, wie der gefesselte und mit zwei jeweils fünfzig Kilogramm schweren Fußkugeln versehene Musikproduzent Ludwig Steinmaier in einem Jacuzzi in seinem Eigenheim in der Sebastian-Kneipp-Straße am Zellersee zu Tode gekommen war.

Jede Zeile dieser Szene stand Weindl wieder vor Augen:

»Ich serviere dir zwei Gänge«, sagte der Unbekannte und kippte das erste Plastikfaß aus. Fünfzehn Löwenmähnenquallen schwappten in das Wasser. Sie gehörten zum Stamm der Nesseltiere und gesellten sich sofort zu dem rosaroten Menschenleib, der ihnen keinen Widerstand leisten konnte. Mit ihren Tentakeln riefen sie eine starke allergische Reaktion hervor. An Steinmaiers Haut auf den Beinen und am Gesäß bildeten sich rötliche Quaddeln.

»Holen Sie mich hier raus!« schrie er. »Ich gebe Ihnen alles, was Sie wollen!«

»Zu spät«, knurrte der Unbekannte und kippte das andere Faß aus. »Hier kommt der nächste Gang, mein Herr …«

Eine zwei Meter lange Streifenruderschlange, deren Biß tödlich war, glitt aus dem Wasserschwall und steuerte Steinmaiers haarige linke Wade an. Der Homo sapiens fiel zwar nicht in ihr Beuteschema, aber wie hieß es so schön? In der Not frißt der Teufel Fliegen …

Und diese Schlange war wirklich außergewöhnlich hungrig. Dafür hatte ihr Eigentümer umsichtig gesorgt. Falls »Eigentümer« der richtige Ausdruck war, denn er hatte sie illegal erworben, in Doha am Persischen Golf, und sie nach Deutschland geschmuggelt, um ein bißchen Spaß mit ihr zu erleben.

Nun war es soweit. Steinmaier brüllte und bäumte sich auf, das

Wasser schäumte, und dann umhüllte eine Blutwolke die Beine und den Unterleib des Opfers. Sie erinnerte den Unbekannten an das zerfließende Abendrot in einem Gemälde von William Turner, das er in der National Gallery in London gesehen hatte. Guter Maler. Schade nur, daß Turner die Nachahmung seiner Farbgebung in Steinmaiers Jacuzzi nicht bestaunen konnte.

Aber wie, fragte sich Weindl, soll dieser Wahnsinnige, der mich überfallen hat, an eine Streifenruderschlange gekommen sein? Oder an fünfzehn Löwenmähnenquallen? Das hier war das reale Leben und nicht irgendeine Räuberpistole, in der sich die Gesetze der Wahrscheinlichkeit nach Belieben außer Kraft setzen ließen …

»Falls Sie sich gerade an ein bestimmtes Romankapitel erinnert fühlen sollten«, sagte der Einbrecher, während er das zweite Faß hereinrollte, »dann beglückwünsche ich Sie zu Ihrer Intuition. Sie haben richtig geraten. Ich habe weder Kosten noch Mühen gescheut, um für unser Treffen alles so zu arrangieren, wie es Ihren Vorstellungen entspricht. Oder sollte ich sagen: für unser kleines Picknick?«

In der Hoffnung, aus dieser Nummer doch noch herauszukommen, prägte Weindl sich das Äußere des Einbrechers gut ein: Mitte fünfzig, glattes schwarzes Haar, kurzgeschnitten, Blumenkohlohren, hellbraune Augen, hohe Stirn, breite Wangenknochen, breite Nase, Kinngrübchen, muskulös, Größe ungefähr eins achtzig, schwarze Lederjacke, rotes Oberhemd, blaue Leinenhose … und an den Füßen keine Schuhe, sondern … ja, was? Gefrierbeutel? Jedenfalls irgendwas aus Plastik. Solche Treter, wie Mark Wahlberg sie im Finish des Thrillers »The Departed« getragen hatte, um beim Mord an Matt Damon keine Spuren zu hinterlassen.

»Dann wollen wir mal«, sagte der Einbrecher und löste den Deckel vom ersten Faß. »Hier kommt das Vorgericht. Ach nein, verzeihen Sie, ich wollte sagen: Hier kommen ein paar Dinnergäste. Denn das Vorgericht sind Sie ja selbst.«

»Wardet Sie!« rief Weindl. »Könna mir darübr ned no mol

schwätza? I könnda Ihna Milliona geba, verschdehet Sie? Milliona!«

»Geld ist nicht alles«, sagte der Einbrecher und schüttete das Faß aus, in dem sich, wie versprochen, fünfzehn Löwenmähnenquallen befanden. An Süßwasser waren sie nicht gewöhnt, doch es gab da ja jemanden, an dem sie ihren Ärger auslassen konnten.

Weindl wand sich und schrie: »Des könnet Se mir ned andun! Womid soll i des verdiend han? Saget Sie mir des!«

»Der Kavalier genießt und schweigt«, sagte der Einbrecher und öffnete das zweite Faß. »Gestatten: Mister Hydrophis cyanocinctus. Es freut mich, Sie mit Herrn Justus Weindl bekanntmachen zu dürfen, der seinen Lesern schon viel von Ihnen erzählt hat. Er ist ganz versessen darauf, Sie näher kennenzulernen …«

»Dun Se des ned!« schrie Weindl, doch der Einbrecher hatte das Faß bereits angekippt, und die ausgehungerte Streifenruderschlange, die herausschnellte, hielt sich nicht mit Formalitäten auf. In der freien Wildbahn hätte sie als Leckermäulchen einen großen Bogen um jemanden wie Justus Weindl gemacht, aber unter diesen Umständen nahm sie jedes Nahrungsangebot an.

Die letzte klar artikulierte Äußerung, die er von sich gab, lautete: »Des werd i Ihna heimzahla!«

Worauf der Einbrecher erwiderte: »Von mir aus gern. Aber womit? Das letzte Hemd hat keine Taschen, Herr Weindl.«

Waldemar König bollerte mit der Faust auf den Tisch. »Wenn das so ist, will ich Ihren Vorgesetzten sprechen!«

»Wie Sie wünschen«, sagte Kommissar Gerold bedächtig. »Der wird Ihnen aber auch keine andere Auskunft erteilen können.«

»Und warum nicht? Ich schwebe in Lebensgefahr!«

»Herr König, haben Sie sich mal angesehen, was bei Wikipedia unter dem Stichwort Regionalkrimi steht? Da werden allein für Deutschland mehr als einhundert Autoren verzeichnet! Wenn wir alle diese Schreiberlinge unter Polizeischutz stellen wollten, könnten wir keinen einzigen Fall mehr bearbeiten.«

»Sparen Sie sich Ihre Schmähungen«, versetzte König. »Ich verlange nur für mich persönlich Polizeischutz! Weil ich besonders stark gefährdet bin. Diese Mordserie hat in der Lüneburger Heide begonnen, und ich bin nun mal der prominenteste lebende Autor von Kriminalromanen, die hier in der Heide spielen!«

Seine Bartspiralen vibrierten, und Kommissar Gerold fragte sich, ob König wohl schon mal bei einer dieser Bartweltmeisterschaften angetreten war, von denen gelegentlich im Vorabendprogramm berichtet wurde. Mit seinem kunstreich herangezüchteten Monumentalschnäuzer, dachte Gerold, hätte dieser Mann gute Chancen auf einen Vorrundenplatz, und wenn er noch drei oder vier Spiralen mehr aus dem Bart herausquälte, wäre vielleicht sogar das Achtelfinale drin. Ob es wohl Duschhauben für solche Bärte gab? Damit sie nicht ihre Form verloren, während das Haupthaar shampooniert und abgebraust wurde?

»Hören Sie mir überhaupt zu, Herr Kommissar?«

»Entschuldigung. Ich war mit meinen Gedanken gerade woanders. Wie gesagt, Sie können sich von meinem Vorgesetzten gern bestätigen lassen, daß Sie mit Ihrem Gesuch bei uns an der falschen Adresse sind. Wenn Sie sich bedroht fühlen, sollten Sie sich an eine private Wachschutzfirma wenden und Bodyguards anheuern. Für eine Celebrity wie Sie dürfte das ja kein Problem sein. Finanziell, meine ich.«

König riß die Augen weit auf und beugte sich vor. »Damit wir uns recht verstehen, Herr Kommissar«, sagte er. »Ich rede hier nicht von zwei schläfrigen Schupos, die vor meiner Haustür Wache halten sollen. Ich will in Ihr verficktes Zeugenschutzprogramm! Das ist mir der deutsche Rechtsstaat schuldig! Haben Sie irgendeine Ahnung davon, was ich in den letzten fünf Jahren an Steuern gezahlt habe?«

Den Siegeszug des Adjektivs »verfickt«, dachte Gerold, haben wir vermutlich den schlecht synchronisierten amerikanischen Spielfilmen zu verdanken, in denen alle naselang jemand »fucking« sagt. Und hier stand nun ein Irrer aus Schneverdingen und begehrte ein »verficktes Zeugenschutzprogramm« für sich, obwohl er gar nichts zu bezeugen hatte.

»Gut«, sagte Gerold. »Ich sehe es ein. Wir nehmen Sie in unser Zeugenschutzprogramm auf. Und Sie haben die freie Wahl. Wohin möchten Sie lieber umziehen? Nach Buxtehude oder nach Rotenburg an der Wümme? Wir können Ihnen in beiden Städten eine neue Identität anbieten. In Buxtehude als Putzmann oder in Rotenburg als Model für lange Unterhosen von Hugo Boss. Wofür entscheiden Sie sich?«

In dem Blick, den er daraufhin zugeworfen bekam, lag eine Kälte, die dazu ausgereicht hätte, den Gletscherschwund in den Alpen zu bremsen. »Sie werden noch von mir hören«, sagte König. »Ich habe Verbindungen. Bis ganz nach oben!«

Nachdem er hinausgerauscht war, steckte Kommissarin Fischer den Kopf durch die Tür. »Im BKA bilden sie jetzt eine Sonderkommission, Gerold. Und sie wollen uns dabeihaben.«

Wenn sich achtzig Polizeibeamte in einem Raum aufhielten, konnte man zwar nicht erwarten, daß es dort nach Veilchenblättern, Adlerholz und Rosenöl duftete, aber der Gestank, der Gerold Gerold und Ute Fischer entgegenschlug, als sie am späten Nachmittag einen Konferenzsaal im Wiesbadener Bundeskriminalamt betraten, bedurfte einer Erklärung. Das sah auch Kriminalhauptkommissar Henning Riesenbusch so, der Leiter der SoKo Heidefieber, die den Morden an Armin Breddeloh, Frieder Lindenthal, Hobbe Hubertus Schepker und Justus Weindl auf den Grund gehen sollte. Riesenbusch, ein bulliger Zweimetermann, dessen Schicksal es war, drei- bis viermal in der Woche auf seine Ähnlichkeit mit dem Schauspieler Bud Spencer angesprochen zu werden, klatschte in die Hände und bat alle Teilnehmer, sich zu setzen und die Mobiltelefone auszustellen. »Willkommen«, sagte er dann. »Es wird Ihnen aufgefallen sein, daß es hier nach faulen Eiern riecht, und ich kann Ihnen auch sagen, warum. Heute vormittag habe ich mich mit drei Delegierten des Verbandes deutscher Schriftstellerinnen und Schriftsteller unterhalten. Sie glauben, daß wir nicht genug unternehmen, um den Mörder ihrer Kollegen zu fassen. Deshalb habe ich die drei Herren in diesen Raum geführt und gesagt: ›Schon in wenigen Stunden wird hier unter meiner Leitung die Crème de la Crème der deutschen Kriminalpolizei zusammentreten und weder rasten noch ruhen, bis der Mann hinter Gittern sitzt.‹ Und da sind einem der Herren zwei Stinkbomben aus der Hosentasche gefallen. Rein zufällig. Er hat sich vielmals dafür entschuldigt und mir gesagt, daß es sonst nicht seine Art sei, solche Gegenstände in der Hosentasche aufzubewahren. Aber wie auch immer: Nehmen wir das Ganze als Ansporn, unsere Arbeit zügig zu erledigen, damit wir hier bald wieder rauskommen. Und damit nicht noch mehr Menschen sterben müssen. Einverstanden?«

Niemand erhob Einspruch.

»Gut«, sagte Riesenbusch. »Sie haben sich alle mit den Akten vertraut gemacht und unabhängig voneinander Ihre Schlußfolgerungen gezogen. Jetzt tauschen wir uns aus. Ich bitte Herrn Wiesling nach vorn. Er ist ein operativer Fallanalytiker vom Landeskriminalamt Hessen und hat sich eingehend mit allen vier Mordfällen befaßt.«

Der Kontrast hätte nicht größer sein können. Nach dem Koloß Riesenbusch wirkte der Profiler Hans-Dietlof Wiesling noch schmächtiger, als er ohnehin schon war. Er eröffnete seinen Vortrag mit den Worten: »Nach meiner Einschätzung ist der Täter männlich, weiß und sozial gut angepaßt, aber beziehungsarm. Er ist zwischen dreißig und fünfundvierzig, verfügt über viel Scharfsinn und eine große körperliche Kraft. Zudem ist er skrupellos, brutal und äußerst eitel. Ich nehme an, daß er sich sehr viel auf die Perfektion seiner Vorgehensweise einbildet und sowohl sich selbst als auch uns damit beweisen will, wie clever er ist …«

»Als ob wir darauf nicht schon selbst gekommen wären«, sagte Gerold leise, und die Fischerin raunte ihm zu, daß sie Wieslings Fistelstimme maximal noch zwei Minuten lang ertragen könne.

»Im Unterschied zu anderen Serienmorden«, führte Wiesling weiter aus, »liegt hier bisher keine Cool-off-Periode vor, in der sich der Täter erholt. Er scheint sich sehr gut auf die gesamte Mordserie vorbereitet zu haben. Er plant nicht eine Tat nach der anderen. Er verfolgt eine übergreifende Strategie, und zweifellos ist er noch längst nicht am Ende. Es geht gerade erst los.«

Von diesem Satz hatte Wiesling sich eine dramatische Wirkung erhofft, doch es war so wie 1997 bei seiner Abiturrede in der Aula des Peter-Härtling-Gymnasiums in Nürtingen: Die Zuhörer gähnten, und als er fertig war, rührte sich keine Hand zum Applaus.

Auch die anderen Experten rissen niemanden vom Stuhl, denn sie hatten alle nichts Hilfreiches beizutragen. Alle außer Erwin Zapp, einem Forensiker vom Kriminaltechnischen Institut in Berlin, der wie ein Schlagerstar aus den Achtzigern aussah. Oder jedenfalls so wie jemand, der versuchen könnte, den mitteljungen David Hasselhoff zu doubeln. Was Zapp sagte, klang dann aber ganz interessant: Auf dem Boden der Buddelflasche mit dem Kopf von Hobbe Hubertus Schepker habe er eine Wimper gefunden, die womöglich dem Täter zugeordnet werden könne. »Ich möchte Sie nicht mit den Einzelheiten der Laboranalyse langweilen und Ihnen auch keinen Vortrag über Gas-Chromatographie und Massenspektrometrie halten, sondern gleich zum Ergebnis kommen. Wenn diese Wimper von unserem Täter stammt, dann ist er ein Kokser. Soviel ist sicher. Und der Rest dürfte ein Kinderspiel sein«, sagte Zapp und warf der in der zweiten Reihe sitzenden Kommissarin Fischer, mit der man ihn noch nicht bekanntgemacht hatte, ein vielsagendes Lächeln zu.

Vor der Kaffeepause bat Riesenbusch noch einen Referenten herein, der die SoKo über das Leben der deutschen Kriminalromanschriftsteller informieren sollte: Frank Schulz, einen Autor, der bereits drei Hamburger Regionalkrimis geschrieben hatte. Riesenbusch war ein Fan von ihm und sichtlich erfreut, ihn bei dieser Gelegenheit kennenlernen und ihn vorstellen zu dürfen: »Herr Schulz ist der geistige Vater des Privatdetektivs Onno Viets, von dessen unkonventionellen Ermittlungsmethoden vielleicht auch wir noch etwas lernen können. Bitte, Herr Schulz. Erzählen Sie uns was.«

Schulz, ein athletischer Sixty-something mit John-Lennon-Brille, grauem Seemannsbart und einer eindrucksvollen, bis zum Genick reichenden Denkerstirn, gestand ein, daß er nicht völlig lampenfieberfrei sei. »Als ich das letzte Mal eine Polizeidienststelle von innen gesehen habe, war ich fünfzehn und gerade auf frischer Tat beim Ladendiebstahl ertappt worden. Aber ich glaube, das ist inzwischen verjährt. Auf jeden Fall wäre es mir natürlich eine Ehre, wenn ich irgendwas zur Ergreifung des Täters beitragen könnte. Ich fürchte allerdings, daß Ihre in mich gesetzten Hoffnungen übertrieben sind. Im Grunde bin ich ja nicht mal ein hauptberuflicher Verfasser von Regionalkrimis. Das mach ich nur so nebenher. Und ich weiß auch gar nicht genau, was Sie von mir erwarten. Es wird wohl das Beste sein, wenn Sie mir Fragen stellen. Die werd ich dann so gut wie möglich zu beantworten versuchen ...«

»Mich würde interessieren, ob die Autoren von Regionalkrimis untereinander verdrahtet sind«, sagte Riesenbusch. »Kennt man sich? Liebt man sich? Haßt man sich? Oder ignoriert man sich?«

Schulz nahm einen Schluck Wasser und kratzte sich am Kopf. »Tja, da muß ich schon passen. Ich selbst bin nur flüchtig mit einer Autorin von Kölner Stadtkrimis bekannt. Wie's bei den anderen aussieht, weiß ich nicht. Wahrscheinlich laufen sich manche von denen auf der Buchmesse oder auf Krimifestivals über den Weg ...«

»Wie hart ist denn der Konkurrenzkampf unter den Autoren?« fragte Kommissar Gerold.

»Na ja«, sagte Schulz, »es ist ja kein Geheimnis, daß nur die wenigsten Schriftsteller finanziell auf Rosen gebettet sind. Aber es ist auch nicht so, daß man sich gegenseitig die Butter auf dem Brot mißgönnt. Was die Regionalkrimis angeht, sieht die Sache so aus, daß die Autoren den Markt unter sich aufgeteilt haben. So wie die Mafia. Da gibt's dann drei oder vier Autoren, die Ostfriesland beackern, während andere sich auf Oberbayern spezialisiert haben und wieder andere aufs Weserbergland, auf Ostwestfalen oder die Sächsische Schweiz und so fort. Und manchmal findet jemand noch irgendwo eine ökologische Nische und macht sich da breit. Ich kann mir schon vorstellen, daß es da auch Futterneid gibt. Aber daß einer von denen tatsächlich Morde begeht, um Konkurrenten aus dem Weg zu räumen, halte ich für ausgeschlossen. Ich kenne zwar ein paar großmäulige Schriftsteller und auch echte Ekelpakete, aber zu Kapitalverbrechen wären selbst die nicht imstande. Das sind alles ganz harmlose Kerlchen. Mich eingeschlossen.«

»Das sagen sie alle!« rief jemand von hinten, und die Kriminalisten lachten.

Ein Psycholinguist vom BKA wollte wissen, auf welchen Tätertypus Schulz denn selber tippe.

»Da fragen Sie mich zuviel«, sagte er. »Aber es liegt ja wohl auf der Hand, daß der Mörder die Romane seiner Opfer nicht sonderlich schätzt. Wenn man zynisch wäre, könnte man die These vertreten, daß wir es hier mit einer Art angewandter Literaturkritik zu tun haben. Dabei brauche ich wohl nicht zu betonen, daß mir für diese Taten jedes Verständnis fehlt. Ich kann nicht mal nachvollziehen, weshalb manche echte Literaturkritiker sich so tierisch über diese Regionalkrimis aufregen …«

Ute Fischer hätte gern einige Worte mit Frank Schulz gewechselt, aber als sie auf ihn zuging, schob sich Erwin Zapp dazwischen und strahlte sie an.

»Ah«, sagte sie. »Der Mann mit der Wimper.«

»Die Freude ist ganz meinerseits«, sagte Zapp. »Ja, das Reich des Bösen wird zusammenbrechen. Not with a bang, but – falls Sie mir dieses kleine Wortspiel gestatten – with a Wimper! Meine Verehrung, Frau Kollegin. Wenn ich korrekt unterrichtet bin, untersuchen Sie den Fall in Bad Bevensen …«

»Richtig.«

»Aber eine Wimper haben Sie noch nicht gefunden. Am I right?«

Die Kommissarin sandte einen hilfesuchenden Blick nach links, wo Gerold Gerold sich mit Henning Riesenbusch und einem Ballistiker vom Kieler Institut für Rechtsmedizin unterhielt.

»Of course I'm right«, sagte Zapp. »Aber seien Sie nicht traurig. Ich lasse jeden gern an meinem Wissen teilhaben. Mein Lebensmotto lautet: Ich teile gern aus, aber ich teile auch sonst gern. Zum Beispiel meine Freizeit. Darf ich Sie zum Essen einladen? Ich kenne ein spanisches Restaurant, das Sie lieben werden …«

»Oh, sehr freundlich, aber ich bin schon verabredet.«

»Hätte ich mir denken können. Bei einer so charmanten Dame wie Ihnen. Darf ich mich vielleicht anschließen? Sie würden es nicht bereuen. Meine Qualitäten als Unterhalter werden allgemein gerühmt.«

Kein Zweifel: Ute Fischer mußte dieses Spielchen schleunigst beenden. »Das ist eine reizende Idee«, sagte sie, »aber es ist ein Treffen mit meinem Verlobten in einer Liebeszelle der JVA Butzbach. Da würden Sie sich wie das fünfte Rad am Wagen fühlen. Mein Verlobter sitzt ein, weil er einen Nebenbuhler niedergestochen hat. Er ist Sizilianer, müssen Sie wissen. Ziemlich heißblütig. Un he nümmt geen Blatt vöör't Muul. Nächsten Montag kommt er allerdings frei. Dann können wir ja vielleicht mal zu dritt um die Häuser ziehen …«

Um diesen Input zu verarbeiten, benötigte Zapp einige Sekunden. Als er seine Fassade wieder unter Kontrolle hatte, drohte er der Kommissarin schelmisch mit dem Zeigefinger und sagte: »Böses Mädchen! Böses, böses Mädchen …«

Weil er weder Hotelzimmer noch dienstliche Unterkünfte leiden konnte, logierte Gerold Gerold im Haus seiner Schwester Karin Gerold in Bad Soden am Taunus, und dort war auch ein Gästezimmer für Ute Fischer frei. Mit der er sich duzte, seit sie auf der Taxifahrt nach Bad Soden festgestellt hatten, daß sie beide an einer unheilbaren Erwin-Zapp-Allergie litten.

»Heute gibt's Bœuf Stroganoff mit Kroketten und grünen Bohnen«, sagte die Gastgeberin, die mit einer dampfenden Schüssel aus der Küche kam. »Und ab morgen müßt ihr euch selbst bekochen. Ich hab eine Woche lang geschäftlich in Montreal zu tun.«

»Meine Schwester ist Risikomanagerin bei der Deutschen Bank«, sagte Gerold Gerold. »Jettet das ganze Jahr in der Welt herum und kommt fast nie dazu, das Leben in ihrem Traumhaus hier zu genießen. Zweihundertzwanzig Quadratmeter in Bestlage mit Fußbodenheizung und Kachelkamin und im Garten ein Schwimmteich, und das alles für eine alleinstehende Lady, die fast permanent außer Haus ist! Kannst du dir das vorstellen, Ute?«

»Vorstellen schon. Ich hab in Uelzen 'ne Dreizimmerwohnung mit kaputtem Warmwasserboiler und vier Heizkörpern, in denen Poltergeister wohnen …«

Karin Gerold reichte ihrem Bruder eine Flasche Sauvignon Blanc. »Mach die mal bitte auf. Und wie geht's Fabian?«

»Schwer zu sagen. Wenn er nicht schläft, ist er entweder in der Schule oder mit seinen Ballerspielen beschäftigt, und wenn er mal mit mir zu sprechen geruht, dann nur, um mir sein Taschengeld aus den Rippen zu leiern.«

»Wer kümmert sich denn jetzt um ihn?«

»Na, wer schon? Meine Ex.« Er schenkte ein und sprach einen Toast aus: »Auf meine große Schwester, die beste Köchin zwischen Kapstadt und Spitzbergen! Danke, Karin, daß du uns hier so vorzüglich beköstigst!«

Über den Fall redeten sie erst, als auch der Nachtisch vertilgt war, ein Schokoladensoufflé, nach dessen Konsum Utes gefühltes Eigengewicht neunzig Kilo betrug.

Gerold öffnete die zweite Flasche Wein. Er habe selten eine solche Ansammlung von Volltrotteln gesehen wie in dieser Sonderkommission, sagte er. »Allen voran Meister Zapp. Ein Ölprinz erster Güte. Als ob er sich in einem Kostümgeschäft ausstaffiert hätte, um möglichst behämmert rüberzukommen. Hat sich sogar einen Brilli ins Ohr geschossen, damit auch ja alle merken, daß er ein Blindgänger ist …«

»Über diese Mordserie wird heute abend bei Maybrit Illner getalkt«, sagte Karin. »Wollen wir mal reinschauen?«

Sie nahmen ihre Gläser mit und machten es sich auf der Ledercouch vor dem Fernseher gemütlich. In der Sendung, die bereits in vollem Gange war, ereiferte sich ein ehemaliger Personenschützer über das unzulängliche Gefahrenbewußtsein von Prominenten: »Die geben Autogramme in Möbelmärkten, wo jeder mit einem Revolver reinspazieren kann, wenn ihm der Sinn danach steht. Oder sie mischen sich auf dem Oktoberfest unters Volk und lassen jeden Durchgeknallten an sich ran …«

Ein evangelischer Bischof meinte dann, daß die Kriminalromanautoren sich vielleicht einmal selbstkritisch fragen sollten, ob sie mit ihren teils recht blutrünstigen Werken nicht auch ihrerseits etwas zum »Klima der Gewalt« beigetragen hätten, das in Deutschland vorherrsche, doch da fuhr dem Bischof ein alter Bekannter von Ute Fischer und Gerold Gerold in die Parade: Waldemar König, der die Gunst der Stunde dazu nutzte, seinen spektakulären Bart einer breiteren Öffentlichkeit vorzustellen. Es könne doch nicht angehen, stieß König hervor, daß die Schuld an den Morden hier den Opfern in die Schuhe geschoben werde. »Wir Schriftsteller stehen an vorderster Front im Kampf um die Freiheit des Geistes! In den letzten Tagen habe ich aber am eigenen Leibe erfahren müssen, wie gering die Wertschätzung ist, die man uns entgegenbringt. Ich habe Personenschutz für mich beantragt und bin dafür von einem deutschen Kommissar ausgelacht worden, obwohl der Mörder bereits vier meiner Kollegen hingemeuchelt hat! Und in allen vier Fällen tappt die Polizei im Dunkeln. Ich frage mich, wie lange die Schlafmützen von der Kripo diesen Mann eigentlich noch gewähren lassen wollen, bevor sie den Hintern hochkriegen und die Arbeit tun, für die wir sie bezahlen!«

Das Studiopublikum spendete dafür einen rauschenden Beifall, und die Zuschauer konnten im Anblick von Königs Bartgeweih schwelgen.

»Wenn er so sehr um sein Leben bangt, ist es ja wohl das Dümmste, was er tun kann, sich im Fernsehen zu zeigen, und das auch noch mit so 'ner Brezel im Gesicht«, sagte Karin und stand auf, um etwas Knabberzeug zu holen. »Möchte außer mir noch jemand Pringles? Oder Nachos?«

Gerold schüttelte den Kopf, und auch Ute winkte ab.

Er habe sich jetzt schriftlich an den Bundesinnenminister gewandt und ihn um Beistand ersucht, erklärte König feierlich. »Seine Antwort steht noch aus. Wenn morgen oder übermorgen auch ich zu den Opfern gehören sollte, dann wird der Minister das mit seinem Gewissen auszumachen haben!«

»Ob ihr es glaubt oder nicht«, sagte Gerold, »ich verspüre gerade selbst einen Anflug von Mordlust …«

5

Es war das schäbigste Büro, das Dr. phil. Severin Dibelius jemals gesehen hatte. Ein heiserer Deckenventilator, ein unaufgeräumter, ramponierter und fleckenübersäter Schreibtisch, nikotingedünte Tapetenbahnen mit Rissen und Löchern, ein anscheinend vom Sperrmüll stammender Garderobenständer mit einer verschlissenen Anzugjacke, aus deren Falten allen Ernstes eine Motte hervorkroch, ein schiefes Blechregal mit einer bunten Mischung aus

Leergut, Papierhaufen, Pizzakartons und zerfledderten Herren-magazinen, ein Rubbelglasfenster, das an vier oder fünf Stellen gesprungen war, an der Wand ein zwanzig Jahre alter Pirelli-Ka-lender, und hinter dem Schreibtisch fläzte sich ein Mann mit dem Charisma einer Wanze und der Visage einer Kröte: der Frankfur-ter Detektiv Manfred Jockel. Seine Beine lagen übereinanderge-schlagen auf dem Tisch, so daß Dibelius freie Sicht auf das Loch in der einen Schuhsohle hatte.

»Nehmen Sie Platz«, sagte Jockel und wies auf einen Klappstuhl. An dessen Rückenlehne prangte ein Aufkleber mit der Aufschrift: »Die Arbeit ruft, aber ich kann ja nicht alles hören!«

Dibelius fragte sich, ob er nicht besser umkehren solle. Doch er setzte sich, denn für seinen Etat waren die seriöseren Detekteien nun einmal zu teuer, und auf einen Versuch konnte man es ja an-kommen lassen.

»Herr, äh …«

»Jockel«, sagte Jockel. »Sie können auch Freddy zu mir sagen. Liegt ganz bei Ihnen. Wollen Sie 'n Drink?«

»Nein danke.«

»Ich aber schon. Alles ist vergänglich, nur der Durst bleibt le-benslänglich!« Er goß sich ein großes Glas Springer Urvater ein, trank daraus, steckte sich einen Zigarillo an, legte den Kopf in den Nacken, blies den Qualm durch die behaarten Nasenlöcher aus und nahm den neuen Klienten ins Visier. »Telefonisch hatten Sie ja schon angedeutet, daß es um Tod oder Leben geht. Dann kom-men Sie doch mal zur Sache.«

»Könnten Sie vielleicht das Fenster öffnen?« fragte Dibelius. »Ich bin Nichtraucher.«

»Können könnte ich das schon«, erwiderte Jockel, »aber das würde uns beiden leidtun, denn im Parterre werden Schweine geschlachtet, und ich versichere Ihnen, daß der Rauch in diesem Raum deliziöser ist als der Blutgeruch aus dem Hof. Und nun schießen Sie mal los, mein Männeken. Raus mit der Sprache. Ich bin gespannt!«

Dibelius sah Jockel mißvergnügt dabei zu, wie er sich einen weiteren Schluck Springer Urvater einverleibte. Konnte dieser Trunkenbold der Aufgabe gewachsen sein, einen Serienmörder dingfest zu machen?

»Herr Jockel«, sagte Dibelius, »Sie haben doch sicher von den vier Morden an Schriftstellern gehört ...«

»Ja, logisch.«

»Ich bin der stellvertretende Vorsitzende des Vereins der deutschsprachigen Kriminalromanautoren, und wir möchten Sie damit beauftragen, den Mörder zu finden. Weil die Polizei schläft.«

»Ach? Und wieso hab ich hier nur den Stellvertreter vor mir? Und nicht den Obermacker Ihres Vereins?«

»Der Vereinsvorsitzende, Herr Echternhagen, befindet sich derzeit zur Kur in Bad Orb.«

»In Bad Orb? Da sollte er sich aber in acht nehmen«, sagte Jockel. »Bad Orb ist das deutsche Sinaloa. Seit letztem Jahr genau aufgeteilt zwischen den Günzelmann-Brüdern und dem Borngässer-Drogensyndikat. Nein, war nur Spaß! Reden Sie weiter ...«

Dibelius sammelte sich. Selbst über die Strecke von drei Metern hinweg registrierte er Jockels fauligen Mundgeruch. Was mochte dieser Unhold zuletzt gegessen haben? Eine Wanderratte? Oder Menschenfleisch?

»Es ist uns ernst mit diesem Auftrag, Herr Jockel. Finden Sie den Mörder! Wir werden Sie auch gut bezahlen!«

»Meine Grundpauschale beträgt fünftausend Euro«, sagte Jockel. »Zahlbar sofort. Und für jede Arbeitsstunde berechne ich dreißig Euro. Auslagen gehen extra. Erlauben Sie mir die Frage, wie Sie auf mich gekommen sind?«

»Sie sind uns von einem unserer Mitglieder empfohlen worden. Waldemar König. Er sagt, Sie hätten ihm einmal außerordentlich gute Dienste geleistet.«

Jockel schmunzelte. An diesen Job erinnerte er sich gut. König war von einem vorwitzigen Steuerfahnder belästigt worden, und Jockel hatte den Mann mit Hilfe einer Strapsmaus von der Reeperbahn in eine Sexfalle gelockt und ihn dadurch so gefügig gemacht wie einen Zirkusfloh. Über das stattliche Erfolgshonorar hinaus hatte Jockel dieser Coup eine Dauerüberweisung in Höhe von monatlich eintausend Euro aus dem Säckel des düpierten Steuerfahnders eingetragen.

Und von diesem feixenden Proleten erwarten wir die Lösung unserer Probleme, dachte Dibelius zweiflerisch, als er die Anzahlung auf den Tisch blätterte und Jockel fragte, wo er denn anzusetzen gedenke.

»Das überlassen Sie mal mir«, sagte Jockel. Er prüfte die Geldscheine im Licht seiner trüben Schreibtischfunzel. »Ich habe Kontakte.«

»In die Unterwelt?« fragte Dibelius. Er hatte selbst einmal einen Krimi geschrieben – »Die Eispickelmörder« –, der aber gefloppt war, und er wollte gern mehr über das kriminelle Milieu erfahren. Aus erster Hand.

»Nein«, blaffte Jockel. »Ins Müttergenesungswerk! Und nun huschen Sie zurück in Ihr Körbchen. Ihr Auftrag ist angenommen. Sie hören dann von mir.«

Die Schautafeln mit den blutigen Tatortfotos hatten es in sich, aber den Magen drehte es Ute Fischer erst um, als Erwin Zapp ihr eine Schachtel Pralinen unter die Nase hielt. Confiserie-Trüffel von Sprengel. »Eine kleine Aufmerksamkeit. Zur Einstimmung auf unser Teamwork. Ich habe eben mit Kommissar Riesenbusch gesprochen, und er hat uns derselben Arbeitsgruppe zugeteilt. Die ich übrigens leiten werde. Wir sollen uns zielführende Maßnahmen überlegen, die abseits der Routine liegen. Stichwort Brainstorming. Dürfte Koryphäen wie uns ja nicht schwerfallen …«

Een fule Ei verdarft dat ganze Nüst, dachte Ute. »Und wer ist sonst noch mit im Boot?«

»Außer uns zwei Hübschen? Kommissar Gerold, den Sie ja

schon kennen, der liebe Herr Wiesling, die Kommissarinnen Schubert und Farian, die an dem Hachenburger Saunamord dran sind, und last but not least der Analyst Sven Haberfeld. Guter Mann. Hat voriges Jahr den Erpresser des Kaufhauskönigs Riedl überführt. Ist aber irgendwie schräg drauf. Nimmt nur Hülsenfrüchte zu sich, war mal Großmeister im Schach, spielt Querflöte und fährt jedes Jahr zu den Salzburger Festspielen. Typisches Tukkenverhalten. Aber sagen Sie's nicht weiter!«

Er zwinkerte ihr verschwörerisch zu, und in der Sitzung lief er zu einer noch größeren Form auf. »Mesdames et Messieurs«, sagte er, »Sie wissen, weshalb wir uns hier versammelt haben. Es geht ein Mörder um in Deutschland, und nur wir können ihn stoppen. Ich habe gestern abend noch sehr lange fernmündlich mit meinem alten Kollegen Ray Berry von der Behavioral Analysis Unit im National Center for Analysis of Violent Crime in Quantico in Virginia gesprochen, und wir sind beide der Meinung, daß der Täter schizophren ist. Als FBI-Agent hat Ray Erfahrung mit solchen Mißgeburten, und er hat mir dazu geraten, eine Rundmail an alle deutschen Psychiater zu schicken. Mit einem auf den Täter zugeschnittenen Fragebogen. Den könnten Kommissarin Fischer und ich dann gemeinsam erarbeiten …«

Kommissar Gerold sah Ute Fischer erschauern und tischte eine andere Idee auf. Er habe sich kundig gemacht, was diese Krimis angehe, sagte er. Ganz oben auf allen Bestsellerlisten stehe jetzt der Regionalkrimi »Mittelrheinfieber« von Bennatz Neuß aus der Verbandsgemeinde Bad Breisig am Rhein. »Da fährt der Mörder mit einem Transporter auf die Festung Ehrenbreitstein und läßt hinten aus dem Wagen einen scharfgemachten Rottweiler raus, damit er aus einem Drogendealer Hackfleisch macht. Das ist der einzige Mord in diesem Krimi, und es ist gut möglich, daß der Täter ihn gelesen hat. Vielleicht können wir Bennatz Neuß als Lockvogel einsetzen. Sofern er Lust dazu haben sollte, auf der Festung Ehrenbreitstein spazierenzugehen …«

Es wurden noch einige weitere Gedankenspiele erörtert: Wiesling schlug vor, die Namen der Opfer von einem Kryptologen checken zu lassen, weil da ja vielleicht ein verborgener Zusammenhang existiere; Haberfeld äußerte die Mutmaßung, daß die Tatorte Bad Bevensen, Hachenburg, Neuharlingersiel und Kißlegg ein geographisches Rebus darstellten, aus dem sich möglicherweise der nächste Tatort ergebe; Kommissarin Farian warf die Frage auf, ob das Vorleben der Opfer nicht noch intensiver als bisher auf Querverbindungen zwischen ihnen untersucht werden müsse, und Kommissarin Fischer regte an, die bestehende Arbeitsgruppe alle drei Stunden personell völlig neu zu besetzen. »Natürlich unter Ihrer bewährten Leitung, Herr Zapp. Auf diese Weise wäre der ständige Zustrom neuer Gedanken sichergestellt. Wer ist alles dafür?«

Zapp war der einzige, der nicht die Hand hob. Damit hatte Ute sich selbst und den anderen zu einem eleganten Abgang verholfen. Beim Hinausgehen hörte sie allerdings noch, wie Zapp die Kommissarin Schubert ansprach: »Auch wenn ich kein Forensiker wäre, würde mir auffallen, daß Sie hungrig aussehen! Darf ich Sie zum Essen einladen? Ich kenne ein italienisches Restaurant, das Sie lieben werden …«

Kommissar Riesenbusch zeigte sich dann recht angetan von dem Plan, Bennatz Neuß als Köder auf der Festung Ehrenbreitstein zu plazieren. »Am besten machen Sie beide gleich für morgen einen Termin mit ihm aus«, sagte er zu Gerold Gerold und Ute Fischer. »Machen Sie ihm klar, daß er nichts zu befürchten hat. Wir werden das Ganze so perfekt absichern, als wäre er der Dalai Lama persönlich!«

Frank Schulz war nur mal eben eingeduselt, auf dem Sofa in seiner Osnabrücker Dichterklause – ein Vorkommnis, dem keine große Bedeutung innewohnte. Aber als er nach einem Stündchen wieder zu sich kam, hatte sein Leben sich von Grund auf geändert. Er wußte das bloß noch nicht.

Nachdem er Teewasser aufgesetzt, die Post hereingeholt, einen

Himbeerjoghurt gegessen und die Spülmaschine ausgeräumt hatte, öffnete er seinen E-Mail-Account und rieb sich die Augen. Konnte dort wirklich »2648 neue Nachrichten« stehen? Er sah noch einmal hin. Jetzt stand dort »2653 neue Nachrichten«.

Der Teekessel pfiff. »Halt's Maul!« rief Schulz und starrte auf die vierstellige Zahl, die sich fortlaufend veränderte: 2657 … 2661 … 2668 …

Er klickte die neueste Nachricht an:

Schweine wie du gehören selber abgeknallt du Ratte!!! Wir krigen dich!!!

Und die darunter:

Wie können Sie es wagen, derart menschenverachtende Äußerungen von sich zu geben?! Sie sollten sich schämen!!

Und eine weitere:

Für Abschaum wie Sie ist das Gefägniß noch viel zu wenig! Man mus Sie ausser Landes abschieben in ein Staat mit Folter!!!!!!!!!!!!!!!

»Da wird doch der Hund in der Pfanne verrückt«, sagte Schulz. »Haben die euch zu heiß gewindelt oder was?« Er lief in die Küche, brachte den Kessel zum Schweigen und schaltete sein Smartphone ein.

Das gleiche in Grün: eine Sintflut von Nachrichten. Und schon klingelte es.

»Schulz hier«, sagte Schulz voll banger Erwartung. Seine Stimme klang hohl.

»Ah, Herr Schulz! Wie schön, daß ich Sie erreiche! Mike Thiele hier von Radio N-Joy! Was sagen Sie zu der Debatte, die Sie losgetreten haben?«

»Welche Debatte? Ich versteh nur Bahnhof!«

»Na, hören Sie mal! Sie haben die deutschen Kriminalromanautoren als Mafia bezeichnet und die Morde an ihnen als ›angewandte Literaturkritik‹ bewitzelt! Und da wundern Sie sich noch, daß die Empörung hochkocht?«

Nun klingelte es auch an der Wohnungstür. Schulz beendete

das Gespräch und sah durchs Küchenfenster nach unten. Auf der Straße stand ein Ü-Wagen vom NDR. Und gerade kam ein zweiter von RTL angebraust.

Aus der Küche hastete Schulz zu seinem Rechner zurück und googelte Mafia + Schulz + »angewandte Literaturkritik«.

37 404 Ergebnisse! An erster Stelle stand ein Bericht von *Bild.de*, der vor dreizehn Minuten erschienen war:

Für den Schriftsteller Frank Schulz (62) gehören alle Krimi-Autoren einer »Mafia« an. Aber die Morde, denen vier von ihnen zum Opfer gefallen sind, sieht er ganz locker: Das sei eben »angewandte Literaturkritik«. Und nichts weiter.

Das hat Schulz gestern in Wiesbaden vor einer Sonderkommission der Polizei erklärt, die die bestialischen Morde an den Krimi-Autoren Armin Breddeloh, Frieder Lindenthal, Hobbe Hubertus Schepker und Justus Weindl untersucht.

Jetzt kriegt er die Quittung! Auf Twitter posten bereits Zehntausende unter dem Hashtag #SchulzAmPranger ihre Meinung. Der Krimi-Autor Waldemar König (48) gegenüber BILD: »Dafür wird Herr Schulz sich verantworten müssen. Ich habe Strafanzeige erstattet.«

Severin Dibelius, der stellvertretende Vorsitzende des Vereins der deutschsprachigen Kriminalromanautoren (VDDK), geht noch weiter: Er verlangt eine öffentliche Entschuldigung des BKA-Präsidenten und des Bundesinnenministers und die Offenlegung des Honorars, das Schulz für seinen Vortrag bezogen hat. »Das wird er auf Heller und Pfennig zurückzahlen müssen. Wie kommt das BKA überhaupt dazu, irgendeinen dahergelaufenen Kleinschriftsteller einzuladen, der auf Steuerzahlerkosten Spott und Häme über vier Mordopfer ausgießt? Und uns als Mafia denunziert? Sieht so die Arbeit der Sonderkommission aus? Wenn das so weitergeht, wird sich der Mörder ins Fäustchen lachen!«

An der Tür läutete es Sturm, das Smartphone bimmelte ohne Unterlaß, die Reportermeute auf der Straße wuchs, und Schulz atmete durch.

Was tun? Er genehmigte sich einen doppelstöckigen Brandy. Dann zertrümmerte er mit einem Handkantenschlag die Türklingel und rief seinen Verlagsagenten Thomas Hübner an.

»Hallo, Frank«, sagte Hübner. »Hast du deine Mailbox schon abgehört?«

»Nein, verflucht! Hab nur 'n Nickerchen gemacht und bin währenddessen offensichtlich tief in die Scheiße geritten worden!«

»Stimmt das denn, daß du diesen Vortrag gehalten hast? Im BKA?«

»Ja! Aber das ist auch alles! Das mit der Mafia war nur so dahingesagt, als Späßchen, und das mit der ›angewandten Literaturkritik‹ ist aus dem Zusammenhang gerissen worden! Ich hatte gesagt, daß es zynisch wäre, diese Morde so zu interpretieren! Und dann muß irgendwer aus dieser Sonderkommission das verkürzte Zitat mitsamt meiner E-Mail-Adresse an die Presse weitergegeben haben! Oder an Twitter oder Facebook oder weiß der Deibel! Und jetzt rennen die Journalisten mir hier die Bude ein!«

»Am meisten scheinen die Leute sich darüber aufzuregen, daß du für deinen Vortrag Geld bekommen hast …«

»Ich bitte dich! Das waren hundertfünfzig Piepen! Und die Erstattung meiner Spesen! Kaum der Rede wert!«

Schulz sah wieder zum Küchenfenster hinaus. Drei neue Ü-Wagen waren angerollt. Von n-tv, Sat.1 und CNN. Ihr seid doch alle vom wilden Affen gebissen, dachte er und kehrte zu der Flasche Brandy El Maestro Sierra Gran Reserva zurück, die sein Ex-Verleger Gerd Haffmans ihm zum Sechzigsten geschenkt hatte. In einer Welt von Feinden war sie ein verläßlicher Freund.

»Du machst jetzt Folgendes«, sagte Hübner. »Du twitterst dein Bedauern und entschuldigst dich bei allen, die sich verletzt fühlen, und heute abend stehst du im Fernsehen Rede und Antwort. Ich stiele das ein. Und du putzt dich raus. In einer Stunde wirst du abgeholt.«

Zum Kochen fühlten Gerold Gerold und Ute Fischer sich viel zu müde. Gerold rief einen Pizza-Bringdienst an, und danach beantragte Ute einen Cinzano. »Falls deine Schwester sowas Abartiges im Haus hat und wir uns bedienen dürfen …«

Sie streifte ihre Schuhe ab, ließ sich auf die Couch fallen und nahm die Programmzeitung vom Tisch. »Hey, Gerold, willst du nicht auch mal wieder was anderes sehen als immer nur Blutspuren und die Goldzähne von Erwin Zapp? Vielleicht 'n Tierfilm? Oder einen Schmachtfetzen aus Hollywood?«

»Such uns was Schönes aus«, rief Gerold aus der Küche zurück, wo er Eiswürfel in einem Handtuch zerstieß. »Aber erinnere mich heute bitte nicht mehr an Zapps Freßleiste!«

Zu ihrem Entzücken stellte Ute fest, daß im Ersten nach der *Tagesschau* »Schlaflos in Seattle« lief. Einer ihrer großen Favoriten. Sie hatte den Film schon dreimal gesehen und sich jedesmal in Tom Hanks verliebt. Nur in »Cast Away« sah er noch prickelnder aus.

Gerold verteilte das Eis auf zwei Gläser, goß etwas Canadian Club, Cinzano Rosso und frischgepreßten Orangensaft darüber, fügte jeweils einen Fingerhut Angostura hinzu und schritt mit dem Serviertablett ins Wohnzimmer. Dort wollte er die Fischerin mit der Frage betören: »Vous désirez un apéritif, Mademoiselle?« Dafür reichte sein Schulfranzösisch noch aus, und so polyglott wie Erwin Zapp war er allemal.

Doch es kam anders. Der Spielfilm »Schlaflos in Seattle« wurde durch einen ARD-*Brennpunkt* ersetzt, in dem es um die Morde an Breddeloh, Schepker, Lindenthal und Weindl gehen sollte, und bevor Gerold eine Silbe sagen konnte, schrie die Fischerin auf: »Ihr Flitzpiepen! Ich hab Feierabend!«

Den Cocktail nahm sie umso dankbarer entgegen.

»Cin Cin«, sagte Gerold, als er sich neben ihr niedergelassen hatte, und Ute ergänzte den alten Trinkspruch: »Cinzano!«

Dann hörten sie sich an, was die öffentlich-rechtlichen Journalisten und ihre Interviewpartner zu der Mordserie zu sagen hatten: Blabla, blabla … Betroffenheit … Entsetzen … Mitgefühl …

Ein Kommentator behauptete, daß sich »ganz Deutschland im Schockzustand« befinde. Die Fischerin wollte schon umschalten, weil sie das Gequatsche nicht mehr aushielt, doch dann sagte der Anchorman: »Zugeschaltet wird uns jetzt live aus Hannover der Schriftsteller Frank Schulz, der vor einer Sonderkommission der Polizei gesagt haben soll, daß die Autoren deutscher Kriminalromane einer Mafia angehörten und daß die Morde an einigen von ihnen nichts weiter seien als eine Art angewandter Literaturkritik. Guten Abend, Herr Schulz.«

Auf dem Bildschirm erschien der Kopf von Frank Schulz, der in eine falsche Richtung blickte.

»Herr Schulz, was werfen Sie den Verfassern deutschsprachiger Regionalkrimis denn eigentlich vor? Ganz konkret?«

»Rein gar nichts!« sagte Schulz. Jetzt hatte er die richtige Kamera im Auge. »Das ist alles nur ein albernes Mißverständnis! Gegenüber der Polizei hab ich gesagt, daß es zynisch wäre, diese Morde als ›angewandte Literaturkritik‹ zu bezeichnen. Deswegen ist es ja auch geradezu lächerlich, mich als jemanden hinzustellen, der hier irgendwas verharmlost! Ich verachte den Mörder, der das getan hat, und ich hoffe, daß er geschnappt und streng bestraft wird!«

»Und inwiefern bilden die Autoren deutscher Regionalkrimis für Sie eine Mafia?«

»Herrgott, das hab ich doch nicht ernst gemeint! Sonst müßt ich doch 'ne Schacke haben. Die sind alle schwer in Ordnung! Meine Absicht war einzig und allein die, der Polizei einen kleinen Dienst zu erweisen. Auf deren Bitte hin, wohlgemerkt! Aber da meine Äußerungen falsch verstanden worden sind, möchte ich mich hier gern in aller Form entschuldigen …«

»Und wie hoch ist das Honorar, das Sie für Ihre Schmährede kassiert haben?«

»Wie oft soll ich's denn noch sagen? Das war keine Schmährede!«

»Sie weichen aus. Wie hoch war Ihr Honorar?«

»Hundertfünfzig Euro. Und die hab ich gespendet. Und zwar an die Hilfsorganisation Weißer Ring, einen gemeinnützigen Verein zur Unterstützung von Kriminalitätsopfern. Hier ist die Spendenquittung!« Er hielt sie in die Höhe.

»Sie haben sich Ihre Spende also quittieren lassen, damit Sie das Geld von der Steuer absetzen können?«

Darauf fiel Schulz so schnell keine Antwort ein, aber sein gequälter Gesichtsausdruck sprach Bände.

»Soll ich die Frage wiederholen?«

»Das müssen Sie nicht«, sagte Schulz. »Sie können mir glauben, daß ich das Geld nicht gespendet habe, um mich zu bereichern. Das kann ich sogar beweisen. Hier, sehen Sie?« Er riß die Quittung entzwei und warf die beiden Hälften fort. Eine nach links und eine nach rechts. »Jetzt zufrieden?«

»Was soll dieser symbolische Akt bezwecken, Herr Schulz? Wollen Sie damit den Kriminalitätsopfern Ihre Verachtung zeigen?«

Gerold stöhnte auf und rief: »Können die den armen Kerl nicht endlich in Ruhe lassen?«

»Zum letzten Mal«, sagte Schulz. »Ich versichere hiermit hoch und heilig, daß ich niemanden verächtlich machen oder beleidigen oder verletzen will. Wenn ich das trotzdem getan haben sollte, tut es mir von ganzem Herzen leid. Auf Wiedersehen.«

»Wir hätten aber noch ein paar Fragen mehr!«

Er habe »alles gesagt«, murmelte Schulz, stand auf und ging aus dem Bild.

Der Anchorman zog die Brauen hoch und wandte sich wieder den Zuschauern zu. »Ja, meine Damen und Herren, Sie haben selbst gesehen, daß der Schriftsteller Frank Schulz zu impulsiven Handlungen neigt. Dafür ist unser nächster Gast aber jemand, der das Licht der Öffentlichkeit nicht zu scheuen braucht. Ich begrüße hier bei uns im Studio den Schriftsteller Waldemar König!«

»Madonna mia cara!« entfuhr es der Fischerin. »Nicht schon wieder diese Krücke!« Sie stellte den Fernseher aus. »Laß uns lieber Musik hören. Irgendwas Stimmungsvolles …«

»Meine Schwester besitzt sogar noch Vinylplatten«, sagte Gerold. »Vielleicht ist ja was Passendes dabei. Was verstehst du denn unter stimmungsvoll? Richard Wagner? Oder eher Dixieland?«

»Um Gottes willen! Nein, ich meine was Dezentes ...«

Während Gerold eine Platte von Leon Redbone auflegte und die Gläser wieder auffüllte, massierte Ute sich die Füße und gähnte, bis ihr die Ohren knackten. Was für ein Tag!

Sie hatte nicht vor, Gerold zu verführen oder sich von ihm verführen zu lassen, aber als er neben ihr auf das Couchpolster sank, legte sie probehalber den Kopf an seine Schulter. Und Leon Redbone sang dazu mit seiner einschmeichelnden Kettenraucherstimme.

I like lazy weather, I like lazy days,
Can't be blamed for having lazy ways ...

»Wenn du keine plausiblen Einwände dagegen erhebst, werde ich dann mal den Arm um dich legen«, sagte Gerold.

»Ich bitte darum«, sagte Ute und schmiegte sich enger an ihn.

»Vorher müßte ich mich nur noch einmal kurz vorbeugen, um aus meinem Glas zu trinken. Wenn du erlaubst.«

»Tu das.«

Er tat es. Dann legte er den Arm um sie, und Leon Redbone croonte:

Up a lazy river, how happy you could be
Up a lazy river with me ...

Der Bote vom Pizza-Service mußte zehnmal schellen, bis in der Villa in Bad Soden endlich jemand an die Tür kam. Ein halbnackter Mann mit zerstrubbelter Frisur, der ihm einen Hunderter zusteckte und sagte: »Stimmt so. Keine Zeit zum Wechseln! Danke!«

Erwin Zapp rieb sich die Hände. Den Schönling Frank Schulz hatte er nur allzu gern ans Messer geliefert und ein angemessenes Informationshonorar dafür eingestrichen. Diese SoKo war der reinste Goldesel. Und wenn die Kommissarinnen Fischer und

Schubert sich nicht bald etwas gefälliger zeigten, würde er auch die eine oder andere interne Äußerung von ihnen durchsickern lassen und sie in klingende Münze verwandeln. Diese Weiber würden ihn noch darum anwinseln, daß er Gnade vor Recht ergehen ließ!

6

In der Gärtnerei Döring Algenkalk zur Bekämpfung der leidigen Buchsbaumzünsler kaufen und im Bad Belziger Baumarkt Justierklötze und Massivholzdielen, den Elektroschrott entsorgen, die alten Gardinenleisten und die Kinderschubkarre bei Ebay einstellen, Oma Neschholz zum Geburtstag gratulieren, Vanessa zum Geigenunterricht fahren, Leon vom Fußball abholen, den Rasen mähen, die Betten demontieren, die Unterlagen für die Umsatzsteuererklärung zusammensuchen und die Sache mit Bärbel klären: Kurz vor seinem Umzug von dem brandenburgischen Kuhdorf Gömnigk nach Berlin-Mitte hatte Benno Druschke sich mit einer langen To-do-Liste herumgeplagt, aber damit war Schluß, seit er gefesselt im Kofferraum seines Kia Picanto lag und alle Zeit der Welt hatte, über sein Leben nachzudenken. Und über seinen Tod.

Nie wieder, dachte Druschke, würde er beim Einladen von Massivholzdielen Hilfe annehmen! Von dem Fremden hatte er eins auf die Zwölf bekommen, das wußte er noch. Und jetzt ging's volle Fahrt voraus.

Aber wohin?

Druschke wußte leider nur zu gut, daß es sich nicht gelohnt hätte, ihn und seine Familie zu erpressen. Mit seinen Romanen »Die toten Augen von Bad Belzig«, »Endspiel in Neschholz« und »Reimt Crime sich auf Burg Rabenstein?« hatte er Achtungserfolge erzielt, aber viel Geld war bei ihm nicht zu holen.

Wenn es der Serienmörder war, der ihn entführt hatte, stand Druschke ein böses Ende bevor. Er zählte nach, wie viele Menschen in seinen Romanen über die Klinge gesprungen waren. Und er erschauderte, als er an die Methoden dachte, die er selbst beschrieben hatte. In »Die toten Augen von Bad Belzig« wurde ein Polizeispitzel von einem chinesischen Mädchenhändler zerhackt und gegrillt, in »Endspiel in Neschholz« erwürgte ein rumänischer Psychopath eine Nonne im Kloster Lehnin mit einer Garotte, und in »Reimt Crime sich auf Burg Rabenstein?« hauchte ein verdeckter Ermittler sein Leben aus, als der obere Teil des Stamms einer tief im Wald zwischen Gömnigk und Neschholz gefällten Eiche punktgenau auf seinen Schädel krachte.

Der Wagen bog ab. Auf einen Waldweg, wie es schien, denn es wurde holprig. So wie in Druschkes jüngstem Roman, in dem es hieß:

Der Wagen bog ab. Auf einen Waldweg, wie es schien, denn es wurde holprig.

Ein Steinkauz flog auf, als das fahle Scheinwerferlicht auf eine angesägte Eiche fiel. Der Wagen hielt. Der Fahrer, der einen schwarzen Kapuzenpullover trug, schaltete den Motor aus, zog die Handbremse an, stieg aus, ging um das Auto herum und öffnete die Kofferraumklappe.

Dort lag der Ermittler Johannes Krause. Ein Häufchen Elend, das sich eingenäßt hatte.

»Lassen Sie mich laufen, wenn ich Ihnen verrate, wer das Komplott gegen Ihre Connection mit den Russen geschmiedet hat?« fragte Krause.

»Negativ«, sagte der Kapuzenmann. Er beugte sich über den Kofferraum, hob Krause heraus, warf ihn sich über die Schulter wie einen Winterschal und trug ihn fort.

»Sie müssen das nicht tun«, krächzte Krause und spuckte einen seiner lockergeschlagenen Zähne aus. C13. Der hatte ihm schon öfters Ärger bereitet. Weg damit. Nicht schade drum! »Ich weiß, daß Sie im Kern ein guter Mensch sind«, fügte Krause hinzu,

während ihm das Blut aus dem Mund tropfte. »Aber ich will jetzt
gar nicht von Ihrem Seelenheil reden. Ich will vielmehr darauf
hinaus, daß wir Ihnen einen Deal anbieten können: Sie geben uns
die Namen der Attentäter, die das Bordell von Lackschuh-Werner
in die Luft gejagt haben, und wir garantieren Ihnen, daß Ihrer
Braut nichts geschieht. Und daß Sie nach drei oder vier Jährchen
wieder auf freiem Fuß sind!«
Der Kapuzenmann legte Krause nieder und bettete den Kopf sei-
nes Opfers auf einen Baumstumpf.
»Sie machen einen großen Fehler!« rief Krause. »Der Staatsan-
walt weiß sowieso schon Bescheid über Ihre Nebengeschäfte!«
Das ließ den Kapuzenmann kalt. Er hob eine Betonplatte an,
packte sie Krause auf den Bauch und sagte: »Eine kleine Ruhepille.
Damit du nicht so herumzappelst, wenn die Party beginnt!«
Krauses Augen traten weit hervor, als er zum allerletzten Mal in
seinem Leben all das Schöne hörte, sah und roch, was ein Wald
zu bieten hat: Blätterflirren, Kuckucksrufe, Baumharz, Rascheln,
Mückensirren und das eintönige Klopfen eines Spechts.
Dann heulte eine Motorsäge auf, und Krause hob den Kopf.
Den Stamm der Eiche sah er wie in Zeitlupe herabstürzen. In den
letzten Sekunden seines Lebens fragte er sich unnötigerweise, wie
er als Toter die neue Heizölrechnung bezahlen könnte, und dann
war es um ihn geschehen, denn der Eichenstamm schlug seinen
Kopf zu Brei.

Der Wagen hielt. Benno Druschke hörte, wie der Fahrer den
Motor ausschaltete, die Handbremse anzog, ausstieg, um das Auto
herumging und den Kofferraum öffnete.

Ein Taschenlampenlichtstrahl blendete Druschke. Von dem
Mann, der die Taschenlampe in der Hand hielt, war nur der Um-
riß seiner Kapuze auszumachen.

»Lassen Sie mich laufen, wenn ich Ihnen verrate, wer das Komplott gegen Ihre Connection mit den Russen geschmiedet hat?«
fragte Druschke auf gut Glück, obgleich ihm nichts über eine solche Connection bekannt war.

»Negativ«, sagte der Kapuzenmann. Er beugte sich über den Kofferraum, hob Druschke heraus, warf ihn sich über die Schulter wie einen Winterschal und trug ihn fort.

»Sie müssen das nicht tun!« rief Druschke. »Sind Sie nicht irgendwo im Kern ein guter Mensch? Denken Sie an Ihr Seelenheil! Oder an den Staatsanwalt!«

Der Kapuzenmann bettete Krause auf den Waldboden. »Und das Köpfchen fein hier auf dem Baumstumpf liegenlassen, ja? Ach, und weil's mir gerade einfällt: Algenkalk ist kein gutes Mittel gegen Buchsbaumzünsler. Glauben Sie mir – der Kalk lagert sich zwar auf dem Blattwerk ab, so daß die Zünsler sich nicht mehr darüber hermachen können, aber er verhindert die Chlorophyllbildung, und dadurch sterben die Buchsbäume ab. Können Sie sich das merken? Für Ihr nächstes Leben?«

Druschkes Gedanken rasten. Hatte dieser Mensch noch alle Speichen auf dem Rad? Weshalb brachte er jetzt das Thema Algenkalk auf?

Der Versuch, davonzurobben, mißglückte Druschke. Der Kapuzenmann holte ihn zurück, nahm die einen Meter im Quadrat messende Betonplatte auf, die gleich neben dem Baumstumpf bereitgelegen hatte, und ließ sie auf Druschkes Bauch fallen.

»Uff«, sagte Druschke.

Der Kapuzenmann sah ihn fragend an. »Kennen Sie den Song ›Carry That Weight‹ von den Beatles?«

»Was?« japste Druschke. »Nein … wieso?«

»Da singen sie: ›Boy, you're gonna carry that weight, carry that weight a long time.‹ In Ihrem Fall trifft das aber nicht zu. Ich werde Ihre Leiden abkürzen. Boy, you're gonna carry that weight a very short time …«

Es war Druschke unmöglich, sich mit der schweren Platte auf dem Bauch von der Stelle zu bewegen. Er mußte hilflos mitansehen, wie der Kapuzenmann zu einer Eiche ging, die in zwanzig Metern Entfernung aufragte, und eine Motorsäge aufjaulen ließ.

Vielleicht hat er sich ja verrechnet, und der Stamm fällt nach hinten oder nach links oder nach rechts, dachte Druschke, doch diese Hoffnung ließ er fahren, als er sah, wie die Eiche sich neigte.

Falls in diesen Sekunden vor seinem inneren Auge sein ganzes Leben ablief wie ein Film, war Druschke der einzige Zuschauer. Hätte es andere gegeben, wären sie wahrscheinlich spätestens nach der Szene ausgestiegen, in der er sich dazu bereiterklärte, als »IM Eintänzer« die Schauspielerin Inge Meysel zu stalken. Nein, er hatte kein schönes Leben gehabt. Weder vor noch nach dem Fall der Mauer. Obwohl der Krimi »Reimt Crime sich auf Burg Rabenstein?« ganz gut besprochen worden war. Zumindest in der Ostpresse. »Ein Krimi der Extraklasse«, hatte die *Thüringer Allgemeine* geschrieben, und im *Döbelner Anzeiger* war Druschke sogar als »brandenburgischer Erbe von Sir Arthur Conan Doyle« gewürdigt worden.

Der Eichenstamm kam näher. Wie viele Meter mochten es noch sein, die ihn von Druschkes Stirnbein trennten? Zehn? Fünfzehn?

Eigenartig, dachte Druschke, daß das so lange dauert, aber dann ging es plötzlich ganz schnell, und aus seiner vom Eichenstamm zerschmetterten Schädelkalotte flog fast alles heraus, was sich vorher darin befunden hatte.

Viel war es nicht.

»Okay«, sagte Bennatz Neuß. »Sie setzen mich auf der Festung Ehrenbreitstein aus, der Täter hetzt mir einen Rottweiler auf den Hals, und dann verhaften Sie sowohl den Täter als auch den Rottweiler. Hab ich das soweit richtig verstanden?«

Gerold und die Fischerin wechselten einen kurzen Blick. Sie hatten schon gemerkt, daß Neuß kein Dummkopf war, obwohl seine Wohnzimmereinrichtung auf jemanden schließen ließ, der den Verstand verloren hatte: eine mit Ornamenten verzierte Schrankwand aus dem Paläozoikum, Brokatvorhänge mit Schmetterlingsmuster, Gardinentroddeln mit golddurchwirkten Quasten, ein Hirschgeweih, ein Dutzend Zinnteller, Kunstdrucke von Marc Chagalls banalsten Geigerbildern, ein Porzellanpudel in Lebensgröße, ein häßlicher Perserteppich, ein Leuchtkörper in der Form eines Einhorns und drei Lavalampen, in denen bunter Glubber blubberte …

Auf die Scharfschützen könne man sich hundertprozentig verlassen, sagte Gerold. »Wenn da wirklich ein Rottweiler angetanzt kommt, ist er nach zwei Sekunden tot. Wir werden mit einem Team von mehr als zwanzig Mann zugegen sein. Alles handverlesene Profis. Bei diesem Einsatz sind Sie so sicher wie in Abrahams Schoß. Und außerdem viel sicherer als jetzt. Vielleicht späht der Täter Sie ja bereits aus. Die ganze Sache dient nur Ihrem Schutz!«

Neuß benagte seine Oberlippe und knetete sein linkes Ohrläppchen mit Zeigefinger und Daumen. Dann verschränkte er die Arme und bekaute auch seine Unterlippe, bis ihm ein Einwand einfiel: »Ich will ja kein Frosch sein, aber wieso fragen Sie eigentlich mich und nicht Waldemar König? Der ist jetzt so oft im Fernsehen zu sehen, daß er dem Mörder wie eine lebende Zielscheibe vorkommen muß!«

Er will kein Frosch sein, aber aussehen tut er wie ein Breitmaulfrosch, dachte Ute.

»Herr König ist bei weitem nicht so berühmt wie Sie, Herr Neuß«, sagte Gerold. »Unter den Autoren, die Regionalkrimis schreiben, sind Sie die Nummer eins! Das sieht man doch schon an den Auflagenzahlen …«

Auch Ute legte sich ins Zeug: »Wenn sich herumspricht, daß wir den Täter mit Ihrer Hilfe gefaßt haben, werden sich diese Zahlen bestimmt noch verhundertfachen. Man wird Sie als Helden feiern. Und Sie gehen nicht das geringste Risiko ein. Sie werden eine kugelsichere Weste tragen sowie Armschutz, Beinschutz und einen Unterleibsschutz aus bruchsicherem Hartplastik.«

Neuß rang mit sich. Für Ruhm und Reichtum war er empfänglich, aber der Gedanke an den Rottweiler machte ihn nervös.

»Kennen Sie den Western, in dem Gary Cooper ganz allein einer Verbrecherbande entgegentritt?« fragte Gerold. »Weil alle anderen Männer in der Stadt zu feige dafür sind? Ich habe Ihren Roman gelesen, Herr Neuß, und wenn mich nicht alles täuscht, sind Sie aus dem gleichen Holz geschnitzt wie Gary Cooper. Oder sollte ich mich irren?«

Zu Utes Erstaunen verwandelte sich der Breitmaulfrosch Neuß bei diesen Worten zwar nicht gerade in einen Prinzen, aber doch in einen Mann, auf den man zählen konnte, denn er holte tief Luft und sagte: »Also gut. Aber ich verlange drei Dinge: eine Ultraschallpfeife, Pfefferspray und eine Schreckschußpistole.«

Alle waren auf dem Posten. Kommissar Gerold saß in Zivil an einem Biertisch oben auf der Festung Ehrenbreitstein, gegenüber von Kommissarin Fischer, und stand in Funkverbindung mit dem Sondereinsatzkommando, das von Oberkommissar Ludger Stoltze aus Koblenz geleitet wurde. Im Verborgenen richteten sich fünf Gewehrläufe auf den Parkplatz an der nahegelegenen Greifenklaustraße und fünf weitere auf das Areal, auf dem Bennatz Neuß seine Runden drehte.

»Was macht Neuß?« fragte Stoltze, der den Parkplatz überwachte.

»Geistert zur Brüstung und sieht sich das schöne Rheintal an«, sagte Gerold.

Durch sein Fernglas nahm Neuß das Reiterdenkmal am Deutschen Eck in Augenschein. Kaiser Wilhelm hoch zu Pferde. Eine in Bronze gegossene Sahnetorte für die Nostalgiker, die der deutsch-französischen Erbfeindschaft nachtrauerten.

»Siehst du den Fettsack da hinten?« fragte die Fischerin. »Den mit der blauen Windjacke? Der ist mir vorhin schon aufgefallen. Scheint Neuß hinterherzuschleichen.«

Gerold funkte es weiter: »Verdächtige Person am Felsenweg. Blaue Windjacke. Korpulent.«

»Darf's bei Ihnen noch was sein?« fragte die Kellnerin.

»Ja, zwei Cappuccinos«, sagte Gerold.

»Nein, zwei Cappuccini«, sagte Ute.

»Heb dir den Sprachunterricht für ein andermal auf«, sagte Gerold und behielt den Windjackenmann im Auge, der seinerseits den Blick genau auf Bennatz Neuß gerichtet hielt.

Gerold an alle: »Könnte sein, daß wir ihn haben.«

Stoltze an Gerold: »Freuen Sie sich nicht zu früh. Wir halten hier die Stellung.«

Als Neuß auf dem Plateau zum Eingang des Koblenzer Landesmuseums stakste, heftete sich ihm der Windjackenmann an die Fersen. Gut zehn Meter trennten die beiden Männer. Neuß bemerkte es nicht. Er blinzelte, weil ihm Schweißperlen in die Augen liefen, und seine Pulsfrequenz hätte jeden Kardiologen aufhorchen lassen. »Schauen Sie nicht hinter sich«, hatte Kommissar Gerold gesagt. »Starren Sie niemanden an. Schlendern Sie herum und denken Sie an irgendwas Schönes. Essen Sie ein Eis, wenn Ihnen danach ist. Bleiben Sie ganz entspannt!«

Ganz entspannt! Während man auf den Angriff eines beißwütigen Rottweilers gefaßt sein mußte! Dieser Kommissar hatte gut reden …

Und was war, wenn der Mörder irgendeine andere Teufelei ausgeheckt hatte? Eine, mit der die Polizei nicht rechnete? Vielleicht schickte er ja eine Killerdrohne los. Oder er ließ einen Schwarm Fledermäuse frei, die Ebolaviren übertrugen. Wozu er fähig war, hatte man schließlich gesehen.

Vor dem Landesmuseum schwenkte Neuß nach rechts ab und blickte bedrückt in den Himmel. Ein wolkenloser Sommertag. Wie geschaffen für einen Flirt mit dem Tod. Der aus jeder beliebigen Richtung kommen mochte. Zum Beispiel von dort vorn, wo irgendein Heiopei mit fünf Bällen jonglierte. Konnte nicht einer davon eine Handgranate sein? Hatten die Polizisten das einkalkuliert? Und lag tatsächlich ein Säugling in dem Kinderwagen, den der kurzbehoste und scheinbar so friedfertige Daddy da vor sich herschob? Und nicht doch ein Bündel Dynamitstangen?

Neuß zürnte jedem einzelnen Menschen, der hier seine Freizeit verbrachte. Er wünschte sich weit weg und dachte voller Unbehagen an die Absätze, die er in seinem Roman dem Tod des serbischen Kleinkriminellen Darian Kovač gewidmet hatte:

Purpurgoldener Sonnenschein glitzerte auf der Mosel und dem treuen Vater Rhein und ließ die altehrwürdige Festung Ehrenbreitstein in ihrer ganzen Pracht erglänzen, als Kovač aus der Seilbahnkabine stieg, um den Kurier vom Juárez-Kartell zu treffen. Als Erkennungszeichen hielt Kovač einen Wimpel des Koblenzer Karnevalsvereins Funken »Rot-Weiß« 1936 e. V. in der Linken. Wenn diese Sache klappte, würde für Kovač ein neues Leben beginnen. Mit den Daten auf dem USB-Stick in seinem Darm konnte er den Mexikanern den kompletten Škaljari-Clan auf dem Silbertablett servieren, und zum Dank würden sie einen reichen Mann aus ihm machen. Gürtelschnallen von Hermès, eine Armbanduhr von Patek Philippe, der Panamera Turbo Executive von Porsche und ein endloser Reigen von Edelnutten rückten damit in greifbare Nähe. Und das für ihn, einen Bauernsohn aus der Provinz Vojvodina, der mit einer Hasenscharte und einer Schilddrüsenunterfunktion auf die Welt gekommen war! Als dreizehntes von vierzehn Kindern!

Während Kovač auf den Kurier wartete und von der Zukunft träumte, öffneten sich hinter der Festung auf dem Parkplatz an der Greiffenklaustraße die Hecktüren eines Lieferwagens, und ein strammer, reinrassiger, fünfzig Kilo schwerer Rottweiler mit kerngesunden Zähnen sprang heraus und nahm Kurs auf sein Ziel. Wie ein tödlicher Pfeil flog er dahin. Ein Pfeil aus Fleisch und Blut, der nur eines wollte: die Mission erfüllen. Seine Nase sagte ihm genau, wohin es ging – über die Wiese, an der Falknerei vorbei und direkt auf den jungen Mann zu, der so penetrant nach Rasierwasser roch.

Kovač sah den Hund nicht kommen und war gänzlich überrumpelt. Die Bisse in den linken Oberschenkel, den linken Arm und die Hüfte hätten sich zur Not noch verarzten lassen, aber als Kovač umfiel, biß der Rottweiler ihm die Gurgel durch und machte

dann auch kurzen Prozeß mit dem Gesicht und anderen Teilen
des Weichteilgewebes.
Die Hinterbliebenen entschieden sich für eine Feuerbestattung.

Hätt' ich das doch nie geschrieben! dachte Neuß. Der Unterleibsschutz, den man ihm zur Verfügung gestellt hatte, bestand
aus Bayflex, einem angeblich kampfhundebißfesten und stark
schockabsorbierenden Material, aber allein schon die Vorstellung,
daß seine Genitalien in die Nähe der Reißzähne eines Rottweilers
kommen könnten, bereitete Neuß erhebliche Kreislaufprobleme.

»Der schwitzt ja wie ein Truthahn in der Ofenröhre«, sagte Gerold. »Und hatten wir ihm nicht eingetrichtert, daß er schlendern
soll? Das ist doch kein Schlendern, was er da macht! Der stelzt
durch die Gegend, als ob er erst gestern laufen gelernt hätte!«

Ute fiel auf, daß sich der Abstand zwischen Neuß und dem
Windjackenmann verringerte. »Und jetzt grabbelt dieser Typ in
seiner rechten Hosentasche rum ...«

»Due cappucini«, flötete die Kellnerin und stellte zwei Kaffee-
tassen auf den Tisch. Im selben Moment zog der Windjackenmann irgendein längliches schwarzes Teil aus seiner Hosentasche.

»Zugriff!« rief Gerold.

Ein Pärchen, das eben noch selbstvergessen geturtelt hatte,
stürzte sich auf den Windjackenmann und stieß ihn nieder.

»Game over«, sagte Neuß bei der Nachbesprechung im Koblenzer Polizeipräsidium. »Ich bin raus. Diesen Nervenkitzel kann
ich kein zweites Mal aushalten. Ich haue ab aus Rheinland-Pfalz.
Mich werden Sie so bald nicht wiedersehen!«

»Wir respektieren das«, erklärte Kommissar Stoltze. Mit seinen
grauen Schläfen, seinem gramgebeugten Haupt und seiner zer-
furchten Stirn hätte er auch als Fernsehkommissar Furore machen
können. »Haben Sie vielen Dank für Ihre Mitwirkung, Herr Neuß.
Sie können gehen.«

Als Bennatz Neuß den Raum verlassen hatte, nahm Stoltze aus

seinem Schreibtisch eine Flasche Rémy Martin und drei Gläser heraus, schenkte ein und sagte: »Auf den Schrecken, den wir überstanden haben! Prost!«

»Prost.«

»Prost.«

Bei dem Windjackenmann handelte es sich um den Frankfurter Schnüffler Fred Jockel, der auf die gleiche Idee gekommen war wie die SoKo Heidefieber: Er hatte Neuß für den nächsten Kandidaten auf der Todesliste gehalten und ihn deshalb beschattet. Aus der Hosentasche hatte Jockel nur sein Smartphone herausgezogen.

»Und wer hat diesen Eierkopf beauftragt?« fragte Ute Fischer.

»Der Verein der deutschsprachigen Kriminalromanautoren«, sagte Stoltze.

Gerolds Handy dudelte. »Verzeihung, aber da muß ich rangehen«, sagte er und kehrte zwei Minuten später mit drei Sondermeldungen zurück: »In einem Wald im Fläming haben Spaziergänger die verstümmelte Leiche eines Kriminalromanautors aus Brandenburg gefunden, und Erwin Zapp ist vom Dienst suspendiert und verhaftet worden. Die Kokswimper, die er in der Buddelflasche entdeckt hat, gehört ihm selbst! Die ist dem Esel da reingepurzelt, als er die Flasche untersucht hat. Und wir sollen jetzt nach Jever fahren und nach weiteren Spuren im Mordfall Schepker Ausschau halten. Riesenbusch meint, daß die Kollegen da oben nicht unbedingt die schärfsten Zutaten in der Suppe sind …«

»Dann grüßen Sie mir mein Jeverland«, sagte Stoltze. »Ich stamme aus Rüstersiel!«

Im Kiosk an der Autobahnraststätte Siegburg-Ost kaufte Gerold die *Bild*-Zeitung.

»Was soll ich mit dem Dreck?« fragte die Fischerin, als er sich wieder ans Steuer gesetzt und ihr die Zeitung hingeworfen hatte.

»Da steht was über unseren Freund Frank Schulz drin«, sagte er.

Die Schlagzeilen lauteten:

Skandal-Auftritt im TV

Randale-Literat Frank Schulz verhöhnt Mordopfer

»Die schreiben, daß Schulz die Kritik an seinen Worten als ›albern‹ und ›lächerlich‹ zurückgewiesen habe. Und hier ist ein Foto von der ›luxuriösen Suite‹, die ihm das BKA gebucht haben soll. Die sieht aber eher dürftig aus.«

»Und weiter?«

»Der Weiße Ring hat die Geldspende von Schulz abgelehnt. Aus Pietät gegenüber den Mordopfern. Und dann steht hier noch ein offener Brief, den der Kolumnist Franz Josef Wagner an Schulz geschrieben hat, aber dieses Geschmadder lies dir bitte selbst durch. Ich bring das nicht über die Lippen.«

Die Lektüre der *Bild*-Rubrik »Post von Wagner« holte Gerold abends im jeverschen Friesenhotel nach:

Lieber Frank Schulz,

in Ihrem Wikipedia-Eintrag steht, daß Sie neun Literaturpreise erhalten haben. Sie sind ein Mann des Wortes. Aber haben Sie auch ein Herz? Sie spucken Gift und Galle. Erst heimlich bei der Polizei und jetzt auch noch im Fernsehen. Sie verunglimpfen Tote, die sich nicht mehr wehren können. Wann haben Sie zuletzt gebetet? Ihre Seele ist ein Armenhaus. Ich bete für Sie.

Herzlichst

Ihr F. J. Wagner

»Was für ein Schleimsieder«, sagte Gerold und legte die Zeitung neben sich auf den Nachttisch.

Ute kam aus dem Bad. Das einzige Kleidungsstück, das sie trug, war ein blaues, um den nassen Schopf geschlungenes Handtuch.

»Laß mich raten«, sagte Gerold. »Mit diesem Statement möchtest du mir mitteilen, daß du deinen Hunger noch ein Weilchen bezähmen kannst. Hab ich recht?«

Zwei Tage bevor sein Schädel sich im Buddelschiffmuseum Neuharlingersiel angefunden hatte, war Hobbe Hubertus Schepker zum letzten Mal lebend gesehen worden, und zwar in dem griechischen Restaurant Irodion an der Bahnhofstraße in Jever. Er hatte in der Gesellschaft einer unbekannten Dame einen Bauernsalat und Schweinefiletspitzen mit Pommes frites verspeist und zwei Jever Pilsener getrunken.

Für dieses Restaurant entschieden sich auch Ute und Gerold. Sie wollten dort der Frage nach der Identität von Schepkers Begleiterin nachgehen, was bislang niemand ernsthaft getan hatte.

»Idyllisch hier«, sagte Gerold, als er auf dem Hinweg den jeverschen Schloßturm erblickte. »Nettes Örtchen! Braucht sich hinter Uelzen nicht zu verstecken!«

»Nett« sei nicht so ganz das richtige Wort, sagte Ute. »Die Nazis hatten hier schon bei den letzten Wahlen vor der Machtergreifung die absolute Mehrheit, und im sechzehnten Jahrhundert war die Stadt ein Zankapfel zwischen den ostfriesischen Häuptlingen und der Regentin Maria von Jever. Da ist in einer Tour Blut geflossen …«

»Woher weißt du das?« fragte Gerold.

»Ich hab halt meine Hausaufgaben gemacht. Du nicht?«

Für dieses Tackling werde ich mich noch rächen, dachte er, aber dann irrten seine Gedanken voraus zu der Speisekarte, die er gleich aufschlagen durfte. Und er wurde nicht enttäuscht: Ein Rumpsteak mit gerösteten Zwiebeln und Kräuterbutter nebst einer Folienkartoffel mit Zaziki war genau das, was er brauchte. Ute wählte eine gegrillte Seezunge mit Gemüse und Kartoffelgratin, und sie orderten eine Flasche Weißwein. Alpha Estate. War das Leben nicht schön?

Nachdem der Wirt die Bestellung aufgenommen hatte, fragten sie ihn nach Schepkers mysteriöser Tischdame.

Er könne sich nur verschwommen an sie erinnern, sagte er. »Sie war groß und blond und hat Knoblauchbrot mit Tomatenwürfeln gegessen. Und eine Johannisbeerschorle und einen Ramazotti getrunken. Aber sonst? Ich hab den Polizisten hier schon alles dazu gesagt. Ach ja, und zum Nachtisch hat sie Galaktoboureko gehabt. Grießpudding in Blätterteig mit Honigsoße und Vanilleeis. Sehr zu empfehlen!«

»Dißßß war die Lola«, lallte ein zottelbärtiger Mann, der vor einem Calvados am Tresen saß. Ein ergrauter Mopedrocker. »Tschulljung, daß 'ch mich einmische, aber 'ch kann … 'ch mein, 'ch kann Ihn'n sogar die Teleflonnummer … die Fletelolnummer von der Tussi gehm. Dassenscottgöllswümmensawen …«

Den letzten Satz konnten Gerold und die Fischerin erst nach mehreren Minuten entschlüsseln: »Das ist ein Escort-Girl aus Wilhelmshaven.«

»Wie können wir diese Frau erreichen?« fragte Gerold.

Aus den Untiefen seiner Lederweste grub der Rocker eine Visitenkarte aus.

Lust auf fremde Haut?
Ruf mich an! Lola, 23.
Bin für alles Geile offen.

Darunter stand eine Mobiltelefonnummer.

»Glück muß man haben«, sagte Ute. »Und hier kommt unser Wein. Laß uns auf die Festnahme von Erwin Zapp anstoßen. Den sind wir los. Ende good, all's good!«

7

Waldemar König kochte vor Wut. »Von Pontius zu Pilatus bin ich gerannt, um Polizeischutz zu beantragen«, schrie er in sein Telefon, »und man hat mich abgewimmelt wie einen lästigen Bittsteller! Und wer kriegt ihn jetzt, den Polizeischutz? Ausgerechnet Frank Schulz! Dieser Rotzlöffel! Der braucht wohl nur mit dem Finger zu schnippen, damit Sie parieren! Das darf doch nicht wahr sein! Es gibt in Deutschland keinen Schriftsteller, der stärker gefährdet ist als ich, aber ich werde abgeschmettert, während der saubere Herr Schulz eine Vorzugsbehandlung genießt!«

»Beruhigen Sie sich, Herr König«, sagte Daniel Brück, der in der Polizeidirektion Osnabrück seit einer Woche für die Öffentlichkeitsarbeit zuständig war.

»Beruhigen?« brüllte König. »Ich soll mich beruhigen? Ja? Ich sag Ihnen mal was: An die ganz große Glocke werde ich das hängen! Darauf geb ich Ihnen Brief und Siegel!«

»Herr König, es tut mir leid, aber anders als bei Herrn Schulz liegen unseres Wissens nun mal keine konkreten Morddrohungen gegen Sie vor …«

»Ach, es tut Ihnen leid, daß keine Morddrohungen gegen mich vorliegen? Das wird ja immer besser! Ihnen werden noch ganz andere Dinge leidtun, das versprech ich Ihnen! Und jetzt verbinden Sie mich mit dem Behördenleiter, damit ich mich bei ihm über Sie beschweren kann!«

»Der Polizeipräsident ist momentan verreist.«

»Dann geben Sie mir den Vizepräsidenten! Aber dalli!«

»Der Polizeivizepräsident kommt erst nächsten Montag aus dem Urlaub zurück.«

»Aus dem Urlaub, ja? Während hier der gefährlichste Serienmörder seit Fritz Honka sein Unwesen treibt! Ihre Dienststelle ist ein einziger Saustall! Unsereiner kämpft ums nackte Überleben, aber anstatt nach dem Mörder zu fahnden, bräunt der Herr Polizeivizepräsident seine Eier auf Barbados!«

»Ich muß doch sehr bitten, Herr König …«

»Und wen schützen die Knilche, die ihm unterstellt sind? Etwa meine Kollegen und mich? Nein, natürlich nicht! Sondern den Giftzwerg, der den Mörder zu weiteren Taten angestachelt hat! Ich fasse es nicht! Das wird ein Nachspiel haben, mein Freundchen! Bei Ihnen werden noch die Wände wackeln!«

Nach diesem Telefongespräch hatte Daniel Brück das Bedürfnis, sich das rechte Ohr auszuwaschen, um es zu entgeifern. So erging es an diesem Tag noch vielen anderen Polizeibeamten auf Landes- und auf Bundesebene, mit Ausnahme der Linkshänderin Sabine Stepkoweit vom Referat ZV 31 im Bundeskriminalamt. Bei ihr war es das linke Ohr.

Als sie die Polizeidienstausweise sah, wollte Lola aufspringen, aber Kommissar Gerold hielt sie am Arm fest und sagte: »Keine Angst! Wir ermitteln nicht gegen Sie. Wir wollen nur gern wissen, wie Ihre letzte Begegnung mit Hobbe Hubertus Schepker verlaufen ist. Diesem Mann hier. Den kennen Sie doch?«

Er schob ihr ein Foto von ihm zu, und sie preßte die Lippen zusammen.

Armes Kind, dachte Ute Fischer. Höchstens fünf Jahre lang werden die Freier deinen Nasenring und deine Unterarmtattos noch niedlich finden, und dann wirst du auf dem Straßenstrich enden …

Sie saßen in Hempels Rockcafé in Wilhelmshaven vor drei Gläsern Mineralwasser. Das dort sonst nur alle Jubeljahre bestellt wurde.

»Er hat mich zum Essen eingeladen«, sagte Lola. »Und dann sind wir zu seinem Haus in der Sophienstraße gegangen und haben Liebe gemacht. Ist das verboten?«

»Nein«, sagte Ute Fischer. »Uns interessiert nur, ob Sie irgendwas Ungewöhnliches bemerkt haben. In dieser Nacht.«

Lola, die gewiß nicht Lola hieß, machte große Augen und hob ratlos die Hände.

»Wann haben Sie das Haus wieder verlassen?« fragte Gerold.

Darauf gab Lola zur Antwort, daß Schepker ihr nachts um halb eins ein Taxi bestellt und es im voraus bezahlt habe. »Mehr weiß ich nicht! Kann ich jetzt bitte gehen? Ich hab Kundschaft!«

»Einen Augenblick noch«, sagte Ute. »Sie haben gesagt, daß Sie mit Schepker vom Irodion zur Sophienstraße gegangen sind. Kann es sein, daß Ihnen dabei jemand gefolgt ist?«

»Sie meinen, ob ich 'n Blick im Nacken gespürt hab oder sowas? Vergessen Sie's. Aber wir haben Selfies gemacht. Hobbe und ich.«

»Dürfen wir die mal sehen?« fragte Gerold.

»Klar, warum nicht?«

Acht Dutzend erschienen in Lolas Smartphone, und auf einem davon war im Hintergrund ein sportlich wirkender Mann im mittleren Alter zu erkennen, der eine Sonnenbrille auf der Nase hatte.

»Das könnte er sein«, sagte Gerold. »Für ein Fahndungsfoto ist es leider zu unscharf. Aber es ist ein Anfang.«

»Sehr liebenswürdig von Ihnen, daß Sie auf mich aufpassen möchten«, sagte Frank Schulz, »aber ich glaube, daß ich in der Region Epirus einstweilen besser aufgehoben bin als in Niedersachsen. Ich kenne ein Dörfchen am Ionischen Meer. Da bin ich auf der sicheren Seite …«

»Gut, aber dann müssen Sie uns schriftlich bestätigen, daß Sie freiwillig auf den Schutz Ihrer Person verzichten«, sagte Oberkommissarin Beate Schneider. »Hier ist das Formular.«

»Mit dem größten Vergnügen!«

Schulz unterschrieb. Im Geiste hatte er schon seine grünen Badelatschen an, und er freute sich auf eine Reihe heißer Sommerwochen ohne anonyme Anrufe, Drohbriefe und an den Haaren herbeigezogene Anschuldigungen. Die Taschen waren bereits gepackt und zwei Flugtickets für ihn und seine Frau reserviert. Sonne! Sandstrand! Mittelmeer! Tirosalata! Moussaka! Baklava! Sirtaki! Mehr als zweitausend Kilometer weit entfernt von Waldemar König und dessen durchgedrehten Followern!

Heiteren Sinnes und mit einem Liedchen auf den Lippen tänzelte Schulz von der Polizeidirektion zur nächsten Bushaltestelle. Wie hätte er auch irgendetwas von der unfaßbaren Pechsträhne ahnen sollen, die ihm in Südeuropa bevorstand?

16 Uhr 58: Im Wintergarten seines Bungalows an der Rägertstraße in der emsländischen Kleinstadt Dörpen deckte Harry Bölsker den Teetisch. Ein Herr Harmsen von der Wochenzeitung *Die Zeit* hatte für fünf Uhr nachmittags seinen Besuch angemeldet, um ein Interview zu führen. Was Bölsker nur recht sein konnte. Er steckte in Geldschwierigkeiten, denn er mußte zwölf horrende Telefonsexrechnungen bezahlen, und sein historischer Kriminalroman »Das Amulett der Wiedertäufer« verkaufte sich leider nicht so gut wie erwartet. Ein bißchen PR kam da wie gerufen.

Bölsker stellte den Plätzchenteller ab, zog die Nase kraus und sah durchs Fenster. Richtig gerochen: Erpel-Helmut brachte wieder einmal Gülle aus. Plus Jauche, Geflügelkot und Schweinemist. Oder womit auch immer diese Bauern ihre Felder berieselten. Bloß rasch die Terrassentür verrammeln! Und Raumspray verbreiten: Magnolien- und Kirschblütenduft aus der Dose.

Es klingelte. Der Mann von der *Zeit* war pünktlich.

»Moinsen!« sagte Bölsker, als er ihm die Hand gab. »Treten Sie ein in mein bescheidenes Reich! Haben Sie gut hergefunden?«

»Das Navi wollte mich nach Papenburg lotsen«, sagte Harmsen. »Aber ich komme ja noch aus dem analogen Zeitalter und lasse mich nicht so leicht ins Bockshorn jagen ...«

Er machte einen sympathischen Eindruck auf Bölsker: Zweireiher, Einstecktuch, Louis-Vuitton-Krawatte, konservativer Seitenscheitel und Business-Schnürer von Bugatti – ein erfrischender Kontrapunkt zu dem räudigen Journalistengesocks, das man sonst auf ihn losließ.

Harmsen deutete auf seinen Rollkoffer. »Darf ich den hier abstellen? Es sind ein paar Mitbringsel für Sie darin. Sie werden begeistert sein! Aber vorher sollten wir das Interview führen ...«

Das Gespräch entwickelte sich prächtig. Mit diesem Harmsen hatte Bölsker endlich einmal einen Reporter vor sich, der kluge Fragen stellte und »Das Amulett der Wiedertäufer« in- und auswendig kannte.

»Mir scheint, daß Sie die Gestalt des Jan van Leiden ungemein glaubwürdig rübergebracht haben«, sagte Harmsen und nickte, als Bölsker ihm eine weitere Tasse Tee anbot. »Zumal, wenn man bedenkt, daß fast ein halbes Jahrtausend verstrichen ist, seit van Leiden und seine Mitstreiter Bernd Krechting und Bernd Knipperdolling als Ketzer hingerichtet worden sind!«

Bölsker lächelte verhalten. »Nun ja, ich hab versucht, diese Figuren zu neuem Leben zu erwecken. Wenn mir das gelungen sein sollte, freut's mich …«

»Ein besonderes Bravourstück, Herr Bölsker, ist das Kapitel, in dem die drei Wiedertäufer mit glühenden Zangen gefoltert, erdolcht und anschließend in Eisenkörben am Turm der Lambertikirche in Münster aufgehängt werden. Das ist wirklich großes Tennis, wenn ich das so sagen darf.«

»Dankeschön. Diese zwanzig Seiten habe ich übrigens in einem einzigen Rutsch geschrieben. Die wollten um jeden Preis aus mir raus. Manchmal überkommt es mich, und dann kann ich nicht anders. Ich vermute, daß es auch Mozart so ging, als er seine Sinfonia concertante für Violine und Viola in Es-Dur komponiert hat. Oder Michelangelo, als er in der Sixtinischen Kapelle die Erschaffung Evas gemalt hat. Wir Künstler sind Getriebene. Und in aller Demut möchte ich meinen, daß wir so eine Art Brandbeschleuniger für den göttlichen Funken sind, der in jeder Menschenbrust glimmt.« Bölsker legte seine Fingerspitzen aneinander. Für diesen Aphorismus, an dem er seit Pfingsten herumgefeilt hatte, würde man ihm ein ganzes Naturalienkabinett von Lorbeerkränzen winden.

»Gewisse Leute sehen das ja leider anders, Herr Bölsker …«

»Meinen Sie diesen Serienmörder? Vor dem fürchte ich mich nicht. Für den bin ich ein viel zu kleines Licht.«

»Dieses Licht sollten Sie aber nicht unter den Scheffel stellen. Sie sind Deutschlands führender Kriminalromanschriftsteller!«

»Es ist lieb von Ihnen, das zu sagen, doch die Zahlen sprechen eine andere Sprache.«

»Zahlen sind nicht alles. Sie haben eine eingeschworene Fangemeinde. Und ihr allergrößter Fan, mit Verlaub, bin ich selbst. Darf ich Ihnen jetzt meine Präsente überreichen?«

»Tun Sie sich keinen Zwang an«, sagte Bölsker und warf einen Blick aus dem Fenster. Erpel-Helmut treckerte nach wie vor auf dem Acker herum. Statt im Gasthof Westhus einen draufzumachen. Dafür gab es doch den guten Haselünner Korn und den Hasetaler Kräuterlikör …

Harmsen holte seinen Rollkoffer herbei, legte ihn auf einem Stuhl im Wintergarten ab und bat Bölsker darum, die Augen zu schließen. »Damit es wie Weihnachten ist. Mein erstes Geschenk, Herr Bölsker«, sagte Harmsen, während er den Reißverschluß des Koffers öffnete, »ist ein Werkzeug aus dem sechzehnten Jahrhundert. Sie können Ihre Augen jetzt wieder aufmachen.«

Bölsker tat wie geheißen und blickte auf eine angerostete Gelenkzange mit langen Griffen.

»Ein Schnäppchen«, sagte Harmsen. »Das ist die Originalzange, mit der man Jan van Leiden und die anderen beiden Ketzer gefoltert hat.«

»Wo haben Sie die her?« fragte Bölsker. Ihm stand der Mund offen.

»Betriebsgeheimnis. Und hier ist noch was Schönes für Sie. Der Dolch, mit dem die drei erstochen worden sind. Eine Dauerleihgabe von einem münsterländischen Freund. Hat mich 'ne Menge Überredungskunst gekostet, ihm das Ding abzuschwatzen …«

Fassungslos betrachtete Bölsker den zweischneidigen, gut vierzig Zentimeter langen Dolch, den Harmsen ihm zeigte. »Wie? Und diesen Dolch und diese Zange wollen Sie mir schenken?«

»Aber ja doch! Hab ich nicht gesagt, daß ich Ihr allergrößter Fan bin? Und nun seien Sie doch bitte so freundlich, Ihren Wohnzimmerkamin anzuheizen.«

»Was? Wieso?«

»Weil ich die Zange zum Glühen bringen will. Sonst wär's ja nur der halbe Spaß.«

»In dem Haus von Herrn Schepker werden Sie nichts Brauchbares mehr auftreiben«, hatte Kriminalhauptmeister Ommo Jensen im Polizeikommissariat Jever gesagt. »Die KTU hat jedes Stäubchen im Rasterelektronenmikroskop durchleuchtet. Aber bitte, wenn Sie Ihr Glück versuchen wollen, nur zu!«

Gerold fing im Wohnzimmer an und Ute im Hobbyraum, der zu vier Fünfteln von einer Modelleisenbahnanlage eingenommen wurde. Dampfloks, Elektroloks, Dieselloks, Triebwagen, Schnellzugwagen, Güterwagen, Wassertürme, Bauernhöfe, Gitterbrücken, Sperrsignale, Passagiere, Kühe, Schäfchen, Bäume, Vögel – hier hatte der alte Schepker also gehockt und Bahnchef gespielt. Aus einem Schlitz im abgewetzten Polster des Drehstuhls vor dem Trafo quoll Schaumgummi. Ein Bild des Jammers. Aber es wäre zwecklos, ein Persönlichkeitsprofil von Schepker zu erstellen, dachte Ute, denn dem Täter ist der Charakter seiner Opfer egal. Wir müssen nach irgendwas suchen, das nichts mit Schepker, sondern mit seinem Mörder zu tun hat …

Ungefähr das gleiche dachte Gerold, als er nebenan in alten Fotoalben blätterte. Querformatige, mit bunten Kordeln versehene Ungetüme aus den fünfziger Jahren, als die Fotos noch gezackte Büttenränder gehabt hatten. Klein-Hobbe in Lederhosen. Im Schloßgarten. Am Nordseestrand. Der erste Schultag. Unterm Weihnachtsbaum. Im Clownskostüm … Eigene Alben schien Schepker als Erwachsener nicht angelegt zu haben. Er war ledig gewesen und kinderlos. Doch es führte zu nichts, sich Gedanken über ihn zu machen.

Zehn Stunden lang durchkämmten Gerold und Ute das Haus. Danach wußten sie zwar mehr über Schepker, als ihnen lieb war, doch sie standen mit leeren Händen da.

»Geben wir's auf«, sagte Gerold. »Sheriff Jensen hat recht. Hier ist kein Blumentopf mehr zu gewinnen. Stürzen wir uns ins friesische Nachtleben!«

Ute stimmte ihm zu und ging ihren Blazer holen. Dabei fiel ihr Blick auf das Schlüsselbrett neben der Haustür. Es hatte fünf

Haken, und an dem in der Mitte hing eine Ray-Ban-Sonnenbrille. Das Modell Wayfarer Classic mit schwarzem Gestell und grünen Gläsern. »Zeig mir nochmal das Foto, das wir von dieser Lola haben«, sagte Ute.

Der Mann auf dem Foto trug das gleiche Modell. Wenn nicht sogar dasselbe.

»Aber wenn das tatsächlich seine Brille ist, warum hat er sie dann hier aufgehängt?« fragte Gerold.

»Viele Serienmörder sammeln Trophäen von ihren Opfern. Vielleicht macht er's ja umgekehrt, indem er Trophäen von sich selbst am Tatort hinterläßt. Das könnte er auch in den anderen Fällen getan haben. Nur daß es da für uns ein reines Ratespiel wäre ...«

Gerold sah auf die Uhr. »Wir sollten die Brille noch heute auf Fingerabdrücke untersuchen lassen. Schätze, daß wir dafür wieder nach Wilhelmshaven müssen. Ruf doch mal deinen Freund Erwin Zapp an. Der kennt da bestimmt 'n Restaurant, das wir lieben werden!«

An der Sonnenbrille waren keine Spuren festzustellen. Alles andere hätte Ute und Gerold auch gewundert. Sie nahmen das teure Stück wieder an sich, kehrten in das famose Steakhouse Landfrieden ein, das ihnen die Kollegen von der Polizeiinspektion Wilhelmshaven empfohlen hatten, und ließen sich in Hooksiel den Küstenwind um die Nase wehen. Schon was Gutes, so ein Abstecher an die Nordsee! Besonders für ein Liebespaar. Über den Status ihrer Beziehung hatten Ute und Gerold allerdings noch nicht miteinander gesprochen. Ute war sich nicht im klaren darüber, was sie wollte, und Gerold litt seit der Endphase seiner Ehe an den Spätfolgen einer Überdosis Beziehungsgespräche. Er hütete sich davor, das Thema anzuschneiden. Und war es denn nicht auch genug, Hand in Hand auf einem Deich zu flanieren, Seeluft zu schnuppern, die Möwen kreischen zu hören und die Sonne untergehen zu sehen?

Der Wind spielte in Utes Haaren, und Gerold kam ein Oldie von Frank Sinatra in den Sinn:

How the breeze ruffled through her hair
How we always laughed as though tomorrow wasn't there …

Er drückte Ute an sich.

»Uffz«, machte sie. »Laß noch 'n paar atü in mir drin!«

Nachdem sie im Badezimmer vergeblich einen Chilisahnesoßen-fleck von ihrem linken Hosenbein zu entfernen versucht hatte, reichte Gerold der Fischerin seinen Laptop. »Ich bin weiterge-kommen mit meinem Songtext. Willst du mal lesen?«

Fort mit Fortnite! Weg damit!
Spiel nicht diesen Killefit!
Fortnite is' ein Deppensport!
Öder, blöder Massenmord!
Fort mit Fortnite! Weg damit!
Weg mit diesem Baby-Shit!

»Klingt eindeutig nach Gerold Gerold and the Middle Agers«, sagte Ute.

»Und wie findest du die erste Strophe?«

Ute las sie:

Man kommt überhaupt nicht mehr an dich ran,
denn du spielst Tag und Nacht den Ballermann.
Inzwischen spielst du sogar auf dem Klo
digitales Tötungsszenario.
Auch heute machst du wieder peng – peng – peng,
Alter, dein Gehirn, das riecht schon ganz streng.

»Und?«

In Utes Mimik mischten sich Belustigung und Mitleid. »Willst du die Wahrheit hören?«

»Na sicher doch. So wahr mir Gott helfe!«

»Gut. Für dieses Lied würden dich Millionen Jugendliche has-sen. Aber zum Glück werden sie's niemals zu Gehör kriegen.«

»Wieso nicht? Sobald wir den Song eingespielt haben, geht er viral! Ich bin schon an der zweiten Strophe dran …«

»Bist du nicht«, sagte Ute und ließ ihre Handschellen vor Gerolds Augen baumeln. »All mit de Tied. Wi hebbt noch wat anners vöör.«

Um fünf Uhr morgens wurde Gerold von einem Anruf aus dem Schlaf gerissen: »Riesenbusch hier. Gehen Sie online, wecken Sie Frau Fischer, und dann fahren Sie mit ihr nach Münster. Pronto. Alles weitere später.«

Während der Laptop hochfuhr, ging Gerold strullen und staunte die Striemen an seinen Handgelenken an. Die Fischerin! Wer hätte das von ihr gedacht?

Den Nachrichten entnahm er dann, daß man in einem Eisenkorb am Turm der Lambertikirche in Münster die Leiche des Dörpener Kriminalromanautors Harry Bölsker entdeckt habe.

»Fischi, wach auf«, sagte Gerold und rüttelte an Utes linker Schulter. »Die Arbeit ruft!«

Die Fischerin schlug die Augen auf. »Hast du mich gerade Fischi genannt?«

»Darf ich das nicht?«

»Doch. Nur bitte nie in Gegenwart von Zeugen. Sonst kriegst du bannig Packje Hau, wie man bei uns in Ostfriesland sagt.«

8

Am Strand von Ammoudia räkelte und ruckelte Frank Schulz sich in seinem Liegestuhl zurecht, schlug Waldemar Königs Roman »Die Blutmühle von Barum« auf und sagte: »Dann laß mal knakken, Alter. Zeig mir, was du draufhast!«

Bereits im ersten Satz schlug jemand seinen Mantelkragen hoch, im zweiten bellte irgendwo ein Hund, und im dritten stellte sich eine Lebenskrise ein:

Maresas Lächeln erstarb, als sie las, was Alessandro ihr gesimst hatte. Sie schmeckte das Salz ihrer Tränen, und es war, als würde etwas in ihr zerbrechen.

»Grundgütiger«, sagte Schulz. »Das geht ja gut los …«

Und es ging stürmisch weiter:

Eine Kugel pfiff um die Ecke und traf Maresa ins Bein. Sie schrie vor Schmerz laut auf. Das konnten nur die Brüder aus Neapel sein, die ihr das Gesetz der »Omertà« auferlegt hatten. Das Gesetz des Schweigens. An das sie sich aber nie halten würde. Sie schleppte sich blutend und mit letzter Kraft zur Bushaltestelle Barum-West an der Hohenbünstorfer Straße. Doch der verängstigte Busfahrer fuhr lieber ohne sie ab, und sie hätte nicht mehr lange gelebt, wenn nicht zufällig der Kriminalmeister Kurt Höppner zur Stelle gewesen wäre …

Bevor er weiterlas, studierte Schulz den Klappentext:

In dem Dorf Barum in der Lüneburger Heide geht ein Würger um. Drei Schulmädchen hat er bereits auf dem Kerbholz. Und zugleich verdichten sich die Anzeichen für ein geplantes Attentat der Camorra auf Maresa Meyerbeer, die Tochter des Pfarrers von Barum. Sie hat sich mit den falschen Leuten eingelassen. Höchste Zeit also für Kommissar Schwindner, den Tätern das Handwerk zu legen. Ein gnadenloser Wettlauf mit der Zeit beginnt …

SPANNUNG PUR!

EIN NEUES MEISTERWERK DES
GRUSEL-GARANTEN KÖNIG!

»Gänsehautmomente in Serie.«
Antenne Niedersachsen

»Das Grauen hat einen Namen: Waldemar König!«
Winsener Anzeiger

»Seh ich auch so«, sagte Schulz und schaute sich um. Seine Frau hatte Sonnenmilch besorgen und dann nachkommen wollen, war aber noch nicht in Sicht. Stattdessen erblickte er einen Dumpfmeister in FC-Bayern-Badeshorts, der ihn mit seinem Handy filmte. Aus fünf Metern Entfernung. Völlig ungeniert!

Schulz wußte zwar, daß sein Bekanntheitsgrad sich bedauerlicherweise stark vergrößert hatte, aber war er deswegen Freiwild für Paparazzi?

»Hören Sie gefälligst damit auf!« rief er dem Mann zu. »Ich bin hier im Urlaub und nicht auf dem Laufsteg!«

Davon ließ der Mann sich nicht beeindrucken. Er kam sogar noch näher.

»Haben Sie was an den Lauschern?« fragte Schulz. »Schluß damit, hab ich gesagt!«

»Sie können mir das nicht verbieten«, erwiderte der Mann. »Das ist hier öffentlicher Raum. Und Sie sind 'ne Person des öffentlichen Lebens. Also regen Sie sich wieder ab.«

Frech wie eine Tüte Mücken! »Wenn Sie nicht sofort mit der Filmerei aufhören, dann kracht's«, sagte Schulz, und da auch das nicht fruchtete, erhob er sich und schritt zur Tat.

Bei dem Handgemenge, das entbrannte, als er nach dem Handy griff, ging Schulz' Brille zu Bruch, und er konnte einen Aufwärtshaken abwehren, aber nicht die rechte Gerade, die sein Jochbein und sein linkes Auge traf. Im Gegenzug setzte er die gegnerische Partei, die schon wieder ausholte, mit einem akrobatischen Sprungtritt in die Magengrube lange genug außer Gefecht, um das Handy ins Mittelmeer schleudern zu können. Doch gleich darauf wurde er von einem Fausthieb auf den Hinterkopf getroffen und sank bewußtlos nieder.

Ein deutscher Tourist, der den Fight gefilmt hatte, lud das Video auf Youtube hoch, und noch bevor Schulz aus seiner Ohnmacht erwachte, standen dort drei Kommentare:

MatzeMatze vor 2 Minuten
Neandertaler unter sich …
Happy Outcast vor 2 Minuten
Geschieht ihm recht hahaha Schulz du Spast heul doch
BurnerX vor 3 Minuten

Fand schon seinen Fernsehauftritt unterirdisch. Sollte lieber mal
n Kurs in gewaltfreier Kommunikation belegen, der Krawallo!

In Münster konnten Ute und Gerold sich ansehen, wie der Eisenkorb mit Bölskers Leiche von drei Feuerwehrleuten enthakt und
umständlich nach unten auf den Lambertikirchplatz abgeseilt
wurde. Kamerateams aus aller Welt filmten das Ereignis.

»Es ist uns unerklärlich, wie der Täter die Leiche da hinauf-
geschafft hat«, sagte Kriminaldirektor Reinhold Meerkatz. »Die
Leute von der Spurensicherung waren schon oben. Wir müssen
davon ausgehen, daß der Mann mit einer glühenden Zange gefoltert und mit einem Stich ins Herz getötet worden ist. Die Tatwerk-
zeuge hat der Mörder vor der Kirchenpforte abgelegt. Etwas so
Perverses habe ich in meiner Dienstzeit nie zuvor erlebt!«

»Wir sind dicht an ihm dran«, behauptete Gerold, obwohl er
sich gerade keine allzu großen Hoffnungen machte. Bölskers Dörpener Wohnhaus war in der vorigen Nacht ein Raub der Flammen geworden, und auch in Münster schien der Mörder kein
Härchen und keine Hautschuppe verloren zu haben. Es war wie
verhext.

Das erste, was Schulz sah, als er die Augen aufschlug, war rissiges
und unverputztes Mauerwerk, von obszönen Schmierakeln be-
deckt, und das zweite eine Abfolge lotrechter Gitterstäbe.

Er betastete sein Gesicht. War das noch seine gute alte Nase
oder ein Tuberkel? Und wo befand er sich überhaupt?

Sein Schädel brummte wie ein Kampfhubschrauber, und es
machte die Sache nicht besser, daß irgendwo in weiter Ferne jemand was auf Griechisch grölte. Schulz verstand nur ein paar
Brocken, aber die genügten, um ihn in die rauhe Wirklichkeit
zurückzuholen: Ins Gefängnis hatte man ihn gesteckt! Wegen der
Schlägerei am Strand! Er sprang von seiner Pritsche auf, doch
das erwies sich als Fehler, denn sein Gleichgewichtssinn ließ die
gewohnte Form vermissen. Schulz strauchelte und knallte mit

dem ohnedies lädierten Kopf auf eine scharfkantige Querstrebe des Zellengitters, was ihm eine Quetschwunde an der Stirn eintrug.

Er ging zu Boden und verschnaufte ein paar Minuten. Dabei durchdachte er alles so gründlich, wie er es in seinem Zustand konnte. Wer war im Recht? Natürlich er selbst. In dem berühmten »Caroline-Urteil« hatte der Europäische Gerichtshof für Menschenrechte 2004 zugunsten der Klägerin Caroline von Monaco entschieden, daß kein öffentliches Informationsinteresse an vollkommen privaten Handlungen sogenannter Persönlichkeiten des öffentlichen Lebens bestehe. Der Mann, dachte Schulz, hat gegen die Rechtsordnung verstoßen, als er mich auf meinem Liegestuhl gefilmt hat. Da müßte es doch ein Leichtes sein, diese Geschichte aufzuklären …

Als er sich gesammelt hatte, zog er sich an den Gitterstäben hoch und rief in den Zellengang: »Hello? Is anybody there?« Er versuchte es auch auf Griechisch, doch seine Sprachkenntnisse waren nur rudimentär: »Jassu! Parakalo! Voìthia! I need help! Hello? Hello?«

Das Klirren von Schlüsseln war zu vernehmen. Und ein irres Quieken, das allem Anschein nach per Ohrfeige erstickt wurde.

»Hello?« rief Schulz abermals. »I want to speak to my lawyer!« Auch dieser Ruf verhallte ungehört.

Schulz sah sich seine Zelle an. Der Innenarchitekt, der sie ausgestattet hatte, schien kein großer Freund barocker Lustschlösser zu sein. Die einzigen Elemente, die das Gemäuer belebten, waren ein paar Eisenpritschen und ein Klosett ohne Deckel, das allen Gottesbeweisen hohnsprach. Es schien aus dem Nachlaß eines byzantinischen Sklavenhalters zu stammen und seit der Eroberung Konstantinopels nicht mehr geputzt worden zu sein.

»Hilfe!« schrie Schulz. »Is someone listening to me?«

Wie aus dem Nichts tauchte das vierschrötige Antlitz eines Gefängniswärters vor den Gitterstäben auf, und Schulz legte los: »Milàte anglikà? Do you speak English? I'm Frank Schulz, and

I am unschuldig ... not guilty! Do you understand? This whole thing is an error. You should let me free!«

Der Wärter sah ihn an wie etwas, das sich von Pferdeäpfeln ernährte.

»Not guilty!« rief Schulz und nahm Hände und Füße zu Hilfe, um sich verständlich zu machen. »First of all, I have to make some calls! You've got that? Tilèfono! Ich will meinen Anwalt sprechen! Verstehen Sie? Dikigóros! Anwalt! Lawyer! Und ich muß meine Frau anrufen! Und die deutsche Botschaft! You understand? Germaniki presveía! And along the way, I need my glasses! Meine Brille!«

Zu seiner unermeßlichen Erleichterung schloß der Wärter laut lachend die Tür auf, aber leider nur, damit seine bewaffneten Kollegen acht andere Delinquenten in die Zelle schleusen konnten: schwere, muskelbepackte, reichhaltig tätowierte Jungs, die nicht gerade so aussahen wie die Idealbesetzung für einen Bibelkreis.

Schulz trat ihnen widerspruchslos seine Pritsche ab. Er zog sich in eine der Zellenecken zurück und verhielt sich neutral, als es zwischen den Gefangenen zu einer Meinungsverschiedenheit kam, die dazu führte, daß drei von ihnen mit Spiralfrakturen ins Krankenhaus verbracht werden mußten.

Die Männer, die bei dem Raufhändel obsiegt hatten, verwalteten fortan die Toilette. Als Zoll für die Benutzung forderten sie den Mitgefangenen ihr Abendessen ab. Einen Schlangenfraß, den Schulz sowieso nur schlecht herunterbekommen hätte. Und viel ärger als die aufgezwungene Fastenkur beunruhigten ihn die begehrlichen Blicke, die ihn streiften. Vor allem ein gewisser Demetrios machte ihm schöne Augen. Beziehungsweise das, was er dafür zu halten schien, obwohl er nicht gewinnender dreinschaute als ein Fleischerhund.

Schulz ahnte nicht, daß seine Attraktivität für diese Männer vorläufig noch durch das riesige Monokelhämatom links neben seiner Nase so weit abgeschwächt wurde, daß keine unmittelbare Gefahr für ihn bestand. Er vermied jeden Blickkontakt, aber er spitzte die Ohren, um Informationen aufzuschnappen, die ihm von Nutzen sein konnten. Aus den Gesprächsfetzen reimte er sich zusammen, daß in Kürze alle Gefangenen wegen Umbauarbeiten nach Ioannina verlegt werden sollten, die knapp einhundert Kilometer von Ammoudia entfernte Hauptstadt der Region Epirus.

Über die Zustände im Gefängnis von Ioannina hatte er vor einiger Zeit einen äußerst unerfreulichen Artikel gelesen: schändliche Überbelegung, unbarmherzig niedergeschlagene Revolten, Hungerstreiks, Häftlinge, die sich mit Nadel und Faden den Mund zugenäht hatten, damit man sie nicht zwangsernähren konnte, desolate Sanitärtechnik, rivalisierende Gangs, korrupte Vollzugsbeamte und viele Todesfälle durch Rattenbißfieber. Ob es ihm dort besser ergehen würde als hier?

Waldemar König blieb an Tante Emmis Kiosk in Schneverdingen stehen und las die Schlagzeilen:

Nach Ausraster am Strand:
Randale-Schulz im Knast!

Da gehört er auch hin, dachte König. Er eilte heim und fuhr seinen Rechner hoch, um sich ein aktuelles Lagebild zu verschaffen, denn er lechzte nach allem Neuen in der Causa Schulz.

Laut *Spiegel.de* war der Mann, den Schulz in Ammoudia tätlich angegriffen hatte, ein freier Journalist namens Clemens Podolsky, und der, so hieß es, habe in Notwehr auf Schulz eingehauen. Nach Auskunft mehrerer Strandbesucher sei Schulz dann von der Strandpolizei einkassiert worden, aber die griechischen Behörden bestritten, daß er sich in ihrem Gewahrsam befinde.

In einem Interview mit *Bild.de* erklärte Podolsky, daß Schulz auf ihn losgegangen sei »wie ein Werwolf auf Speed. Dabei hatte ich ihn nur gefragt, ob ich ein Foto von ihm machen darf!« Von einer Verhaftung wisse er nichts: »Als ich gegangen bin, hat ihn gerade irgendein Sani wieder aufgepäppelt. Für mich ist die Sache damit gegessen …«

Ein Witzbold hatte den Prügelei-Clip auf Youtube mit den Stimmen der Zeichentrickfiguren Beavis und Butt-Head unterlegt. Mit Erfolg: 977 254 Aufrufe und 609 832 nach oben zeigende Daumen.

Und von Schulz fehlte jede Spur. In Königs Seelenleben rief dieser Umstand gemischte Gefühle hervor: Einerseits frohlockte er darüber, daß Schulz von der Bildfläche verschwunden war, und andererseits wollte er ihn gern weiter leiden sehen. So wie in diesem köstlichen Video. Gerüchten zufolge hatte Schulz sich seinen Griechenlandurlaub von Vater Staat finanzieren lassen, und das schlug dem Faß ja wohl den Boden aus!

Was konnte schöner sein als ein gediegenes Apartment mit Bergblick in St. Moritz? Für Bennatz Neuß hatte das Rheinland seinen Reiz verloren. Die stolzen Berge inspirierten ihn, und das Essen in dem japanischen Restaurant Kura im Hotel Laudinella bekam ihm gut. Bei Gelbschwanzmakrelenstreifen mit Schnittlauch, Sojabohnensuppe mit Venusmuscheln, Algen und Frühlingszwiebeln oder auch bei Schneekrabben, Riesenkrevetten und Rogen vom Fliegenfisch fand er zurück zu seiner alten Form und machte sich zwischen den Gängen Notizen für einen Kriminalroman, der zur Abwechslung im Engadin spielen sollte:

Paranoider Killer.
Glaubt Stimmen aus der Fernbedienung seiner Markise zu hören.
Irgendwas mit Sternschnuppen/Meteoritenregen.
(Schizophrenie googeln!)
Disliked: Menschen mit Höhenangst. (Extrembergsteiger?)
Auslöser: Trauma durch Unfall auf der Kinderrutschbahn.
Bringt Frauen aus dem Flachland um.
Dinner mit Grünem Knollenblätterpilz.
Mikrowelle in die Badewanne geworfen.
Zündet Bombe im Nichtschwimmerbecken.
Scharmützel auf dem Piz Bernina. Riesenlawine!
Arbeitstitel: Gletschermord.

Es regnete Ideen, und Neuß hielt sie mit einem Kugelschreiber der Kollektion Le Petit Prince Classique fest, der ihn 425 Euro gekostet hatte. Ein Meisterstück aus dunkelbraunem Edelharz. Das war er sich schuldig. Geniale Einfälle notierte man nicht mit einem Stabilo oder einem klecksenden Supermarktkuli.

Als der Kellner den Umeshu brachte, einen Likör aus den Früchten des japanischen Aprikosenbaums, nickte Neuß nur, denn er schrieb gerade einen Dialogsatz auf, den er irgendwo gelesen hatte:

»Deine Zahnbürste greift morgen früh ins Leere!«

Wunderbar. Der müßte sich einbauen lassen. An eine Veröffentlichung des neuen Romans war aber erst zu denken, wenn der Serienmörder hinter schwedischen Gardinen saß. Neuß hegte nicht die Absicht, sich noch einmal in die Schußlinie zu begeben.

Gleich nach dem Zweikampf hatte Podolsky seinen kurzen Draht zu Eleftherios Manaskov genutzt, seinem Schwiegervater, der ihm noch eine Gefälligkeit schuldig gewesen war. Als Polizeichef von Thessaloniki unterhielt Manaskov eine lukrative Geschäftsbeziehung mit einigen Unterweltgrößen, und Podolsky hatte ihm letztes Jahr gesteckt, daß ein Reporter aus Athen in dieser Sache Nachforschungen anstelle. Wenig später war dieser Reporter an einer Fischgräte erstickt.

Podolskys wasserdichtes Samsung Galaxy S8 hatte in Ammoudia keinen Schaden genommen. Er hatte es sich wiedergeholt und seinen Schwiegervater telefonisch um einen Denkzettel für Frank Schulz gebeten. Und da Manaskovs langer Arm auch in die Region Epirus reichte, waren alle Hoffnungen, denen der inhaftierte Schulz sich hingeben mochte, nur süße Träume ohne engeren Bezug zur Realität.

Eine lebenslängliche Odyssee durch Griechenlands härteste Knäste hatte Podolsky sich für ihn gewünscht. Eine Bitte, die Manaskov seinem Schwiegersohn nicht abgeschlagen hatte.

Mit gerunzelter Stirn las Kommissar Gerold das Obduktionsprotokoll. Einhundert Brandwunden hatte der Gerichtsmediziner an Harry Bölskers Leiche gezählt. Wie der Täter dabei vorgegangen war, ließ sich dem Roman »Das Amulett der Wiedertäufer« entnehmen, an den er sich vermutlich buchstabengetreu gehalten hatte:

»Walte deines Amtes, Scherge!« befahl der Inquisitor, und Ambrosius Falkenstein gehorsamte. Er zog die rotglühende Zange aus dem Feuer und zwackte Jan van Leiden die Brustwarzen ab. Klipp, klapp! Die zwei kleinen Rauchsäulen, die von der Brust aufstiegen, waren bereits verweht worden, als der Folterscherge sich den Ohren, der Nase und den zitternden Lippen des todgeweihten Ketzers zuwandte, der keinen Laut von sich gab, sondern nur stumme Gebete gen Himmel schickte. Die Augen sparte Ambrosius aus. Sie sollten erst am Ende ausgebrannt werden, damit Jan van Leiden sich ansehen konnte, wie sein Körper Stück für Stück dem göttlichen Strafgericht überantwortet wurde.
Das Volk auf dem Lambertiplatz, wo der Akt vonstatten ging, stöhnte vor Wollust, Angst und Schadenfreude. Ambrosius setzte die neuerlich erhitzte Zange am Bauchnabel des Wiedertäufers an. »Den Adamsapfel nicht vergessen!« rief Ruprecht Drachenfels, der Mundschenk des Fürstbischofs Franz von Waldeck, und eine schwangere Gänsemagd, die zuschaute, erlitt eine Fehlgeburt, als van Leidens Gemächt an die Reihe kam …

»Nichts gegen SM-Literatur, aber das ist Pillepalle«, sagte Kommissarin Fischer und warf das Buch in einen der Papierkörbe der Kriminalinspektion Münster. »So kommen wir nicht weiter. Gibt's sonst irgendwas Neues?«

»Dieser Severin Dibelius macht Druck. Fordert eine öffentliche Anhörung im Ausschuß für Kultur und Medien im Bundestag.«

»Und was verspricht er sich davon?«

»Daß der Bundestag uns einheizt. Kann man ja auch verstehen. Sechs Mordopfer, und alles, was wir haben, sind ein unscharfes Foto des Täters und eine chemisch gereinigte Sonnenbrille …«

Dann nahm Gerold ein Telefonat entgegen, und Ute sah seine Gesichtszüge entgleisen. »Donner und Doria«, sagte er und hörte dann lange zu. Nachdem er aufgelegt hatte, sagte er: »Auf der Festung Ehrenbreitstein hat ein Rottweiler jemanden totgebissen.«

9

Frank Schulz schwitzte Blut und Wasser. Er saß eingekeilt zwischen Demetrios und einem breithüftigen Hünen aus Mazedonien, und ihm wurde schlecht, als der Bus immer steilere Gebirgsstraßen hinaufrumpelte.

An Bord befanden sich zwölf Gefangene. Man hatte sie mit Handschellen an ein U-förmiges Gestänge gefesselt und ihnen eine schwere, vom ersten bis zum letzten Mann reichende Fußkette angelegt. Für Ruhe und Ordnung sorgte während der Fahrt eine vierköpfige Wachmannschaft, die nicht gern mit sich reden ließ, wie Schulz inzwischen wußte: Seine Bitte um einen Schluck Wasser war mit einem Gewehrkolbenhieb auf die Schneidezähne beantwortet worden. Die Frage, ob vielleicht ein Fenster geöffnet werden könne, hatte er dann lieber nicht mehr gestellt.

Auf der drahtvergitterten Seitenfensterscheibe lief eine Ameise herum. Armes Tier, dachte Schulz. Zu deinem Stamm wirst du nie wieder zurückfinden! Und ob dich jemals ein anderer annehmen wird?

Die Innentemperatur stieg kontinuierlich an, denn die Sonne meinte es an diesem Tag sehr gut mit den Griechen. Auch den Wachen lief der Schweiß in Bächen am Hals herunter.

Dann ging es bergab. Über Stock und Stein und durch Löcher, die den Bus zum Schaukeln brachten.

Muß ich jemanden schmieren? fragte sich Schulz. Wäre das die Lösung? Doch wie soll ich an mein Konto kommen?

Als es wieder bergauf ging, schaltete der Fahrer kracksend in den ersten Gang zurück. Der Bus bockte und begab sich nur widerstrebend auf die nächste Serpentinenpiste.

Die dehydrierte Zunge lag Schulz im Mund wie ein Klumpen Dörrfleisch. Noch nie im Leben hatte er sich dermaßen ausgepowert, angezählt, getriezt und von allen guten Geistern verlassen gefühlt.

Eine Ziegenherde blockierte die Straße. Der Fahrer hupte, die Ziegen meckerten, und Demetrios nahm sich die Freiheit heraus, den rechten Oberschenkel seines Sitznachbarn Schulz zu massieren und von der Verlobungsfeier zu sprechen, die sie in absehbarer Zeit begehen könnten. Eine romantische Zeremonie mit Treuegelöbnis und Eheversprechen. Allenfalls an seine engsten Freunde werde er, Demetrios, ihn ausleihen, und auch das nur gegen ein hohes Entgelt!

Bei dem Versuch, von Demetrios abzurücken, brachte Schulz den Mazedonier zu seiner Linken in Harnisch und fing sich einen Ellenbogenstoß ein, der nicht von Pappe war. Und dann regnete es Schlagstockhiebe von den Wachbeamten.

Der Bus hatte nun wieder freie Bahn, aber bis zu den Häftlingen drang der Fahrtwind nicht durch. Sie hechelten wie überhitzte Hunde.

Ich halt's nicht mehr aus, dachte Schulz. Noch zwei Minuten, und ich kollabiere. Für solche Höllenritte hat der TÜV mich überhaupt nicht zugelassen!

Vor einer Haarnadelkurve gab der Fahrer etwas zuviel Gas. Der Bus neigte sich nach rechts und noch weiter nach rechts. Die beiden linken Reifen lösten sich vom Boden. Sekundenlang stand alles auf der Kippe, und allein weil die Passagiere auf der rechten Seite insgesamt mehr Muskelmasse aufgebaut hatten als die auf der linken, stürzte er den Abhang hinunter, überschlug sich zweimal und blieb seitlings liegen.

»Das ist nicht Bennatz Neuß«, sagte Kommissar Stoltze nach einem Blick auf das Opfer. Von dem Gesicht hatte der Rottweiler auf der Festung Ehrenbreitstein etwa zwei Drittel übriggelassen. »Das ist Fred Jockel.«

Alle Ermittlungsergebnisse deuteten darauf hin, daß Jockel in Bad Breisig in die leerstehende Wohnung von Bennatz Neuß eingedrungen war, um sich als Neuß auszugeben. Und daß er dann jeden Tag im Outfit von Neuß die Festung Ehrenbreitstein besucht hatte, in der Absicht, den Mörder herbeizulocken.

Äußerlich seien sich die beiden Dickerchen Jockel und Neuß ja nicht ganz unähnlich gewesen, sagte Stoltze bei einem Telefonat mit Kommissar Gerold.

»Und was ist mit Neuß?«

»Wo er sich aufhält, wissen wir nicht, und an sein Handy geht er nicht ran.«

»Glauben Sie, daß der Täter wirklich diesen Luftikus Fred Jockel mit Bennatz Neuß verwechselt hat?«

»Nein«, sagte Stoltze und nippte von seinem abendlichen Glas Rémy Martin. »Meine Theorie ist die: Er hat Jockel durchschaut und ihm eine Falle gestellt. Die Hecktür des Transporters mit dem Rottweiler war mit einem Zeitschloß gesichert, und der Täter wußte, auf welche Uhrzeit er es einstellen mußte, damit der auf Jockel scharfgemachte Rottweiler sein Ziel nicht verfehlen konnte. Aber für den Täter ist das, wenn ich mich so ausdrücken darf, nur ein Ulk, den er sich erlaubt hat. Ein kleines Zwischenspiel vor seinem nächsten Mordanschlag auf einen echten Autor von Kriminalromanen aus der Provinz.«

»Und was ist Ihre Meinung zum Fall Schulz, Herr Kollege?« fragte Severin Dibelius.

Da brauchte Waldemar König nicht lange zu überlegen. »Schulz?« bellte er in den Hörer. »Dieser Feigling hält sich irgendwo versteckt, um nicht noch mehr Dresche zu beziehen! Und seine Hintermänner verbreiten Fake News über seine Verhaftung! Das ist ein abgekartetes Spiel. Aber Schulz hin oder her – wir müssen eine gemeinsame Linie finden und der Polizei Beine machen! Wie wäre es mit einem Sitzstreik vor dem Kanzleramt?«

Dibelius erbleichte. Ein Sitzstreik in einem Maßanzug von Scabal? Er machte König einen Gegenvorschlag: »Ein Bekannter von mir hat Vertraute im Innenministerium und kann Einfluß auf die Besetzung der Sonderkommission nehmen …«

»Kann er auch dafür sorgen, daß Köpfe rollen?«

»An wen denken Sie dabei?«

König zupfte sich ein Barthaar von der Zungenspitze. »Bringen Sie mir den Skalp von Kommissar Gerold«, sagte er. »Das wäre ein Auftakt nach Maß.«

»Sieh dir mal an, was ich hier aufgetrieben habe«, sagte Ute und reichte Gerold die Kopie einer Glosse aus der *Wetterauer Zeitung* vom 7. Juni 2017. »Da hat jemand den Plot eines Kriminalromans entworfen, der dir irgendwie bekannt vorkommen dürfte. Die entscheidenden Zeilen hab ich markiert.«

Gerold las:

Folgende Handlung stelle ich mir vor: Ein Literaturkritiker reist quer durch Deutschland und bringt sämtliche Autoren von Heimat- und Regionalkrimis auf landschaftstypische Weise um die Ecke. In der Pfalz ersticken sie an Saumägen, in Nürnberg werden sie zu Rostbratwürsten verwurstet, in Hannover langweilen sie sich zu Tode und in Dresden lasse ich den Kommissar so lang Sächsisch reden, bis dem Mordopfer die Ohren bluten.

»Wo hast du das her?« fragte Gerold.

»Das hat uns der Verfasser selbst geschickt. Ein Herr Jürgen Wagner aus Friedberg. Mit dem Vermerk, daß er das aus Jux geschrieben hat. Und daß er für jeden der Morde ein Alibi besitzt. Er wollte nur sicherstellen, daß wir nicht zufällig auf seine Glosse stoßen und ihn für den Mörder halten.«

»Checken müssen wir das natürlich so oder so.«

»Ist schon geschehen. Ich hab 'ne Kusine im Polizeipräsidium Mittelhessen. Die hat ihn gerade auf Herz und Nieren geprüft, und sie hat mir gemailt, daß er nicht nur sauber ist, sondern außerdem so einnehmend, daß sie ihn wahrscheinlich heiraten wird.«

Gerold sah die Fischerin streng an. »Jetzt veräppelst du mich …«

»Nein! Sie hat mich sogar schon gefragt, ob ich ihre Trauzeugin sein will!«

»Wenn das stimmt, ist das die erste Mordserie mit dem positiven Nebeneffekt einer Ehestiftung«, sagte Gerold. »Falls die Stiftung einer Ehe etwas Positives ist …«

Die Staubwolke, die der verunglückte Gefangenentransporter aufgewirbelt hatte, wurde von hellen Gelbtönen dominiert, in denen rotbraune Schleier aus Gesteinsmehl tanzten, durchsetzt von Autolackpartikeln, Glasfasern, Rostsplittern, Sandkörnern, Eidechsenkot und Insektenblut.

Aus dem Inneren der Wolke erscholl ein vielstimmiger Chor: Flüche, Husten, Ächzen, Stoßgebete, Jammerlaute. Der Fahrer, sein Beifahrer und drei der Wachmänner waren bei dem Sturz ums Leben gekommen, während der vierte nur ein paar Schürfwunden davongetragen hatte. Bei den nichtdeutschen Gefangenen waren dreizehn gebrochene Rippen, vier Armbrüche, rund dreißig Prellungen, eine ausgekugelte Schulter und ein gebrochenes Handgelenk zu beklagen.

Frank Schulz mußte sich noch sortieren. Seine Hauptbeschäftigung bestand zunächst darin, sich unter dem stöhnenden Mazedonier hervorzuarbeiten, der ihm mit seinem Gewicht die Luft abschnürte. Das war keine leichte Aufgabe, denn Schulz hatte sich beide Arme verstaucht, und es gab nicht viel Bewegungsspielraum. Außerdem wurde sein Blickfeld durch den dicht vor ihn geschleuderten Wachmann eingeengt, der überlebt hatte. Genaugenommen sah der eingezwängte Schulz kaum etwas anderes als dessen krebsrotes Gesicht. Ein noch dunkleres Rot nahm es an, als sich von hinten die schwieligen Hände von Demetrios um den Hals des Wachmanns legten und zudrückten. Er röchelte und fletschte die Zähne, doch er konnte sich nicht zur Wehr setzen, weil sein linker Arm zwischen Schulz und dem Mazedonier eingeklemmt war und der rechte zwischen einem Seitenfenster und dem Bein eines Doppelmörders aus Piräus.

Schulz sah die Augen des Wachmanns hervorquellen und vergaß darüber fast seinen eigenen Kampf ums Dasein. Aber sein Körper, der es besser wußte, strampelte und ruderte von ganz alleine weiter, bis der Mazedonier zur Seite sackte.

Gierig saugte Schulz den Sauerstoff ein.

Der Wachmann hatte jetzt den linken Arm frei, fuchtelte damit herum und verpaßte Schulz ungewollt einen Nasenstüber, der ihn aufschluchzen ließ.

Dann erschlaffte der Wachmann. Ein letztes Mal sah er ihn noch kraftlos aufzucken, bevor Demetrios seinen Griff löste.

Ein Mord! dachte Schulz. Vor meinen Augen! Ich muß die Polizei benachrichtigen!

Ihm seien da »die Hände gebunden«, sagte Alfred zur Nemitz, der deutsche Botschafter in Athen. »Die hiesigen Behörden streiten ab, daß Herr Schulz in Ammoudia verhaftet worden sei. Vielleicht hat er sich einfach verlaufen! Das kann ja mal passieren nach so einer körperlichen Auseinandersetzung mit Haken und Ösen. Wenn man, um es mal auf deutsch zu sagen, was aufs Haupt gekriegt hat. Ich würde Ihnen empfehlen, eine Vermißtenanzeige aufzugeben. Das habe ich auch der Frau von Herrn Schulz geraten, die uns hier jeden Tag anruft …«

Aber Schulz' Agent Thomas Hübner ließ nicht locker. Im elften Anlauf hatte er den Botschafter nun endlich an der Strippe und gab ihm Saures: »Ein deutscher Staatsbürger ist in Griechenland verschollen, und es gibt Zeugen, die aussagen, daß er festgenommen worden ist! Und Sie erzählen mir, daß Ihnen da die Hände gebunden sind? Wofür werden Sie denn überhaupt bezahlt, Sie Eumel?«

»Herr Hübner, bitte mäßigen Sie sich …«

»Wie Sie wollen. Ich werde mich mäßigen. Und sobald ich aufgelegt habe, werde ich der Deutschen Presse-Agentur mitteilen, daß der deutsche Botschafter in Athen sich weigert, bei der griechischen Regierung Protest gegen die Verhaftung von Frank Schulz einzulegen!«

»Aber das sind doch bloß Gerüchte, Herr Hübner!«

»Dann gehen Sie ihnen nach!«

»Das haben wir schon getan! Und der griechische Innenminister hat mir persönlich versichert, daß seine Polizeikräfte nichts über den Verbleib von Herrn Schulz wissen.«

»Und das glauben Sie ihm?«

»Ich bitte Sie! Der griechische Innenminister ist über jeden Verdacht erhaben.«

»Das heißt also, daß Sie die Hände in den Schoß legen, ja?«

»Nein. Ich werde weiter auf die griechischen Behörden einwirken und eine schonungslose Aufklärung der Angelegenheit verlangen …«

Hübner legte auf. Es hatte keinen Zweck mit diesem Gummihuhn von Botschafter. Hier konnte nur der Außenminister helfen.

Auf die zwölf Männer, die aus dem Bus geklettert waren, brannte die Sonne herab. Sie hatten die Handschellenschlüssel gefunden, aber nicht den Schlüssel für die Fußkette, mit der sie alle zusammengehalten wurden.

Er kenne einen Schmied, sagte einer der Gefangenen, in einem Bergdorf, und der könne sie loseisen. Nur dreißig Kilometer von hier …

Elf der zwölf Männer beratschlagten, was zu tun sei. Frank

Schulz war der zwölfte. Ihn bezogen sie in ihr Gespräch nicht mit ein. Sie warfen ihm nur scheele Blicke zu, und er hörte heraus, daß sie mit dem Gedanken spielten, ihm die Füße abzuhacken, um schneller voranzukommen.

»I can give you money!« rief Schulz. »Believe me! I can give you five thousand Euro! As soon as I'm home, kriegt ihr fünftausend Euro von mir! Mein Ehrenwort!«

Demetrios trat nah an ihn heran. Aus seinen blutunterlaufenen Augen sprach tiefes Mißtrauen.

»Ich erhöhe auf zehntausend!« rief Schulz. »Ten thousand Euro! I swear by God! Wo darf ich sie abliefern?«

Sein Bruder Niarchos betreibe eine mobile Imbißbude am Brandenburger Tor, sagte Demetrios. Wenn er wieder in Deutschland sei, solle Schulz das Geld dort übergeben. Und zwar spätestens in zwei Monaten. Wenn er sein Versprechen nicht halte, werde er sich wünschen, niemals geboren worden zu sein. Denn er, Demetrios, sei ein Meister im Auffinden und im Züchtigen säumiger Schuldner …

Seine Autorität schüchterte auch die anderen Männer ein. Er befahl ihnen, den Toten die Schußwaffen, die Stichwaffen, die Uhren, die Feuerzeuge, die Zigaretten und alles Bargeld abzunehmen und die Handys zu zertreten. Mit einem davon versuchte er vorher noch seine Mutter anzurufen, doch hier in den Bergen gab es kein Netz. Demetrios stampfte mit der Hacke auf dem Handy herum und gab das Kommando zum Aufbruch.

Es machte keine rechte Freude, sich mit der Fußkette gemeinschaftlich fortzubewegen, zumal das Terrain steinig und uneben war, aber wenn sie entwischen wollten, blieb den Häftlingen keine andere Wahl. Sie mußten von der Straße weg und die Schmiede erreichen, bevor die Polizei mit Hubschraubern nach ihnen suchte.

In Trippelschritten ging es vorwärts, und häufig geriet das dreckige Dutzend ins Stocken. Sehr hinderlich waren die vielen Verletzungen, und hinzu kamen Wadenkrämpfe, Konditionsschwäche, Knieprobleme und fliegende Hitze. Sobald einer hinfiel, fielen meist auch alle anderen wie Dominosteine um und mußten sich mühselig wieder aufrappeln, bevor der Marsch fortgesetzt werden konnte.

Schulz war nicht wohl in seiner Haut. Während er über die Steine trottete und mit seinen Leidensgenossen Schritt zu halten versuchte, besann er sich auf seine Lage. Eben hab ich noch im Liegestuhl gelegen, dachte er, und jetzt bin ich als Kettensträfling auf der Flucht! Wenn die Bullen uns erwischen, sind wir geliefert. Und wenn wir's bis zu der Schmiede schaffen, was dann? Soll ich mich der Polizei stellen? Und wieder in den Kahn fahren? Womöglich schieben die mir noch den Mord an diesem Wachmann in die Schuhe! Aber wenn ich fliehe, mach ich mich erst recht verdächtig …

Von dem Schweiß, der ihm von der Stirn lief, brannten Schulz die Augen, und er war froh, als Demetrios bei Sonnenuntergang einen windschiefen, einsam in der Gegend stehenden Bretterverschlag zum Nachtquartier erklärte.

Bennatz Neuß schrak aus dem Schlaf. Im Traum hatten seine Häscher ihn in ein Faß gesteckt und es zugenagelt und oberhalb der Niagarafälle in die Fluten rollen lassen. Doch das Rauschen klang zu echt.

Wie konnte das sein? Wer sollte hier mitten in der Nacht einen Wasserhahn aufgedreht haben? Oder war das nur Einbildung?

Er warf die Bettdecke zurück, schlüpfte in seine Puschen, ging ins Badezimmer und machte Licht. Aus dem Hahn strömte Wasser. Die Wanne war schon zur Hälfte gefüllt.

Kopfschüttelnd stellte Neuß das Wasser ab. War er wieder geschlafwandelt? Vor Jahren hatte er das mal getan, wie er von einer Freundin wußte, die ihn dabei beobachtet hatte: Er war im Pyjama vom Schlafzimmer in den Weinkeller gegangen und zurück, ohne zu erwachen. Das hatte ihn auf den Gedanken gebracht, einen Kriminalroman über einen Schlafwandler zu schreiben, der

Morde begeht, von denen er nichts weiß, aber diese Idee war ihm dann doch zu abwegig erschienen.

Er zog den Stöpsel, ging wieder ins Bett und griff nach dem Krimi, der auf seinem Nachttisch lag: »Der Tod kommt auch nach Hiddensee« von Gerwald Mühlenhoff, einem stark überschätzten Nachwuchsautor aus Rostock. Was der kann, kann ich schon lange, dachte Neuß und lauerte auf Stilblüten. Lange warten mußte er nicht. Im dritten Kapitel sinnierte eine Pastorin aus Stralsund über den Tod ihrer vergifteten Putzfrau:

Sie war für mich wie eine Schwester, die ich nie hatte. Ein Stiefmütterchen, das so gern eine Rose gewesen wäre. Und nun liegt sie aufgebahrt vor mir, und es ist ihrer Seele verwehrt, uns den Namen des Mörders zu nennen. Denn die Sprache der Toten ist nicht von dieser Welt. Doch ich werde ihn finden, Anjuschka. Ich werde dich rächen!

Neuß rümpfte die Nase. Evelyn Fingerhut, so hatte Mühlenhoff diese Pastorin genannt. Und der sollte man nun abkaufen, daß sie eine neue Miss Marple sei und auf Hiddensee einen russischen Auftragskiller übertölpeln könne …

Das vierte Kapitel handelte von einem Geheimtreffen zwischen dem Killer und einem Oligarchen in einem von Evelyn Fingerhut verwanzten Strandkorb:

Atemlos lauschte sie dem Gespräch. Es ging um weitere kaltblütige Morde an Putzfrauen, die dem Oligarchen nicht zu Willen gewesen waren. Nadeschda, Galina, Piotra, Marishka, Ljudmila … Die Liste war noch länger. Der Oligarch ordnete auch an, wie die Morde ausgeführt werden sollten. Den schrecklichsten Tod, stieß er hervor, müsse Sinaida erleiden, denn er habe sie wahrhaft inniglich geliebt. Sie müsse lebendig begraben werden. In einem Heringsfaß. Aber nicht zu Lande, sondern in der Wolga …

Fast wie in meinem Traum, dachte Neuß, bevor ihm die Augen zufielen.

Dann riß er sie wieder auf. Das Badewasser rauschte von neuem. Jetzt mußt du einen kühlen Kopf bewahren, sagte er sich. Es ist ein Einbrecher in der Wohnung, der dich zum Narren halten will. Wo ist das Handy? Und womit kann ich mich bewaffnen?

Das Handy hatte er vor dem Schlafengehen in der Küche mit einem Ladekabel verbunden. Und neben dem Herd lag die beste Verteidigungswaffe. Ein Tranchiermesser, das er erst gestern nachgeschliffen hatte.

Auf Zehenspitzen schlich Neuß in die Küche und suchte im Halbdunkel nach dem Handy und dem Messer. Dabei stolperte er über einen seiner Schuhe und konnte sich gerade noch am Kühlschrank abstützen.

Das Wasser lief weiter, und es waren Schritte zu hören.

»Ich habe eine Pistole!« rief Neuß, während er die Anrichte abtastete. »Verlassen Sie mein Haus! Sonst greift Ihre Zahnbürste morgen früh ins Leere!«

»Nun machen Sie mal halblang«, sagte ein Mann, der in den Küchentürrahmen trat und mit dem Tranchiermesser spielte. »Wollen wir nicht ein bißchen plaudern? Über den tragischen Unfall auf der Festung Ehrenbreitstein? Wo Ihr Doppelgänger sein Gesicht an einen Hund verfüttert hat? Oder über Ihren neuen Roman? Ich habe mir Ihre Notizen angesehen, und die sind sehr reizvoll. Besonders die Geschichte mit der Mikrowelle. Ihr Bad ist bereitet, Herr Neuß.«

10

Aus 152 Millionen Kilometern Entfernung bahnte sich ein Strahl der Morgensonne seinen Weg durch eine Ritze des Bretterschuppens zum noch immer empfindlichen linken Augenlid von Frank Schulz. Sein Veilchen hatte über Nacht die Farbe gewechselt: von Lila zu Blaugrün mit roten Einsprengseln. An den Rändern spielte es ins Bräunliche.

Er setzte sich auf und hörte seine Knochen knirschen. Ein

Geräusch, das sogar das Schnarchen der anderen Männer übertönte.

Noch eine Nacht in einem Rattenloch wie diesem, und kein Chiropraktiker wird mich mehr heilen können, dachte er und zog sein rechtes Hosenbein hoch, um nachzusehen, was ihn dort juckte. Auf der Vorderseite zählte er dreizehn Mückenstiche und vier Zeckenbisse. Sein steifer Nacken hinderte ihn daran, auch die Rückseite des Beins zu untersuchen.

Wasser, dachte Schulz. Ein Königreich für ein Glas Wasser!

Sein Gesicht fühlte sich an, als hätten Iltisse darin genistet, und sein Kreuz war überreif für die Rückenschule. Wie sollte er einen weiteren Tag in dieser Walachei überstehen? Unter der sengenden Sonne? An elf Kriminelle gekettet, für die er das zwölfte Rad am Wagen war?

In der DB-Lounge im Berliner Hauptbahnhof zapfte Severin Dibelius zwei Becher Latte Macchiato und stellte einen davon vor seinem Spezi Alexander Kniepholz ab, der seit drei Dekaden als Generalkonsul die Puppen tanzen ließ. Dibelius hatte nie genau begriffen, worin die Tätigkeit eines Generalkonsuls eigentlich bestand, aber offensichtlich konnte man gut davon leben. Schon für die Siegelringe, die Kniepholz trug, hätte ein gewöhnlicher Arbeitnehmer zehn Jahre lang das Finanzamt betrügen müssen.

»Du könntest mir mal wieder aushelfen, Kniepi«, sagte Dibelius. »Es geht um einen vorlauten Kriminalkommissar namens Gerold Gerold aus Uelzen. Wie mir zu Ohren gekommen ist, hat er den Bundesinnenminister als inkompetente Matschbirne bezeichnet und den Generalbundesanwalt als fleischgewordenen Systemschaden. Diese Zitate darfst du gern an die entsprechenden Stellen weitergeben …«

Kniepholz lachte schnarrend. »Alles easy, Sevi! Ich geb's in den Flurfunk, und dann kann das Kommissärchen sich auf einen längeren Außendienst bei der Verkehrspolizei freuen. Mach ich doch mit links! Und was geht sonst so? Neue Projekte am Start? Frau und Kinder im Griff? Du kennst ja meine Devise: Immer schön den Fisch versenken und dabei an Deutschland denken!«

Es schnitt Dibelius ins Herz, wenn Kniepholz solche ordinären Töne anschlug. Aber auf ihn war Verlaß. Seit ihrer gemeinsamen Studienzeit in München hatte dieser birnenförmige Tausendsassa ihm schon so manchen Gefallen erwiesen. Wenn sich einer auf die hohe Kunst der Intrige verstand, dann Kniepholz. Es kostete ihn nur ein Lächeln, Karrieren zu zerstören, mit gespaltener Zunge zu reden und Sand ins Getriebe zu streuen.

Privat sei bei ihm »alles stimmig«, erklärte Dibelius. »Aber du weißt ja, in welcher Sorge wir Schriftsteller leben, solange dieser Serienmörder unbehelligt durch die Lande zieht …«

Kniepholz schnalzte mit der Zunge. »Der hat's faustdick hinter den Ohren, das ist wahr. Soll ja so 'ne Art verhinderter Literaturkritiker sein, wie man sich erzählt. Hast du neulich diesen Frank Schmidt im Fernsehen gesehen? Wie der sich um Kopf und Kragen geredet hat? Zum Totlachen!«

»Er heißt nicht Schmidt, sondern Schulz«, sagte Dibelius leicht indigniert. »Und er ist ein Raufbold der übelsten Sorte. Hat in Griechenland völlig unmotiviert einen Autogrammjäger zusammengeschlagen und gibt sich als Unschuldslamm aus.«

»Soll ich da mal was drehen?« fragte Kniepholz. »Um den feinen Herrn Schulz abzuservieren?«

»Wie würdest du denn da vorgehen?«

»Ich könnte ihm was wegen Tierquälerei anhängen.«

»Aha, und was?«

»Wart's ab. Laß mich einfach die Rakete zünden, und der Mann ist Geschichte.«

Versonnen sah Dibelius auf den Krawattenknoten seines Gegenübers. Es war gut, einen Prachtkerl wie Alexander Kniepholz zum Freund zu haben.

Die Nachricht von der Flucht der Gefangenen erreichte Eleftherios Manaskov nach einem hitzigen Streit mit seiner Frau, die nicht einsehen wollte, daß ein Geschäftsessen in Athen für ihn eine höhere Priorität haben konnte als ihr dreißigster Hochzeitstag. Um sich abzureagieren, ordnete Manaskov die radikalsten Maßnahmen an, die ihm einfielen: Die entflohenen Häftlinge sollten mit Bluthunden gesucht und beim geringsten Anzeichen von Widerstand niedergeschossen werden.

Die Tatsache, daß auch Frank Schulz unter ihnen war, empfand Manaskov als persönliche Kränkung. Er hatte seinem Schwiegersohn versprochen, diesen Bastard weichzukochen, und er würde Wort halten. Das war er sich als Ehrenmann schuldig. Speziell auf Schulz setzte Manaskov inoffiziell Gregorios Moraikis an, einen freischaffenden Kopfgeldjäger, dem man nachsagte, daß er als Achtzehnjähriger seine eigene Mutter an ein Armeebordell verkauft habe, um ein paar Spielschulden begleichen zu können. Der Ruf, der Moraikis in ganz Südeuropa vorauseilte, ließ selbst Manaskov das Blut in den Adern gefrieren. Und eben deshalb hielt er ihn für genau den richtigen Mann. Die Aufgabe lautete: Schulz aufspüren und apportieren. Damit er seiner gerechten Strafe zugeführt werden konnte. Manaskov hatte vor, sich an den Sanktionen zu beteiligen. Mit dem Ochsenziemer würde er anfangen und dann zur Feinarbeit übergehen.

»Ich muß ihnen die traurige Mitteilung machen, daß es ein weiteres Opfer zu geben scheint«, sagte Kommissar Riesenbusch zu den Mitgliedern der Sonderkommission. »Der uns allen bekannte Schriftsteller Bennatz Neuß ist in der Badewanne seiner Ferienwohnung in St. Moritz tot aufgefunden worden. Er ist an einem Stromschlag gestorben. In seinem Badewasser hat eine Mikrowelle gelegen, die durch ein Verlängerungskabel mit einer Steckdose in der Küche verbunden gewesen ist. Der Verdacht auf Fremdeinwirkung wird durch eine Art Bekennerschreiben erhärtet, das auf dem Küchentisch gelegen hat. Es besteht aus fünf handgeschriebenen Wörtern: ›Ich mach euch alle alle.‹ Punkt. Die Kollegen in der Schweiz halten das noch unter Verschluß, aber ich hege die leise Hoffnung, daß jemand die Handschrift wiedererkennt, wenn wir eine Kopie davon an die Medien geben. Hat jemand Einwände?«

»Einwände nicht«, sagte Hans-Dietlof Wiesling, »doch wir sollten uns erst einmal näher mit der Bedeutung dieser Worte befassen. Auf den ersten Blick droht da jemand, alle allezumachen, also umzubringen, aber vielleicht ist der Autor jemand, der die Rechtschreibung nicht beherrscht und kein reines Hochdeutsch spricht. Dann wäre es auch möglich, daß die Botschaft in Wahrheit eine Liebeserklärung ist und bedeutet: ›Ich mag euch alle, alle.‹ Darüber würde ich mich gleich gern noch in kleinerer Runde mit den Psycholinguisten und den Graphologen austauschen ...«

Ute stupste Gerold an und fragte ihn im Flüsterton, wie er Wieslings Chancen auf eine Beförderung einschätze.

»Den kann man bloß noch in die Klapsmühle befördern«, sagte Gerold. »Aber da werden sie ihn auch nicht gerade mit Handkuß nehmen ...«

In der SoKo war man sich einig darüber, daß Riesenbusch recht hatte: Das Bekennerschreiben sollte veröffentlicht werden. Vielleicht kämen dann ja mal Hinweise aus der Bevölkerung, mit denen mehr anzufangen wäre als mit dem Gebrabbel der Wichtigtuer, die behaupteten, daß sie den Serienmörder in ihrem Nachbargarten gesehen hätten.

In den sozialen Netzwerken kursierte seit kurzem die Info, daß Frank Schulz seinen Griechenlandurlaub angetreten habe, ohne an seine sieben Wellensittiche zu denken: Sie seien elendiglich verdurstet und verhungert. Ebenso wie seine Katze, die tagelang laut miaut und von innen an der Wohnungstür gekratzt habe, bis die Nachbarn die Polizei gerufen hätten. In der Küche sei dann auch der Leichnam eines an Unterernährung gestorbenen Kurzhaardackelwelpen entdeckt worden.

Gut gemacht, dachte Severin Dibelius und klickte einen Artikel an, der die Überschrift trug:

Haustierkiller Schulz
Was macht ihn so böse?

Dibelius lachte das Herz im Leib, als er las, was Schulz da angedichtet wurde:

Er relaxt am Strand, während seine Vögelchen in ihren letzten Atemzügen liegen. Mit schwachen Bewegungen des Schnabels pikken sie noch einmal an die leere Trinkröhre – und dann krepieren sie. Stumm und allein. Weil der Mann, der sie füttern sollte, ein Monster ist. Ein gefühlloser Egoist, dem sein Urlaubsvergnügen wichtiger ist als die Sorge um seine Haustiere. Und nun soll er im Gefängnis sitzen.

Hallo, Herr Schulz? Schon mal gehört, daß es Freunde und Nachbarn gibt, die sich um Ihre Tiere kümmern könnten, wenn Leute wie Sie zur Tiefenentspannung nach Griechenland fliegen?

Bleibt zu hoffen, daß Sie sich keinen Sonnenbrand geholt haben, während Ihre Wellensittiche, Ihre Katze und Ihr Dackel auf dem Tierfriedhof bestattet worden sind! Die Kinder der Klasse 4a der Osnabrücker Peter-Härtling-Förderschule haben sich dieser Aufgabe angenommen, und viele von ihnen haben dabei geweint. Vielleicht verstehen Sie jetzt, wie verstörend Ihr Verhalten besonders auf Menschen wirkt, die noch zu klein sind, um zu begreifen, woher das Böse kommt.

Um die ausgeklügelte Gemeinheit dieses Rufmordversuchs gebührend zu feiern, suchte Dibelius mit beschwingtem Schritt die Champagnerbar im Keller seines Hauses auf. Er war dort selbst sein bester Gast. Und meistens auch sein einziger.

Die Ausbrecher mußten eine Landstraße überqueren. Sie war nicht sehr stark befahren, aber Demetrios, der Anführer, wollte auf Nummer Sicher gehen. Er wählte eine Stelle aus, die auf der einen Straßenseite eine Hecke und auf der anderen einen Graben aufwies.

Alle Mann gingen hinter der Hecke in Deckung und sperrten die Ohren auf. Kam da was?

Ja. Ein Moped. Mit schätzungsweise 18 km/h näherte es sich von links. Und von rechts keuchte ein Traktor den Berg hinauf.

Frank Schulz hielt sich die Nase zu. Der Brodem, den der Mazedonier ihm in den Nacken schnaubte, roch nach Magensäure und Verwesung. Kein Wunder, dachte Schulz. Wann haben wir zuletzt 'ne Zahnbürste gesehen?

Er entsann sich der Erfrischungsmittel seiner Jugendzeit: Wrigley's Spearmint, Velemint, Odol und Tic Tac. Lauter blödsinnige Produkte, doch jetzt hätte er gern zwei Tic Tacs zerkaut und dem Mazedonier zwei abgegeben. Von dem er nicht einmal wußte, wie er hieß, obwohl sie schon so lange Fuß an Fuß ihr Unglück ausgekostet hatten …

Der Mopedfahrer verschwand hinter einer Rechtskurve und der Traktor auf einem Feldweg. Außer dem Schnattern der Zikaden lag kein Geräusch mehr in der Luft.

Mit zwei Fingern gab Demetrios das Startsignal, und die Männer erhoben sich und zockelten los. Bis zur Mitte der Fahrbahn ging die Tanzpartie glatt, doch mit einemmal verwandelte der anschwellende Ton einer Polizeisirene die ganze Schar in einen Hühnerhaufen.

Wenn alle im Gleichschritt gelaufen wären, hätte sich aus ihrer Hast kein Problem ergeben, aber weil sie unkoordiniert losrannten, riß einer den anderen um. Schulz schrammte sich beide Knie auf, kam wieder auf die Beine und taumelte nach vorn, bevor er hintenüberfiel und von Demetrios und dem Mazedonier zwei Meter weit mitgeschleift wurde. Dann flog er auch schon in den Graben auf der anderen Straßenseite und büßte einen

Eckzahn ein, als er mit der rechten Wange auf eine Baumwurzel prallte.

Die Männer krümmten sich, zum Teil vor Schmerzen und zum Teil aus Vorsicht, denn der Graben war nicht tief, und die Sirene heulte immer lauter.

Schulz lag schreckensstarr und leicht verdreht auf der Seite. Im Fallen hatte der Mazedonier ihm seinen rechten Ellenbogen in die linke Achselhöhle gerammt, und von Demetrios war ihm mit dem Knie am rechten Oberschenkel unbeabsichtigt ein sogenannter Pferdekuß verpaßt worden, der einen breitflächigen Bluterguß zur Folge hatte.

Für ein Leben als Outlaw bin ich einfach nicht geschaffen, dachte Schulz. Und war ich denn nicht immer ein gesetzestreuer Bürger? Mal abgesehen von etwas Schwarzarbeit und hauchzartem Schmu bei der Steuererklärung? Ich wollte jedenfalls nie vor der Bullerei fliehen müssen und mich dabei in einen Straßengraben kauern!

Das Sirenengeheul schwoll weiter an, und die Männer duckten sich so tief, wie es nur ging. Viele Tiere tummelten sich zwischen ihnen: Nashornkäfer, Feuerwanzen, Streckerspinnen und Silberfischchen. Und Smaragdeidechsen. Eine davon flitzte Schulz in den linken Ärmel, wo es ihr postwendend zu eng wurde. Sie wollte kehrtmachen, verheddete sich im Stoff der Sträflingskleidung und biß Schulz in die Armbeuge.

Er schrie auf und wurde von Demetrios mit einem Faustschlag in die Nierengegend diszipliniert.

Der Polizeiwagen bog um die letzte Kurve vor dem Graben, in dem zwölf Menschenkinder zitterten und bangten.

Schulz hielt die Luft an. Jetzt werden sie uns hoppnehmen, dachte er. Und niemand wird mir glauben, daß ich nur ein unfreiwilliger Mitläufer gewesen bin. Jedes Wort in eigener Sache würde wie eine faule Ausrede klingen: »Ich schwöre Ihnen, Herr Untersuchungsrichter, mit dem Mord an dem Polizisten habe ich nichts zu tun! Das war Demetrios! Und ich wollte auch gar nicht fliehen! Ich hab nur mitgemacht, weil wir alle zusammengekettet gewesen sind. Wenn Sie mir Haftverschonung gewähren, kann ich das sogar beeiden. Als Kronzeuge!«

Die Lautstärke des Sirenengeheuls stieg auf ihr Maximum an und schwoll langsam wieder ab.

Gerettet, dachte Schulz. Aber für wie lange?

»Es gibt eine schlechte Nachricht, eine schlechte Nachricht und eine schlechte Nachricht«, sagte Gerold.

Ute sah ihn an. »Wieso fragst du mich nicht, welche ich zuerst hören will?«

»Ich fange einfach mit der schlechten an: Erwin Zapp ist wieder in Amt und Würden. Die Koksspuren in seiner Wimper sind nun leider doch nicht eindeutig genug nachweisbar. Und hier die schlechte Nachricht: Der Bundesinnenminister hat Riesenbusch und mich nach Berlin zum Rapport einbestellt.«

»Um euch zusammenzufalten?«

»Ja, das dürfte einer der Tagesordnungspunkte sein …«

»Kann er das nicht auch telefonisch machen? Oder per Skype?«

»Ich glaube, das würde ihm nicht die gleiche Befriedigung verschaffen. Er ist etwas altmodisch und steht auf Standpauken von Mann zu Mann. Und du wiederum hast die Ehre, die Hinweise zu prüfen, die hier zu dem ominösen Bekennerschreiben eingehen, das wir veröffentlicht haben.«

»Ist das die dritte schlechte Nachricht?«

»Nein. Die kommt erst jetzt: Der Leiter deiner Arbeitsgruppe ist Erwin Zapp.«

»Wat is de Welt doch groot«, sagte Ute nach einer Schrecksekunde. »Können wir nicht tauschen? Ich würde mir lieber einen Anpfiff vom Innenminister einfangen als Herpes von Zapp.«

»Du brauchst ihn ja nicht zu küssen.«

»Nein, das brauche ich wirklich nicht. Seine feuchte Aussprache genügt schon für die Übertragung …«

»Ein Grund mehr, ganze Arbeit zu leisten und den Mörder endlich aus dem Verkehr zu ziehen«, sagte Gerold.

Nach fünf, sechs Ferngesprächen war Gregorios Moraikis genau im Bilde: Wegen eines akuten Benzinmangels hatte die Polizei die Ausbrecher nicht mit Hubschraubern verfolgen können, und die von Manaskov angeforderten Bluthunde waren unpäßlich, weil sie an einem Darmvirus litten. Aber beim Studium der Landkarte dämmerte es Moraikis, in welcher Dorfschmiede er nach der Bande suchen mußte.

Er packte sein Handwerkszeug zusammen: eine geladene Walther PPQ M2, ein handliches Richtmikrofon, ein wasserdichtes Marinefernglas, ein Kampfmesser mit teilverzahnter Klinge, einen Flakon mit K. o.-Tropfen, ein Köfferchen mit Chemikalien, zehn Plastikhandschellen, einige andere Sächelchen und einen Stopfknebel, der sich schon bei manchen Rollenspielen bewährt hatte. Im Keller seines Hauses umgab Moraikis sich von Zeit zu Zeit mit Strichern, die glaubten, daß sie wieder gehen dürften, wenn sie ihre Schuldigkeit getan hatten. Der Moment, in dem sie ihren Irrtum erkannten und ihre Pupillen sich weiteten, war immer der schönste. Um auch später noch etwas davon zu haben, hielt Moraikis diese Szenen auf Video fest.

An Manaskov wollte er Frank Schulz erst nach einer ausgedehnten Kennenlernphase weiterreichen. Eine Woche am Andreaskreuz, und alles weitere würde sich finden. Spielzeug war im Überfluß vorhanden: Spanische Reiter, Sklavenstühle, Strafböcke, Spreizstangen, Bondagematratzen und Brustauflagen für den Bodenpranger …

Ach, sie würden sich schon gut verstehen, der dominante Kellermeister und sein gelehriger Schüler. Und wer hatte gesagt, daß Schulz dem Empfänger in einem Stück und völlig unversehrt zugestellt werden sollte? Ein paar Souvenirs standen Moraikis durchaus zu, wie er fand.

Das dritte Garagentor von links öffnete sich und gab den Blick auf einen altersschwachen Opel Astra frei. Den Wagen der Wahl. Damit würde Moraikis bei seiner Menschenjagd im Hinterland nicht auffallen.

11

Jochen Seifert dachte nicht oft an seine Vergangenheit als militanter Autonomer. Er hatte damals in Berlin drei Semester lang Kunstgeschichte studiert, zumindest offiziell, und war dann der Liebe wegen nach Stuttgart umgezogen, wo er seit nunmehr dreißig Jahren den Kundenstamm der Gartenbaufirma seines Schwippschwagers betreute. Jetzt besaß er alles, was er als Abiturient grauenerregend gefunden hatte: ein Häuschen im Grünen, ein geregeltes Einkommen, eine Lebensversicherung, einen Ehevertrag, eine mustergültige Schrankwand, einen Grill, einen Rasensprenger, zwei Autos und einen Bauch, den er nicht mehr so wie früher mit der lässigen Bemerkung einziehen konnte: »Ein Bauch, den man einziehen kann, ist kein Bauch!«

Seiferts Enkelkinder Anna und Jonas amüsierten sich im Garten mit Wasserspritzpistolen, und seine Frau nahm in Berlin an einer Tagung über Geldwäscheprävention in Industrieunternehmen teil. Was heutige Großmütter eben so machten, wenn sie noch nicht verrentet waren.

An seinem ersten Urlaubstag hatte Seifert sich auf Netflix zwei Staffeln der herausragenden Serie *The Americans* angesehen und an seinem zweiten die Terrassensteine gekärchert und das Planschbeckenleck geflickt. Für den dritten Urlaubsnachmittag war ein Minigolfturnier mit den Enkelkindern geplant, aber die Fernsehnachrichten brachten den Plan ins Wanken. »Ich mach euch alle alle« – dieser Satz, den der Mörder des Schriftstellers Bennatz Neuß am Tatort in St. Moritz zu Papier gebracht hatte, rief in Seifert die Erinnerung an ferne Zeiten wach.

Er schloß die Terrassentür, um sich besser konzentrieren zu können.

Kreuzberg 1984: Jochen Seifert hielt mit seinen Genossen Schwanno, Pit und Merlin Kriegsrat in einer Spelunke am Kottbusser Tor. Sollten sie in die Fußstapfen der Bewegung 2. Juni treten und einen hochrangigen Politiker entführen? Zum Beispiel den Regierenden Bürgermeister Eberhard Diepgen? Und wenn ja, wo könnten sie ihn verstecken?

Schwanno hatte einen Kohlenkeller, den Merlin für geeignet hielt, aber Schwanno fand, daß individueller Terror als Konzept der Stadtguerilla verfrüht wäre, solange sich aus den Klassengegensätzen noch keine revolutionäre Situation ergeben hätte. Auch Pit war der Ansicht, daß den Massen gegenwärtig noch das Verständnis für subversive Aktionen dieser Art fehle. Zuerst müsse man die Sehgewohnheiten des Volkes verändern:»Die Proletarier hängen doch alle am Tropf der öffentlich-rechtlichen Sender und lassen sich ein X für ein U vormachen. Da müssen wir ansetzen! Wenn wir den Arbeitern in den Programmkinos experimentelle Filme zeigen, in denen sie eine konkrete Utopie erkennen, wird der Funke überspringen!«

Zustande gebracht hatte Pit allerdings nur einen einzigen Super-8-Film von zwölf Minuten Länge. Man sah darin einen überkochenden Topf mit Spiralnudeln, auf eine Stechuhr herniederfahrende Hammerschläge, einen im Backofen schmelzenden Gartenzwerg und zum Schluß eine Waldwiese mit Hummeln und Marienkäfern. Genannt hatte Pit den Film »Der Zorn des Volkes« und ihn akustisch mit einem Potpourri aus den Werken von Carl Orff und Richard Wagner aufgedonnert. Es gab eine einmalige Aufführung im Eiszeit-Kino und zwei Verrisse. Der eine erschien im Stadtmagazin *Zitty* (»Dann doch lieber Popcornkino«) und der andere im *Tagesspiegel* (»Aus der aufdringlichen Symbolik spricht bloß eins: die Gedankenarmut des Regisseurs«).

Im Kiez ließ Pit sich danach lange nicht mehr blicken. Erst sechs Wochen später stöberte Jochen ihn eines Abends in dem Absturzlokal Rote Rose vor einem Bier und einem Tequila wieder auf. Pit hatte abgenommen und seine Mähne gestutzt, aber sonst war er ganz der alte: ein angeduhnter Tagedieb mit hochfliegenden Plänen. Er wollte jetzt einen Kriminalroman über einen gescheiterten Filmemacher schreiben, der seine Kritiker der Reihe nach unter die Erde bringt. Zwei Kapitel seien bereits fertig, sagte Pit, und über »Mittelsmänner« hätten schon mehrere Verlage ihr Interesse an dem Roman bekundet: Rotbuch, Wagenbach, Rowohlt und Suhrkamp. »Aber da schwanke ich noch. Der meistbietende Verlag ist nicht immer der beste …«

Bei einer neuen Runde, die Jochen ihm spendiert hatte, ging Pit weiter ins Detail: »Ich will mich schließlich nicht verbiegen lassen. So'n Vertreter von Luchterhand hat mir neulich eingebleut, daß ich Sexszenen einbauen muß, wenn ich an die Fleischtöpfe ranwill, aber der kann mich mal! Was versteht 'n der schon von Literatur?«

Wahrscheinlich mehr als du von Sex, dachte Jochen. Er hatte Pit noch nie zusammen mit einer Frau gesehen.

»Nicht mit mir«, sagte Pit und goß sich den Tequila und das Bier in den Schlund. »Nicht mit mir!«

»Wie soll dein Roman denn heißen?«

Pit wischte sich mit dem Handrücken den Schaum vom Mund, stieß auf und sagte, daß er den Titel geheimhalten müsse, um nicht beklaut zu werden. »Sagst du ihn auch keinem weiter?«

»No way.«

Der Titel seines Romans, sagte Pit, laute: »Ich mach euch alle alle«.

Jochen schwieg. Er glaubte nicht, daß dieser Titel Diebe auf den Plan rief, aber das behielt er für sich.

»Damit komm ich ganz groß raus raus!« schrie Pit und fegte dabei aus Versehen sein Bierglas um.

Nach diesem Besäufnis hatte Jochen ihn aus den Augen verloren. Wie so viele seiner Genossen von ehedem. Manche waren

Staatssekretäre geworden und manche auch Elektriker, Kellner oder Comedians. Wo Pit abgeblieben war, fragte Jochen sich erst, als er das Bekennerschreiben gelesen hatte.

Aber konnte der notorische Verlierer Pit identisch mit dem Mörder sein, der die Kripo seit Wochen in Atem hielt?

»Œuf, œuf, que lac je?« sagte Erwin Zapp und schob die Übersetzung sofort hinterher: »Ei, ei, was seh ich? Die Kommissarin Fischer! Welch Glanz in meiner Hütte! Und ich hab auch gleich Arbeit für Sie. Doktor Wiesling und seine Hexenmeister haben diese Handschriftenanalysen hier aus dem Hut gezaubert. Jetzt wissen wir, wes Geistes Kind der Täter ist! Da sollten Sie mal Ihr Näschen reinstecken, Verehrteste …«

Ute setzte sich mit den Papieren in eine Bürowabe und nahm sich vor, ein Duftspray zu kaufen, um den Geruch von Zapps Aftershave zu neutralisieren.

Wie sie feststellte, hatten die Graphologen herausgefunden, daß der Täter ein unterentwickeltes Triebleben habe und an Antriebsarmut leide. Geschlossen hatten sie das aus dem Fehlen von Unterlängen in seinem handschriftlich hinterlassenen Satz »Ich mach euch alle alle«. Der aber nun mal keine Unterlängen enthielt, weil die Buchstaben g, j, p, q und y darin gar nicht vorkamen. Des weiteren, so stand es dort, deute die leichte Schrägneigung der Schrift nach rechts auf jemanden hin, der seine Schüchternheit künstlich zu überspielen versuche und darum bemüht sei, die schambesetzten Faktoren seiner Persönlichkeit durch aggressives Auftreten zu verhüllen. In der Rundung der Vokale lasse sich eine starke Mutterbindung erkennen, während die ausgeprägten Oberlängen der Buchstaben h und l für einen unbewältigten Vaterkonflikt sprächen. Das Fazit lautete:

Der Autor dieser Zeile ist kontaktgestört und gleichwohl dazu fähig, die Rolle eines extrovertierten Alleinunterhalters einzunehmen, wenn es ihm angebracht erscheint. Seine hervorstechenden

Charaktermerkmale sind Jähzorn, Faulheit, Destruktivität, Fanatismus, Wankelmut, Feigheit, Lethargie und ein zielloser Tatendrang.

Paßt ja alles prima zusammen, dachte Ute. Noch so eine Expertise, und der Fall ist gelöst.

»Der Herr Außenminister ist in einer Besprechung«, sagte die Dame, zu der Thomas Hübner beim zwanzigsten Versuch telefonisch durchgedrungen war. »Darf ich Sie fragen, worum es geht?«

»Um Frank Schulz«, sagte Hübner. »Einen deutschen Staatsbürger, der in Griechenland Urlaub gemacht hat und verschwunden ist.«

»Wie war der Name?«

»Schulz. Frank Schulz.«

»Können Sie das buchstabieren?«

»Sagen Sie bloß, daß Sie diesen Namen noch nie gehört haben!«

»Nein, tut mir leid, ich arbeite hier erst seit gestern …«

Ruhig bleiben, sagte sich Hübner. »Haben Sie was zu schreiben?«

»Nein … Moment … doch, jetzt hab ich was. Wie war der Name noch gleich?«

»Frank Schulz. Friedrich, Richard, Anton, Nordpol, Kaufmann, Schule, Ulrich, Ludwig, Zacharias.«

»Also, da komm ich jetzt überhaupt nicht mehr mit. Wie soll der Mann heißen? Frank oder Friedrich Anton und wie danach? Zacharias?«

»Ja, Zacharias Nordpol! Vorname Kaufmann!« schnauzte Hübner und knallte den Hörer auf die Gabel. Das tat er oft und gern. Aus diesem Grund stand auf seinem Schreibtisch noch immer ein robustes Festnetztelefon aus den Siebzigern.

Die nächste Nummer, die Hübner wählte, war die von Schulz' altem Verleger Gerd Haffmans in Hamburg. Wenn hier einer helfen konnte, dann er. Haffmans war international hervorragend vernetzt und weithin bekannt für seine aufopferungsvolle Autorenpflege. Und so nahm es Hübner nicht wunder, von Haffmans zu hören, daß er bereits im Begriff sei, zu einer Rettungsmission nach Griechenland aufzubrechen. »Noch heute nacht! Mit einem mintgrünen Mini-Cooper, den ich letzte Woche in einem Preisausschreiben von BMW gewonnen hab. Die Kiste hat fünfundsiebzig PS. Damit bin ich in drei Tagen in Ammoudia, und dann haue ich Frank Schulz da raus. Wäre doch gelacht, wenn ich das nicht wuppen könnte!«

Hübner faßte neuen Mut. Einem Draufgänger wie Haffmans war es zuzutrauen, daß er jemanden aus den Klauen der griechischen Polizei befreite. 1988 hatte er seinen Lieblingsdichter Robert Gernhardt in Italien aus der Untersuchungshaft herausgepaukt, nachdem die Carabinieri in dessen Villa fünf Gramm Marihuana beschlagnahmt hatten, und 2004 war Haffmans in Buenos Aires als Austauschgeisel an Bord einer Maschine der Lufthansa gegangen, um seinen kirchenkritischen, von erzkatholischen Fundamentalisten gekidnappten Hausautor Hans Wollschläger auszulösen. Während des Anflugs auf São Paulo hatte Haffmans die Luftpiraten dann im Alleingang mit Luftröhrenwürgegriffen, Drehtritten und Scherenstößen unschädlich gemacht und die ganze Bande nach der Landung den Sanitätern übergeben.

»Toi toi toi«, sagte Hübner. »Wenn Sie uns Frank Schulz gesund und heil zurückbringen, werde ich Sie beide zu einer Wiedersehensfeier ins Vier Jahreszeiten einladen!«

Mit einem Ohr hörte Kommissarin Fischer, wie Erwin Zapp einer jungen Kriminaldirektorin die gebratenen Reisbandnudeln und die Rinderstreifen mit Kokosmilch in dem vietnamesischen Restaurant Hoang Minh in der Wiesbadener Straße der Republik empfahl, und mit dem anderen lauschte sie einem Anrufer, den eine der Telefonistinnen zu ihr durchgestellt hatte: Sein Name sei Jochen Seifert, sagte er. »Ich glaube, ich kenne den Mann, den Sie suchen.«

»Und woher?«

»Aus den frühen Achtzigern in Westberlin …«

»Stellen Sie das mal auf laut«, sagte Zapp, nachdem er bei der Kriminaldirektorin abgeblitzt war. Er pflanzte sich auf die Schreibtischkante der Fischerin und legte die Stirn in Falten.

Seifert erzählte von seinem Jugendfreund Pit und dessen Plan, einen Roman namens »Ich mach euch alle alle« zu schreiben.

»Und wie lautet der Nachname Ihres Freundes?« fragte Ute.

»Weiß ich leider nicht.«

»Haben Sie ein Foto von ihm?«

»Ich nicht, aber der Verfassungsschutz hat uns bestimmt observiert. Wir wollten ja alles umstürzen …«

Zapp rupfte Kommissarin Fischer den Telefonhörer aus der Hand und wies Seifert zurecht: »Es besteht hier kein Bedarf an Ihren Märchen aus Tausendundeiner Nacht. Wenn Sie nicht sofort aus dieser Leitung gehen, werden Sie für Ihre Mahlzeiten in naher Zukunft eine Schnabeltasse brauchen!«

So und nicht anders, sagte Zapp danach, müsse man mit solchen Schwachköpfen umspringen. »Doch das werden Sie schon noch lernen und ein Gespür dafür entwickeln, welche Anrufer ernst zu nehmen sind und welche nicht. Als Faustregel können Sie sich merken: Wenn jemand sagt, daß er den Mörder kennt, aber nicht seinen Nachnamen, dann ist was faul.«

Um ihn loszuwerden, schenkte Kommissarin Fischer dem Teufelskerl Zapp einen anerkennenden Blick und rief dann einen Schulfreund an, von dem sie wußte, daß er mit einem Archivar des Verfassungsschutzes verbandelt war. Da mal nachhaken, dachte sie sich. Waar Rook is, is ook Füer.

Seit einer Dreiviertelstunde ließ der Bundesinnenminister die Kommissare Riesenbusch und Gerold im Vorzimmer schmoren: ein deutlicher Hinweis auf den Rang, den er ihnen beimaß. Um sie noch schmerzlicher zu entehren, empfing er dann erst einmal drei Schülerzeitungsredakteure aus Altglienicke und zog das Gespräch mit ihnen genüßlich in die Länge.

Riesenbusch vertrieb sich die Zeit, indem er in Gedanken eine Speckschwarte zum Schmurgeln brachte, ein Kilogramm Rindfleischwürfel goldbraun ausbriet, Zwiebeln anröstete, Tomatenmark, Senf und Knoblauch hinzugab und die Komposition mit Chianti ablöschte. Und sodann hinein damit in den vorgewärmten Bräter, einen Viertelliter Fleischbrühe dazu, Pfeffer, Salz, Piment und Lorbeerblätter, etwas Rosmarin und gedünstete Steinpilze …

Währenddessen telefonierte Gerold mit seinem Sohn Fabian und zog ihm die Hiobsbotschaften wie Würmer aus der Nase: eine Fünf in Mathe, eine Sechs in Physik, das Fahrrad gestohlen und die Zahnspange verloren. »Und ein leichter Zimmerbrand …«

»Was soll das heißen?«

»Was es heißt! Ein leichter Zimmerbrand eben. Weil der Kamin gesponnen hat.«

»Wieso gesponnen?«

»Keine Ahnung! Ich hab ganz normal Feuer gemacht, und dann sind da plötzlich Flammen rausgeschlagen und haben so'n paar von den Möbeln versengt …«

»So'n paar? Und welche?«

»Na, so'n paar halt! Wirste schon sehn!«

»Und wieso machst du mitten im Sommer den Kamin an?«

»Weil mir kalt gewesen ist.«

»Kannst du mir bitte mal deine Mutter geben?«

»Die ist heute auf 'ner Fortbildung in Hamburg. Kommt erst nach Mitternacht zurück.«

»Der Herr Minister wäre dann bereit«, hörte Gerold die Sekretärin sagen und verabschiedete sich von seinem Sohn: »Wir sprechen uns noch! Und laß die Finger vom Kamin!«

Der Innenminister hatte noch einige Papiere zu unterschreiben, bevor er zu seinen Besuchern aufsah und sie mit einer Geste der rechten Hand zu einem Geviert aus Ledersesseln bat. Dort nahm er Riesenbusch und Gerold gegenüber Platz, lehnte sich zurück, spitzte die Lippen, setzte eine kummervolle Miene auf und fragte nach dem Stand der Ermittlungen.

»Wir haben jetzt ein Foto von dem Verdächtigen«, sagte Riesenbusch. »Und ein Bekennerschreiben, das uns viel über ihn verrät.«

Der bohrende Blick des Ministers wanderte von einem Kommissar zum anderen und zurück.

Riesenbusch faltete die Hände. »Der Täter wird leichtsinnig«, sagte er. »Ich bin mir sicher, daß er uns bald ins Netz gehen wird.«

»Sehen Sie das auch so, Herr Kommissar ... äh ... Gerald?« fragte der Minister.

»Gerold«, korrigierte ihn Gerold. »Ja, ich glaube, daß wir dicht vor einem Erfolg stehen. Die Schlinge zieht sich zu.«

Der Minister spitzte abermals die Lippen, was ihm nicht gut stand, da er von Mutter Natur mit einem Fischmaul ausgestattet worden war. Oberhalb des Hemdkragens ähnelte er einem Karpfen. Doch er war nicht stumm. »Meine Herren«, sagte er, »es dürfte Ihnen nicht entgangen sein, daß diese Untaten das Volk in Unruhe versetzt haben. Acht Morde sind geschehen! Und Sie wollen mich hier mit der Nachricht besänftigen, daß Sie ein verwaschenes Foto von dem Täter haben? Und eine Zeile von seiner Hand? Ist das alles, was Sie mir vorweisen können?«

Jetzt wird er sich gleich zu seiner vollen Größe erheben, dachte Gerold, und nur zwei Sekunden später erhob der Minister sich zu seiner vollen Größe und schrie auf die Kommissare ein: »Sie werden nicht dafür bezahlt, daß Sie am Daumen lutschen! Inzwischen macht man sich schon bei Europol über uns lustig, weil wir es nicht schaffen, diese Mordserie zu stoppen! Ich weiß ja nicht, was Sie den lieben langen Tag in Ihrer Sonderkommission treiben, aber eins kann ich Ihnen versichern: Wenn Sie noch länger auf der faulen Haut liegen, dann werden Sie ab übernächster Woche auf Helgoland Knöllchen verteilen! Abmarsch!«

Kommissar Riesenbusch wollte einwenden, daß es auf Helgoland doch gar keinen Autoverkehr gebe, besann sich dann aber eines Besseren.

Im Schutz der Dunkelheit hinkten die Flüchtlinge auf die Schmiede zu, in der sie endlich von ihren Ketten befreit zu werden hofften. Und als ob er es gerochen hätte, saß Nektarios, der Schmied, auf einem Schemel vor seiner Werkstatt und rauchte im Mondschein eine Zigarette.

Andernorts wären die blutbesudelten Männer wahrscheinlich weniger herzlich begrüßt worden, aber in diesem kleinen Dorf in den Bergen legte man wenig Wert auf die Etikette, und für den Schmied war es eine Ehrensache, nicht allein seinem Freund, sondern auch dessen elf Kameraden aus der Patsche zu helfen. Dazu brauchte es nicht mehr als einen Bolzenschneider.

Als die Kettenglieder gefallen waren, die sich um seine Fußgelenke geschlossen hatten, rieb Frank Schulz sich die Knöchel und legte sich dann flach hin. Er fühlte sich wie Jesus nach der Kreuzabnahme.

Die Ruhe währte jedoch nur kurz. Denn nun machten sich die Folgen der Prügel bemerkbar, die er eingesteckt hatte. Sein Knochengerüst schien morsch zu sein, sein Kreuzband streikte, und in der Eckzahnlücke tobte ein stechender, rhythmisch pulsierender Schmerz.

Mittlerweile befand sich das halbe Dorf auf den Beinen, um die späten Gäste mit Speis und Trank zu versorgen. Die Einwohner fuhren Hammelfleisch mit Reis und Weißkohl auf und dazu Schwarzen Muskateller und Ouzo, der Schulz besonders willkommen war, weil sich sein Zahnweh damit übertäuben ließ.

Ihre Notdurft konnten die Männer auf einem Plumpsklo verrichten, und für die Nacht wiesen die mit Nektarios verschwägerten Kleinbauern Kostas und Lakis ihnen eine Scheune zu, die Schulz nach allem, was er ausgestanden hatte, wie ein Fürstenzimmer erschien. Doch bevor er sich auf den Strohsäcken schlafen legte, erkundigte er sich bei den Herbergsvätern in gebrochenem Griechisch nach einem Handy. Er wollte seine Frau anrufen, seinen Agenten, das BKA, die deutsche Botschaft in Athen, die Deutsche Presse-Agentur und eine ganze Reihe von Journalisten, auf deren Hilfsbereitschaft er bauen konnte, aber Kostas und Lakis gaben ihm schulterzuckend zu verstehen, daß sie in einem Funkloch wohnten: kein Mobiltelefonempfang, kein Festnetz und kein Internet.

In der Scheune kreiste bereits die dritte Flasche Ouzo, und Schulz griff zu, als der Mazedonier sie ihm hinhielt.

Runter damit, dachte er. Flüssige Bettschwere! Und morgen sehen wir weiter.

Die Abfuhr, die Erwin Zapp ihm erteilt hatte, warf Jochen Seifert nicht aus der Bahn. Er beschloß, auf eigene Faust nach Pit zu suchen. Vielleicht hatten Schwanno und Merlin noch Kontakt zu ihm. Aber Gott allein wußte, wohin das Schicksal die beiden verschlagen hatte.

Seifert rief Ines an, eine Freundin aus seinen Berliner Tagen, die in den Neunzigern nach Irland ausgewandert war, um keine wiedervereinigten Deutschen mehr sehen zu müssen. Sein erster Anruf seit sechs oder sieben Jahren.

Über Pit und Schwanno konnte sie nichts sagen, doch sie hatte irgendwann mal läuten hören, daß Merlin als PR-Berater in Hamburg arbeite.

»Kennst du seinen richtigen Namen?«

»Puh, da fragst du mich was! Hieß der nicht Klaus? Oder Hans? Nein, Klaus. Genau! Und dann hat er sich den Namen Merlin gegeben, weil er nicht mehr Klausi genannt werden wollte.«

»Und der Nachname?«

»Irgendwas Einsilbiges. Mit einem Zischlaut am Ende.«

»Schulz?«

»Nein, nicht Schulz. Warte mal … Schmitz! Klaus Schmitz hat er geheißen.«

Ein Allerweltsname. Es wäre einfacher gewesen, wenn Merlins bürgerlicher Name Giselbert Przyrembel oder Nikodemus Bargenfurth gelautet hätte.

»Was hast du denn vor?« fragte Ines. »Willst du 'n Jahrgangstreffen einberufen oder was?«

»Nein, nein … Ich wollte nur … na, so'n paar alte Sachen klären.«

»Mit Schwanno, Pit und Merlin? Viel Erfolg. Die sind inzwischen garantiert alle so verkalkt wie ihre Väter in dem gleichen Alter. Und wie sieht's mit dir aus? Hast du dich besser gehalten?«

Es gehe so, sagte Seifert. »Immerhin bin ich noch nie in Versuchung gekommen, die AfD zu wählen.«

»Meinen Glückwunsch.«

»Und selbst? Was macht die Schafzucht?«

»Rückschritte. Wir haben den Börsengang auf nächstes Jahr vertagt. Aber meine Tochter hat jetzt ein Verhältnis mit einem bisexuellen Journalisten in Dublin, der auch ihr Großvater sein könnte. Das reißt es wieder raus …«

Bei Ines wußte man nie, was sie ironisch meinte und was nicht. Dem PR-Berater Klaus Schmitz alias Merlin wollte Seifert jedenfalls gern auf die Spur kommen und sich dann weiter vorarbeiten zu Pit, dem mutmaßlichen Serienmörder.

12

»Bedaure«, sagte Dr. Andreas Pilz am Telefon zu Kommissarin Fischer. Es sei ein Ding der Unmöglichkeit, fünfunddreißig Jahre alte Berichte über die linksradikale Kreuzberger Szene herbeizuschaffen. Gemäß § 10 des Bundesverfassungsschutzgesetzes habe das Bundesamt für Verfassungsschutz die Speicherungsdauer von personenbezogenen Daten auf das für seine Aufgabenerfüllung erforderliche Maß zu beschränken. »Und daher misten wir hier regelmäßig aus …«

»Ach, kommen Sie«, sagte Ute. »Ich weiß doch, wie verliebt ihr Jungs in euer altes Spielzeug seid! Ihr schreddert vielleicht eure gefälschten Spesenabrechnungen, aber nie und nimmer die Akten aus eurem heiligen Geheimarchiv. Tun Sie mir also die Liebe, Herr Pilz, und steigen Sie bitte einmal ganz tief hinab in Ihre Kellerei und bringen Sie mir jeden Schnipsel, den Sie über Jochen Seifert und dessen Genossen Pit zutage fördern können. Was ich am dringendsten brauche, ist der Klarname von diesem Pit. Sie müssen mir das alles auch nicht auf dem Dienstweg zuschicken. Würde es die Sache für Sie vereinfachen, wenn wir uns für die Übergabe der Kopien irgendwo bei Ihnen in Köln träfen? Ganz informell? In einem Café Ihrer Wahl? Oder in einer Bar, falls Ihnen das lieber sein sollte?«

Das lasse sich hören, erwiderte Pilz und schlug als Treffpunkt den Club Flamingo Royal am Friesenwall vor. »Morgen abend um neun?«

»Gebongt.«

»Und woran erkenne ich Sie?«

»An dem Anti-Atomkraft-Button auf meiner roten Lederjacke.«

Pilz wußte nicht, wie er diese Ansage deuten sollte, doch für Leder war er grundsätzlich zu haben.

Dreißigmal ließ Waldemar König es klingeln, aber Severin Dibelius nahm nicht ab. Dieser Schlappschwanz. Hatte sich mit seinen guten Beziehungen zu den höchsten Regierungskreisen gebrüstet, und was war dabei herausgekommen? Nichts als ein kleiner Rüffel für die Kommissare Riesenbusch und Gerold, wie man König zugetragen hatte. Und nun lief alles weiter wie zuvor: Die Sonderkommission faulenzte, während der Mörder seinen nächsten feigen Anschlag plante und die Autoren von Regionalkrimis in Angst und Schrecken lebten.

Ich muß die Menschen aufrütteln, dachte König. Auch im Ausland. Eine internationale Drohkulisse aufbauen, damit endlich was passiert! Vielleicht werden sich ja ein paar berühmte Kriminalromanschriftsteller aus dem angelsächsischen Sprachraum mit uns solidarisieren …

Und dann hatte er die zündende Idee: Stephen King mußte an die Bundesregierung appellieren! Und sie dazu auffordern, die deutschen Autoren zu schützen! In einem Gespräch mit mir, Waldemar König, seinem deutschen Namensvetter!

Er schrieb sofort eine E-Mail an seinen Verleger:

Hallo Dirk,

stell doch bitte mal für mich den Kontakt zu Stephen King her. Sein Verlag ist Scribner in New York. Sag denen, daß es um Leben oder Tod geht. Ich muß mit King skypen, und das Ganze muß aufgezeichnet werden. Dafür brauche ich deine besten Haustechniker und einen Simultandolmetscher.

Cheers, Waldi

Hammer, dachte König. King und ich zu zweit auf Sendung, im Namen der Gerechtigkeit – das dürfte mich in die Liga der Famous Faces katapultieren.

Vor dem Badezimmerspiegel massierte er Öle aus Zedernholz, Mandeln, Traubenkernen und Limetten in seine Barthaare ein und trug dann einen Balsam aus Benzoeharz, Copaiferaharz, Kakaobutter und Bienenwachs auf. Er zweifelte nicht daran, daß sein gezwirbelter Bart auf viele Leute abstoßend wirkte, doch sie sollten ihn ja nicht lieben, sondern sich nur merken, daß er Königs Markenzeichen war. Sein Alleinstellungsmerkmal. Das man bald auch in den Staaten kennen würde, falls Stephen King sich zu dem Schulterschluß bereitfand.

Frank Schulz war wie gerädert, als er sein Frühstück einnahm, das aus einer Scheibe Brot mit Ziegenkäse und einem Becher Muckefuck bestand. Diese Lebensmittel hatte irgendein Bauernknecht in die Scheune getragen.

Vor dem Tor breitete Nektarios Lumpen für die Flüchtlinge aus, denn in ihrer Häftlingskleidung wären sie nicht weit gekommen. Schulz wühlte aus dem Haufen eine graue Pluderhose und ein weißes Oberhemd für sich heraus und wurde von einem wohl-

wollenden Mütterchen dann noch mit einem Paar Sandalen be-
schenkt, das leider eine Nummer zu klein war.

Er wusch sich, so gut es ging, mit Brunnenwasser und einem
von Lakis gestifteten Stück Eselsmilchseife, frottierte sich in Er-
mangelung eines Handtuchs mit einer Art Pferdedecke aus der
Scheune, zog sich an und ging mit sich zu Rate. Was sollte er tun?

Option eins: Er stellte sich den Behörden und erklärte ihnen alles – daß er gar nicht habe fliehen wollen, sondern von den Mitgefangenen dazu gezwungen worden sei, und daß ihn keine Schuld
an der Ermordung des Wachbeamten treffe …

Würde das glaubhaft klingen? In den Ohren griechischer Kriminalisten, die auf Rache für den Mord an einem ihrer Kollegen
sannen?

Option zwei: Er schlug sich südwärts nach Athen durch und bat
in der deutschen Botschaft um Hilfe.

Auch nicht so verlockend, sagte er sich. Wenn die Polizei mich
unterwegs aufgreift, bin ich genatzt.

Option drei: Er brach zu Fuß nach Norden auf. Die Grenze
zu Albanien war nicht fern. Er mußte dann nur irgendwie über
Montenegro, Bosnien und Herzegowina, Kroatien, Slowenien und
Österreich nach Deutschland gelangen. Allerdings ohne Papiere,
ohne Geld und ohne Sonnencreme und Wegzehrung und Reise-
necessaire. Aber blieb ihm eine Wahl?

Nektarios drängte die Männer zur Eile. Tief im Tal hatte sein
Sohn durchs Fernrohr einen Wagen wahrgenommen, der auf das
Dorf zusteuerte.

Von Kostas ließ Schulz sich zeigen, wo Norden war, gegenüber
Demetrios legte er auf dessen Wunsch noch einmal das Gelübde
ab, Niarchos am Brandenburger Tor binnen zwei Monaten zehntausend Euro hinzublättern, und danach trat er auf einem Pfad,
der in die Berge führte, seinen langen Marsch nach Deutschland
an. Bis München, schätzte Schulz, sind es eintausendfünfhundert
Kilometer. Doch eventuell würde seine Frau ihn ja schon in der
Steiermark mit dem Auto abholen …

Es sei ihm inzwischen bekannt, wer den Innenminister gegen sie aufgehetzt habe, sagte Kommissar Riesenbusch zu Gerold, als sie sich in der Kantine des Bundeskriminalamts mit Milchkaffee und gemischtem Salat für den neuen Arbeitstag stärkten. »Ein halbseidener Strippenzieher namens Alexander Kniepholz. Und der ist von diesem Literaturvereinsmeier Severin Dibelius angespitzt worden.«

»Da schau her. Woher wissen Sie das?«

»Von einem Vögelchen im Kanzleramt. Es gibt nicht viel, was ich nicht weiß. Mir ist auch zugeflüstert worden, daß da was zwischen Ihnen und der Kommissarin Fischer läuft. Achten Sie bitte darauf, daß Ihr Diensteifer durch dieses Techtelmechtel nicht beeinträchtigt wird.«

»Aye, aye, Captain.«

Riesenbusch blickte sinnend durch das Fenster auf die Skyline von Wiesbaden. Sie war auch auf dem Brillenputztuch abgebildet, das seine Frau ihm zur Silberhochzeit geschenkt hatte. »Ich bin selbst mal jung gewesen«, sagte er und tupfte sich mit einer Papierserviette einen Tropfen Dressing vom Kinn. »Aber damals herrschten noch andere Sitten. Da hätte ich als verheirateter Mann nicht einfach hingehen und eine Affäre mit einer Untergebenen anfangen können. Mit solchen Eskapaden hätte ich eine Strafversetzung nach Biebesheim oder Kirchheimbolanden riskiert! In dieser Hinsicht ist unser Laden seither doch wesentlich liberaler geworden. Kennen Sie das Gedicht ›Reue‹ von Wilhelm Busch? Nein? Ich sag's Ihnen gern auf: ›Die Tugend will nicht immer passen, / Im ganzen läßt sie etwas kalt, / Und daß man eine unterlassen, / Vergißt man bald. // Doch schmerzlich denkt manch alter Knaster, / Der von vergangnen Zeiten träumt, / An die Gelegenheit zum Laster, / Die er versäumt.‹«

Was Riesenbusch ihm damit sagen wollte, war Gerold nicht ganz klar. Er entschied sich für eine unverfängliche Antwort: »Kommissarin Fischer hat sich heute übrigens freigenommen. Vorher hat sie mir aber noch einen Tip gegeben: In Bremerhaven ist gestern ein indischer Schmuggler verhaftet worden. Der hatte zwei Streifenruderschlangen in der Achterkajüte seiner Segelyacht. Vielleicht kann dieser Mann uns was über den letzten Besucher von Justus Weindl erzählen.«

Im Ostseebad Warnemünde saß ein unrasierter Mann in einem Strandkorb und las Gerwald Mühlenhoffs Mittelalterkrimi »Der Fronvogt von Markgrafenheide«. Im fünften Kapitel flehte der auf frischer Tat ertappte Ehebrecher Linhart Küfer um sein Leben, doch er hatte es durch seine Freveltat verwirkt:

»Schandbube!« brüllte der Vogt und mahlte mit den Zähnen. »Du hast mein Weib zu deiner Buhldirne herabgewürdigt, und jetzt ereilt euch beide die gerechte Strafe!«

Er hob das Rapier und stieß es seiner Ehefrau ins Herz. Sie starb noch in derselben Sekunde.

Für Linhart wählte er ein komplizierteres Verfahren. Am Tod dieses Missetäters, der ihn zum Hahnrei gemacht hatte, wollte er sich etwas länger ergötzen.

Zwei seiner Vasallen fesselten Linhart, schirrten die Pferde an, warfen ihn auf den Karren und folgten dem Vogt, der ihnen in den nahen Moorwald vorausritt. Die meisten Menschen mieden diesen Wald, denn einer alten Sage nach spukte dort der Geist eines Ritters, der seine Seele dem Teufel verschrieben hatte und erst erlöst werden konnte, wenn es ihm gelang, eintausend Christen im Moor zu ertränken.

Auch Linhart hatte von dieser Geschichte gehört. Als er sah, wie sich das Blätterdach über ihm schloß, begann er zu kreischen wie ein Vogeljunges im Angesicht eines Marders.

Du armes Gotteskind! Da liegst du und windest dich in namenloser Angst vor einem Geist und ahnst nicht, daß der Fronvogt dir viel größere Pein bereiten wird, als ein Geist es je könnte …

Tief im Wald stand ein hohler Baum. Dort verharrte der Vogt und wies seine Vasallen an, mit dem Gefangenen bis zur ersten

Gabelung des Baumes hinaufzuklettern und ihn dann kopfüber in die Höhlung zu stürzen.

Es war schwierig, doch es ging. In den hohlen Baum paßte der sich verzweifelt sträubende Linhart genau hinein. Die eng am Leib anliegenden Arme und die Beine konnte er nun nicht mehr bewegen, und der Blutandrang im Gehirn benebelte ihn. Von unten stieg ihm ein modriger Geruch in die Nase.

»Dies ist dein senkrechter Sarg, du verkommener Sohn einer Hure!« rief der Vogt. »Ich werde dreimal täglich vor diesem Baum erscheinen, um dich weheklagen zu hören, bis du erstickt, verdurstet oder erfroren bist. Und ich werde dein einziger menschlicher Ohrenzeuge sein. Außer mir werden dich nur die wilden Tiere hören. Und die Geister der Toten, die nachts aus den Sümpfen emporschweben!«

Die dumpfen Schreie aus dem Baum ließen die Vasallen erbeben. Es war ihnen nicht geheuer, was hier vorging und zu welcher Tat sie ihre Hand geliehen hatten. Selbst die Pferde scheuten, doch der Fronvogt blieb so kalt wie Eis und spie sogar noch aus, bevor er sich wieder auf sein Roß schwang und ihm die Sporen gab.

Eine Schilfradspinne krabbelte in Linharts Kragen und ein Rüsselkäfer in sein linkes Nasenloch. Er war zu einem wehrlosen Wirtstier geworden.

Bei dem Versuch, mit der Kraft seiner Muskeln das ihn umgebende Holz zu sprengen, rutschte er noch tiefer in den Baum und stellte zu seinem unbeschreiblichen Entsetzen fest, daß er jetzt nicht einmal mehr den Kopf bewegen konnte.

Sechs Tage und sechs Nächte vergingen, bis Linhart Küfers Qualen ein Ende hatten. Der Fronvogt aber ritt noch oft in den Moorwald hinein und schlug sein Wasser an jenem Baumstamm ab, der Linharts Grab geworden war.

Das mit dem Sterbenden, der in einem hohlen Baum feststeckt, hast du aus einer Erzählung von Arno Schmidt gestohlen, und das zeugt von einer schlechten Kinderstube, dachte der Mann im Strandkorb und legte ein Streichholzheft als Lesezeichen zwischen die Seiten. Schauen wir mal, was ich tun kann, damit dir sowas kein zweites Mal unterläuft …

Jochen Seifert hatte sich darauf gefaßt gemacht, daß es in Hamburg eine ganze Hundertschaft von Männern gebe, die Klaus Schmitz hießen, doch in den Telefonverzeichnissen fand er nur vier. Die ersten drei – ein schwerhöriger Greis, ein prolliger Schreihals und ein Student der Ozeanographie – schieden aus, aber der vierte war ein Treffer.

»Merlin hat mich allerdings seit dreißig Jahren keiner mehr genannt«, sagte Klaus Schmitz alias Merlin. »Und du? Was treibst du so? Bist du immer noch damit beschäftigt, Feinkostläden zu entglasen? Halt – ich hab's: Du schreibst jetzt Restaurantkritiken! Richtig?«

»Falsch geraten. Ich bin Kleinunternehmer in der Gartenbaubranche. Aber hör mal, weswegen ich anrufe – weißt du, was aus Pit geworden ist? Dem Filmemacher?«

»Der immer mit Schwanno rumgehangen hat?«

»Ja, genau!«

»Da muß ich mal grübeln …«

Seifert fand Gefallen an dieser kleinen Schnitzeljagd. Trotz seines fortgeschrittenen Alters kam er sich wie einer der Helden in einem Kinderdetektivroman von Enid Blyton vor. Als Elfjähriger hatte er sich leidenschaftlich danach gesehnt, einmal einen Kriminalfall zu lösen, der die Polizei überforderte, und wo stand geschrieben, daß solche Wunschträume nicht irgendwann in Erfüllung gingen?

Und wieder Merlins Stimme: »Vor ein paar Jahren hat olle Pit mir 'ne Ansichtskarte geschrieben. Zu Weihnachten, glaub ich.«

»Hast du die noch?«

»Kann schon sein. Ich bin seitdem dreimal umgezogen und hab die Kartons mit der Post im Keller verstaut. Da kann ich jetzt aber unmöglich runtersteigen und die Karte ausgraben. Dafür hab ich gerade keine Kapazitäten frei.«

»Und wenn ich zu dir käme, um selbst nach der Karte zu suchen? Würdest du mir dann deinen Kellerschlüssel geben?«

»Logo, Alter! Und dann machen wir ein Faß auf und entwerfen einen Plan für die Entführung der Regierungschefs aller G20-Staaten!«

Die Erfahrung hatte Gregorios Moraikis gelehrt, daß es niemanden gab, der nicht irgendwann redete. Der Schmied Nektarios gehörte leider zu denen, die sich lange bitten ließen. Selbst mit einem heißen Schürhaken vor den Augen rückte er nicht damit heraus, in welche Himmelsrichtung Schulz geflohen war.

Moraikis sah sich in der Schmiede um. Sein Blick fiel auf eine Hufbeschlagsgarnitur: Raspel, Hufmesser, Krokodilzange, Nietklinge und Hufkratzer. Und eine Nagelziehzange mit einer fein definierten Maulspitze. Ein gröberes Instrument hätte es ebensogut getan, denn Nektarios war kein Freund der Pediküre, wie sich zeigte, als Moraikis ihm die Schuhe und die Socken auszog. Diese lang überstehenden Zehnägel hätten sich auch mit einer primitiven Kombizange ausreißen lassen.

Um Nektarios ruhigzustellen, hatte Moraikis ihn nach einer kurzen Unterredung über die Wetterlage chloroformiert und mit Ochsenzaumketten aus dessen eigener Werkstatt an einen Amboß gefesselt. Inzwischen war Nektarios wieder im Vollbesitz seiner geistigen und körperlichen Kräfte. Befreien konnte er sich natürlich trotzdem nicht, aber ein Schwätzchen halten wollte er auch nicht.

Wer nicht hören will, muß fühlen, dachte Moraikis und setzte die Zange am Nagel des rechten großen Zehs von Nektarios an. Und siehe da – schon dieser kleine Kunstgriff löste ihm die Zunge. Warum nicht gleich so?

Schulz, sagte Nektarios, sei nach Westen aufgebrochen, weil er in seiner Ferienwohnung in Ammoudia Geld versteckt habe, das er für seine Flucht nach Deutschland brauche …

Für diese Information bedankte Moraikis sich, indem er Nektarios mit der Nagelziehzange eine Kopfnuß gab und ihm ein weiteres Rendezvous versprach, das für ihn tödlich enden werde, falls er gelogen habe.

Von den Zangengriffen war ein leichter Ölfilm an Moraikis' Händen hängengeblieben. Er wischte sie an Nektarios' Haaren ab und riß auf dem Weg zur Tür ein Regal mit Schraubzwingen und Schmiedegabeln von der Wand. Diese Leute sollten nicht glauben, daß er zum Scherzen aufgelegt sei.

Im Flamingo Royal bestellte Andreas Pilz an der Bar gerade seinen zweiten Martini, als Kommissarin Fischer hereinkam.

Pilz konnte sein Glück kaum fassen. Vor zwei Tagen erst war seine Liebschaft mit der schönen Filipina Lyka Mae in die Brüche gegangen, und nun führte ihm der Himmel dieses leckere Persönchen zu. Mit Lippen wie Granatäpfeln und einer Taille wie Miss Universum. Das konnte kein Zufall sein.

»Hollaritti!« rief Pilz. »Hier spricht Ihr Navigator. In zwei Metern haben Sie Ihr Ziel erreicht!«

Es war Ute bewußt, daß heute abend mehr von ihr erwartet wurde als Smalltalk. Prinzipiell hätte sie auch nicht viel gegen ein Abenteuer einzuwenden gehabt, aber wenn ein fremder Mann sie mit »Hollaritti« begrüßte, war er bei ihr unten durch. Und dann diese Kotelettenzipfel und der aufgesetzte Frohsinn …

Nachdem Ute ihm die Hand gegeben und sich auf den benachbarten Barhocker gesetzt hatte, deutete Pilz mit dem Daumen hinter sich auf das Spirituosenregal und fragte: »Was darf's sein?«

»Nur ein Ginger Ale«, sagte sie. »Ich muß gleich wieder zurück nach Wiesbaden. Die Arbeit ruft. Haben Sie die Kopien dabei?«

Das entsprach nicht so ganz den von Pilz gehegten Erwartungen. Die Kopien hatte er in seiner Aktentasche, aber natürlich nur als Tauschobjekt für ein erotisches Divertimento. Und jetzt wollte ihm dieser Fisch aus der Pfanne springen?

»Ta, ta, ta«, sagte Pilz und setzte ein spöttisches Lächeln auf. »So billig kommen Sie mir nicht davon. Quid pro quo, Kommissarin Fischer. Eine Hand wäscht die andere! Ich setze meine Karriere aufs Spiel, wenn ich Ihnen diese Kopien überlasse. Da ist es doch wohl nicht zuviel verlangt, daß sie mir ein wenig Gesellschaft leisten …«

»Na gut. Aber dann hätte ich gern was Kerniges. Einen Talisker, wenn's recht ist.«

Mit diesem Trick hatte sie schon viele Schwerenöter abgeschüttelt. Sie versuchten stets, beim Whiskytrinken mitzuhalten, und nach ein paar Runden fielen sie vom Hocker.

Um seine Trinkfestigkeit zu beweisen, stieg auch Pilz auf Talisker um. Er rückte näher an die Kommissarin heran und weihte sie in ein Dienstgeheimnis ein: Von einem Maulwurf aus dem griechischen Nachrichtendienst wisse er, daß der Schriftsteller Frank Schulz in der Region Epirus sechs Polizisten umgelegt habe und auf der Flucht sei, ohne daß offiziell nach ihm gefahndet werde.

»Weil die griechischen Behörden diesen Fall aus irgendwelchen undurchsichtigen Gründen zu vertuschen versuchen. Aber das bleibt entre nous, meine Teuerste!«

Schulz als Polizistenmörder? Dat glööv ick neet, dachte die Kommissarin. Sie prostete Pilz mit dem nächsten Talisker zu und sagte, daß es doch sicherlich sehr aufregend sei, wenn man als Verfassungsschützer täglich oder gar stündlich solche Hintergrundberichte zugespielt bekomme …

»Ach, daran gewöhnt man sich«, sülzte Pilz. Er rückte noch ein bißchen näher. »Wenn du wüßtest, Mädel, was bei uns so alles als top secret gilt! Ich könnte dir da Schoten ohne Ende erzählen!«

Beim Du waren sie eigentlich noch gar nicht angelangt, doch Ute erduldete alles, bis Pilz endlich ins Schlingern geriet und sich nach einem harten Sturz auf dem Fußboden wiederfand.

Sie nahm den Umschlag mit den Kopien aus der Aktentasche

und empfahl sich, während Pilz auf dem Linoleum herumkäferte und zwei Sicherheitskräfte auf sich zukommen sah. Oder waren es vier?

Die von Pilz zusammengestellten Seiten schienen nicht sehr ergiebig zu sein. Was die V-Männer des Verfassungsschutzes in den achtziger Jahren über die Umtriebe der Genossen Schwanno, Merlin, Pit und Jochen ermittelt hatten, nahm sich jedenfalls lausig aus: Trunkenheitsfahrten auf einem geklauten Fahrrad, konspiratives Gelaber im SO 36, planloses Abhängen in der Kneipe Schlawinchen, Marihuanakonsum auf der Herrentoilette des Eiszeit-Kinos, Eifersuchtsszenen auf einer Privatfeier, wiederholte Beförderungserschleichung in der U-Bahn, Streit mit einem Kleindealer, umgeworfene Mülltonnen auf der Skalitzer Straße und nächtelange Beratungen über die Frage, wie man sich um die Zahlung der Rundfunkgebühren herumdrücken könne.

Ute ließ die Schultern hängen. Sie saß im Speisewagen vor einem lauwarmen Tee und verwünschte sich für ihre Hoffnung, in diesem Aktenmüll etwas Nützliches zu entdecken. Jetzt noch eine Stunde bis Mainz, dachte sie, und in Wiesbaden bin ich dann erst nachts um zehn nach zwei …

Der Intercity rollte an der farbig beleuchteten Festung Ehrenbreitstein vorüber, wo Fred Jockel von einem Rottweiler zerfleischt worden war. Nur einer von acht ungelösten Mordfällen. Wie lange würde der neunte noch auf sich warten lassen?

Erst als Ute die Kopien wieder einpacken wollte, merkte sie, daß in dem Umschlag auch ein kleines Foto steckte. Sie zog es heraus. Es zeigte, in Schwarzweiß und leicht verwackelt, zwei junge Männer, die sich auf einem Sofa lümmelten und Grimassen schnitten.

Auf der Rückseite stand:

»Schwanno« (links) und Peter Müller, genannt »Pit«, Oktober 84

Peter Müller also! Doch wie viele Peter Müllers gab es auf der Welt?

Ute sah sich diesen gutgebauten Peter Müller sehr genau an. Hatte er Ähnlichkeit mit dem Sonnenbrillenträger aus Jever? Wenn man sich die halblangen Haare wegdachte?

Das sollten die Biometriker klären. Und sie selbst würde währenddessen das Berliner Einwohnermeldeamt auf Trab bringen.

13

Vor Dienstbeginn vertrat der Revierleiter Torsten Koch vom Forstamt Neustrelitz sich immer gern noch die Beine im Müritz-Nationalpark und fotografierte Vögel. An diesem Morgen hatte er einen Mäusebussard, ein Sommergoldhähnchen, ein Sumpfmeisenpärchen, einen Grünspecht, einen Austernfischer, ein paar Kraniche und zwei ausgewachsene Seeadler angetroffen: eine schöne Ausbeute.

Beim Birdwatching kamen Koch sein geschultes Auge und sein feines Gehör zustatten. Auf dem Rückweg nahm er diesmal auch leise Geräusche wahr, die er sich nicht erklären konnte – ein Schaben und ein Kratzen aus dem Inneren einer Eiche. Er dachte zunächst an einen Waschbären, aber dann begann der Organismus, der in der Eiche rumorte, das alte Volkslied »Die Affen rasen durch den Wald« zu pfeifen.

»He, Sie!« rief Koch. »Darf ich mal fragen, was Sie da tun?«

Das Pfeifen verstummte. Auch das Schaben und das Kratzen hörten auf. Es raschelte, und nach einer Weile erschien dort, wo der Stamm sich gabelte, der Kopf eines Mannes mit einer Stirnlampe. »Einen wunderschönen guten Morgen«, sagte er. »Womit kann ich Ihnen dienen?«

»Mit der Antwort auf meine Frage, was Sie da treiben!«

»Das sehen Sie doch. Ich unterhalte mich mit Ihnen.«

»Sie wissen genau, was ich meine! Was machen Sie in diesem Baum?«

»Ach, ich bin hier so 'n bißchen rumgekraxelt, und da ist mir meine Brille in den hohlen Stamm gefallen. Die möchte ich mir natürlich gern wiederholen. Ist aber gar nicht so einfach …«

»Und die Stirnlampe hatten Sie ganz zufällig dabei?«

»Die gehört zu meiner Ausrüstung. Ich bin Höhlenforscher.«

Nun wurde es Koch zu dumm. »Kommen Sie bitte runter«, sagte er. »Und weisen Sie sich aus. Als Revierleiter bin ich befugt, Ihre Personalien festzustellen.«

Das stimmte zwar nicht, doch er hielt es für angezeigt, möglichst gebieterisch aufzutreten.

Als der Mann von der Eiche herabstieg, fielen aus seinem Werkzeuggürtel ein Holzmeißel und ein Stemmeisen auf den Waldboden.

»Brauchen Sie das auch für Ihre Höhlenforschung?« fragte Koch.

Der Mann beendete seine Kletterpartie und klopfte sich Holzstaub von den Hosenbeinen, ohne zu antworten.

Koch war mit seiner Geduld am Ende. »Sie können hier nicht nach Gutdünken in hohlen Bäumen herumschnitzen, mein Bester! Früher nannte man das Waldfrevel! Aber auch heute haben wir Gesetze gegen solchen Vandalismus. Zeigen Sie mir bitte Ihren Ausweis.«

»Zu Befehl, Herr Reichsforstmeister«, sagte der Mann und griff in die linke Innentasche seiner Jacke. Was er dort herauszog, war jedoch kein Ausweis, sondern ein Drechselmesser mit einer zwölf Zentimeter langen Stahlklinge. Sie ließ sich so leicht in Kochs Hals stoßen, als wäre er aus Butter.

Aus dem Bild von den Seeadlern hatte Koch ein Fotopuzzle für seine Enkelkinder herstellen wollen, aber daraus wurde nun nichts mehr. Er sank auf die Knie und kippte dann vornüber auf den Waldweg, was zu dieser frühen Stunde nur einigen Ameisen und einer Rötelmaus auffiel.

Hier werde ich mir eine Staublunge einhandeln, dachte Ute, als sie im Archiv des Zentralen Einwohnermeldeamts in der Berliner Friedrichstraße die Akten aus den achtziger Jahren des zwanzigsten Jahrhunderts durchging, um jeden Peter Müller ausfindig zu machen, der damals in Kreuzberg oder in den Nachbarbezirken Tiergarten, Schöneberg, Tempelhof und Neukölln gewohnt hatte.

Es waren Dutzende. Aber Mitte der Achtziger konnte ein Kindskopf wie dieser Peter Müller allerhöchstenfalls fünfunddreißig Jahre alt gewesen sein, und deshalb konnte sie alle vor 1950 Geborenen unter den Tisch fallen lassen.

Blieb noch immer mehr als ein halbes Hundert. Um den Kreis der Verdächtigen weiter eingrenzen zu können, mußte sie herausfinden, welche dieser Peter Müllers, die großenteils in alle möglichen anderen Städte verzogen waren, noch lebten. Sie rief in rund zweihundert Einwohnermeldeämtern an und hatte das Gefühl, sich den Mund fusselig zu reden.

Unterm Strich standen 37 Peter Müllers. Zwölf in Berlin und fünfundzwanzig im Rest der Republik. Eine überschaubare Menge.

»Euch werden wir abklappern«, sagte Ute zu sich selbst. »Und dann ziehen wir den dicken Fisch an Land.«

Der Inder Jivan Prasad, den Gerold in Bremerhaven verhörte, sprach fließend Deutsch und schwor Stein und Bein, daß er niemals ein exotisches Tier nach Deutschland geschmuggelt habe. Es sei ihm schleierhaft, wie die zwei Streifenruderschlangen an Bord seiner Yacht gelangt seien.

Im Laufe seines Arbeitslebens hatte Gerold viele zwielichtige Typen ins Gebet genommen, aber dieser hier bildete eine Klasse für sich: ein drei Zentner schwerer pausbäckiger Unschuldsengel mit fast mädchenhaften Zügen. Auf den Rücken seiner fleischigen Hände hatte er sich Rosen mit Dornen tätowieren lassen, zum Zeichen dafür, daß er im Knast volljährig geworden war, und seine Vorderzähne waren angefeilt, was ihn wie einen steinzeitlichen Menschenfresser aussehen ließ, wenn er den Mund aufmachte.

»Ich bin nicht vom Zoll«, sagte Gerold. »Wenn es nach mir ginge, könnten Sie auch Säbelzahntiger und Grizzlybären importieren. Das fällt nicht in meinen Zuständigkeitsbereich. Mich interessiert nur, wann und wo und wem Sie schon mal eine Streifenruderschlange verkauft haben. Mehr will ich gar nicht wissen. Aber auch nicht weniger.«

Prasad setzte ein betrübtes Lächeln auf, um anzudeuten, daß er gern behilflich wäre, wenn er es nur könnte. Seine Raubtierzähne paßten dabei aber nicht so recht ins Bild.

»Vielleicht frischt dieses Video Ihre Erinnerung ja etwas auf«, sagte Gerold und zeigte Prasad auf einem Notebook einen Clip von einer Gay-Pride-Demonstration in Bangalore. »Da marschieren Sie vorneweg, Herr Prasad, und das ist Ihr gutes Recht. Ich frage mich nur, ob das auch Ihre Angehörigen in dem Dorf Nalh Manak im Bundesstaat Punjab so sehen. Es mag sein, daß ich nicht auf dem neuesten Stand bin, aber ich fürchte, daß diese Aufnahmen bei Ihren Verwandten nicht ganz so gut ankommen dürften wie das Geld, das Sie ihnen allmonatlich überweisen. Würden Sie jetzt also bitte noch einmal darüber nachdenken, wem Sie eine Streifenruderschlange verkauft haben?«

Die Trumpfkarte, die Gerold hier ausspielte, war nicht sehr schön, doch eine andere besaß er nicht.

Und Prasad knickte ein. »Autobahnraststätte Hasbruch Süd«, sagte er. »Vor acht Wochen. Da hab ich einem Käufer eine Streifenruderschlange übergeben. In einem Faß. Für zweitausend Euro. Aber das war das einzige Mal!«

»Beschreiben Sie ihn.«

»Anfang oder Mitte fünfzig, blauer Anorak und gelbe Sneaker ...«

»Weiter!«

Prasad hustete. Er griff sich an die Brust und lief rotblau an.

»Kommen Sie, kommen Sie! Ihre Schauspielkunst ist hier nicht gefragt, Herr Prasad. Ich will alles über diesen Käufer wissen. Hat er bar bezahlt?«

Prasads Gesicht verfärbte sich lila, seine Augen quollen hervor, und das Luftholen schien ihm ernste Schwierigkeiten zu bereiten.

»Sanitäter!« rief Gerold und eilte um den Tisch herum, um Erste Hilfe zu leisten. Hatte er Herzprobleme, der Mann? Oder Asthma? Oder simulierte er womöglich?

Ein drahtiger Polizeiratanwärter kam Gerold zuvor, riß den nach Luft ringenden Prasad vom Stuhl hoch und versuchte es mit dem Heimlich-Handgriff, obwohl Prasad gar nichts verschluckt hatte.

Gerold probierte es dann noch mit Mund-zu-Mund-Beatmung und einer Herzdruckmassage, doch es war beim besten Willen kein Leben mehr in Prasad hineinzupumpen. Er verschied im Polizeikommissariat Bremerhaven-Nord und nahm fast alles, was er über den Käufer der Streifenruderschlange wußte, mit ins Grab.

Es war Waldemar König wirklich und wahrhaftig geglückt, Stephen King für eine Konferenzschaltung zu gewinnen. Abends um neun Uhr mitteleuropäischer Zeit sollte es losgehen. Wenn Königs Berechnungen stimmten, mußte es um 21:00 Uhr MEZ in Bangor, Maine, wo King wohnte, genau drei Uhr nachmittags sein.

Alles war bereit für den historischen Moment. Und schon vierzig Sekunden vor der vereinbarten Zeit erblickte König auf seinem Bildschirm den verehrten Kollegen King. Grauhaarig und bebrillt, so wie man ihn von Fotos kannte.

»Good afternoon, Mister King«, sagte König. »I'm glad to see you! You're looking great!«

»Oh, really?« erwiderte King. »Then I guess there's something wrong with the resolution of your screen …«

»Was hat er gesagt?« fuhr König den Dolmetscher an, einen gesichtsgepiercten Praktikanten namens Wübbenhorst, der ihm von seinem Verlag ins Haus geschickt worden war. Zu Königs Verdruß hatte sich im Vorgespräch herausgestellt, daß dieser junge Mann noch nie etwas von Stephen King gehört oder gelesen hatte und daher außerstande war, die Bedeutung dieses virtuellen Gipfeltreffens zu erfassen, ebensowenig wie die geistig unbedarften Techniker, die mit ihren schmutzigen Schuhen auf den Luxmi-Rugs-Palais-Bianco-Turquoise-Teppichen in Königs Büro herumstolzierten, Kaugummis kauten und sich über den Mangel an Steckdosen beschwerten.

»Er glaubt, daß mit Ihrem Bildschirm irgendwas nicht stimmt«, sagte Wübbenhorst. »Daß er keine gute Auflösung hat.«

König ging darüber hinweg und wandte sich wieder an King: »As a matter of fact, I'm your, äh, Namensvetter, Mister King!«

»He means, he's your namesake«, übersetzte Wübbenhorst.

»Yes, because in Germany King means König, and my name is König«, sagte König. »And I'm writing thrillers just like you!«

»Oh, I see«, sagte King. Er sah König dabei nicht in die Augen, sondern blickte wie gebannt auf dessen frischgeölte Bartkringel.

Genug geplänkelt, dachte König. »Now let's face it, Mister King! In Germany and in Switzerland, too, there's a serial killer walking around. He's assassinating crime novelists, but the police does nothing to stop him, and the state authorities are not willing to guard me and the other novelists against this murderer. Would you therefore be so kind to … äh … was heißt appellieren?«

»To appeal to«, sagte Wübbenhorst.

»Äh, to appeal to the German Bundesregierung to put us all under police protection?«

King kraulte sich am Kinn und sagte, daß seine Stimme gewiß nur wenig Einfluß auf die Entscheidungen der deutschen Regierung habe.

»Unterschätzen Sie nicht Ihre Macht, Herr King!« rief König. »I mean, don't underestimate your influence!«

Er werde sich die Sache durch den Kopf gehen lassen, sagte King. »And by the way, wasn't there this bloke who called the killings some kind of practical literary criticism? I must admit that I had a pretty good laugh at that!«

»Er sagt, daß irgendein Typ die Morde als angewandte Literaturkritik bezeichnet hat«, sagte Wübbenhorst. »Und daß er das zugegebenermaßen ganz lustig gefunden hat …«

»Ich hab's verstanden«, fauchte König und rang sich ein honigsüßes Schlußwort ab: »Thank you very much for your cooperation, Mister King! All the best for the future!«

Dann warf er seinen Schreibtisch um, trieb die Techniker und den Dolmetscher mit Fußtritten zur Tür hinaus, brachte die Standuhr im Flur zu Fall, schmiß in der Küche die Eieruhr an die Wand und gelobte sich, nie wieder eine Zeile von Stephen King zu lesen, diesem unsensiblen Kollegenschwein.

»Tritt ein«, sagte Klaus alias Merlin. »Alter Schwede! Wieso hast du keinen Bierbauch? Und keine Glatze? Weißt du nicht, was sich für Männer in unserem Alter gehört?«

Er stand in der Diele – oder sollte man sagen: im Vestibül? – seiner Wohnung in Hamburg-Eppendorf und schloß seinen alten Kumpel Jochen Seifert in die Arme.

»Klausi«, rief eine Frau aus der Küche, »weißt du, wo die Ofenhandschühchen sind?«

»Bin gleich da!« rief er zurück und löste sich aus der Umarmung. »Stell erstmal ab und sieh dich um. Und dann gibt's einen Aperitif.«

Jochen parkte seine Reisetasche im Flur und unternahm die ersten Schritte in der weitläufigen Wohnung. Von einem langgestreckten, überreich mit Bücherregalen gespickten Korridor gingen zwei, drei, vier, fünf – nein, sechs, nein – sieben Zimmer ab, in denen zahllose Antiquitäten um Beachtung buhlten: Ohrensessel in Saphirblau und Zitronengrasgrün, Salonschränke mit floralen Schnitzereien, Biedermeierspiegel mit Facettenschliff, Kommoden mit Bronzebeschlägen, Empireschränke mit vergoldeten

Kapitellen und eingelegten Wappen aus Ebenholz und sogar ein Cembalo und eine Harfe ...

Was war nur in den Genossen Merlin gefahren? Er hatte doch auch die einschlägigen Schriften gelesen: »Klau mich«, »Haben oder Sein«, »Der eindimensionale Mensch«, »Die Lehren des Don Juan«, »Friedlich in die Katastrophe« und so weiter. Und jetzt hauste er hier wie ein Scheich aus dem Morgenland inmitten von lauter Nippes? Auf rund zweihundert Quadratmetern Wohnfläche?

Merlin brachte Jochen ein Glas Pfirsichbowle. »Mit einem Spritzer Rum. Zum Wohle! Und das Essen ist dann auch gleich fertig. Zubereitet von Ophelia, meinem Augenstern.« Er steckte den Daumen und den Zingerfinger der rechten Hand in den Mund und stieß einen gellenden Pfiff aus. »Ophelia! Komm mal her und begrüß unseren Gast!«

Im Flur erschien eine zierliche junge Frau in einem terracottafarbenen Kleid mit geschlitzten Ärmeln. Sie gab Jochen die Hand – nein, eigentlich nur die Fingerspitzen – und machte dabei einen Knicks. Einen Knicks! Wann hatte er das zuletzt gesehen? Als Fünfjähriger in seinem katholischen Kindergarten in Weilheim an der Teck?

»Du kannst jetzt aufdecken«, sagte Merlin zu ihr, und sie schwebte wieder davon. »Wir haben uns im Vier Jahreszeiten kennengelernt. Sie hat da als Garderobiere gearbeitet. It was love at first sight. Und ich sag's dir, Jochen: Sie kocht wie eine Göttin. Und sie ist nicht so zickig wie die Weiber, mit denen wir uns in den Achtzigern herumgeschlagen haben. Bist du liiert?«

»Zur Zeit nicht.«

»Warst du damals nicht mit dieser Kunstjournalistin zusammen? Wie hieß sie noch? Babsi?«

Babsi ... Ja, es stimmte, er hatte Tisch und Bett mit der überkandidelten Babsi geteilt, sechs oder sieben Monate lang, bis sie in die Fänge eines Impresarios aus Rotterdam geraten war ... Nur um später bei einem drittklassigen Auktionshaus unterzukriechen ... Schnee von gestern ...

»Und womit verdienst du jetzt deine Brötchen?« fragte Jochen, als Ophelia im Speisezimmer den ersten Gang auftrug: Thunfischmedaillons mit weißem Pfeffermousse, Grapefruit und Avocado.

»Ach«, sagte Merlin und entfaltete seine damastgewebte Stoffserviette, »ich arbeite eigentlich kaum noch für Geld. Jedenfalls nicht direkt. Ich schöpfe den Rahm ab, indem ich Nachrichten weiterleite. Oder eben nicht.«

»Was denn für Nachrichten?«

Auf diese Frage schien Merlin nur gewartet zu haben. »Erinnerst du dich noch an Ingmar Kohlshagen? Den niedersächsischen Landwirtschaftsminister, der als überführter Steuersünder zurückgetreten ist?«

Jochen kannte nicht einmal den Namen.

»Egal. Das mit der Steuerhinterziehung war eine Finte. Eine Exit-Strategie, um die Journalisten von den wahren Straftaten des Mannes abzulenken. Damit er ungestört zurücktreten konnte.«

»Und was waren das für Taten?«

Merlin lächelte wissend. »Frag mich das lieber nicht, wenn du keine Lügen hören willst …«

Beim nächsten Gang erzählte Merlin weitere Skandalgeschichten über Prominente, die er abserviert oder herausgehauen hatte. Beispielsweise einen Dirigenten, der nach einer Liebesnacht von einer Cellistin erpreßt worden sei. »Weil er sie angeblich vergewaltigt habe. Die Dame hatte aber auch mal als Callgirl gearbeitet, und in Kenntnis dieser Tatsache ist der Dirigent – du wirst verstehen, daß ich keine Namen nennen möchte – mit einer blütenweißen Weste aus der Nummer rausgekommen … Na, das sind so die Sachen, in denen ich als Vermittler tätig werde. Bei mir laufen die Fäden zusammen. Wissen ist Macht!«

Welchen Wein sie inzwischen tranken, hatte Jochen nicht mitbekommen. Er war vollauf damit ausgelastet, seinen Widerwillen niederzuringen, um nicht schreiend davonzulaufen, denn er wollte ja noch Pits Ansichtskarte finden. Doch war hier nicht wenigstens eine spitze Bemerkung am Platz? Zumal Ophelia kein Wort herausbrachte und nicht mit am Tisch saß, sondern nur als stumme Dienerin fungierte? Wie am Hofe eines Imperators?

»Du hast's echt weit gebracht«, sagte Jochen. »Vom Revolutionär zum Agenten des Patriarchats und des Kapitals …«

Merlin prustete in sein Weinglas und stellte es lachend ab. »Sag bitte nicht, daß du noch immer auf diesem Trip bist! Als Trotzkist oder Anarcho-Syndikalist oder weiß der Geier! Gib's doch zu, wir haben uns verrannt! Und warum? Weil wir neidisch gewesen sind auf die Kapitalisten! Hast du dir damals wirklich gewünscht, daß die Arbeiter aus dem Trikont die Weltherrschaft an sich reißen? Brüder, zur Sonne, zur Freiheit? So in diesem Stil? Hättest du nicht lieber selbst ein Mercedes-Cabrio gefahren? Mit fünf Blondinen? Um dann auf Sylt die Party abgehen zu lassen? Alter, komm, mir brauchst du nichts vorzugaukeln. Ich weiß, wie's läuft. Bis Mitte oder Ende zwanzig machst du einen auf Che Guevara, aber dann merkst du, daß die Gewitzteren richtig Asche verdienen und die anderen abkacken. Die kannst du später auf Stadtteilfesten wiedersehen, wo sie Ohrringe und Salzbrezeln verkaufen. Ich hab mich damals am eigenen Schopf aus dem Sumpf gezogen. Und wenn es einen einzigen Arbeiter aus der Dritten Welt gibt, dem ich damit geschadet habe, dann bring ihn her, und ich küsse ihm vor deinen Augen die Füße und vererbe ihm mein gesamtes Vermögen!«

Ophelia servierte den Hauptgang – Medaillons vom Kalbsfilet in Limonensoße –, und Jochen wechselte das Thema: »Nach dem Essen würde ich ja gern nach dieser Karte von Pit suchen …«

»Der Karton mit der Spackenpost aus den letzten fünf Jahren steht bereits in deinem Gästezimmer«, sagte Merlin. »Viel Spaß damit! Aber weshalb bist du eigentlich hinter Pit her? Hat er Schulden bei dir?«

»Nein. Ich hab den Verdacht, daß er der Mörder dieser Kriminalromanautoren ist.«

Merlin, der gerade seine Gabel zum Munde führte, hielt inne

und sah Jochen ungläubig an. »Unser Pit? Erlaube, daß ich lache! Der hat doch noch nie irgendwas auf die Reihe gekriegt! Wie kommst du darauf, daß er jetzt als Killer umgeht?«

»Ist nur so'n Gefühl«, sagte Jochen.

»Oops! Ich schätze, daß du da noch was Handfesteres brauchst, bevor sie dir bei Scotland Yard den roten Teppich ausrollen, Mister Holmes!«

Jochen ging darauf nicht ein. Er leerte seinen Teller, würgte anstandshalber auch noch den Nachtisch hinunter, ein Schokoladen-Himbeer-Törtchen mit Champagner-Eis, und inspizierte dann in seinem Gästezimmer den Karton mit Merlins Post. Einladungen zu Vernissagen und Lesungen, Bettelbriefe von Kuratoren, Verlagsprospekte, Rundschreiben von Galeristen, Antiquaren und Theaterfritzen und dazwischen immer wieder mal ein eselsohriges Urlaubskärtchen von dieser oder jener Person aus San Francisco, Usedom, Amsterdam, Teneriffa, Mailand, Nairobi, Abu Dhabi, Kopenhagen oder Santiago de Chile.

Lieber Klausi, denkst du noch an dein Mausilein?

Ich knutsche Dich! Deine Vanessa

Vergiß es, Mausilein, dachte Jochen. Der Adressat hat deinen Liebesgruß zu den Postwurfsendungen gelegt, und viel mehr braucht man über eure Beziehung nicht zu wissen.

Schwarz sah Jochen auch für jene Roxilda, die Merlin aus Edinburgh geschrieben hatte:

I'm desperate to meet you once again, my sweet little slickhead!

Was versprachen sich diese Frauen bloß von einem falschen Fuffziger wie Merlin? Und was, dachte Jochen ferner, sagt es über ihn aus, daß er mich hier in seinen zu Altpapier degradierten Liebesbriefen herumwühlen läßt, ohne sich zu schämen?

Erst gegen drei Uhr morgens stieß Jochen in all dem Müll auf die Ansichtskarte, die er gesucht hatte.

Hi, Merlin! Weißte noch, wie wir Ebbi Diepgen entführen wollten? In diesen Mauern hätten wir ihn gut unterbringen können!

Venceremos – Pit

Kein Aufdruck, keine Absenderangaben, kein Datum und nur ein verhuschter, unleserlicher Poststempel.

Die Vorderseite der Karte zeigte eine Backsteinkirche. Von der Sorte standen Hunderte in Norddeutschland herum, aber Jochen war zuversichtlich. Wozu gab es schließlich TinEye Reverse Image Search?

»Soso«, sagte Erwin Zapp, nachdem Kommissar Gerold in der großen SoKo-Runde eine Viertelstunde lang seine Erkenntnisse dargelegt hatte. »Von Ihrer Dienstreise nach Bremerhaven haben Sie also die Hypothese mitgebracht, daß der Täter irgendwann einmal gelbe Sneaker und einen blauen Anorak getragen haben könnte. Gesetzt den Fall, daß der Verdächtige, den Sie befragt haben und der während Ihrer Vernehmung leider verstorben ist, nicht geschwindelt hat. Es liegt mir fern, hier eine unnötige Schärfe ins Gespräch zu bringen, aber was sollen wir denn jetzt Ihrer Meinung nach tun? Alle Eigentümer von gelben Sneakern und blauen Anoraks verhaften?«

»Sneakers!« rief Kommissarin Schubert. »Ich glaube, daß der Plural von Sneaker Sneakers lautet. Und nicht Sneakern.«

Aus der letzten Reihe meldete sich der Analyst Sven Haberfeld zu Wort und sagte, daß die Dudenredaktion beide Versionen erlaube. »Der Kollege Zapp hat hier allerdings den Plural im Dativ angewandt, und da enden alle Substantive auf -n. Es ist daher richtig, wenn er von Sneakern spricht und nicht von Sneakers. Ihre grammatikalischen Bedenken in Ehren, Frau Kommissarin, aber hier muß ich dem Kollegen Zapp recht geben. Stimmen Sie mir zu?«

»Nur teilweise. An seiner Stelle hätte ich den Genitiv vorgezogen und von den Eigentümern gelber Sneakers gesprochen und nicht von den Eigentümern von gelben Sneakern …«

Hans-Dietlof Wiesling machte sich nun jedoch für die Auffassung stark, daß auch im Genitiv die Pluralform »Sneaker« und nicht »Sneakers« die richtige sei. Korrekt müsse es »die Eigentümer gelber Sneaker« heißen und nicht »die Eigentümer gelber Sneakers«.

Zu Wieslings Gunsten führte die Kommissarin Farian das Argument ins Feld, daß ja auch der Plural von Dealer Dealer laute und nicht Dealers.

»Damit treffen Sie den Nagel auf den Kopf«, sagte Haberfeld. »Aber wenn der Kollege Zapp gelbe Dealer gemeint hätte und nicht gelbe Sneaker oder Sneakers, dann hätte er völlig zu Recht von gelben Dealern sprechen dürfen. Mit der Endung -n. Falls Sie mir folgen können …«

Während dieses Wortwechsels hatte sich in Zapps Gesicht eine Vielzahl emotionaler Regungen abgezeichnet: Gereiztheit, Ungeduld, Überdruß, Verbitterung, Lebensmüdigkeit und nackte Wut.

Kommissar Riesenbusch rief die Truppe zur Ordnung: »Es reicht! Wir halten hier kein Seminar in Linguistik ab!«

»Ich bin auch noch nicht ganz fertig«, sagte Gerold. »Hier ist ein Video von der Transaktion der Streifenruderschlange auf der Autobahnraststätte Hasbruch Süd …«

Er spielte es ab. Am oberen rechten Bildrand war schemenhaft jemand zu sehen, der mit einem Hubwagen eine Holzpalette mit einem Faß auf die offene Hebebühne eines Lastkraftwagens zog und mit der Bühne nach unten fuhr.

»Das ist Jivan Prasad«, sagte Gerold. »Und von links kommt gleich sein Handelspartner.«

Auch dieser Mann war nicht mehr als ein Schemen. Er trug eine Kapuze, und man sah ihn nur von hinten, während er mit Prasad sprach und ihn dann mit der Ware nach links dirigierte, aus dem Bild hinaus.

»War das schon die gesamte Show?« fragte Kommissar Riesenbusch und reckte seine Augenbrauen zu einer Höhe, die der Tiefe seiner Verzweiflung über die mangelhafte Verwertbarkeit des Videos entsprach.

»Nein«, sagte Gerold. »Aber die biometrische Analyse hat ergeben, daß der Mann mit fünfundsiebzigprozentiger Wahrscheinlichkeit identisch mit jenem Peter Müller ist, dessen Foto Frau Kommissarin Fischer dem Verfassungsschutz abgeluchst hat, und mit achtzigprozentiger Wahrscheinlichkeit mit dem Mann auf dem Foto aus Jever.«

»Und dank dieses Videos kennen wir jetzt das Laufmuster des Täters«, sagte Haberfeld. »Er braucht gar nicht in die Kamera zu sehen. Er muß uns nur vorführen, wie er geht, und schon haben wir ihn im Sack!«

Kommissar Riesenbuschs Miene hellte sich auf. »Wenn ich diese Angaben nicht mißdeute, stehen wir also kurz vor einem Fahndungserfolg«, sagte er. »Das ist gut. Das wird auch den Bundesinnenminister freuen. Er hat mich gestern nämlich wieder einmal angerufen, um mich daran zu erinnern, daß wir diesen Kerl zur Strecke bringen müssen, wenn wir keine Abstriche von unserer Pension hinnehmen wollen. Deshalb rufe ich Sie alle dazu auf, Ihr Äußerstes zu geben!«

Als die Kriminalisten den Konferenzraum verließen, machte Zapp Kommissarin Farian darauf aufmerksam, daß er in Wiesbaden ein chinesisches Restaurant kenne, das den höchsten Ansprüchen genüge. »Ihr leibliches Wohl wäre dort gesichert«, sagte er, »und wir könnten uns einmal jenseits der beruflichen Reibereien näherkommen …«

»Ich bin leider lesbisch«, log sie. »Aber ich kann Ihnen ein hiesiges Laufhaus empfehlen. Soweit ich weiß, sind die Mädchen dort seit der letzten Razzia allesamt sauber.«

Zapp bedachte sie mit einem frostigen Lächeln und wandte sich ab.

An Waldspaziergängen hatte Gerwald Mühlenhoff keine Freude mehr, seit er damit rechnen mußte, so wie eine seiner Romanfiguren in einen hohlen Baum gepfropft zu werden. Er zog es vor, sich im Ostseebad Kühlungsborn auf der Strandpromenade zu ergehen, wenn es ihn nach frischer Luft verlangte. Er wußte es auch zu schätzen, daß es dort keine Steigungen gab, denn er war etwas kurzatmig, und er hatte es ganz gern, wenn er erkannt und um ein Autogramm gebeten wurde. Das geschah recht oft, seit er in einer Talkshow zu den Morden an seinen Kollegen befragt worden war. Er hatte zwischen einer Schlittschuhläuferin und einem rabiaten Stierkampfgegner gesessen. Von der Moderatorin – einer überaus schnuckeligen Person! – war er viel länger interviewt worden als alle anderen Gäste, und er hatte einen Satz gesagt, auf den er immer noch stolz war: »Ich glaube, daß dieser Killer ein ganz armes Würstchen ist, weil er sich nur an Kreisligaspielern vergreift und sich an Stars wie mich oder Waldemar König nicht herantraut.«

Dafür war Mühlenhoff heftig beschimpft worden, doch das störte ihn nicht. Er genoß die Aufwartung seiner Fans und spielte sogar mit, als ein Müllmann ihn auf der Promenade darum bat, eine Abfalltonne auf der Unterseite des Deckels zu signieren, mit einem Edding, den Mühlenhoff bereitwillig ergriff.

Während er seinen Namen schrieb, wurde er angehoben und in die Tonne gestülpt, wobei er das Bewußtsein verlor. Als er es wiedererlangte, stak er bereits kopfüber in der hohlen, auf seinen Empfang vorbereiteten Eiche im Müritz-Nationalpark und konnte kein Glied mehr rühren.

»Sie haben gewonnen«, rief Mühlenhoff. »Hören Sie mich?«

»Es geht so«, erwiderte von außen der Mann, der ihn in die Eiche hineingesteckt hatte.

Für ihn, sagte Mühlenhoff, höre der Spaß hier auf. »Es würde mich freuen, wenn mir jemand aus meiner mißlichen Lage heraushelfen könnte, und meine innere Stimme sagt mir, daß Sie der einzige Mensch sind, auf den ich dabei zählen kann. Wie hoch ist Ihr Preis?«

»Wie meinen Sie das?«

»Meine Frage zielt auf die Möglichkeit ab, diese Angelegenheit finanziell zu regeln. Es liegt nicht in meiner Absicht, Ihnen Habsucht zu unterstellen, aber ich gebe Ihnen mein Wort darauf, daß mir Ihre Hilfe bei meiner Befreiung aus diesem Baum eine Menge Geld wert wäre.«

»An welche Summe denken Sie?«

»Ich will nicht kleinlich sein. An welche Summe denken Sie denn selbst?«

»Machen Sie mir einfach ein Angebot, das ich nicht ablehnen kann, Herr Mühlenhoff.«

»Wie wäre es mit ... zwanzigtausend Euro?«

»Nicht übel. Doch da ich bereits Ihre Sparkassenkarte besitze und Ihre PIN kenne, die Sie leichtfertigerweise auf einem Zettel in Ihrer Brieftasche notiert haben, kann ich die Höhe meiner Belohnung selbst bestimmen und muß nicht einmal eine Leistung dafür erbringen.«

Einige Vögel stimmten ihren Morgengesang an – ein Stieglitz, eine Kohlmeise und ein Buchfink –, aber in der Eiche wurde es still. Eine volle Minute lang dachte Mühlenhoff nach. Dann nahm er die Verhandlung wieder auf: »Ich schließe daraus, daß Ihrem Tun und Lassen rein idealistische Motive zugrunde liegen. Das gibt mir Anlaß zu der Hoffnung, daß Ihnen auch das Gefühl der Nächstenliebe bekannt ist. Bitte helfen Sie mir! Ich halte es hier nicht mehr lange aus ...«

»Das glaube ich Ihnen. Aber ich muß jetzt los. Über Ihre Ausführungen zum Thema Nächstenliebe werde ich nachdenken und Ihnen voraussichtlich in plusminus vier Wochen wieder einen Besuch abstatten. Lassen Sie sich die Zeit nicht lang werden!«

Die Hilfeschreie, die Mühlenhoff in den nächsten dreieinhalb Tagen noch ausstieß, störten nur einen Moorfrosch auf, der sich davon aber nicht längerfristig aus der Ruhe bringen ließ. Sein Weibchen hatte erst vor kurzem annähernd zweitausend Nachkommen in die Welt gesetzt, und daraus ergab sich für ihn schon genug Tumult.

14

Gregorios Moraikis' Blut geriet in Wallung, und er hätte gern jemanden erdrosselt oder erschossen. Am liebsten natürlich den Schmied, der ihm eingeredet hatte, daß Frank Schulz zu seiner Ferienwohnung in Ammoudia unterwegs sei. Diese Wohnung hatte Moraikis mit seinem angeborenen Spürsinn und ein wenig Gewaltanwendung blitzschnell lokalisiert, aber nur zwei britische Touristen darin vorgefunden.

Jetzt stand er unter der gleißenden Sommersonne auf einem Parkplatz in Ammoudia und bebte vor Zorn. Er hatte schon vielen Menschen Geständnisse abgepreßt, und er hätte schwören können, daß der Schmied die Wahrheit gesagt hatte. Doch dieser Auswurf einer Hündin hatte ihn gelinkt. Es gab so viel Schlechtigkeit in der Welt …

Moraikis rief seinen Auftraggeber Manaskov an und bat ihn um die Erlaubnis, vor der Wiederaufnahme der Jagd auf Schulz erst einmal den lügnerischen Schmied töten zu dürfen, aber damit war Manaskov nicht einverstanden. Auf jenen Schmied, sagte er sinngemäß, sei gepfiffen; es gehe ausschließlich darum, den Volksfeind und Paria Schulz zu ergreifen. Tot oder lebendig. Und im Falle eines Mißerfolgs werde auch Moraikis' eigenes Lebensrecht erlöschen.

Das ließ Moraikis sich nicht zweimal sagen. Er startete seinen Opel Astra und nahm die Verfolgung auf. Mit Wut im Bauch.

In der Mittagspause legte Gerold Ute die zweite Strophe seines Anti-Fortnite-Songs vor:

Früher, da warst du viel besser gelaunt
ohne deinen Scheiß Epic Games Account.

Da hast du auch mal die Sonne gesehn,
Du denkst nicht mehr dran, doch es war sehr schön.
Das einzige, wonach der Sinn dir steht
Das ist dein nächstes Battle-Pass-Paket.

»Dir ist schon klar, daß dein Sohn dich dafür hassen wird, oder?« fragte Ute.

Gerold schürzte die Unterlippe. »Und mit ihm noch Millionen andere Gamer«, sagte er. »Darauf hast du mich ja schon mal hingewiesen. Aber gehört es nicht zu einem gesunden Vater-Sohn-Verhältnis, daß der Sohn den Vater auch mal haßt?«

»Vielleicht. Solange du eurem Verhältnis keine bleibenden Schäden zufügst …«

Er halte es da mit Mark Twain, sagte Gerold. »Von dem stammt das Zitat: ›Als ich vierzehn war, war mein Vater so dumm, daß ich es kaum ertragen konnte, in seiner Nähe zu sein. Aber mit einundzwanzig war ich verblüfft, wieviel er in sieben Jahren dazugelernt hatte.‹«

»Träum weiter«, sagte Ute und nahm auf ihrem Smartphone einen Anruf entgegen. »Ach, Sie sind's! Haben Sie sich gut erholt? … Das freut mich … Wie bitte? … Nein, das geht leider nicht … Sehr nett von Ihnen, wirklich, aber ich bin hier unabkömmlich …« Während der Anrufer sprach, blähte sie die Backen auf, als müßte sie sich erbrechen, und als sie ihn endlich abgefertigt hatte, ließ sie die Zunge heraushängen und verdrehte die Augen.

»Wer war dran?« fragte Gerold. »Etwa unser alter Freund Severin Dibelius alias Debilius?«

»Viel schlimmer. Andreas Pilz. Der Ladykiller vom Verfassungsschutz, der mich gern in ein neues Kölner Trendlokal ausgeführt hätte.«

»Und was wäre daran so schlimm?«

»Eigentlich nicht viel, wenn ich davon absehe, daß er ein schleimiger, selbstverliebter, doppelzüngiger und otterngesichtiger Vollidiot ist, mit dem ich nicht schlafen will …«

Bevor Gerold etwas darauf erwidern konnte, erreichte ihn eine SMS von Kommissar Riesenbusch:

Waldemar König ist entführt worden. Sofortige Lagebesprechung!

Auf seiner Wanderschaft hätte Frank Schulz gern einmal Rast im Schatten eines Baums oder eines Strauchs gemacht, doch hier wuchsen weder Bäume noch Sträucher. Als seine Kraft erlahmte, setzte er sich auf eine Ackerscholle und zog sich die Schuhe und die Strümpfe aus. An seinen Zehen zählte er sechs Blasen und acht Hühneraugen.

Kein Lüftchen regte sich, und von oben donnerte die Sonne herab.

Größere und selbst kleine Städte ließ er auf seinem Fluchtweg links liegen, aus Angst vor Kameras und dem Gesichtserkennungsprogramm der griechischen Polizei. Sein nächstes Ziel war die Grenze zu Albanien. Dann müßte er, wie er sich sagte, nur noch gut zweihundert Kilometer bis zur deutschen Botschaft in Tirana hinter sich bringen.

Er zog sich die Strümpfe und die Schuhe wieder an und schleppte sich weiter. Einmal traf er auf einen freistehenden Birnbaum, von dem er aber nichts pflücken konnte, weil ihm zehn oder zwölf schwarzbehaarte Dolchwespen in die Quere kamen, die den Baum als ihr Eigentum ansahen. Seinen Durst konnte Schulz erst am frühen Abend an einer Viehtränke stillen. Die toten Mücken, die in dem Wasser schwammen, störten ihn nicht, und er hatte auch keine Vorbehalte dagegen, sich an dem Salzleckstein gütlich zu tun, der neben der Tränke hing.

Nach diesem Imbiß ruhte er sich etwas aus. Die griechische Landschaft hatte ihn immer bezaubert, aber aus der Perspektive eines bargeldlosen Flüchtlings wirkte sie feindselig und karg. Meinen nächsten Urlaub, sagte sich Schulz, werde ich auf Spiekeroog verbringen, ihr Säue!

Er legte sich auf die abgefressene Weide, sah in den Himmel

und schlief ein, doch schon bevor sein Gehirn von Alphawellen zu Thetawellen überging, tippte ihn jemand mit einem Stock auf die Schulter.

Es war nur ein Schafhirte, dem der Sinn nach einem Plausch mit diesem sonnenverbrannten Fremdling stand, und auf Englisch lief es etwas besser als auf Griechisch.

»I'm Alexios«, sagte der Hirte.

»Pleased to meet you«, sagte Schulz. »I'm Frank. Do you have a smartphone?«

»Yes! But I fear dat 'ere 's a dead spot …«

Ein Funkloch? »Anyway«, sagte Schulz. »I'll give it a try!«

Als er dann das Smartphone in der Hand hielt und seine Frau anrufen wollte, stellte er zu seiner Bestürzung fest, daß er sich nicht an ihre Mobilnummer erinnern konnte. Irgendwas mit 0157 oder 0175 am Anfang. Und wie weiter?

Fehlanzeige. Na, dann ruf ich eben Thomas Hübner an, sagte er sich. Dessen Nummer kann ich im Schlaf herbeten!

Aber auch die Erinnerung an die Nummer seines Agenten hatte sich in Wohlgefallen aufgelöst. So wie die an jede andere, die er einmal auswendig gekannt hatte.

Ihm wurde flau. Das Rettungsmittel lag in seiner Hand, und er konnte nichts damit anfangen. Teuflischer ging es ja wohl nicht mehr …

Die Auskunft! dachte er. Ich ruf die Auskunft an!

Doch die Nummer der Auskunft hatte sich gleichfalls aus seiner Erinnerung verflüchtigt. So wie auch die Vorwahl von Deutschland. Alles weg. Er mußte bei der Schlägerei am Strand oder bei dem Unfall des Gefangenentransporters sein Zahlengedächtnis verloren haben.

»Want some milk?« fragte der Hirte, als er Schulz zusammensacken sah. »And maybe a hot meal and a shelter for tonight? And a lot of ice cubes for your head?«

»That would be very nice«, sagte Schulz. Seine sonnenexponierte Kopfhaut schrie nach Kühlung, und es war auch an der Zeit für eine Kalorienzufuhr. Er richtete sich wieder auf und schloß sich Alexios und dessen kleiner Schafherde an.

Ute und Gerold standen in Schneverdingen vor der stinkenden Ruine des Nurdachhauses von Waldemar König. Es war bis auf die Grundmauern niedergebrannt.

»Da sind sie hin, die selbstgetöpferten Keramiktassen«, sagte Ute, als ein Mann von der Spurensicherung einen abgeplatzten Henkel eintütete.

Um sechs Uhr morgens hatte ein Nachbar die Feuerwehr verständigt, und es war sofort ein Löschzug ausgerückt, doch da war schon nicht mehr viel zu retten gewesen. Und der Hausbesitzer Waldemar König war spurlos verschwunden.

Aus den Trümmern konnte seine angekokelte Festplatte geborgen werden, und in die vertieften Ute und Gerold sich in der Polizeistation Schneverdingen noch bis tief in die Nacht.

»Sieh mal an«, sagte Gerold. »Vorgestern hat er drei Gerichtsurteile zu Fällen von Brandstiftung abgerufen. In weiser Vorausahnung, wie mir scheint. Denkst du, was auch ich denke?«

»Der Mistkerl hat sein Haus eigenhändig abgefackelt, um die Versicherungssumme zu kassieren …«

»… und über kurz oder lang wird er wieder auftauchen und behaupten, daß es ihm gelungen sei, dem Mörder zu entkommen.«

»Um den Druck auf uns zu erhöhen.«

»Weil wir ihn nicht unter Polizeischutz gestellt haben.«

»Aber das lassen wir ihm nicht durchgehen.«

»Nein. Sobald er sich wieder blicken läßt, hängen wir ihn an seinen Eiern auf.«

»Ich liebe dich, wenn ich aus deinen Stellungnahmen den Pazifisten heraushöre, der du mal gewesen bist«, sagte Ute.

»Danke«, sagte Gerold. »Ich liebe mich dann sogar selbst.«

dienen, oder sei es nur, um ihn gnädig zu stimmen und ihn von der Benutzung der kieferknochensprengenden Mundbirne abzuhalten, die er gern einsetzte, wenn er sich mißverstanden fühlte. Daher fiel es ihm nicht schwer, die Fährte des Sträflings Frank Schulz aufzunehmen und sie bis in die Wohnstube des Schafhirten Alexios zu verfolgen.

Auf dem Foto, das Moraikis ihm zeigte, erkannte Alexios seinen Hausgast Frank Schulz sofort wieder. Als guter Hirte hätte er das vielleicht auch ohne den Pistolenlauf an seiner Schläfe eingeräumt, aber Moraikis wollte sichergehen und keine Zeit verlieren. Kurz darauf befand er sich auch im Besitz der Information, daß Schulz inzwischen per pedes mit einem Pfund Dörrfleisch und einer Literflasche Sodawasser im Rucksack auf dem Weg nach Molyvdoskepastos sei, um dort illegal die Grenze nach Albanien zu übertreten.

Moraikis schickte Alexios mit einem Hieb des Pistolenknaufs ins Reich der Träume, setzte sich wieder in seinen Wagen und tippte im Navigator Molyvdoskepastos ein. Ein guter Ortsname für eine Endstation, dachte er und trat aufs Gaspedal.

In Stiekelkamperfehn war rund um Baumanns Gasthof ein Volksfest im Gange, mit Barbecue, Hüpfburg, Torwandschießen, Tauziehen, Faßbierausschank, Tombola, Popcornverkauf und Live-Musik von einer fetzigen Girlie-Band namens Zucchini Sistaz. Ideale Voraussetzungen für ungezwungene Gespräche mit den Eingeborenen, dachte Jochen Seifert. Er besorgte sich ein Bier und zog los. Die Legende, die er sich zurechtgelegt hatte, war die, daß er sich mit dem Gedanken trage, in diese Gegend zu ziehen, woran sich die Frage anschließen ließ, ob hier alles wünschenswert normal sei oder ob es auch Depperte gebe, die man nicht so gern zum Nachbarn haben wolle.

Schon nach kurzer Zeit wußte er, wo der Verdächtige wohnte und welche Marotten er hatte: Das Licht, sagten die Leute, brenne bei ihm zu den absonderlichsten Tages- und Nachtzeiten, aber manchmal auch wochenlang überhaupt nicht; ins Dorf habe er nie einen Fuß gesetzt, und er kriege auch niemals Besuch und auch keine Post; er vernachlässige die Gartenpflege, doch es komme vor, daß er in der Einfahrt an seinem urzeitlichen VW-Bus herumschraube; seine Einkäufe tätige er vermutlich in Leer; wovon er lebe, wisse niemand, und es bestehe nicht einmal Klarheit über seinen Namen. Eingezogen sei er vor zehn Jahren.

Seifert fragte sich, ob etwas dagegen spreche, einfach mal dort zu klingeln. Wenn der Bewohner des Hauses nicht Pit war, hatte der Fall sich erledigt, und wenn es doch Pit war, gab es zwei Möglichkeiten: eine spontane Wiedersehensfeier, bei der sie sich alle beide über den Verdacht, daß er der Serienmörder sei, vor Lachen ausschütten würden, oder aber –

Hier versagte Seiferts Phantasie. Wie würde Pit auf einen Überraschungsbesuch reagieren, wenn er tatsächlich der Mörder war?

Das ließ sich allein durch beherztes Handeln in Erfahrung bringen. Seifert kräftigte sich mit vier Zentilitern Friesengeist und lenkte seine Schritte dann zum Sauteler Kanal und dahinter über eine Seitenstraße zu dem recht einsam gelegenen, von mürben Büschen umwachsenen Haus, dessen Adresse man ihm genannt hatte.

In den Ritzen zwischen den Steinen des Gehwegs, der zur Eingangstür führte, sproß Löwenzahn, und auf dem Briefkasten stand in Großbuchstaben:

WERBUNG UNERWÜNSCHT!

Die Klingel hatte kein Namensschild, aber einen Knopf, und Seifert drückte darauf.

Ding-dong-döng, machte die Klingel.

Niemand erschien.

Seifert ding-dong-döngte ein weiteres Mal.

Nichts.

Er pochte an die Tür und rief: »Hallo? Hallo? Anybody home?«

Anscheinend war der Hausherr ausgeflogen.

Seifert linste durch ein Fenster neben der Tür. Es war mit einer Gardine verhängt. Erkennen konnte er nur eine Stehlampe, ein Wandregal und ein paar Stühle. Er schlich zur Hinterseite des Hauses, hob ein Bodengitter heraus und äugte in einen der Kellerräume. Dort standen ein Gefrierschrank und eine Waschmaschine … ein rostiges Fahrrad … Gummistiefel … Farbeimer … ein Besen …

Seifert setzte das Gitter wieder ein und ging weiter zur Gartenterrasse. Sie unterschied sich in nichts von den Gartenterrassen völlig unbescholtener Bürger: auf dem Mäuerchen eine Reihe von Töpfen mit Salbei, Thymian, Petersilie, Liebstöckel und Kapuzinerkresse, in einer Ecke ein kleiner Schwenkgrill, vor den herabgelassenen Rolläden der Terrassentür ein abgenutzter Fußabtreter und im Zentrum ein weißer Holztisch. Aber nur ein einziger Stuhl. Die Person, die hier wohnte, schien wahrlich nicht geselliger zu sein als ein Eimer Senf.

Auch der Garten sah nicht so aus wie der eines Menschen, dem viel daran lag, bei seinen Mitbürgern Freudenstürme auszulösen. Der Rasen war verdorrt und verpilzt, das Gesträuch wirkte lebensmüde, die sechs oder sieben Obstbäume, die dort ihr Dasein fristeten, litten an Apfelschorf und Bakterienbrand, und der baufällige graue Schuppen vor der verkümmerten Hecke hätte nur das Herz einer Schleiereule höher schlagen lassen, die einen Brutplatz suchte.

Eine Trichterspinne muckste sich, als Seifert an der Klinke der verschlossenen Schuppentür rüttelte, und lief fort, als sein Gesicht vor dem Schuppenfenster erschien. Durch das verschmutzte Glas sah er eine breitgefächerte Kollektion von Universaläxten, Handbeilen, Bügelsägen, Spalthämmern und Spitzhacken. Und etwas, das eine schlagende Ähnlichkeit mit einem fahrbaren Autopsie-Tisch hatte.

Es gab kein Gesetz, das den Besitz solcher Dinge unter Strafe stellte, doch sie stimmten Seifert argwöhnisch. Er wollte dieses Haus nicht mehr aus den Augen lassen. Was er jetzt brauchte, waren ein Tarnzelt und ein sichtgeschützter Platz, an dem er es aufbauen konnte.

»Wissen S', Herr Meier«, sagte Albert Weißenböck und unterbrach sich kurz, um noch einen Schluck von dem gelbfruchtigen Fumé Blanc zu nehmen, der zu dem Forellenfilet mit Eierschwammerln und Gartenkräutern serviert worden war, »mir ist nicht bange vor Schwerkriminellen. Ich bin ja schon a oida Knacka und ned so a junga Spritza wie Sie. Wenn oana daherkommt und mich erschießen will, dann soll er's tun! Ich hab mein Leben gelebt und muaß scho lang nimma den Kitt aus de Fenster fressen. Ich bin jederzeit dazu bereit, meinem Schöpfer gegenüberzutreten …«

Seinem Gast aus Nordrhein-Westfalen zuliebe, der ihn für den WDR porträtieren wollte, gab Weißenböck sich Mühe, Hochdeutsch zu sprechen, doch je mehr er trank, desto öfter verfiel er in seinen Dialekt, und bei ihrem Dinner im Gourmetrestaurant Kupferstube in Kitzbühel hatten sie nun schon den vierten Gang bewältigt. Und soeben wurde der fünfte aufgetragen: Kopf und Zunge vom Milchkalb in Senfsaat und dazu ein Sancerre La Moussière vom Weingut Domaine Alphonse Mellot.

Weißenböcks Nüstern weiteten sich. Er hatte keine große Lust mehr, über die Mordfälle zu reden, aber der gute Herr Meier kam immer wieder darauf zurück. Anstatt sich die Backen zu füllen, warf er die Frage auf, weshalb wohl in Österreich noch kein Mord an einem Autor von Regionalkrimis verübt worden sei.

»Das müssen S' den Mörder fragen und nicht mich«, erwiderte Weißenböck.

»Aber Sie sind doch ein Fachmann für die Kriminalität in Österreich«, sagte Meier. Er zählte die Titel der von Weißenböck verfaßten Kriminalromane auf – »Der Schlitzer aus Salzburg«, »Der Schlächter aus Vorarlberg«, »Der Blutsäufer aus dem Burgenland«, »Der Kannibale aus Tirol« und »Der Nuttenkiller aus der Steiermark« – und lobte besonders eine Romanpassage, die von dem

Abwurf einer Frau aus einem über dem Großglockner kreisenden Hubschrauber handelte.

Diese Absätze hatte Weißenböck noch wortwörtlich im Kopf:

Die Rotorblätter des Helikopters H135 durchschnitten die Nachtstille. Ein Murmeltier ging in Habachtstellung, und ein Bartgeier breitete erschrocken seine Fittiche über die Eier in seinem Nest. Das war alles, was sich tat, als der Flugretter Hugo Zwanziger nachts um halb drei mit seiner am ganzen Körper zitternden Verlobten Melanie Mühlbacher bis in viertausend Meter Höhe hinaufflog.

»Ich habe dich nie geliebt«, sagte Melanie. »Bitte gib mich wieder frei. Ich bin schwanger! Aber nicht von dir …«

»Von wem denn dann?« schrie Hugo und riß den Steuerknüppel nach rechts, um die Kollision mit einem Felsgrat zu vermeiden.

»Von deinem Onkel Leopold! Den ich immer geliebt habe! Viel mehr als dich!«

»Du Flittchen! Was sagst du da?«

»Es ist wahr! Ich liebe ihn, und ich werde ihn heiraten!«

»Meinen Erbonkel Leopold? Nein! Das werde ich nicht zulassen!« Melanie schluchzte und hämmerte mit ihren kleinen Fäusten auf Hugo ein, aber es half nichts – er stieß Melanie aus dem Cockpit hinaus in den Luftraum über dem Gipfelkreuz des Großglockners. Wie ein Stein fiel sie hinab, und sie wedelte noch mit den Armen, bevor sie an einem der Felsen zerschellte.

»Hast wohl gehofft, dir würden Flügel wachsen«, sagte Hugo. »Aber ein Engel warst du nie …«

Weißenböck kaute auf dem Sancerre und klärte Meier dann geduldig darüber auf, daß es das eine sei, Kriminalromane zu schreiben, und das andere, Kriminalfälle zu lösen. »Das sind zwei verschiedene Paar Schuhe. Selbst Arthur Conan Doyle hat als Kriminalist danebengehauen! Ich würde vorschlagen, daß wir dieses unappetitliche Thema jetzt fallenlassen und uns dem Essen zuwenden. Die Köche sind bereits mit dem sechsten Gang befaßt, und der wird Sie überwältigen – Entenbrust mit Heumilch, fermentiertem Pfeffer und Wachauer Marille! Dazu werden wir einen Château Bois-Malot Bordeaux Supérieur trinken, und zur Abrundung erwarten uns ein Ziegenkäse in Asche mit roter Bete und Himbeeren und ein Weinbergpfirsich mit Klee und Olivenöl vom Kitzbüheler Horn mit einer Traminer Beerenauslese. Also, Herr Meier, hauen S' rein! An Guadn! Und vergessen S' den Brunzkopf von Serienmörder!«

Gut anderthalb Stunden danach suchte Weißenböck links neben dem Beifahrersitz in Meiers Pkw nach der Einsteckmulde für die Gurtschnalle. Irgendwo mußte dieses Mistding doch sein?

»I kräu scho aum Zaunfleisch«, sagte er, und er hätte sich gern dafür bedankt, daß Meier ihn heimfahren wollte, aber anstatt ihn heimzufahren, zog Meier ihm eins mit einem sandgefüllten Strumpf übers Haupt, und als Weißenböck wieder zu Sinnen kam, hörte er die Rotorblätter eines Helikopters flattern und fand sich gefesselt und geknebelt auf der Hinterbank in einem Hubschrauber der Marke H 135 wieder.

»Sitzen Sie gut?« fragte der Pilot, in dem Weißenböck Herrn Meier vom WDR wiedererkannte. »Wir überqueren gerade den Weißsee im Stubachtal. Bis zum Großglockner ist es nur noch 'ne halbe Stunde. Da werde ich Sie an die frische Luft befördern. Wollen Sie Ihr Testament machen? Haben Sie was zu vererben?«

Weißenböck starrte aus dem Fenster auf Gletscherspalten und verschneite Gebirgsrücken.

»Sie können mich hier irgendwo absetzen«, sagte er. »Ich werde dann schon nach Hause finden. Ich kenne mich in den Bergen gut aus …«

»Das glaube ich Ihnen«, sagte der Pilot. »Aber warum sollten Sie glimpflicher davonkommen als Melanie Mühlbacher?«

Jetzt bin i im Oasch daham, dachte Weißenböck, als er hoch über dem Großglockner mit einem Tritt aus dem Hubschrauber befördert wurde.

15

Erwin Zapp war so unmusikalisch wie eine Tüpfelhyäne. Er litt daher nicht allzu sehr, wenn seine nicht minder unmusikalische Tochter Fiona das Klavier traktierte. Seit acht Wochen mühte sie sich nun bereits mit Beethovens Ohrwurm »Für Elise« ab und blieb trotzdem spätestens im achten Takt hängen. Ihr Klavierlehrer erklärte ihr stets aufs neue, wie sie die Klippe überwinden könne, doch Fiona hatte die Wurstfinger ihres Vaters geerbt, und sie haßte Beethoven. In einer Nachricht an ihre beste Freundin hatte sie sich einmal sogar zu der Bemerkung hinreißen lassen: »Mit diesem Steckdosenbefruchter Ludwig van Bitch kannst du mich jagen!!! :c«

Für Zapp spielte das keine Rolle. Er wartete mit der Geduld einer Spinne auf das Ende der samstäglichen Klavierstunde und klemmte sich anschließend so dicht wie möglich an den Klavierlehrer.

Jetzt krieg ich dich dran, dachte Zapp, als der Pianist Müller sein Fahrradschloß entriegelte. Zapp hatte vorsorglich sein eigenes Fahrrad startklar gemacht, ein E-Bike mit 24 Gängen und Heckmotor, während Müller sich nur auf einem klapprigen alten Hollandrad fortbewegte.

Von der Lynarstraße folgte Zapp dem Verdächtigen über die Chausseestraße, die Torstraße, die Mollstraße, die Lichtenberger Straße, den Strausberger Platz und die Frankfurter Allee neun Kilometer weit bis zu einem Waffengeschäft, das Soldier of Fortune hieß. Dort schloß Müller sein Rad wieder ab und ging in den Laden hinein.

Von außen konnte Zapp sehen, wie Müller eine Machete erwarb und sie in seinen Bodybag steckte.

Und weiter ging die Fahrt: die Frankfurter Allee hinunter, rechts ab in die Weichselstraße und dann nach links in die Scharnweber-straße, wo Müller sein Rad wieder abschloß.

Er ging durch ein Hoftor, blieb im Halbdunkel stehen, holte die Machete heraus und fuhr mit dem Daumen prüfend über die Klinge.

Zapp angelte sein Handy aus der Hosentasche und rief Verstär-kung herbei: »Scharnweberstraße fünf! Höchste Gefahr im Ver-zug! Ich brauche alle verfügbaren Einsatzkräfte!«

Den Ruhm für die Ergreifung des Serienmörders beanspruchte Zapp jedoch für sich allein. Er folgte Müller in das Treppenhaus und sprang ihn von hinten an.

Bei dem Gerangel, das sich daran anschloß, kugelten Zapp und Müller zum Fuß der Treppe zurück. Der Lärm, den sie da-bei schlugen, veranlaßte eine resolute Frau aus dem Erdgeschoß dazu, einen Eimer Wasser über ihnen auszugießen und mit einem Wischmopp auf sie einzuhauen, bis die Polizei sich der Sache an-nahm.

Zu Zapps Leidwesen stellte sich heraus, daß der Klavierlehrer Peter Müller die Machete nur zur Vervollständigung seiner Ver-kleidung als Indiana Jones bei einer Kostümparty gekauft hatte.

»Sie haben mehr Glück als Verstand, Herr Zapp«, sagte Kommis-sar Gunter Breslauer zu dem gebrochen wirkenden Mann, der ihm in der Polizeidienststelle in der Wedekindstraße mit zwei blauen Augen gegenübersaß. »Herr Müller sieht davon ab, An-zeige gegen Sie zu erstatten. Sie dürfen dann gehen. Und wenn ich Ihnen einen guten Rat geben darf: Überlassen Sie die physische Verbrecherjagd künftig unseren Vollzugsbeamten. Ich weiß nicht, was Sie als Forensiker taugen, aber als Außendienstmitarbeiter sind Sie eine Niete.«

Zapp sehnte sich inbrünstig nach seinen vier Wänden, doch er hatte noch etwas auf dem Herzen: »Können Sie diesen Vorfall ir-gendwie unter dem Deckel halten? Es muß ja nicht jeder wissen, daß ... also, ich meine einfach, daß mir geholfen wäre, wenn Sie mein kleines Mißgeschick ... wie soll ich sagen ... wenn Sie es diskret behandeln würden.«

»Ich werde nicht damit hausieren gehen«, erwiderte Kommissar Breslauer und blickte Zapp fest in die erbarmungswürdig verunstalteten Augen. »Aber ich habe natürlich keinen Einfluß darauf, was die Kollegen sich abends beim Bier erzählen. An Ihrer Stelle würde ich mir jetzt eine Auszeit nehmen und mich mit einem großen Vorrat an Eisbeuteln in einen Kartoffelkeller zurückziehen, der von innen verschließbar ist.«

Und wenn ich wirklich du wäre, dachte er, nachdem Zapp gegangen war, würde ich diesen Kartoffelkeller nie wieder verlassen.

Bisher hatte niemand das rätselhafte Verschwinden des Forstrevierleiters Torsten Koch mit den Morden an den Autoren von Kriminalromanen in Verbindung gebracht. Das änderte sich, als man auf die Leiche des Literaten Gerwald Mühlenhoff stieß. Zwei Wanderern war im schönen Müritz-Nationalpark der aus einer Eiche dringende Verwesungsgeruch aufgefallen, und nun setzten sich Scharen von Kriminaltechnikern in Marsch und drehten jedes Staubkorn rings um die Eiche um. Da es lange nicht geregnet hatte, entdeckten sie auf einem Eichelhütchen getrocknetes Blut des Forstbeamten Koch, aber seine Leiche konnten auch die besten Spürhunde nicht finden. Das wäre allerdings auch gar nicht möglich gewesen, denn sie ruhte säuberlich einbetoniert in einer Tiefe von 78 Metern auf dem Grunde des Geiseltalsees in Sachsen-Anhalt. Der Täter hatte dafür eine zweitägige Autofahrt in Kauf genommen und die von langer Hand geplante Ermordung des sechzigjährigen Schriftstellers Nils-Ole Feddersen aus Niebüll deshalb auf einen späteren Termin verschieben müssen.

Feddersen rüstete sich gerade zu einer Lesereise durch die Kreise Dithmarschen, Nordfriesland, Pinneberg und Stormarn, um sein neues Werk »Wattenmeermord« vorzustellen. Darin machten die Russenmafia und eine Motorradrockergang aus Plön einander einen Piratenschatz aus der Epoche der Wikinger streitig, und im vorletzten Kapitel wurde Fiete, der Boß der Rockergang, von den Russen auf der 640 Meter langen, 210 Meter breiten und allein von einem Vogelwart bewohnten Hallig Norderoog in der Nordsee ausgesetzt, gemeinsam mit drei Wölfen, die schon bald begriffen, daß Fiete eine leichtere Beute war als die Graugänse, Stockenten und Haubentaucher.

Das Kräftemessen zwischen Fiete und den Wölfen nahm in Feddersens Roman fünfzehn Seiten ein und endete mit einem Massaker in den Dünen:

»Fickt euch!« schrie Fiete, während die knurrenden Untiere ihn einzukreisen versuchten. Sie rochen die Todesangst, die ihm aus jeder Pore quoll. Geifer troff von ihren Lefzen.

Das Pfahlhaus, in das Fiete sich hätte retten können, war unerreichbar. Es gab weit und breit keine Deckung, nur flache Salzwiesen und Strandhafer … und die See. Waren Wölfe nicht wasserscheu?

Bei den Bundesjugendspielen hatte Fiete die hundert Meter einmal in 11,8 Sekunden geschafft. Das war lange her, und damals hatte er noch kein überschüssiges Fett angesetzt, aber sollte er deswegen klein beigeben?

Er brüllte die Wölfe noch einmal an und rannte los.

Um möglichst natürliche Wettkampfbedingungen herzustellen, hatten die Russen ihm kurz vor seinem unfreiwilligen Abenteuerurlaub auf Norderoog die Schuhe und die Strümpfe ausgezogen. So kam es, daß sich seine nackten Fußsohlen während des Spurts zum Ufersaum als zusätzliches Reizsignal auf den Instinkt der Wölfe auswirkten. Wie von Sinnen jagten sie Fiete nach, sprangen ihn an, warfen ihn nieder, verbissen sich in seine linke Schulter, seine Hüfte und seine Kehle und rissen ihn in einem wahren Blutrausch in Fetzen.

Jetzt werde ich nie erfahren, wer in der nächsten Saison die

A-Mannschaft des TSV Plön trainieren wird, dachte Fiete, bevor er starb.

Der Vogelwart, der die Szene durch ein Fernrohr beobachtet hatte, eierte zu dem Regalfach, in dem der selbstgemachte Rhabarberlikör stand, und fragte sich, wen man in einem solchen Fall anrief. Die Polizei? Die Feuerwehr? Oder den tierärztlichen Notdienst?

Am Montagmorgen, einen Tag vor Beginn seiner Reise, las Feddersen im *Nordfriesland Tageblatt,* daß bei einem nächtlichen Einbruch in den Wildpark Eekholt im Landkreis Segeberg drei Wölfe entführt worden seien, und er fühlte seinen Hodensack zusammenschrumpfen.

Aber dann ermannte sich Feddersen. Er öffnete den Waffentresor, den sein Vater ihm hinterlassen hatte, und nahm eine Pistole heraus. Eine Glock 43.

Liegt gut in der Hand, dachte er und lud das Magazin mit sechs Patronen.

»Freu dich«, sagte Gerold zu Ute, als die SoKo sich versammelte. »Erwin Zapp ist für zwei Wochen krankgeschrieben. Das hat Riesenbusch mir eben gesteckt.«

»Schön«, sagte sie. »Aber dafür hab ich jetzt diesen Andreas Pilz an der Backe. Soll ich dir mal zeigen, was er mir vor einer Minute gesimst hat?«

»Nein danke.«

»Würdest du's dir bitte trotzdem ansehen?«

Sie hielt Gerold ihr Handy hin.

Hi, Ute! Immer noch so kurvenreich, du Gute? Smile at me! Wann sehen wir uns wieder? Bussi, Andi

»Ihr duzt euch?«

»Ja, leider. Und er hält sich für unwiderstehlich.«

»Schreib ihm doch einfach, daß er bei dir nicht landen kann.«

»Hab ich schon.«

»Dann schreib ihm, daß du dich mit Gonokokken infiziert hast.«

»Hab ich auch schon. Nützt nichts.«

»Dann mußt du einen Gerichtsbeschluß erwirken, der ihn auf Abstand hält.«

Die Fischerin zog eine Schnute. »Weißt du, wieviel Arbeit mich das kosten würde? Ich hab 'ne bessere Idee. Du unterziehst den Giftpilz einer Gefährderansprache …«

»Kurz mal mit den Ketten rasseln, meinst du?«

»Ja.«

»Um seine Willensentschließungsfreiheit in relevanter Weise einzuschränken?«

»Wie ich sehe, hast du beim Schulungskurs in Gefährderansprache gut aufgepaßt«, sagte Ute. »Zeig dieser Kanalratte, wo der Hammer hängt!«

Sie wurden von Kommissar Riesenbusch unterbrochen. »Die Polizeiinspektion Hildesheim hat gerade angerufen. Waldemar König weilt wieder unter den Lebenden. Hat den Kollegen dort gesagt, daß er den Fängen des Mörders entronnen sei, und jetzt liegt er mit leichten Verletzungen in einem Krankenhaus in Hildesheim. Fahren Sie bitte zusammen hin und finden Sie raus, ob an seiner Geschichte irgendwas stinkt.«

Der Beobachtungsposten, den Jochen Seifert in seinem Tarnzelt hinter einer wilden Brombeerhecke bezogen hatte, war günstig gelegen, denn von dort aus ließen sich die Einfahrt und die Eingangstür des Hauses in Stiekelkamperfehn bequem überwachen. Es bereitete Seifert kein großes Vergnügen, Stunde um Stunde den Blick auf ein Haus zu heften, in dem sich nichts tat, doch er wußte sich zu helfen. Er hatte sein Smartphone dabei und sah sich abwechselnd Pornos und Serien an. Dabei verliebte er sich in Alice Braga als energiegeladene, über Leichen gehende Drogenbaronin in *Queen of the South* und wurde ihr sofort wieder untreu, als ihm Vera Farmiga in *When They See Us* vor die Augen trat. Aber auch ihr gab er in seinem Versteck den Laufpaß, nachdem ihn die Schauspielerin Lola Glaudini von ihren Vorzügen überzeugt hatte. In diesen Dingen war er ein wenig flatterhaft. Er hatte auch schon mit Jodie Foster, Sharon Stone und Meg Ryan Schluß gemacht, um sich seiner jeweils neuesten Flamme widmen zu können.

Unterdessen ging das Leben in Stiekelkamperfehn seinen gewohnten Gang: Wohnzimmertapeten blichen aus, Küchengardinen vergilbten, Maiskolben wuchsen, Hauskatzen erbrachen halbverdaute Mäuse, Trecker und Omnibusse verkehrten, und niemand ahnte, daß mitten im Dorf ein Mann in einem Tarnzelt hinter einer Brombeerhecke einem mutmaßlichen Mörder auflauerte.

Und Schulz?

Geplagt von Zahnschmerzen, Mücken, Kohldampf, Durst, Magen-Darm-Beschwerden, Konzentrationsstörungen und Heimweh stiefelte er westlich von dem griechischen Dorf Aidonochori durch unwegsame Bergwälder nordwärts. Er hatte Hornschwielen an den Fersen und Nagelbettentzündungen an den Zehen. Augenärzten wären auch sein Liderzucken und die starke Rötung seiner linken Iris behandlungsbedürftig erschienen, aber auf seiner Wanderung begegnete er nicht einmal Allgemeinmedizinern, sondern immer nur Insekten und Reptilien, bis er unvermittelt einem Bären gegenüberstand.

Einem einohrigen Braunbären, genauer gesagt.

Eine Picosekunde lang durchfuhr Schulz die Erinnerung daran, wie Old Shatterhand sich in Karl Mays Roman »Winnetou I« mit Sam Hawkens über die gerechte Aufteilung eines Bärenbratens ausgetauscht hatte:

»Teilt, wie Ihr wollt«, antwortete ich. »Das Fleisch gehört allen.«
»Well, so will ich Euch etwas sagen. Das Beste sind die Tatzen; es gibt überhaupt nichts, was über Bärentatzen geht. Sie müssen

aber längere Zeit liegen, bis sie den gehörigen Hautgout bekom-
men haben. Am delikatesten sind sie, wenn sie schon von Wür-
mern durchbohrt sind. Aber so lange können wir nicht warten,
denn ich fürchte, daß die Apachen sehr bald kommen und uns
das Essen verderben werden. Darum wollen wir lieber beizeiten
dazutun und uns gleich heut schon über die Tatzen machen, da-
mit wir sie genossen haben, wenn wir von den Roten ausgelöscht
werden. Habt Ihr etwas dagegen, Sir?«

»Nein.«

»Well, so mag das schöne Werk beginnen; der Appetit ist da, wenn
ich mich nicht irre.«

Es mochte sein, daß allein sein nagender Hunger Schulz den
nutzlosen Gedanken an jenes Zwiegespräch eingegeben hatte.
Nach Lage der Dinge hatte er von den Tatzen des Bären, der ihm
hier in die Augen schaute, etwas ganz anderes zu erwarten als
einen Leckerbissen.

Aus Naturfilmen wußte er, daß es nicht ratsam war, einem Bären das Gefühl zu geben, er sei einem unsympathisch. Aber un-
terwürfig durfte man sich auch nicht verhalten. Am besten stellte
man sich tot.

Ich bin nur ein abgestorbener Olivenbaum, mein lieber Meister
Petz, und ich habe nie auch nur im Traum daran gedacht, deine
Tatzen zu essen, dachte er, als der 250 Kilogramm wiegende Bär
auf ihn zukam und ihn beschnüffelte.

»Vater unser, der du bist im Himmel, geheiligt werde dein
Name«, flüsterte Schulz, während sich die wäßrige Bärenschnauze
in seine rechte Achselhöhle schob. »Dein Reich komme. Dein
Wille geschehe, wie im Himmel also auch auf Erden ...«

Der Bär ließ von der Achselhöhle ab, fuhr seine Zunge aus
und schleckte Schulz von links unten nach rechts oben über das
Gesicht.

Mit der Zunge eines Braunbären hatte Schulz zuvor noch keinen Kontakt aufgenommen, aber nun wußte er, daß eine Braun-
bärenzunge pelziger war als ein Daunenkissen. Und er sprach wei-

ter das Vaterunser: »Unser täglich Brot gib uns heute, und vergib uns unsere Schuld, wie auch wir vergeben unsern Schuldigern ...«

Dem Bären war nicht klar, was er von diesem bibbernden Individuum halten sollte. War es Freund oder Feind?

»Und führe uns nicht in Versuchung«, betete Schulz, »sondern erlöse uns von dem Bösen ...«

Erst nachdem er eine Viertelstunde lang beleckt, berochen und betastet worden war, konnte Schulz aufatmen: Der Bär verlor das Interesse an ihm, ließ sich auf die Vorderpfoten hinab und ging behäbig seiner Wege.

»Denn dein ist das Reich und die Kraft und die Herrlichkeit«, sagte Schulz, während der Bär sich trollte. »In Ewigkeit. Amen.«

Die telefonische Gefährderansprache, die Gerold auf der Fahrt nach Hildesheim an Andreas Pilz richtete, war ausgesprochen unorthodox. Jedenfalls stand in keinem Fachbuch über polizeiliche Berufsethik der Rat, einen Gefährder als »Makrelengesicht« und »Toilettengeburt« anzusprechen oder ihm in Aussicht zu stellen, daß er im Falle einer Fortsetzung seines schlechten Betragens schon sehr bald erfahren werde, wie es sich anfühle, mit gebrochenen Fingern die eigenen Zähne aus einem Schweinetrog aufzulesen. Auch der Abschluß der Ansprache wich vom Standard ab: »Merk dir das, du Gulaschkocher!«

»Du kennst ja ziemlich schlimme Wörter«, sagte Ute, die am Steuer saß. »Gut, daß ich mit dir nicht verfeindet bin. Aber vielen Dank für die Schützenhilfe, mein Held!«

»Bedank dich lieber erst, wenn du weißt, daß die Drohung verfangen hat«, sagte Gerold und sah auf den Navigator. »Gleich kommt die Raststätte Wetterau. Da müssen wir tanken. Und jetzt darfst du dir anhören, was König bei seiner Vernehmung in Hildesheim ausgesagt hat. Bereit?«

»Bereit, wenn Sie es sind, Sergeant Pembry.«

Gerold öffnete die Akte auf seinem Schoß. »Also ... Er gibt an,

daß er am Mittwoch letzter Woche in seinem Haus in Schneverdingen gegen Mitternacht von einem Einbrecher überfallen und
niedergeschlagen worden sei. Dann will er im Kofferraum eines
fahrenden Autos wieder zu sich gekommen sein. Natürlich gefesselt.«

»Womit?«

»Äh … mit einer Art Wäscheleine, hat er gesagt. Nach etwa
einer Stunde habe er aufgrund der Geräusche und der Vibratio-
nen den Eindruck gehabt, daß der Wagen auf einen Waldweg ab-
gebogen sei. Dann will er wieder ohnmächtig geworden sein. ›Als
ich wieder zu mir kam‹, heißt es hier in seiner Aussage, ›stand
der Wagen still. Es gelang mir, die Fesseln an meinen Handgelenken mit den Zähnen aufzuknoten und mich auch von meinen
Fußfesseln zu befreien. Im Dunkeln fand ich einen Hebel, durch
den sich der Kofferraum von innen öffnen ließ. Ich stieg aus. Es
war tiefe Nacht. Der Fahrer war anscheinend fortgegangen. Wahrscheinlich hatte er nicht bedacht, daß sich der Kofferraum von innen öffnen ließ. Ich rannte weg. Irgendwann brach ich zusammen.
Was die folgende Zeitspanne angeht, ist mein Erinnerungsvermö-
gen getrübt. Ich weiß nur noch, daß ich tagelang durch den Wald
irrte, bis ich schließlich hinausfand. Über einen Feldweg erreichte
ich eine Siedlung. Dort klingelte ich an mehreren Häusern, aber
erst beim achten oder neunten kam jemand an die Tür. Es war ein
Ehepaar, dem ich berichtete, was mir widerfahren war. Diese in
der St.-Georg-Straße in Hildesheim-Itzum wohnhaften Eheleute
Immo und Luise Moorbach riefen die Polizei und gaben mir eine
Gemüsesuppe zu essen.‹ Zitat Ende.«

»Und ewig singen die Wälder«, sagte Ute. »Hat er sich das Au-
tokennzeichen gemerkt?«

»Laut König hatte das Auto kein Nummernschild.«

»Ach nein! Und welche Marke war's?«

»Hier steht, daß er sich da anfangs unsicher gewesen sei. Ein
roter Sportwagen, hat er gesagt. Die Kollegen haben ihm dann
Bilder vorgelegt, und er hat auf einen Ferrari 458 Spider getippt.«

»O mein Gott! Wurde die Homeland Security benachrichtigt?«
»Wie bitte?«

»Sorry«, sagte Ute. »In amerikanischen Krimiserien geben die Polypen ständig solche Sätze von sich, und ich wollte das halt auch mal tun ... Hoppla! Jetzt hab ich die Ausfahrt zur Raststätte verpaßt. Wann kommt die nächste?«

Auf dem Parkplatz des Hildesheimer Klinikums Helios trafen Ute und Gerold mit einer Stunde Verspätung ein, weil der Wagen zwei Kilometer vor der rettenden Raststätte Reinhardshain liegengeblieben war. Mit einem Benzinkanister in der Hand hatte Gerold zu Fuß zu der dortigen Tankstelle laufen müssen und wieder zurück. Sein Sinn für Humor war daher bis auf weiteres erschöpft, und das bekam Waldemar König sofort zu spüren, als er in seinem Krankenzimmer zu einem großen Lamento über die Fehler der Polizei und die skandalöse Unterschätzung der Gefahr für seine Person ausholen wollte. Gerold schnitt ihm das Wort ab und verlangte eine genaue Beschreibung der Selbstbefreiung aus dem Kofferraum.

»Das hab ich doch alles schon zu Protokoll gegeben!« rief König. Er hatte Pflaster an der Stirn, am rechten Ohr und auf dem linken Oberarm, schien aber sonst gesund zu sein. »Ich hab einen Hebel ertasten können. Dann ist die Kofferraumhaube aufgesprungen, und ich bin hinten ausgestiegen ...«

»Sie haben gesagt, daß das Fahrzeug ein Ferrari 458 Spider gewesen sei«, sagte Kommissarin Fischer. »Richtig?«

»Ja. Daran besteht überhaupt kein Zweifel. Ich hab diesen Wagentyp auf einem Foto wiedererkannt.«

»Und Sie sind hinten aus dem Kofferraum ausgestiegen?«

»Ja! Wie oft wollen Sie's denn noch von mir hören?«

»Beim Ferrari 458 Spider ist der Kofferraum nicht hinten, sondern vorn«, sagte Kommissarin Fischer.

»Und er hat ein Volumen von zweihundertdreißig Litern«, sagte

Kommissar Gerold. »Ich will Ihnen nicht zu nahe treten, aber ich glaube, daß Sie ein deutlich größeres Volumen haben.«

Königs Gesicht nahm einen geschmerzten Ausdruck an.

»Vor fünf Jahren hat Ferrari übrigens alle Modelle der Baureihe 458 zurückgerufen«, sagte Kommissarin Fischer. »Wollen Sie wissen, warum? Weil man die Kofferraumhaube von innen nicht öffnen konnte. Do you wanna change your bullshit story, Mister König?«

»Sie meint, daß Sie jetzt die Gelegenheit haben, uns die Wahrheit zu erzählen«, sagte Kommissar Gerold.

Nun ging in König etwas vor. Er hyperventilierte, und dann schrie er: »Raus hier! Alle beide! Schwester! Zu Hilfe! Man will mich umbringen!«

Ungefähr anderthalb Kilometer östlich von Molyvdoskepastos entdeckte Frank Schulz im Gebüsch am Ufer des Flusses Aoos ein unbewachtes Gummiboot mit einem Doppelpaddel. Ein Himmelsgeschenk. Schiff ahoi! dachte Schulz, schob das Boot ins Wasser, ging an Bord und legte ab.

Nun trennten ihn bloß noch wenige hundert Meter von der Grenze zu Albanien. Sie verlief quer über den Fluß. In diesem Bereich gab es keine Zollkontrolle, und Schulz hoffte inständig, daß hier keine Grenzsoldaten patrouillierten.

Die Strömung trug das Boot und seinen wettergegerbten Kapitän ganz von allein nach Norden. Tief beseligt sah er steuerbords und backbords die Vegetation dahinziehen. Schwarzföhren und Stieleichen. Oder was auch immer dort wachsen mochte. Er empfand keinen Abschiedsschmerz. Von Griechenland im allgemeinen und den griechischen Gefängnisaufsehern, Knastbrüdern und Braunbären im besonderen hatte er für sein Lebtag genug.

»Alle Mann an Deck!« rief er spaßeshalber. »Achterleine los! Holt die Großschot dicht! Ruder nach Lee! Klar zum Halsen! Seitliches Bugspriet verstagen! Toppsegel reffen, Gaffelnock loggen und den Klüver stauchen!«

Obwohl er äußerlich nur noch ein Schatten seiner selbst war, ging es ihm so gut wie lange nicht. Er überlegte, ob er sich nicht bis zur Mündung des Flusses weitertreiben lassen und dann auf der Adria nach Apulien übersetzen sollte. Wie weit mochte das sein? Zweihundert Seemeilen?

»Blow, boys, blow, for Californio«, sang er und griff zum Paddel, um die Knotenzahl zu steigern. »There's plenty of gold, so I am told, on the banks of Sacramento ...«

Dann zerbarst das linke Paddelblatt. Jemand hatte darauf geschossen. Vom griechischen Ufer aus, wie eine ballistische Untersuchung ergeben hätte.

Als Zivilist war Schulz es nicht gewohnt, unter Beschuß zu liegen. Er reagierte hochgradig unprofessionell und brachte das Boot durch sein Gezappel beinahe zum Kentern.

Nachdem ein zweiter Schuß auch das rechte Paddelblatt zerfetzt hatte, sprang Schulz über Bord und ging auf Tauchstation. Seine Gedanken waren ungeordnet. Numeriert und sortiert hätten sie mehr oder weniger folgendermaßen gelautet:

1) Da schießt jemand auf mich.
2) Ich kann nicht zurück in das Boot ...
3) ... denn da würde ich wie auf dem Präsentierteller sitzen.
4) Ich muß zum albanischen Flußufer schwimmen.
5) Seit wann wird an dieser Grenze scharf geschossen?
6) Mir ist kalt.
7) Ich muß Luft holen.
8) Wenn ich Luft hole, wird wieder auf mich geschossen.
9) Luft holen kann ich auch noch in Albanien.

Es kam Schulz zugute, daß er einmal DLRG-Rettungsschwimmer gewesen war. Mit energischen Armbewegungen und Grätschbeinschlägen arbeitete er sich unter Wasser zwischen einem Donaukaulbarsch und drei Steinbeißern hindurch auf das albanische Ufer zu, bis er festen Grund unter den Füßen spürte.

Und selbst hier, kaum daß er den Kopf aus dem Wasser gehoben hatte, wurde er noch beschossen. Er sah von Kugeln getroffenes Geröll aufspritzen und rannte die Böschung hinauf, klatschnaß und in Panik, und dann warf er sich hinter einen Findling und nahm die Embryonalhaltung ein.

You lucky fuck, dachte Gregorios Moraikis, der die Schüsse abgefeuert hatte. See you again in Albania!

Auf dem Beifahrersitz las Ute in Nils-Ole Feddersens Roman »Eiderstedter Blutsegen« und dachte: He frett seeker better, as he schrifft.

In den sturmzerzausten Küstendünen nördlich von Augustenkoog lag die Leiche der blutjungen Köchin des Fischrestaurants Neptun. Über ihren blickleeren Augen schluckten graue Wolken der Gattung Stratocumulus stratiformis translucidus das milde Licht der Sonne, die mit der diesem Himmelskörper wesenseigenen Unerschütterlichkeit über Gerechte und Ungerechte schien, und als der Regen einsetzte, war es so, als ob die Wolken weinten.

»Bei sowas«, sagte Ute, nachdem sie Gerold den Satz vorgelesen hatte, »muß ich immer an einen Ausspruch meines Vaters denken – 't is 'n hoogbeenten Tied, de Musen lopen op Stelten!«

Er bat um eine Übersetzung.

»Das heißt, daß wir in hochbeinigen Zeiten leben – die Mäuse laufen auf Stelzen.«

Schulz lugte an dem Findling vorbei nach Griechenland. Alles war ruhig – ein Postkartenidyll aus klarem Wasser, Laichplätzen, naturbelassenen Auen und florierendem Bewuchs. Es konnte natürlich sein, daß der irgendwo im Wald postierte Heckenschütze sich nicht vom Fleck gerührt hatte und nur auf seine zweite Chance wartete, aber dieses Risiko mußte Schulz eingehen, wenn er hier nicht verschimmeln wollte.

Er kroch die Böschung weiter hinauf und lief dann geduckt zum nächsten Verkehrsweg, der albanischen Nationalstraße SH80. Dort setzte er in leichtem Galopp seinen Weg nach Norden fort, immer noch besorgt wegen der Möglichkeit, daß von neuem das Feuer auf ihn eröffnet werden könnte.

Erst nach einem guten Kilometer blieb er mit rasselndem Atem stehen, beugte sich vor und stützte sich mit den Händen auf den Oberschenkeln ab. Seine Pumpe hämmerte drauflos wie der Feuergott Hephaistos beim Schmieden eines überfälligen neuen Donnerkeils für Zeus, und auch seine Schweißdrüsen leisteten Akkordarbeit. Für ein Jever hätte er jetzt mit Freuden sein letztes Hemd hingegeben, doch als Zahlungsmittel wäre dieses Hemd, das er am Leibe trug, nicht in Betracht gekommen. Aufrichtiges Kaufinteresse hätte es nur bei niederrangigen Bakterienstämmen wachgerufen.

Von hinten näherte sich ein Auto. Ein staubiger Volvo.

Schulz hielt den Daumen raus und hatte Glück: Der Fahrer stoppte.

»Hello«, sagte Schulz, nachdem er die Beifahrertür geöffnet hatte. »Do you drive somewhere near Tirana?«

»Tirana, yes, of course!« erwiderte der Fahrer. »Come in!«

Schulz stieg ein und jubelte innerlich.

»I'm Klodian«, sagte der Fahrer, als er wieder anfuhr.

»And I'm Frank«, sagte Schulz. »Please, tell me, Klodian – how near do you get to Tirana?«

Klodian lachte. »Near enough! You can trust me!«

Er war ein bärtiger und lockerer Mittdreißiger in Militärkluft. Vom Rückspiegel baumelte ein Michael-Jackson-Figürchen herab, und aus dem Autoradio meldeten sich Simon & Garfunkel:

Let the morning time drop all its petals on me
Life, I love you
All is groovy ...

Nein, noch ist nicht alles groovy, dachte Schulz. Aber ich bin raus aus Griechenland, ich hab den Kugelhagel überlebt, und in

Tirana sollte ich dann vielleicht doch zur deutschen Botschaft gehen …

Seine Stimmung stieg, als Klodian ihn zum Essen einlud: »A very good restaurant! You will zimply love it! It'z just ten miles ahead!«

Im Schulz' limbischem System löste diese Ankündigung ein wahres Nervengewitter aus, denn er hatte schon sehr lange keine feste Nahrung mehr zu sich genommen. Seit einem Besuch des Restaurants Balkan-Express im Hamburger Schanzenviertel stand er eigentlich auf Kriegsfuß mit der albanischen Küche, aber nach der entbehrungsreichen Zeit, die hinter ihm lag, hätte er selbst Salzlakenkäse, Peperonimus, saure Weißkohlblätter und kreuzkümmelgewürzte Rohwurstkringel mit Wonne in sich hineingeschlungen. Und er freute sich darüber, daß es auf Gottes Erden auch noch gute Menschen gab und nicht nur Brutalinskis.

»Here we are, my friend«, sagte Klodian, als er nach rechts auf einen Feldweg abbog, an dessen Ende ein verwitterter Ziegelbau stand. »Be my guest and have a nize meal! I wish you a good appetite!«

Er parkte vor dem Gebäude, stieg aus und sprach mit zwei Männern, die mit Maschinenpistolen bewaffnet waren.

Schulz schwante Übles. Er wäre gern davongelaufen, doch dafür war es zu spät. Die Pistoleros zwangen ihn zum Aussteigen und schickten ihn mit Tritten in den Bau hinein und über eine Falltreppe hinunter in ein Tiefgeschoß, in dem viele Menschen wieselhaft flink damit beschäftigt waren, weißes Pulver abzuwiegen und Präservative damit zu befüllen.

Holy shit! dachte Schulz. Wo bin ich hier?

Man stieß ihm einen Gewehrschaft ins Kreuz und trieb ihn weiter in einen Raum, in dem sich ein Waschbrett, ein altertümlicher Zuber, eine Handmangel, ein Wasseranschluß, ein großer Gully, eine britzelnde Neonröhre, eine Matratze und ein gewaltiger Haufen schmutziger Wäsche befanden. Und ein Karton Tandil Classic Color.

In diesem Kellerzimmer wurde Schulz befohlen, die Wäsche zu waschen, und damit er nicht auf dumme Gedanken kam, legte man ihm eine Fußschelle an und verkettete sie mit einem Rundhaken an der Wand.

Klodian packte Schulz am Kinn und schrie ihn an: »Now you will do ze fucking washing! Is zat clear?«

Schulz nickte.

»I can't hear you! Tell me! Is zat clear, you shithead?«

»Yes, it's clear«, sagte Schulz.

»Good! Becauze ozerwise I'm gonna smash your dirty head! And now go on and wash dem fucking clozes!«

In der Waschküche des albanischen Drogenlabors verfluchte Schulz den Tag seiner Geburt und machte sich ans Werk.

Zur gleichen Zeit teilten sich Kommissar Riesenbusch, Kommissar Gerold und Kommissarin Fischer in der Wiesbadener Vinothek Wingert eine Flasche Hattenheimer Riesling und tauschten Neuigkeiten aus.

»Königs Gebäudeversicherung ist an unserem Ermittlungsstand interessiert«, sagte Riesenbusch. »Deren Prüfer führen verständlicherweise ihre eigene Untersuchung durch und hegen ebenfalls den Verdacht, daß er den Brand selbst gelegt hat. Tja, und jetzt steht diesem Rindvieh ein Verfahren wegen Vortäuschung einer Straftat und versuchten Betrugs in einem besonders schweren Fall ins Haus.«

»Ins Nurdachhaus«, präzisierte Gerold. »Das es nicht mehr gibt.«

»Dafür kann er zu zehn Jahren Freiheitsstrafe verknackt werden«, sagte Ute. »Dann hätte er endlich den Polizeischutz, den er sich wünscht! Und vielleicht kriegt er im Gefängnis ja mal Besuch von seinen alten Freundinnen aus dem Soltauer Saunaclub Babylon ...«

Als Riesenbusch das hörte, bildete sich eine weitere Kummerfalte auf seiner Stirn, die auch vorher bereits einem verwinkelten Schützengrabensystem geähnelt hatte. Seufzend öffnete er seine Aktentasche, zog fünf Bücher heraus, legte sie auf den Tisch und sagte, daß es seit neuestem eine weitere Baustelle gebe. »Der Schriftsteller Albert Weißenböck aus Kitzbühel wird vermißt. Hier sind seine Krimis. Lesen Sie die bitte akribisch durch und unterstützen Sie die Kollegen in Österreich dabei, alle Tatorte zu überprüfen, die in diesen Romanen vorkommen. Vielleicht hat sich der Mörder auch hier wieder an einer literarischen Vorlage orientiert. Sie beide fliegen morgen vormittag nach Wien und werden dort von einem Exekutivbediensteten in Empfang genommen, der Sie zur Einsatzleitung bringen wird. Geben Sie Ihr Bestes. Und beißen Sie einfach die Zähne zusammen, wenn es bei den Schluchtenscheißern drunter und drüber geht. Im Vergleich mit der österreichischen Polizei nimmt sich leider jeder Fäulnisherd wie ein hochorganisierter Ameisenstaat aus. Auf Ihr Wohl!«

16

Der gebackene Fetakäse an Tomaten mit grünem Pfeffer, Salat und Steinofenbaguette, die Lammhüfte mit Walnußkruste auf Kartoffel-Wirsing-Rahm, die hausgemachte Pannacotta mit Erdbeeren und Himbeersirup sowie zweieinhalb Liter Dithmarscher Pilsener und vier Gläschen Aquavit im Restaurant Carpe Diem in der holsteinischen Kreisstadt Heide machten aus Nils-Ole Feddersen einen Menschen, der nur noch eines wollte: schlafen. Seine Lesung in der Stadtbücherei war ein voller Erfolg gewesen, seine Fans hatten hinterher reichlich Süßholz geraspelt, aber nun strebte er sein Komfort-Plus-Zimmer im Vier-Sterne-Hotel Nordica an.

Nachdem er gezahlt hatte, bat er die Kellnerin, ihm ein Taxi zu rufen, und bereits nach einer Minute war es da.

»Erlaum Sie, daß 'ch mich auf Rückbank hier hinnen langling ... 'ch meine, dßchmch hier auffer Bank 'nbßchn langlege?« fragte Feddersen den Chauffeur, und der erhob keine Einwände.

In der Horizontalen rekapitulierte Feddersen seine nächsten Lesungstermine. Morgen Itzehoe, übermorgen Neumünster, über- übermorgen Rendsburg ... alles schön und gut. Nur wieso lud man ihn nie zum Hamburger, zum Braunschweiger, zum Lüneburger oder zum Münchner Krimifestival ein? Oder zur Crime Cologne? Oder zum Theakston Old Peculier Crime Writing Festival in der englischen Stadt Harrogate? Selbst die Null Waldemar König hatte schon in Harrogate gelesen, und Königs Schundroman »Die zer- sägte Äbtissin« war sogar ins Dänische, ins Schwedische und ins Finnische übersetzt worden: »Den savet abbedisse«, »Den sågade abbedissan« und »Sahattu abbedissaksi« ... absolut lachhaft ... eine Schande war das ...

Aber dauerte diese Taxifahrt nicht viel zu lange?

Feddersen rappelte sich hoch. Er versuchte das Straßenbild zu fokussieren.

»Zeit für Ihre Medikamente«, sagte der Chauffeur, nahm die rechte Hand vom Lenkrad und stieß Feddersen eine Betäubungs- spritze in den Hals.

»Und wer garantiert mir, daß die ihr Geld auch wert ist?« fragte Andreas Pilz den pockennarbigen Deutschamerikaner namens Dexter, der neben ihm auf einer Bank im Kölner Grüngürtel saß und eine eingeschweißte Pille zu verkaufen hatte. Sie war gelb und fünf Millimeter dick, hatte einen Durchmesser von einem Zenti- meter, wog fünfhundert Milligramm und sollte zehntausend Euro kosten.

Dexter reichte Pilz die Kopie einer Geheimakte aus einem Labor der US-Army in der rheinland-pfälzischen Verbandsgemeinde Landstuhl. Im schwachen Lichtschein der Parklaterne neben der Bank studierte Pilz das Dokument, das die Durchschlagskraft jener Pille betraf. Sie hieß HEAS, eine Abkürzung für »Highly Efficient Affectional Substance«, und der Akte zufolge löste sie einen Liebeszauber aus, der den handelsüblichen Lockstoffen ungefähr so hoch überlegen war wie die Atombombe dem Faustkeil.

Die Bekanntschaft mit Dexter hatte Pilz im Darknet geschlossen, auf der Suche nach einem Stöffchen, mit dem sich das Herz der Kommissarin Fischer brechen ließ. Dexter hatte ihm HEAS angeboten, eine vor zwei Jahren von Biologen im US Department of Defence hergestellte Droge, die Auslandsspionen zu leichteren Sexualkontakten verhelfen sollte, und nun saßen die beiden Männer hier auf einer bemoosten Bank und verhandelten.

»Sie zerbeißen die Pille und haben dann fünfzehn Sekunden Zeit, der Person, die Sie erobern wollen, ins Gesicht zu atmen«, sagte Dexter und nahm die Kopien wieder an sich. »Wenn Ihnen das gelingt, ist sie Ihnen verfallen. Für immer.«

»Für immer? Das können Sie doch gar nicht wissen, wenn's die Pille erst seit zwei Jahren gibt.«

»Good point. Aber ich habe zwanzig Frauen und zwölf Männer gesehen, die das Zeug eingeatmet haben. Von denen hat niemand so ausgesehen, als ob er oder sie in diesem Leben noch irgendwas anderes vorgehabt hätte, als der jeweiligen Person zu Füßen zu liegen. Ein paar mußten wir sogar … na ja … einschläfern. Weil die Dosis zu hoch war.«

»Und was ist da drin?«

»Fragen Sie mich nicht. Oxytocin, Vasopressin, Adrenalin, Dopamin, Pheromone … und noch irgendwelche anderen Glücklichmacher, die der höchsten Geheimhaltungsstufe unterliegen.«

»Was ist mit Nebenwirkungen?«

»Pffft … nichts von Bedeutung. Kleine Hautunreinheiten, hab ich mir sagen lassen.«

Pilz zückte sein Portemonnaie, zählte Dexter die zehntausend Euro auf die Hand, deponierte die Pille in einem Lederfutteral, steckte es in die rechte Innentasche seines Jacketts und malte sich auf dem Heimweg das Eheleben mit seiner künftigen Frau aus, die ihm hörig wäre. Ute Pilz, geborene Fischer. Die Chemie zwischen ihm und ihr würde stimmen.

Am Anleger der Hallig Norderoog zielte der Entführer im Morgengrauen auf seinem Hausboot mit einer Pistole auf Nils-Ole Feddersen und gab ihm fünf Minuten Vorsprung. »Dann lasse ich die Wölfe frei. Zeit läuft.«

»Und wenn ich keinen Fuß auf diese Hallig setze?« fragte Feddersen.

»Dann werden die Wölfe gleich hier über Sie herfallen, und ich sehe mir das Spektakel von der Kombüse aus an.«

Das war keine leere Drohung. Auf dem Sonnendeck des Hausboots befand sich ein Käfig mit drei merklich mißgelaunten Wölfen, die am Gitter herumbissen.

»In fünf Minuten schaff ich's aber nie bis zu dem Pfahlhaus«, sagte Feddersen. »Geben Sie mir dreißig!«

»Die haben Sie dem Opfer in Ihrem Roman auch nicht gegeben.«

»Aber das ist doch nur Phantasie!«

»Ja, und die holt Sie jetzt ein. Sie haben noch vier Minuten und zwanzig Sekunden.«

»Sie sind ein Schwein! Wissen Sie das?«

»Ich weiß nur, daß das alles von Ihrer Zeit abgeht. Ihnen bleiben immer noch mehr als vier Minuten.«

»Wenn ich das hier überleben sollte«, sagte Feddersen und ballte die Hände zu Fäusten, »dann mach ich Sie fertig!«

»Yep. Und wenn meine Tante Räder hätte, wäre sie 'ne Formel-1-Legende.«

»Geben Sie mir wenigstens meine Schuhe zurück!«

»Das wäre unfair«, sagte der Entführer. »Schon vergessen? Gleiche Startbedingungen für alle. Noch drei Minuten und fünfundfünfzig Sekunden. Sputen Sie sich, wenn Ihnen Ihr Leben lieb ist …«

Feddersen fiel kein Kraftausdruck ein, der stark genug für seinen Haß auf diesen Menschen gewesen wäre, und deshalb sagte er nichts mehr, sondern lief los.

Er bedauerte nun, daß er nach seiner Lesung derartig gevöllert hatte. Selbst nach vierzehn Fastentagen wäre ein Sprint für einen Mann seiner Gewichtsklasse und seines Alters problematisch gewesen, und der Boden unter seinen bloßen Füßen war schlüpfrig und mit Muschelscherben und den Scheren toter Strandkrabben und Einsiedlerkrebse garniert. Erschwerend wirkte sich auch die durch Gefäßwändeverkalkung und Durchblutungsstörungen bedingte periphere arterielle Verschlußkrankheit in Feddersens Beinen aus. Er kam daher nur schleppend voran.

Sein Entführer ging in die Kombüse, zog die Glastür zu und trank ein Glas Tomatensaft, während Feddersen furchtsam nach hinten blickte und die Wölfe im Käfig vor Hunger heulten.

Auf die Sekunde genau zur versprochenen Zeit öffnete der Entführer per Fernbedienung das Gitter.

Die Wölfe stürmten heraus. Wohin es gehen sollte, wußten sie noch nicht. Sie veranstalteten einen wilden Tanz auf dem Sonnendeck, bis sie sahen, wie Feddersen sich an Land nach einem Ausrutscher wieder hochstemmte und weiterrannte.

Im Nu sprangen die Wölfe von Bord und setzten diesem zweibeinigen Nährstoffspeicher nach. Es schien sich um ein fettgewebereiches und relativ leicht erlegbares Beutetier zu handeln.

Der junge Vogelwart Jasper Lührs, der in seinem Wohnzimmer stand und das Schauspiel durch ein Fernglas verfolgte, hätte dem Gejagten gern geholfen. Aber wie?

Vom Balkon schoß Lührs eine Fallschirmsignalrakete auf die Wölfe ab, doch er traf weit daneben, und als sie sich auf ihr Opfer stürzten und ihre Zähne in sein Hinterhauptbein, seine Nackenmuskeln und die Eingeweideäste seiner Bauchaorta schlugen, trat er den Rückzug in sein Pfahlhaus an, verriegelte die Tür und wählte die Nummer der Husumer Wasserschutzpolizeistation.

In seinem albanischen Waschkeller hatte Frank Schulz inzwischen Gesellschaft bekommen: Ein weiterer deutscher Gefangener, ein hagerer Mittvierziger, war dort angekettet und dazu abkommandiert worden, die eingeweichte Schmutzwäsche mit einem Wäschestampfer zu bearbeiten, damit die Lauge besser einzog.

»Wie in Großmutters Zeiten«, sagte er. »Als ob die's nötig hätten, Strom zu sparen! Ich heiße übrigens Udo. Udo Wagenseil. Und du?«

»Frank Schulz.«

»Schon lange hier?«

»Erst seit gestern. Hab mir beim Trampen das falsche Auto ausgesucht.«

»Bei mir waren's die falschen Zechkumpane in Shëngjin. So'n kleiner Badeort im Norden von Albanien. Hab da an 'nem internationalen Beachvolleyballturnier teilgenommen, an einem Abend zu lange in 'ner Bar abgehangen und mich von zwei Fremden zum Raki einladen lassen. Und dann haben sie mich schanghait. Ist jetzt drei Jahre her.«

»Drei Jahre!« rief Schulz. »Ich glaub, mein Ohrloch jungt! Kann man hier nicht ausbrechen?«

Wagenseil steckte ihm ein Licht auf: Die Arbeit in diesem Drogenlabor sei kein Ferienjob. Es handele sich um eine Festanstellung auf Lebenszeit. Ohne Urlaub, ohne Weihnachtsgeld und ohne Rentenansprüche. Und Fluchtversuche seien zwecklos und sehr schlecht für die Gesundheit. »Letzten Winter hab ich gesehen, wie es vier Slowenen ergangen ist, die türmen wollten. Denen haben sie bei lebendigem – «

»Reicht!« sagte Schulz und wrang ein graues Sweatshirt aus. Eines von mindestens vierhundert, die man ihm frühmorgens vor die Füße geschmissen hatte.

Drei Jahre werde ich hier ganz bestimmt nicht verhocken, dachte er. Bei der erstbesten Gelegenheit mach ich die Biege! So wie Steve McQueen und James Garner in »Gesprengte Ketten« oder McQueen und Dustin Hoffman in »Papillon« oder Arnold

Schwarzenegger und Sylvester Stallone in »Escape Plan« oder ... welche Ausbrecherfilme gab es denn sonst noch? Ach, natürlich, »Flucht von Alcatraz« mit Clint Eastwood! Und »The Rock« mit Sean Connery! Diesen Vorbildern wollte Schulz nacheifern.

Als Wagenseil berichtete, daß er vor seiner Versetzung in die Waschküche drei Jahre lang die Latrinen geschrubbt habe, und zwar täglich achtzehn Stunden, wuchs in Schulz die Kraft zur Rebellion. Er würde einen Fluchtplan austüfteln und ihn mit eiserner Entschlossenheit verfolgen. Doch wo beginnen?

Vielleicht ließ sich ja das Gullygitter herausziehen und als Waffe verwenden, dachte er. Wenn ich eine neue Dreckwäschelieferung kriege, ziehe ich dem Wärter eins über, nehme ihm seine Maschinenpistole ab und schieße mir den Weg nach draußen frei. Aber vorher muß ich die Kette loswerden ...

Von draußen drangen laute Rufe herein. »Bosi po vjen!« oder so ähnlich. »Bosi po vjen!«

Ein hektisches Herumgerenne war zu hören. Dann wurde die Waschkellertür aufgerissen, und einer der Kerkermeister brüllte Schulz und Wagenseil an: »Stand up! Bosi po vjen! Stand up! Up, up, up!«

Sie gehorchten und standen auf, und der Schreihals rannte wieder weg.

Wagenseil sagte, daß das alle paar Wochen mal vorkomme. »Der Kartellboß ist im Anmarsch. Ramazan Pepaj. Kein besonders freundlicher Zeitgenosse. Dann laufen sie hier immer wie die aufgescheuchten Hühner rum und verlangen, daß alle aufstehen.«

»Und was will der hier?« fragte Schulz.

»Nach dem Rechten schauen, Verräter persönlich erschießen und sich neues Hauspersonal aussuchen. Er braucht ziemlich viel Nachschub, weil ihm der Zeigefinger so lose am Abzug sitzt.«

Schulz kribbelte es in den Händen.

»Meistens nimmt er zehn bis fünfzehn Männer mit«, sagte Wagenseil, »und ich weiß aus sicherer Quelle, daß sie mehrheitlich als Eunuchen in Pepajs Harem enden ...«

Ach du dicker Vater, dachte Schulz, und da schritten Pepaj und seine Leibgarde auch schon herein.

In einer Schönheitskonkurrenz mit Godzilla und dem Werwolf von Washington hätte Pepaj nicht gut abgeschnitten. Seine mehrfach gebrochene Kartoffelnase, sechzehn miserabel vernähte Stichwunden in seinem Gesicht und eine nässende, zehn Zentimeter lange Halsnarbe zeugten von den Widerständen, denen er während seines beruflichen Aufstiegs begegnet war. Ein bläuliches Muttermal von der Größe Kanadas entstellte seine Stirn, in den Falten seines Doppelkinns hatten sich Dermatophyten eingenistet, und im Zuge eines Revierkampfs mit bulgarischen Heroinhändlern waren ihm sein linkes Ohr und sein rechtes Auge abhanden gekommen. Und sein Blick aus dem linken war so kalt wie gefrorene Kotze.

An Wagenseil ging Pepaj achtlos vorüber, aber vor Schulz blieb er stehen und sah ihm in die Augen.

Stillhalten, sagte sich Schulz. Jetzt bloß keinen Mucks machen!

»Open your mouth«, befahl Pepaj, und Schulz öffnete den Mund.

Mit den Fingern seiner lederbehandschuhten rechten Hand fuhr Pepaj Schulz über die Mundschleimhaut hinter der Unterlippe und schnippte die unteren Schneidezahnhälse an.

Das tust du jetzt noch zwei Sekunden lang, und dann beiß ich dir die Finger ab, du Höllenhund, dachte Schulz. Bin ich hier auf dem Pferdemarkt oder was?

»Mostra pa vlerë«, sagte Pepaj zu seinen Gardisten und verließ mit ihnen den Waschkeller.

Die Tür wurde zugeknallt.

»Das war knapp«, sagte Wagenseil.

»Was hat dieser menschliche Scheißhaufen denn gesagt?« fragte Schulz. »Hast du das verstanden?«

»Er hat gesagt, daß du ein Muster ohne Wert bist. Sei bloß froh! Sonst wären dir sofort die Eier abgesäbelt worden.«

Auf dem Flug nach Wien las Gerold den Roman »Der Schlächter aus Vorarlberg« und Ute den Roman »Der Kannibale aus Tirol«. Weißenböcks andere Thriller hatten sie bereits hinter sich.

»Darf ich dir mal was vorlesen?« fragte Ute.

»Ich kann's kaum erwarten …«

»Paß auf: ›Der Mörder lud alle seine Nachbarn zu einem Grillfest ein und zerteilte dann in der Badewanne die Leiche des Toten.‹«

»Die Leiche des Toten?«

»Ja, so steht's hier. Die Leiche des Toten.«

»Hat der Tote da denn noch 'ne andere Leiche dabei?«

»Nein.«

»Is' ja 'n echter Crack, dieser Weißenböck. Aber immerhin hat er nur ›die Leiche des Toten‹ geschrieben und nicht ›die Gebeine der sterblichen Überreste der Leiche des Toten‹ …«

»Und worum geht's bei dir?«

In »Der Schlächter aus Vorarlberg«, sagte Gerold, fröne der Täter dem Hobby, seinen Opfern den Riechkolben zu amputieren. »Aus Rache, weil er als Kind an Nasenkrebs erkrankt war.«

»Und was macht er mit den amputierten Nasen?«

»Die verkauft er an einen Kannibalen.«

»Etwa an den Arzthelfer Lukas Patrick Baumgartner, der in einer Schönheitsklinik in Innsbruck arbeitet und in meinem Buch hier ständig Leichenteile grillt?«

»Ja, an eben den. Und der revanchiert sich, indem er den Schlächter aus Vorarlberg mit den Kontaktdaten von Patienten mit Höckernase versorgt. Damit sich's auch lohnt, wenn er die Knochensäge ansetzt.«

»Dann sollte ich wohl besser auf der Hut sein vor dem Schlächter aus Vorarlberg«, sagte Ute und faßte sich an die Nase.

Gerold hatte es nicht gern, wenn Ute Kritisches über ihr Äußeres anklingen ließ. Er küßte sie auf die Nasenspitze und sagte: »Frau Königin, Ihr seid die Schönste im Land. Und jetzt laß uns weiterlesen. In zwanzig Minuten beginnt schon der Landeanflug …«

Wie Ute zur Kenntnis nahm, wurden die Bestandteile der Leiche des Toten in dem Roman »Der Kannibale aus Tirol« von allen Grillfestgästen gepriesen:

Es mundete ihnen vortrefflich. Kommerzialrat Maximilian Malatschnigg hob lobend die Rippchen und die gerösteten Nierchen mit gehacktem Hirn hervor, während die Kammerschauspielerin Johanna Schacherl vor allem die zur Selbstbedienung bereitgestellten Leberknödel und die Lungenwurst besang.

Baumgartner lachte insgeheim in sich hinein. »Als Nachspeise werde ich Stachelbeerkaviar mit Schinken aus der Unterschale servieren, wenn es den Herrschaften recht ist«, sagte er und entschuldigte sich für einen kurzen Moment, denn er wollte nachsehen, ob die zwei feschen Madln aus Kufstein, die er in seinem Keller an den Haxn aufgehängt hatte, schon zur Gänze ausgeblutet waren …

Und noch dreihundert Seiten bis zum Ende!

Generalmajor Ferdinand Pfentner von der österreichischen Bundespolizei verschmauste in seinem Büro gerade ein Backhendl, als Kommissar Gerold und Kommissarin Fischer eintraten, und er bat um Verzeihung für seine fettigen Hände. »Der Hunger treibt's rein, vastöhn S'?« erklärte er mit vollem Mund, leckte sich die Finger der rechten Hand ab und streckte sie aus. »Pfentner! Habe die Ehre! Nöhmen S' doch Platz!«

Dann schlug er seine Zähne in die Brust des Hähnchens, das auf einem Plastikteller vor ihm lag.

Gerold Gerold und die Fischerin setzten sich zögerlich auf das Gestühl vor dem Schreibtisch des Generalmajors, dessen Kinn so grell von schierem Hühnerfett glänzte, daß sie sich fast darin spiegeln konnten.

»Aus den Akten geht hervor, daß Sie Albert Weißenböcks Anwesen in Kitzbühel durchsucht haben«, sagte Gerold. »Glauben Sie, daß er aus seinem eigenen Haus entführt worden ist?«

»Dös konn i ned sogn«, sagte Pfentner und brach dem Hähnchen einen Flügel aus. »Vielleicht, vielleicht auch ned! Woher soll i dös wissen?«

Es war nicht erbaulich, den Generalmajor das Flügelfleisch in sich hineinlutschen zu sehen. Ute blickte lieber woandershin. An der Pinnwand hinter Pfentners weitgehend gelichtetem und nur von Fadenpilzen neubeflortem Haupt hing ein Zeitungsausriß:

Himmeltraktor der Flugrettung gstoin

»Wann war das?«

»Wonn woar wos?« fragte Pfentner.

»Wann ist dieser Rettungshubschrauber gestohlen worden?«

»Ah, dös«, sagte Pfentner. Das sei schon paar Tage her. »Wüso frogn S'?«

»Weil eines der Mordopfer in Weißenböcks Romanen aus einem Hubschrauber über dem Großglockner abgeworfen wird. Darum! Also kommen Sie in die Hufe! Schicken Sie eine Bergungsmannschaft los!«

In tiefer Nacht, als kein Hahn mehr nach ihm krähte, griff Schulz in das Gitter des Gullydeckels, um ihn anzuheben, und erlebte eine große Überraschung, als er aus dem Gully eine Stimme vernahm: »Let's do this together!«

Es gibt zwei Gruppen von Menschen: Die einen reagieren mit Gleichmut, wenn sie urplötzlich aus der Kanalisation angesprochen werden, und die anderen reagieren nicht mit Gleichmut. Schulz gehörte unverkennbar zu der zweiten Kategorie. Er verjagte sich fürchterlich und war einem Herzkasper nahe.

»Come on!« rief die Stimme. »You pull, and I press!«

Nachdem er sich einigermaßen gefaßt und die Sprache wiedergefunden hatte, fragte Schulz: »Wer sind Sie? Ich meine, who are you?«

»A friend!«

»Und was machen Sie – and what are you doing down there?«

»What the fuck do you think I'm doing? Selling bananas? I'm here to save your life! Hurry up! Let's take this gully cover away!«

Zeit zum Handeln, dachte Schulz. Wenn das mein Fahrschein in die Freiheit ist, hat dieser Kanalarbeiter meine volle Unterstützung verdient …

Mit vereinten Kräften, drückend und zerrend, lösten sie den schweren Deckel aus der Einfassung und schoben ihn zur Seite. Dann kletterte der fremde Mann aus dem Gully, stellte sich als Gregorios Moraikis vor, setzte seinen Tornister ab, nahm eine batteriebetriebene Multifunktionssäge heraus und schnitt in Windeseile die Fußschelle durch, ohne Schulz zu verletzen.

»Now let's get out of here«, sagte Moraikis, packte die Säge wieder ein und zog eine Taschenlampe aus dem Tornister. »Follow me!«

Für normalgewichtige Erwachsene war das Abflußrohr gerade breit genug. Es hatte glitschige Trittsprossen, und je weiter Schulz hinabstieg, desto dichter und bösartiger umwölkte ihn das Miasma aus dem Kloakenlabyrinth unter dem Drogenlabor.

Nach sechs oder sieben Metern erreichte er den feuchten Grund.

»This way«, sagte Moraikis und leuchtete nach links. »Quick!«

Schaudernd folgte Schulz ihm durch eine schlierige, fußknöchelhohe Suppe aus Spülicht, Fäkalien, Harnsäure und Sickersäften. Die beiden Männer wateten voran, so schnell sie konnten – in gebückter Haltung, denn der Durchmesser des Kanalrohrs betrug nur neunzig Zentimeter –, und sie wurden dabei von Wasserratten, Froschlurchen und anderen nachtaktiven Tieren wißbegierig beäugt.

Zehn Minuten lang hielt Schulz durch. Dann mußte er die Flucht wegen seiner quälenden Kreuzschmerzen gezwungenermaßen auf allen vieren fortsetzen. Es kam ihn hart an, die Hände in den dünnflüssigen Brei zu tunken, doch was half's?

Die Gedanken an das Gewürm und den Gallert unter seinen Handflächen und Kniescheiben sowie an die Keime, die er inhalierte, versuchte Schulz auszublenden. Er watschelte mit dem Mut der Verzweiflung hinter Moraikis her und dachte an schönere Dinge: an einen lauschigen Abend mit Kaminfeuer, Mandolinenklängen, gehauchten Koseworten, zärtlichem Lippengeknusper, einem Glas Spätburgunder und einem warmen Fußbad mit Zypressenöl, Spitzwegerich, Kristallsalz und Eichenkraut …

Als Moraikis und Schulz einen Abwasserschacht unterquerten, wurden über ihnen Stimmen laut, und der Strahl einer Lampe mit 18 000 Lumen Lichtstärke fiel herab.

Schreie gellten. Hunde bellten. Dann wurde eine Maschinenpistolensalve abgegeben, und im Kanalrohr flogen Schulz die Kugeln um die Ohren.

»They're coming!« rief Moraikis. »Move!«

Selbst in seinen kühnsten Phantasien hätte Schulz es nicht gewagt, sich die Leistung auszumalen, zu der ihn diese Schüsse ermunterten. Die Kreuzbeschwerden fielen von ihm ab, als hätten sie nie existiert, seine Beinmuskulatur verjüngte sich um vierzig Jahre, und er zischte pfeilgeschwind dahin. Ja, er brach sogar den Alte-Herren-Weltrekord im 50-Meter-Lauf und überholte Moraikis in dem engen Rohr, und das mit vorgebeugtem Oberkörper, während sich von hinten die Verfolger näherten. Patschend, brüllend, schießend.

»Stop!« rief Moraikis und richtete seine Taschenlampe auf eine Steigleiter. »Here we have to step upwards! Go, go, go!«

Schulz erklomm die Leiter mit der Behendigkeit eines Krallenaffen und sprang oben aus der Röhre auf die Füße.

Erde. Sterne. Eine Straße. Und nun?

Moraikis hechtete hinterher, rannte um Schulz herum zu einem im Graben versteckten Motorrad, richtete es auf, startete es und rief: »Get onto the bike! And do it fast!«

Von unten aus der Röhre wurde geschossen, und aus dem Geschrei der Verfolger hörte Schulz, während er den Soziussitz zwischen die Beine nahm und sich an Moraikis klammerte, Klodians Stimme heraus: »Vrasin ata! Kill them!«

In nur 3,5 Sekunden beschleunigte Moraikis das Motorrad von

null auf hundert Stundenkilometer, und die nachgesandten Projektile mähten nur Unkraut am Straßenrand um.

Mein Retter! dachte Schulz und umfing Moraikis noch fester. Dich hat mir der Himmel geschickt!

17

Jochen Seifert wurde es allmählich fad in seinem Zelt in Stiekelkamperfehn. Das Detektivspielen möpselte irgendwie nicht, wenn es ausschließlich darin bestand, daß man ein menschenleeres Haus angaffte und sich die Beine massierte, damit sie nicht einschliefen. Und außerdem ging der Proviant zur Neige.

Infolgedessen trat Seifert in Aktion. Er schlich zum Haus, hob unterwegs einen mittelgroßen Stein auf und stieß damit eines der Kellerfenster ein. Dann griff er durch das Loch zum Hebel.

Mein erster Einbruch, dachte Seifert, als er sich durch die Öffnung zwängte. Und die Polizei wird mir vielleicht noch dankbar dafür sein ...

Das Gerümpel, das sich hier unten angestaut hatte, war das gleiche wie in Millionen anderen Kellern: Wäscheständer, Plastikeimer, Spraydosen, Bierkisten ... Skistöcke, Drahtrollen und Spanplatten ... kaputte Stühle, ausrangierte Festplatten ... Kartons mit ausgelatschten Schuhen ...

Außergewöhnlich gut gepflegt und imponierend reich bestückt war hingegen die große Werkstatt neben dem Heizungskeller. Welcher Privatmann besaß schon einen Preßlufthammer, zwanzig Erlenmeyerkolben, einen Funkscanner oder ein Digitalmikroskop? Seifert staunte. Viele der Werkzeuge hätte er überhaupt nicht beim Namen nennen können, denn er kannte keine Abflammgeräte, Zwackeisen, Großviehspalter, Rippenzieher, Ligaturklemmen, Schabeglocken und Ausbeinmesser. Geschweige denn Linsenexpressoren, Hirnspatel und Fistelhaken.

Er fragte sich, an was hier eigentlich so eifrig gebastelt wurde. Und ob sich die Erklärung dafür in den oberen Stockwerken finden ließ.

Keine Frau im Haus, kombinierte er, als er den Staub auf den Kellertreppenstufen erblickte.

Nur Kriminellen und Spionen ist das Hochgefühl bekannt, das sich einstellt, wenn man unbemerkt in eine Wohnung eingebrochen ist. Es heißt, daß sich der Serotoninspiegel des Blutes unter anderem durch die Einnahme von Vitamin D, Kurkuma, Safran und Omega-3-Fettsäuren erhöhen lasse, aber Einbrüche sind weitaus effektiver.

Leise pfeifend streifte Seifert durch die Räume und sah sich nach Indizien für die Verbrecherlaufbahn des Bewohners um. Doch es war alles stinknormal: Möbel und Hängeleuchten von Ikea, im Wohnzimmer der vorschriftsmäßige Flachbildfernseher und eine Couchgarnitur der unteren Mittelklasse, die Kücheneinrichtung 08/15, im Schlafzimmer das Boxspringbett Mjölvik und der Kleiderschrank Kvikne, in der Abstellkammer ein Putzmittelregal mit leichter Schlagseite und im Badezimmer der erwartbare Schamott von Rossmann und Budnikowsky.

»Und wo ist dein Büro, du Schweinebacke?« fragte Seifert.

Erst bei seinem dritten Erkundungsgang fiel ihm auf dem Boden der Kellerwerkstatt ein unpassender kurzer Lammfellteppich auf. Seifert hob ihn an und kam in den Genuß einer ähnlichen Freudenglut, wie sie der Ägyptologe Howard Carter 1922 bei der Entdeckung der Grabstätte des Königs Tut-ench-Amun empfunden haben mußte: Unter dem Teppich war eine Falltür verborgen.

Sie hatte einen kleinen Ring zum Anheben, und sie war unverschlossen.

Seifert klappte sie auf. Eine steile Stiege führte nach unten ins Dunkle.

Jetzt wäre selbst Miss Marple stolz auf mich, dachte er und suchte mit klopfendem Herzen die Regale und die Schubladen in der Werkstatt nach einer Taschenlampe ab.

Ohne Erfolg. Aber in der Küche fand er eine Kerze und ein Feuerzeug, und er nahm auch ein Fleischermesser mit. Als Filmfreund hatte er schon oft mit Grausen zugesehen, wenn eine unzureichend bewaffnete Person mit einer brennenden Kerze in gefahrenvolle unterirdische Gefilde geschritten war, und er hatte jedesmal gedacht: Tu's nicht!

Die Holzleiter unter der Falltür war nicht lang. Nach zwei Metern langte Seifert unten an. Er hielt die Kerze in der rechten Hand am ausgestreckten Arm und pirschte sich voran.

Was er im matten Kerzenschein erkannte, waren Bücherrücken. Viele Bücherrücken.

»Killerheide«, las er, »Die Blutmühle von Barum«, »Exitus auf Pellworm«, »Die zersägte Äbtissin«, »Blutiger Westerwald«, »Die toten Augen von Bad Belzig« und immer so weiter. Hunderte, wenn nicht Tausende dieser Krimis wurden hier gehortet. Und die Fluchten der Regale nahmen gar kein Ende. Wie in einem Kaninchenbau zweigte ein Gang vom anderen ab, und überall leuchteten die knalligsten Kriminalromantitel auf: »Der Schlitzer aus Salzburg«, »Ostfriesisches Blutgericht«, »Sachsenblut«, »Hessengemetzel«, »Schwabenschlachtung«, »Schwarzer Tod in Zwönitz« ...

Dann stand Seifert vor einer Korkwand mit angepinnten Zeitungsartikeln und überflog die Schlagzeilen:

Krimi-Autor Weindl von Schlange getötet

Mörderische Kampfhund-Attacke: Steckt der Serienkiller dahinter?

So qualvoll starb Benno Druschke

Ganz Hiddensee weint über Mühlenhoffs Tod

Darunter war mit einer Stecknadel Gerwald Mühlenhoffs blutbefleckter Führerschein aufgespießt.

Seifert hatte genug gesehen. Er lief zurück, um die Polizei anzurufen, aber mitten auf der Falltürleiter wurde er gestoppt.

»Hallo, Jochen«, sagte Pit, der über der Luke stand und einen Baseballschläger schwang. »So trifft man sich wieder!«

Zu seiner Verwunderung wurde Frank Schulz nach einer drei-ßig Kilometer langen Motorradfahrt von seinem Lebensretter in einem Waldstück weit abseits der Straße verdroschen und an eine Hopfenbuche gefesselt.

Die Rettungsmission sei hiermit abgeschlossen, sagte Moraikis und zog aus einer Filzscheide an seinem Gürtel einen Hirschfän-ger heraus. »Now you're mine. You understand?«

Was hätte Schulz darauf antworten sollen? Er hielt still und richtete seinen Blick auf die Messerklinge.

Moraikis hatte keine großen Operationen vor. Er wollte Schulz nur die Achillessehnen kappen und die Zunge abschneiden, damit er sich leichter nach Griechenland transportieren ließ und sich unterwegs nicht verplapperte. »Be a good boy, Frank. Open your mouth!«

Nicht schon wieder, dachte Schulz und preßte die Lippen auf-einander.

Moraikis wiederholte den Befehl, aber diesmal mit 90 Phon und begleitet von Vokabeln, die so ungebräuchlich waren, daß sie nicht einmal in Englisch-Leistungskursen gelehrt wurden: »You plonker! You pisswizard! Open your mouth, you rotten asscracker, or I'll fuck the shit outta ya bloody cocknose!«

Aber Schulz hatte auf stur geschaltet.

Dieser Verweigerungshaltung hätte Moraikis mit seinem Elek-troschocker ein jähes Ende bereiten können, doch die Eingriffe, die ihm vorschwebten, führte er lieber an Personen durch, die bei vollem Bewußtsein waren. So hatten alle Beteiligten mehr von der Sache. Wenn schon, denn schon!

Für Schulz wiederum kam Nachgiebigkeit hier nicht in Frage. Eigentlich war er ein Mensch, mit dem man über alles reden konnte, aber es gab Grenzen. Er spannte sämtliche Muskeln an, weil er hoffte, die Fesseln dadurch lockern zu können. Dann be-merkte er, daß hinter Moraikis ein alter Bekannter zwischen zwei Büschen hervortrat: der einohrige Braunbär, dessen Revier sich offenkundig auch auf das albanische Hoheitsgebiet erstreckte.

Und der Bär schien nicht in Feierlaune zu sein. Vielleicht hatte er gerade von einem Haschee aus Wühlmäusen, Forellenfleisch und Rebhühnern geträumt und war dann von dem Gebrüll aus dem Schlaf gerissen worden. Über die Physiognomie von Bären wußte Schulz nur wenig, und dennoch verrieten ihm der unfreundliche Augenausdruck und das Mahlen des Unterkiefers, daß sich dieses Exemplar auf dem Kriegspfad befand.

»For the last time«, rief Moraikis, »open your yap!«

Schulz unterdrückte den Impuls, ihn vor dem dritten Partygast zu warnen. Unter anderen Umständen wäre das für einen Gentleman eine Selbstverständlichkeit gewesen. Aber so?

Moraikis holte mit dem Messer aus. Als er den Arm vorschnellen ließ, um es Schulz in die Wange zu stechen und auf diesem Wege eine aussichtsreichere Verhandlungsbasis herzustellen, ging der Bär zum Angriff über. Er stürzte sich auf Moraikis, biß ihm knackend ins Genick, begrub ihn unter sich und zerlegte ihn so engagiert in seine Einzelteile, daß er sich auch nach einer mehrmonatigen rekonstruktiven chirurgischen Behandlung selbst nicht mehr wiedererkannt hätte.

Schulz standen die Haare zu Berge. Das Messer war zwei Zentimeter links neben seinem Kinn in der Baumrinde steckengeblieben. Er schloß die Augen und hörte den Bären grunzen und schmatzen.

Bleibe im Lande und nähre dich redlich: An diesen Leitspruch wollte Schulz sich bis ans Ende seiner Tage halten. Wozu überhaupt noch das Haus verlassen? Gab es nicht Lieferdienste für alle Dinge des täglichen Bedarfs?

Als er die Augen wieder auftat, sah er die blutige Bärenschnauze unmittelbar vor sich und aus dem linken Augenwinkel den Hackepeter, der von Moraikis übriggeblieben war.

Der Bär fuhr Schulz mit der Nase über das Schlüsselbein und die Brust und nestelte ihm mit der rechten Vordertatze längere Zeit am Hosenlatz herum. Dann stellte er sich laut grollend auf die Hinterbeine und riß den Rachen so weit auf, daß Schulz tief in das

Maul hineinschauen konnte. Es war alles beisammen, was man dort mit Fug und Recht erwarten durfte: die grobporige, wulstige und Schulz bereits vertraute Zunge, ein Gaumensegel von ledriger Beschaffenheit und 42 Zähne, unter denen die vier überlangen, geschliffen scharfen und nadelspitz zulaufenden Fangzähne den größten Schauwert boten.

Auch das Aroma, das dem Bärenschlund entstieg, war nicht von schlechten Eltern – ein würziges Bukett aus Schwefel, Verdauungsgasen, Gallensäuremolekülen und anderen, nicht näher bestimmbaren Komponenten aus der Welt der anorganischen Chemie. In Gedanken verweilte Schulz jetzt allerdings vornehmlich bei der Frage, ob der Bär nach seinem Hauptgericht noch ein Dessert begehrte oder nicht.

In der Buchenkrone zwitscherte ein Rotkopfwürger.

Der Bär horchte auf, leckte sich über die Lippen, gähnte herzzerreißend, schlackerte sich das Blut aus dem Fell, drehte brummend bei und zottelte davon, um anderwärts weiteren Bärengeschäften nachzugehen.

Erst eine ganze Minute später fiel Schulz auf, daß er seit langem nicht mehr geatmet hatte.

Kommissarin Fischer rief Kommissar Riesenbusch an und berichtete ihm von einem kleinen Zwischenerfolg: »Der Suchtrupp hat heute in aller Herrgottsfrühe Weißenböcks Leiche gefunden. Hoch oben auf dem Großglockner.«

»Gute Arbeit«, sagte Riesenbusch. »Ohne Ihre Kombinationsgabe hätte die da vielleicht noch bis Weihnachten rumgelegen. Sprechen Sie weiter.«

»Weißenböck muß aus sehr großer Höhe abgeworfen worden sein. Beim Aufprall hat sein Körper das eiserne Gipfelkreuz umgerissen, und das ist immerhin drei Meter hoch und wiegt dreihundert Kilogramm …«

Riesenbusch massierte sich die linke Augenbraue, die einem

stoppeligen Flöz aus dem Braunkohlebergbau glich. Es sei doch nicht zu fassen, sagte er. »Das bedeutet also, daß der Täter nicht nur in der Lage ist, einen Eisenkorb mit einem Toten nachts an einem Kirchenturm aufzuhängen und eine Glasflasche ringsherum um einen Menschenkopf zu blasen, sondern daß er auch noch einen Helikopter fliegen kann! Ist dieser Mann denn ein Universalgenie?«

»Nicht ganz. Er hat eine Trittspur auf Weißenböcks Hosenboden hinterlassen. Wir haben einen Teil des Sohlenprofils.«

»Sehr gut. Und sonst?«

»Nicht viel. Es hatten sich schon ein paar Steinadler und Gänsegeier über die Leiche hergemacht, und die Spitzenkönner in der Kriminaltechnischen Untersuchungsstelle Wien haben Weißenböcks Schädel verschlampt.«

»Bitte wie?«

»Der sei zwar eingeliefert worden, zusammen mit den anderen Teilen der Leiche, aber er sei leider nicht mehr auffindbar, hat man uns vorhin gesagt.«

Kommissar Riesenbuschs Gesicht rötete sich.

»Sie wollen weiter danach suchen«, sagte Kommissarin Fischer. »Aber darauf würde ich nicht bauen. Neulich sollen hier sogar drei komplette Leichen von erschossenen Bandenkriegern slowenischer Abstammung versehentlich eingeäschert worden sein, bevor sie obduziert werden konnten. So hab ich's jedenfalls in der Cafeteria gehört.«

Lautlos, aber kraftvoll malmte Riesenbusch mit den Zähnen. Er hatte noch nie sehr viel von den Kollegen in Österreich gehalten, und diese Exzesse des Schlendrians setzten allen vorangegangenen die Krone auf.

»Und bei Ihnen?« fragte Kommissarin Fischer. »Neue Erkenntnisse?«

»Ja«, sagte er, »nur keine, die uns freuen. Auf der Hallig Norderoog ist der Krimiautor Nils-Ole Feddersen von drei Wölfen zerstückelt worden, die jemand da ausgesetzt haben muß. Doch das soll Ihre Sorge nicht sein, Frau Fischer. Nehmen Sie sich mal frei. Sie haben erstklassige Ergebnisse erzielt, aber ich möchte Sie erst wiedersehen, wenn Sie topfit sind. Außerdem weiß ich, daß viele Ihrer Überstunden bald verfallen werden, wenn Sie die nicht abfeiern ...«

Das war eine seiner Naturbegabungen: Er erkannte intuitiv, zu welchem Zeitpunkt seine besten Leute sich regenerieren mußten.

Als Jochen Seifert erwachte, umgab ihn Dunkelheit, und seine rechte Schläfe schmerzte. Er tastete um sich, fand eine Taschenlampe und knipste sie an.

Er lag in einem vier mal sechs Meter großen fensterlosen Raum auf einer unbezogenen Matratze unter einer angejahrten Rheumalinddecke. Links neben sich fand er ein Glas und einen gefüllten Wasserkrug vor und unter seinem Kopf ein durchgeschwitztes, in irgendeiner ehrlosen Fabrik aus Polyester, Elasthan und Viskose zusammengeschustertes Kissen. In der Wand an einer der Schmalseiten des Zimmers befand sich eine Tür, doch er konnte sie nicht erreichen, weil er an der gegenüberliegenden Wand mit einem Halsring angekettet war. Die zwei Meter lange, an einer bombenfest sitzenden Wandhalterung befestigte Eisenkette erlaubte es ihm jedoch, aufzustehen und von der Toilette an der linken Seite des Zimmers zu dem Kühlschrank an der rechten zu pendeln. In dem Kühlschrank lagerte alles Lebensnotwendige: Brot, Butter, Milch, Käse, Weintrauben, Äpfel, Gurken, Tomaten und stilles Wasser. Und sogar Flaschenbier.

Du willst mich also nicht verrecken lassen, dachte Seifert. Aber freilassen kannst du mich auch nicht, nachdem ich dein kleines Geheimnis entdeckt habe. Soll ich etwa den Rest meines Lebens in dieser Zelle verbringen?

Die Tür wurde aufgeschlossen, und Pit trug einen kleinen Plastiktisch, zwei Polsterstühle und zuletzt ein Tablett mit zwei Weinpokalen, einem Korkenzieher und einer Flasche Montrachet Grand Cru Domaine de la Romanée-Conti des Jahrgangs 2014 herein. »Eine Trouvaille aus dem Weinkeller des sanft entschlafenen Herrn Bennatz Neuß«, sagte Pit, stellte das Tablett ab und schloß die Tür. »Kostet im freien Handel schlappe siebentausendfünfhundert Euro. Oder willst du lieber Bier? Steht im Kühlschrank. Bedien dich!«

Er setzte sich und lud Seifert mit einer Handbewegung dazu ein, es ihm gleichzutun. »Ach, und entschuldige bitte, daß ich dir eins überziehen mußte. Hier, das hilft.« Aus seiner Jackentasche holte er einen Kühl-Akku und ein Tübchen Ringelblumensalbe heraus und legte beides auf den Tisch. »Und jetzt hock dich her. Wir müssen reden.«

Wann, dachte Seifert, während er Platz nahm, hat man schon mal die Gelegenheit, mit einem Massenmörder, der einen gefangenhält, so über dies und jenes zu parlieren? Bei einem Schöppchen Wein aus der Erbmasse eines Mordopfers?

Pit schenkte großzügig ein und hob sein Glas. »Auf den Weltfrieden!«

Seine Flundernase schien mit der Zeit noch weiter in die Breite gegangen zu sein, und seine Gesichtsfalten dürstete es gut erkennbar nach Kokosöl, Kieselerde und Aloe-Vera-Gel.

»Was hast du mit mir vor?« fragte Seifert.

»Gar nichts«, sagte Pit. Er ließ den ersten Schluck Wein im Mundraum kreisen und seine Gurgel hinunterrinnen. »Alles, was recht ist! Von Wein hat Bennatz Neuß entschieden mehr verstanden als von Literatur. Aber um auf deine Eingangsfrage zurückzukommen: Du brauchst dir keine Sorgen zu machen. Ich bin immer nur längstens drei Tage auf Reisen, und das Türschloß hat eine Zeitschaltuhr. Wenn ich nach zweiundsiebzig Stunden nicht zurück bin, geht die Tür automatisch auf, und es kommt ein lustiger kleiner Bob-der-Baumeister-Lastwagen mit dem Schlüssel für deine Kette hier reingefahren. Der elektronische Smoby-Truck Schleppo. Ich hab ihn etwas umgebaut und so programmiert, daß er das schafft.«

»Und wenn du wiederkommst, stoßen wir hier auf deine Rück-kehr an, und ich bleibe weiter dein persönlicher Gefangener, ja?«

»Ja. Aber nur, bis ich mein Werk vollendet habe.«

»Ach! Und wann soll das sein? Wenn du alle Autoren von Re-gionalkrimis ausrotten willst, bist du doch in hundert Jahren noch nicht fertig!«

Pit lächelte. »Ein Vorgefühl sagt mir, daß es nicht mehr ganz so lange dauern wird. Und diesen Wein solltest du übrigens nicht den Fruchtfliegen überlassen. Er hat einen molligen und seiden-weichen Auftakt und eine feine Textur mit Noten von Butterblu-men und Marzipan.«

Frank Schulz verrenkte sich fast den Hals, als er versuchte, das neben seinem Kinn steckende Messer mit den Zähnen aus der Hopfenbuche zu ziehen. Es saß sehr fest, aber kurz unterhalb des Rückens hatte es eine Hohlkehle, in die er beißen konnte. Mit ruckenden Bewegungen des Kopfnickermuskels glückte es ihm schließlich, das Messer freizubekommen.

Nun mußte er es fallenlassen und es siebzig Zentimeter weiter unten auffangen, mit der linken Hand, denn die war unter dem vielmals um den Baum geschlungenen Seil nicht ganz so eng ein-geschnürt wie die rechte, und er konnte sie nach außen kehren.

Schulz wußte, daß er nur diese eine Chance hatte. Wenn es ihm mißlang, das Messer zu schnappen, brauchte er sich in dieser gott-verlassenen Gegend keine Gedanken mehr um seine Altersrente zu machen.

Er schielte auf die gekrümmten Finger seiner linken Hand und hoffte, daß er ohne Schnittverletzungen davonkam, wenn er das fallende Messer ergriff. Um eine gerade Linie zwischen seinem Gebiß und seiner linken Hand zu bilden, reckte er den Kopf einen Deut weiter nach links, und während er diese Millimeterarbeit verrichtete, landete eine Hornisse auf seiner Nasenwurzel.

Im Grunde seines Herzens war er ja tierlieb. Als Sextaner hatte er sich von einem Biologielehrer sogar ein Abonnement der sterbenslangweiligen Zeitschrift *Tierfreund* aufschwatzen lassen, und seine im Herbst 1971 im Lokus zur letzten Ruhe beförderten Goldhamster Rosinante und Smutje waren ihm unvergessen, aber diese Hornisse trieb es zu weit. Sie promenierte in der Manier eines Großgrundbesitzers über seinen rechten Nasenflügel zum rechten Nasenloch und blickte sich darin mit ihren Komplexaugen und Stirnaugen nach einem geeigneten Ort für die Eierablage um.

Schulz schnaubte aus, um die Hornisse zu verscheuchen, und sie flog auf, aber nur, um sich auf seiner Unterlippe wieder niederzulassen.

Er schüttelte den Kopf, und das Messer entglitt seinen Zähnen.

Schulz sah nach unten. Der Greifreflex hatte nicht versagt: Das herabgefallene Messer lag in seiner linken Hand. Jetzt mußte er es aber noch so positionieren, daß er das Seil durchschneiden konnte. Dummerweise wurde er dabei wieder von der Hornisse bedrängt, die in sein rechtes Nasenloch vorstoßen wollte, und jetzt gesellten sich auch noch zwei von dem Blutgeruch angelockte Füchse herzu. Während sie an Moraikis' Hüftknochen nagten, schabte Schulz mit der Messerklinge an dem Seil, das ihn umspannte, und er pustete und schnaubte, um sich der Hornisse zu erwehren.

Das wird mir niemals jemand glauben, dachte er.

Die Hornisse schwirrte zu seiner linken Ohrmuschel, doch dort entdeckte sie keinen ruhigen Landeplatz, denn Schulz hatte sich inzwischen losgeschnitten und tollte umher wie eine Quecksilberkugel.

Die Füchse ließen sich davon bei ihrem Menü nicht beirren.

Nachdem er sich freigelaufen und die Hornisse in die Flucht geschlagen hatte, schritt Schulz zu einer Bestandsaufnahme des Motorradgepäcks. Mit dem Inhalt der Seitenkoffer und des Tankrucksacks hätte er, wie ihm schien, einen Weltraumkrieg anzetteln können. Zwischen den Waffen rollten aber auch Geldbündel herum: albanische 100-Lek-Noten und unzählige Dollars und 200-Euro-Scheine.

Weg von hier, dachte er und stieg auf das Motorrad. In seinen Jugendjahren war er nur Mofa gefahren, doch er kriegte schnell heraus, wo der Kickstarter, die Gangschaltung und die Bremse saßen, und nach zwei eierigen Runden um die Hopfenbuche nahm er Fahrt auf, tuckerte durch den Wald zur nächsten Landstraße und bog nach rechts ab, in der irrigen Annahme, daß es dort nach Norden gehe.

Montenegro, ich komme! dachte er verzückt. Und zwar als reicher Mann!

Er zog das Tempo an und stimmte sich auf ein baldiges Festmahl ein. Die Verpflegung im Drogenlabor war unter aller Kritik gewesen, und jetzt gelüstete es ihn nach Zwiebelsuppe, Oktopussalat, gebratenen Auberginen, gebackenem Kabeljau und Rinderfilets mit Kräuterkruste in Pfeffersoße.

Gerold mailte Ute, die bereits in einem Taxi saß und zum Flughafen fuhr, die dritte Strophe seines Songs:

Du kommst nicht mehr aus deinem Zimmer raus
und siehst selber schon wie 'ne Leiche aus.
Deine Freundin, ey, die haßt dich dafür.
Stört dich nicht? Na, dann geht sie halt mit mir!
Sie hat mir gesagt, als Freund bist du ein Flop.
Viel Vergnügen dann noch im Item-Shop!

Die Antwort erfolgte prompt:

Gut gebrüllt, Löwe. Aber glaubst Du nicht, daß Deine Lästerungen auf die passionierten Fortnite-Spieler etwas hinterwäldlerisch und opamäßig wirken?

Gerold mailte zurück:

In einem Witzbild von Rattelschneck tragen zwei Bauarbeiter einen Stahlträger über eine abschüssige Straße, und ein Radfahrer rollt auf sie zu und schreit: »Ich habe keine Bremse! Ich habe keine Bremse! Ich habe keine Bremse!« Worauf einer der beiden Bauarbeiter erwidert: »Mir egal, mir egal, mir egal!« Das gleiche möchte ich auf Deine Frage antworten.

Ute konterte:

Ich will Dir ja nicht auf den Schlips treten, aber gehörst Du nicht noch einer Generation an, der sauertöpfische Pädagogen das Lesen von Comics madig gemacht haben? Tust Du nicht das gleiche, wenn Du Dich abfällig über den Medienkonsum der Jugend von heute äußerst?

Das ließ Gerold nicht auf sich sitzen:

Ich nehme nur mein Recht auf Altersstarrsinn wahr. Und weißt Du eigentlich schon, wie Du Deine freien Tage verbringen willst?

Sie werde erst einmal in Uelzen ausspannen und dann nach Boekzeteler Hoek zu ihren Eltern fahren, schrieb Ute, und Gerold fragte:

Boekzeteler Hoek? Ist das irgendwo am Polarkreis?

Ute klärte ihn auf:

Nein, das liegt im Moormerland im nordöstlichen Teil von Niedersachsen. Ist schön da. Flach, still und beschaulich. Wenn Riesenbusch Dir freigibt, kannst Du mich da ja vielleicht mal besuchen kommen. Meine Eltern haben ein gastfreies Haus, und Du dürftest sogar bei mir im Bett nächtigen statt auf dem Heuboden, obwohl wir nicht miteinander verheiratet sind.

Vor Gerolds geistigem Auge stellten sich friedvolle Bilder von Geestlandschaften, Marschböden und reetgedeckten Holländerwindmühlen ein.

Klingt gut, liebe Ute. Werde mich freizustrampeln versuchen.

PS: Weißenböcks Schädel ist wieder aufgetaucht. Ein besoffener Lehrling hat ihn in der falschen Leichenkühlzelle abgelegt. Salü!

Als Agent von Frank Schulz sah Thomas Hübner sich in der Pflicht, noch mehr zu unternehmen, als er es bislang getan hatte. Er rief den Hashtag #RettetSchulz ins Leben. Von Gerd Haffmans gab es keine Erfolgsmeldung, und es stand in den Sternen, wo und in welcher Klemme der wie vom Winde verwehte Schulz inzwischen stecken mochte.

Clemens Podolsky, der es sich zur Angewohnheit gemacht hatte, alle zehn Minuten »Frank Schulz« zu googeln, informierte seinen Schwiegervater Eleftherios Manaskov darüber, und der ließ eine Schimpftirade über die Unzuverlässigkeit seines Laufburschen Gregorios Moraikis vom Stapel. »Pusti« (»Schwuchtel«), »Skatofatsa« (»Arschgesicht«) und »Putana« (»Hure«) gehörten dabei noch zu den milderen Ausdrücken. Befeuert wurde Manaskovs Tobsucht überdies durch eine druckfrische Vorladung zur Aussage vor einem parlamentarischen Untersuchungsausschuß, der Schmiergeldzahlungen an Staatsbeamte unter die Lupe nahm. Und es lief gerade niemand herum, den Manaskov gefahrlos erschießen konnte, um Dampf abzulassen. Was war das nur für eine Welt?

Gleich beim ersten Restaurant am Wege hatte Schulz anhalten wollen, aber auch nach einer halben Stunde kam keine Ortschaft in Sicht. Nur eine Bauernkate mit einem blühenden kleinen Garten. Zwischen Feigen- und Pflaumenbäumen wuchsen dort Hülsenfrüchte, Türkenbundlilien, Tulpen, Borretsch und Waldhyazinthen, Hühner scharrten im Sand, und ein angepflocktes Zicklein knabberte Gras.

Schulz parkte das Motorrad vor dem Haus und nahm eine dicke Rolle albanischer Banknoten aus dem Tankrucksack. Dann klopfte er an die Tür.

Eine junge Frau öffnete sie einen Spalt weit und schlug sich die Hand vor den Mund: Auf der Schwelle stand ein verwilderter, bärtiger Mann mit Platzwunden und Hautabschürfungen, in blutbesprenkelten Klamotten, und der Geruch, den er verströmte, schien ihn als einen Abgesandten aus dem Reich der Exkrementefresser auszuweisen.

Es war Schulz entfallen, daß ihm noch immer das Odeur der Abflußkanäle anhaftete. »Good morning«, sagte er. »Do you have something to eat? I'm very hungry. And I will pay you remarkably well, my dear lady!« Er zeigte die Geldscheine vor.

Was die Frau dazu bewegte, ihn hereinzulassen, war aber eher der flehende Ausdruck in seinem Gesicht als das Geld. Sie sprach weder Englisch noch Deutsch und konnte sich mit Schulz nur gestikulierend verständigen, was ihn jedoch nicht davon abbrachte, immer wieder »Thank you! Thank you so much!« auszurufen: für die Erlaubnis, die Dusche zu benutzen, für die saubere Wäsche, die er anziehen durfte, und für den Brunch, den Rajmonda – denn so hieß sie – für ihn auffuhr: Blinis mit Buchweizen, heißen Birnen, Butterschmalz, Ricotta, Pinienhonig, Ziegenfrischkäse, Apfelkompott und Rosinen.

Schulz ließ es sich schmecken, und er sagte nicht Nein, als Rajmonda ihm ein Glas Kardaka anbot.

Sie lebte allein, soviel hatte er begriffen, und sie war eine gute Köchin. Beim Kauen blickte er unverwandt und voller Dankbarkeit auf ihr volles, rabenschwarzes Haar und in ihre türkisgrünen Augen, ohne im entferntesten zu ahnen, daß das Haus, in dem sie wohnte, eine Zufluchtsstätte war, in der sie sich vor ihrer Familie versteckt hielt, und daß an diesem Tag Rajmondas Brüder nahten, um an ihrer Schwester einen Ehrenmord zu begehen, zur Strafe dafür, daß sie auf einer Hochzeitsfeier mit einem Vetter dritten Grades aus einem Sippenzweig getanzt hatte, mit dem ihr eigener seit zweihundert Jahren in Fehde lag.

Abgerundet wurde das späte Frühstück mit einer goldigen Süßspeise, die aus Maismehl, Kondensmilch, Vanillezucker und Eigelb bestand, und einem vierzigprozentigen Weinbrand namens Skënderbeu.

Schulz ging das Herz auf, als er diesem unvergleichlichen, das gesamte Adersystem erwärmenden Getränk zusprach. Was hatte er nicht alles ertragen müssen! Und wie liebevoll wurde er hier bewirtet!

Er stand auf, um Rajmonda beim Abwasch zu helfen, und in derselben Sekunde traten ihre Brüder Luftar und Ibish die Haustür ein.

Nur weil Schulz sich mannhaft dazwischenwarf und den Brüdern mit den Fäusten die Fratze verbeulte, konnte Rajmonda durch die Hintertür entfliehen, aber er selbst wurde niedergerungen.

Ein Liebhaber unserer Schwester, dachte Ibish, während Luftar Schulz mit einem Messerknauf das Nasenbein brach. Und noch dazu ein dreckiger Ausländer! Wenn das nicht nach Blutrache schrie, was dann?

18

Mit schiefgelegtem Kopf und ohne Sympathie betrachtete Ute Fischer das Badesalztütchen, das ihr beim Umsteigen im Hamburger Hauptbahnhof als Werbegeschenk in die Hand gedrückt worden war. Es trug die Aufschrift: »Dresdner Essenz – Mein Plan: Die Zeit verkuscheln«. Ein schauderhafter Slogan, dachte sie. Für welche Zielgruppe mag der wohl ausgeknobelt worden sein? Für lobotomisierte Quarktaschen, die auch mit Fünfzig noch Benjamin-Blümchen-Kassetten hören?

Na, egal. Ute riß das Tütchen auf, ließ das Salz ins warme Badewasser rieseln, gab auch Heublumen- und Roßkastanienöl und einen Schuß des Litaminfabrikats »Blauer Traum« dazu, stieg in die Wanne und machte sich lang.

Endlich wieder daheim! Und schön weit weg von all den Luschen, die im Bundeskriminalamt ihre seelischen Deformationen auslebten …

Arbeit hatte Ute sich trotzdem mitgebracht. Sie griff in die Wannenablage und nahm Raphaela Botschners Roman »Schwarzer Tod in Zwönitz« heraus. Die Handlung setzte damit ein, daß einer nichtsahnenden Touristin in der Strumpfwirkerstube eines Heimatmuseums mit dem poetischen Namen Knochenstampfe in der Gemeinde Dorfchemnitz im Erzgebirgskreis von unbekannter Hand eine Schlinge aus Spinnradzwirn übergeworfen wurde:

Als der Zwirn in ihren Hals einschnitt, schienen die Augen der Frau zu wachsen: erst auf die Größe von Hühnereiern, dann auf die von Straußeneiern. Sie sah sich selbst in einem Wandspiegel, wie sie um ihr Leben rang, mit den Beinen ausschlug und mit den Fingern ersterbend hinter den Zwirnsfaden zu greifen versuchte, der sich enger und enger zuzog, und sie sah auch den maskierten Mann, der hinter ihr stand.

Sie ahnte, daß sich hinter seiner Maske ein satanisches Grinsen breitmachte – das Grinsen eines Irren, hinter dessen Stirn ein Taifun des Bösen wütete.

Ihre letzten Gedanken galten ihrem treuen Foxterrier Pinky. Wer würde ihn nun füttern, knuffeln und liebkosen?

Der Mörder ließ die Leiche einfach liegen, ging auf die Straße hinaus und

Hier war die Seite zu Ende.

Wie geht's wohl weiter? fragte Ute sich vor dem Umblättern und tippte auf »schlug den Mantelkragen hoch«. Doch sie täuschte sich:

schloß die Mantelknöpfe, um den gut sichtbaren Samenerguß auf seiner Hose den Blicken zu entziehen. Den Blicken der künftigen Opfer. Wen würde er sich morgen vornehmen? Vielleicht die Alte da mit dem Wickeldutt? Oder die junge Grazie mit den Gazellenbeinen?

O mi, o mei, dachte Ute. Sie legte das Buch weg, seifte sich ein und vertrieb den sündhaften Gedanken, daß der Mann, den sie jagten, in gewisser Hinsicht etwas Sinnvolles tue.

Als sie seifenblind nach dem Waschlappen tappte, klingelte es an der Wohnungstür.

Egal, welcher Mensch dort stand: Ute wollte ihn nicht sehen.

Doch es klingelte wieder und wieder, und schließlich gab sie nach, kletterte aus der Wanne, hüllte sich in einen Bademantel und zog den Gürtel fest. Und die ganze Zeit über klingelte es.

»Komm ja schon!« rief Ute, lief zur Tür, öffnete sie und zeigte alle Zeichen des Erstaunens. »Herr Zapp! Was verschafft mir die Ehre?«

»Verzeihen Sie, wenn ich störe, aber ich muß Sie dringend sprechen«, sagte Erwin Zapp. »Es geht um eine Angelegenheit von äußerster Wichtigkeit. Darf ich eintreten?«

Ute führte ihn ins Wohnzimmer und zeigte auf einen Cordsessel. »Möchten Sie etwas trinken?«

»Danke. Muß nicht sein. Oder haben Sie zufällig einen glutenfreien Pfefferminztee zur Hand?«

»Heute gerade nicht. Wie sieht's mit einem Apfelsaft aus?«

»Auf keinen Fall! Ich leide an einer Histaminintoleranz.«

»Und was ist mit Leitungswasser?«

»Geht leider auch nicht wegen meiner Wasserallergie. Lassen Sie's gut sein, Frau Kommissarin. Ich werde hier schon nicht verdursten. Und ich möchte Ihre Zeit auch gar nicht lange in Anspruch nehmen …«

Ute goß sich einen Scotch ein, setzte sich auf einen Sessel neben dem, der unter Zapps Gewicht ächzte, und wartete auf die Enthüllungen, die folgen sollten.

»Nun, Frau Kommissarin …« Zapp kaute auf seinen Lippen, um sich den Anschein zu geben, daß er nach Worten suchen müsse. Erst kürzlich hatte er seine Dauerwelle durch basische Naturkosmetikmittel und italienische Premiumhaarprodukte mit Slow-Food-Inhaltsstoffen upgraden lassen, aber er sah immer noch so aus, als wäre er einer TV-Seifenoper der achtziger Jahre entsprungen.

»Ich höre«, sagte Ute und trank von dem Scotch.

Zapp hüstelte. Nicht um eines persönlichen Vorteils willen, sondern allein aus Spaß an der Freude wollte er vor seinem Wiedereintritt in die SoKo Heidefieber einen Keil zwischen Kommissar Gerold und Kommissarin Fischer treiben, und nur deswegen war er hergekommen. Es lag in seiner Natur, Zwietracht zu säen.

»Mein Anliegen, Frau Kommissarin«, sagte er, »hat mit der Beziehung zwischen Ihnen und Herrn Kommissar Gerold zu tun. Es ist ja ein offenes Geheimnis, daß Sie mit ihm … wie soll ich mich ausdrücken … nicht nur dienstlich verkehren. Das ist Ihre Privatsache, und die soll es auch bleiben. Fakt ist jedoch, und hier kommt die Fürsorgepflicht ins Spiel, die ich für Sie empfinde, daß der Kollege Gerold Sie hintergeht. Oder betrügt, um es ganz unumwunden zu formulieren. Mit Prostituierten.«

Ute stellte ihr Glas ab und fragte Zapp, woher er das wisse.

»Aus eigener Anschauung«, sagte er. »Ich habe Kommissar Gerold einmal morgens um drei aus dem Bordell Lollipopp Gold in Mainz-Kastel herauskriechen sehen und drei Nächte später aus dem Wiesbadener Laufhaus Crazy Sexy.«

»Und was haben Sie da selbst zu suchen gehabt?«

»Ich leide an Einschlafstörungen und unternehme nachts oft lange Spaziergänge. Hab's schon mit Baldrianwurzeltee, Betadorm, Vivinox und Nahrungsergänzungsmitteln probiert, die Melatonin enthalten, aber es geht nichts über das alte Hausrezept, vor dem Einschlafen ein kleines Ründchen zu drehen …«

Ute stand auf. »Dat kannst du een vertellen, de noch keen Knopen an de Büx hett«, sagte sie kalt. »Erstens ist Kommissar Gerold mir keine Rechenschaft über sein Liebesleben schuldig, und zweitens kann ich Ihnen nur raten, meine Wohnung innerhalb der nächsten zehn Sekunden zu verlassen, weil ich Ihnen sonst den Kürbis spalten werde, Sie Stinktier, Sie infames! Raus!«

»Aber ich will doch nur Ihr Bestes, meine Gute«, seimte Zapp. Dann sah er die Kommissarin nach einer schweren Glasvase greifen, stand seinerseits auf und sagte: »Es genügt! Ich weiche der Gewalt. Aber seien Sie versichert, Frau Kollegin – Ihr sogenannter Freund hat ein Doppelgesicht!«

»Ihnen bleiben noch drei Sekunden«, sagte Ute.

Zapp knöpfte sein Sakko zu und ging hocherhobenen Hauptes

zur Wohnungstür. Seine Hand lag bereits auf der Klinke, als es klingelte, und als er die Tür öffnete, erblickte er einen Mann, der die Augen geschlossen hatte und ihm ins Gesicht blies.

»Was soll das?« wollte Zapp fragen, doch dazu kam er nicht. Es ging eine Verwandlung in ihm vor. Von einer Sekunde auf die andere erschien ihm dieser fremde Mann als das liebenswerteste Geschöpf im gesamten Weltall.

Andreas Pilz, der draußen auf der Matte stand und gerade seine zehntausend Euro teure Liebespille zerbissen hatte, erkannte seinen Fehler erst, als er die Augen öffnete und Zapps aufgeschwemmte Hamsterbacken vor sich sah. Weil Pilz einen achtkantigen Hinauswurf befürchtet hatte, war er zu der Überzeugung gelangt, daß es angeraten sei, Ute Fischer gleich an ihrer Wohnungstür mit dem Substrat zu behauchen, das die ewige Liebe erzeugen sollte.

»Lassen Sie mich vorbei!« schrie Pilz, denn er wußte ja, daß die Wirkung des Wundermittels nicht lange anhielt, aber Zapp tat alles, um dieses unendlich begehrenswerte, zuckersüße, gottbegnadete und allein mit Apoll und Adonis vergleichbare Lebewesen aufzuhalten, abzubusseln und mit Liebe zu umfangen.

Dicke Tränen der Wut sprangen Pilz bei der Rangelei aus dem Gesicht. Er kämpfte hart, auch mit Hieben unter die Gürtellinie, doch an Zapp führte kein Weg vorbei.

»Ich glaub, ich spinne!« rief die Fischerin und trat nach den Männern, die sich schnaufend auf dem Boden wälzten. »Was ist hier los?«

Und Zapp stieß immer wieder stöhnend hervor: »Mon amour! Tu mir nicht weh! Ich liebe dich!«

Vor seinem nächsten »Einsatz im Außendienst an der Menschheit«, wie er es nannte, schloß Pit in Jochen Seiferts Verlies einen Mikrowellenherd an, füllte den Kühlschrank auf und legte ein paar Krimis auf den Tisch. »Harter Stoff. Damit du dich nicht langweilst, während ich weg bin. Vielleicht verstehst du mich besser, wenn du das hier gelesen hast …«

Körperlich litt Seifert keine Not, als er dann wieder allein war, aber es quälte ihn, daß er nicht wußte, wie es weitergehen sollte. Wenn Pit nicht ins Kittchen wandern will, kann er mich ja nicht einfach wieder unter die Leute lassen, dachte er, während er an der Kette umhertigerte. Was wird er tun? Mich ermorden? Aber warum gibt er sich dann die Mühe, mich zu verköstigen? Oder will er mich hier einbunkern, bis ich alt und grau bin? Oder glaubt er etwa, daß er mich zu seinem Consigliere machen kann?

Zum hundertsten Male zerrte Seifert an der verdammten Kettenhalterung. Er hatte sie auch schon mit Bierflaschenscherben malträtiert, aber nichts bewirkt außer einer Schnittwunde an der Spitze des Zeigefingers seiner rechten Hand.

Mißmutig stellte er einen Snackbecher mit Asia-Nudeln in die Mikrowelle und besah sich die Bücher, die Pit ihm dagelassen hatte: »Amoklauf auf Amrum« von Hobbe Hubertus Schepker, »Die zersägte Äbtissin« von Waldemar König, »Zellerseeblut« von Justus Weindl, »Das Amulett der Wiedertäufer« von Harry Bölsker und »Meppenerfleisch« von einem gewissen Hans-Jörg Krüselhusen, der von einer Invasion des Emslands durch außerirdische Zombies erzählte:

Alles Leben in der Wehrtechnischen Dienststelle 91 der Bundeswehr war erstorben, nachdem die Untoten ihre Zähne auf dem Schießplatz in der Sprakeler Heide in den Kopf des letzten sich noch am Leben befundenen Menschen gehackt hatten.

Seifert stutzte. War da nicht die Grammatik verrutscht?

Doch der Schießbetrieb ging nun erst richtig los. Die Aliens legten die Meppener Innenstadt unter Feuer, lösten die Hubbrücke über der Hase mit Mörsergranaten in ihre Nukleonen auf, pflügten das Stadion des SV Meppen mit radargesteuerten Antisatellitenraketen um und schickten einen Torpedobomber in die Lüfte, der das Meppener Rathaus mit einem luftgestützten Marschflugkörper

*zerstäuben sollte, der über einen in den Golfkriegen erfolgreich
erprobten Gefechtskopf gebot.*

*»Mayday, Mayday!« rief der englischbürtige Kontaktbereichs-
beamte Bruce Rampling auf der Herzog-Arenberg-Straße in sein
Funktelefon. »Officer down! Do you repeat?«*

*Dann rollten drei von Aliens ferngelenkte Schützenpanzer aus
der Hermann-Löns-Straße auf die Szenerie und verunmöglichten
ihm durch eine Kanonade das Gehör ...*

Seifert warf das Buch an die Wand und suchte Trost im Bier.

Während die Traditionalisten für einen sauberen Gurgelschnitt
plädierten, setzte der greise Patriarch Kushtrim Krasniqi sich
für eine Neuerung ein, als der Familienrat erörterte, auf welche
Art das über Schulz gefällte Todesurteil zu vollstrecken sei. Von
einem Fortbildungskurs im Mittleren Osten war Krasniqi vor
einigen Wochen als entflammter Apostel der Scharia heimgekehrt,
und seine Stimme gab den Ausschlag: Schulz sollte gesteinigt
werden.

Dagegen hätte der Angeklagte gern Rechtsmittel eingelegt, aber
solche Extravaganzen waren in dem hierorts herrschenden Sitten-
gesetz nicht vorgesehen. Auch die Bitte, ein Gnadengesuch an den
albanischen Staatspräsidenten richten zu dürfen, stieß auf taube
Ohren.

Mit Feuereifer häufte das männliche Jungvolk einen großen
Berg Steine auf, und nachdem Rajmondas Brüder vor der pitto-
resken, für ihr frühmittelalterliches Taufbecken und ihre spätby-
zantinischen Freskenreste berühmten Dorfkirche den erforderli-
chen Stehplatz ausgeschachtet hatten, gruben sie Schulz bis zu den
Kinnbacken ein und trampelten rings um seinen Kopf herum die
Erde fest.

»You're making a big mistake!« rief Schulz. »I'm innocent!
I have never made love to your sister! I haven't even touched her!
Please! Have mercy on my soul!«

Aber auch diese Worte verfingen nicht.

Krasniqi, der das Privileg genoß, die Feierlichkeiten zu eröffnen, nahm einen kokosnußgroßen, ungefähr anderthalb Kilogramm schweren und messerscharf gezackten Glimmerquarzitbrocken auf und wog ihn in der Hand. Als geübter Boulespieler war er sich gewiß, mit diesem Wurfgeschoß einen Volltreffer landen zu können.

Anstatt sich in sein Schicksal zu ergeben, versuchte Schulz die Gottesfurcht in seinen Henkern zu wecken, indem er mit fester Stimme die King James Bible zitierte: »He that is without sin among you, let him first cast a stone!« Sehr viel mehr als seine Sprechwerkzeuge konnte er in seiner beengten Lage nicht bewegen. Für die Eventualität, daß sich deutschkundige Zuhörer in der Hetzmeute befanden, sagte er den Satz auch in der Übersetzung Martin Luthers auf: »Wer unter euch ohne Sünde ist, der werfe den ersten Stein!«

Was dieser Erdenwurm da faselte, war Krasniqi herzlich egal. Er nahm einen kurzen Anlauf und schleuderte das Trumm mit frappierender Genauigkeit auf die anvisierte Sollbruchstelle im Nasenrücken der Zielperson.

Nach diesem Einschlag änderte Schulz seine Wortwahl. »Der Teufel soll euch holen, ihr Ziegenficker!« brüllte er, aus beiden Nasenlöchern blutend. »Leckt mich doch alle fett!«

Nun munitionierten sich auch die übrigen Hordenmitglieder. Aber mitten in ihrem geschäftigen Treiben ging ein Ruck durch den Untergrund. Aus dem Gekröse der Erde ertönte ein ohrenbetäubendes Knarren und Krachen. Haarrisse durchzogen den Dorfplatz und verbreiterten sich in Sekundenschnelle zu Klüften. Dann kippte der Kirchturm um, und mit großem Interesse sah Schulz dabei zu, wie Kushtrim Krasniqi und die Seinen buchstäblich vom Erdboden verschluckt wurden.

Die Schreie des rasant in die Tiefe stürzenden Lumpengesindels hätten sich bestens für eine Hörspielfassung von Dantes Inferno geeignet.

Musik in meinen Ohren! dachte Schulz.

Es war ein Beben der Stärke 7,8. Seine seismischen Wellen breiteten sich bis zur nordmontenegrinischen Kalk- und Schieferzone aus.

Die nächste Schlucht, die entstand, verlief schräg durch die Stelle, an der Schulz im Erdreich steckte. Geistesgegenwärtig riß er, sobald er frei war, die Arme hoch und krallte sich an die oberste Krustenscholle, während unter ihm ein rauchender Abgrund aufklaffte – ein wahrer Höllenrachen, der selbst den schwindelfreiesten Gletscherfloh das Fürchten gelehrt hätte.

Unter Aufbietung aller Kräfte, die ihm verblieben waren, schwang Schulz seine linke Hacke nach oben und zog sich, Ströme von Angstschweiß vergießend, Zentimeter für Zentimeter auf die schwankende Erdoberfläche hinauf und harrte dort bäuchlings aus.

Gerold hielt sich den Ranzen vor Lachen, als er telefonisch von Zapps heimtückischen Winkelzügen und der Rauferei mit Andreas Pilz erfuhr.

»Ich hab ja meinen Augen nicht getraut«, sagte Ute. »Und Zapp hat immerzu gegreint: ›Ich liebe Sie! Wer Sie auch sein mögen – ich kann nicht mehr ohne Sie leben!‹«

»Und gleichzeitig hat Pilz ihm das Zifferblatt poliert?« fragte Gerold.

»Nach Strich und Faden. Das Zifferblatt, die Rippen und das Familiensilber. Aber die Abreibung scheint Zapp sogar noch beflügelt zu haben. He gung op em los as Paulus op de Korinther. ›Ja, ja, ja, besorgen Sie's mir!‹ hett he ropen. ›Sie sind mein ein und alles! Ich vergöttere Sie!‹«

»Höchst sonderbar …«

»Sonderbar hoch zwei, würde ich sagen. Denn anscheinend hat er Pilz bis dahin ja überhaupt nicht gekannt.«

»Und was hat Andreas Schleimfußpilz von dir gewollt?«

»Das hat er mir nicht mehr ausrichten können. Er ist vor Zapp davongerannt. Und der ist wie ein geölter Blitz hinterhergeschossen.«

»Wenn sein Weg ihn wieder in die SoKo führen sollte, werde ich mir diesen Saubermann vorknöpfen«, sagte Gerold. »Was hat er sich von seinen Lügenmärchen bloß erhofft?«

19

Das habt ihr euch selber zuzuschreiben, dachte Schulz.

Von dem Dorf, in das man ihn verschleppt hatte, waren nur klägliche Relikte übrig. Er stieg über Schutt und Gebälk und suchte in der Trümmerlandschaft nach etwas Eßbarem, doch er fand bloß Kehricht, Müll und Asche.

Hinter dem Erdbebenkrater, in dem Krasniqi und seine Mischpoke entschlummert waren, lag ein Restbestand der aufgetürmten Steine. Worum es sich dabei im einzelnen handelte, hätte Schulz nicht sagen können. Kalktuff, Grobkies, Mergelschiefer und Granitgneis? Geologie war nie sein Lieblingsfach gewesen.

Feldspat, Quarz und Glimmer, die drei vergeß ich nimmer, dachte er und pfiff sich eins.

Der einzige zweckdienliche Gegenstand, den er bergen und konfiszieren konnte, war ein anno Tobak zusammengefrickelter Drahtesel: ein bremsenloses Hochrad aus dem späten 19. Jahrhundert mit ausgeleierten Satteldruckfedern und einem Dorn zum Aufsteigen. Ein Alfa Romeo wäre sicherlich zuviel des Guten gewesen, dachte Schulz, aber hätte es nicht wenigstens ein Hollandrad mit Dreigangschaltung sein können?

Mit dem Aufsitzen klappte es so halbwegs, doch bei der ersten Probefahrt verlor er die Balance und wäre um ein Haar in eine der Erdspalten gesegelt. Die weiteren Übungen vollführte er in sicherem Abstand von allen Gefahrenherden, und nachdem er anhand des Sonnenstands und der Moosflechten an einer geborstenen Hainbuche die Himmelsrichtung Norden ermittelt hatte, radelte er los und legte sich in die Pedale, um sein Gastspiel in Albanien endlich abzuschließen.

Bei der Balgerei in Uelzen hatte Erwin Zapp das große Los gezogen: die Visitenkarte von Andreas Pilz. Der Mann selbst war ihm entkommen, aber dieses kleine Beutestück, das er ihm entrissen hatte, ermöglichte es Zapp, seinen Angebeteten mit einem formvollendeten Brief zu bemustern:

Vielgeliebter Herr Pilz! Oder soll ich sagen: Lieber Andreas?!

Es tut mir unsäglich leid, daß unser erstes Tête-à-Tête so unglücklich verlaufen ist. Sie haben dabei, wie ich fürchte, einen völlig falschen Eindruck von mir gewonnen. Als friedliebender Mensch bin ich Handgreiflichkeiten, wie sie zwischen uns in Uelzen vorgefallen sind, sonst strikt abhold. Zur Erklärung meines Handelns vermag ich nur vorzubringen, daß ich nicht mehr Herr meiner Sinne gewesen bin. Denn es war Liebe auf den ersten Blick.

Lieber Herr Pilz, wollen wir nicht Du zueinander sagen?

Siehe, Du bist schön, mein Geliebter, ja, holdselig, und unser Lager ist frisches Grün.

Sage mir an, Du, den meine Seele liebet, wo weidest Du, und wo lässest Du lagern am Mittag? Mein Täuberich im Geklüft der Felsen, im Versteck der Felswände, laß mich Deine Gestalt sehen, laß mich Deine Stimme hören, denn Deine Stimme ist süß und Deine Gestalt anmutig.

Nun aber zu mir: Ich bin im besten Alter, Sternzeichen Steinbock, von Beruf Forensiker und im Privatleben Vater einer zwölfjährigen Tochter. Meine Hobbys sind Guppyzucht, Aquarellmalerei und Numismatik (Spezialgebiet Siegellackabdrücke ptoleläischer Bronzemünzen). Politisch tendiere ich zur FDP. Meine Freunde nennen mich ein »heiteres Haus«, aber ich selbst empfinde mich eher als zurückhaltenden Typ.

*Ich höre gern Softrock von Supertramp bis Fleetwood Mac, und
mein Leibgericht ist Altberliner Sülze aus Schweineschwarte und
gepökeltem Eisbein mit abgeseihter Brühe und Kräuterremoulade.
So, jetzt kennst Du mich ein bißchen!*

Nach reiflicher Überlegung schminkte Zapp sich im Badezimmer
verstohlen mit dem Lippenstift seiner Frau, schmückte das Bütten-
papier unter diesem Absatz mit einem Abdruck seines Kußmunds
und fuhr fort:

Sag an, lieber Andreas: Willst Du mein Mann werden?

*Ich will nichts überstürzen. Denk bitte ohne Zeitdruck über mei-
nen Heiratsantrag nach.*

*Ich lege diesem Brief fünfhundert Fotos von mir bei, damit Du
nicht vergißt, wie ich aussehe. Und bald werde ich sagen können:
Kommet heraus, Töchter Zions, und betrachtet den König Pilz in
der Krone, mit welcher seine Mutter ihn gekrönt hat am Tage seiner Vermählung und am Tage der Freude seines Herzens!*

*Liebster Andreas, Andi, Andibar, Andrew, Andrej – gehab Dich
wohl!*

Dein Freund Erwin

*PS: Die Biegungen Deiner Hüften sind wie ein Halsgeschmeide,
Dein Leib ist ein Weizenhaufen, umzäunt mit Lilien, und Deine
Nase ist wie der Libanonturm, der nach Damaskus hinschaut.*

»Jädz habch morr awwr, wie morr so sahchd, dähn Ranzn foll-
geschlahchn«, sagte Raphaela Botschner (37). Das Rindercarpaccio, die Maishähnchenbrust und die Weinschaumcreme seien ein
»läggorrfädds'chorr Babborrschmadds« gewesen. »Unnüh? Wölln
morr noch ähn wegbichln? Ich habb Dorrschd wie ähne schwan-
gorre Bährchziehche ...«

Gemeinsam mit Waldemar König hatte sie im Ristorante Al
Forno in Kirschau bei Bautzen diniert, und nun rief sie der Kell-
nerin zu: »Lassämah noch ähn Grauburrgundorr rieworrwoggsn!
Heide duhch morr ähn anschmohrn!«

»Und Sie wollen wirklich nicht zu der großen Kundgebung kommen?« fragte König. »Obwohl wir doch jetzt alle zusammenstehen müßten?«

Raphaela Botschner lachte nur und schob sich den künstlichen, rubinrotlackierten und mit silbrigen Micro-Pailetten besetzten Nagel des kleinen Fingers der rechten Hand in den Mund, um zwei Fleischfasern aus einem Zahnzwischenraum zu knibbeln, während sie mit der anderen Hand zum dreihundertsten Male an diesem Abend die Sturzflut ihrer in der Trendfarbe Creamy Blonde getönten Haare über die linke Schulter nach hinten schaufelte.

»Ja, aber fürchten Sie sich denn gar nicht, meine Dame? Es könnte auch Sie jederzeit treffen!« sagte König. »In Ihren Romanen werden – um hier nur einige wenige Beispiele anzuführen – die Opfer mit einer Großfisch-Harpune durchbohrt, von Auerochsen geviertelt, bei einer Seilbahngondelfahrt von einer Panzerfaust atomisiert oder an Schienen gefesselt und von der Fichtelbergbahn überrollt! Das könnte sich bitter rächen, und davor müßte Ihnen doch angst und bange sein!«

Er rang die Hände. Seit zwei Wochen war er auf einer Goodwilltour durch Deutschland, Österreich und die Schweiz, um so viele seiner Berufskollegen wie nur irgend möglich zur Teilnahme an einer gemeinsamen Pressekonferenz zu bewegen, auf der er das Gewissen der Welt wachrütteln und der Kripo Feuer unterm Hintern machen wollte.

Dieser Mörder bringe doch bloß Männer um, sagte Raphaela Botschner, und »dässdörrwäächn« sei sie so lebensfroh und »gwiedschforrgniehchd« wie eh und je.

König gab's auf. Er legte einen 200-Euro-Schein auf den Tisch, verließ abschiedsgrußlos den Raum und nahm anstelle einer Zusage nur seinen zweireihigen Trenchcoat von Yves Saint Laurent und die fünfzehn Gramm Büffelmilchmozzarella mit, die seit einer Stunde an seinen Bartschlaufen klebten.

Ein anderer Mann trat an den Tisch und bat Raphaela Botschner um ein Autogramm.

»Selbsdvorrschdändlich, mei Gühdsdorr«, sagte sie. »Ich fiehl mich geboochmiezld!«

Daraus entwickelte sich ein reges Gespräch, der Mann setzte sich, und Raphaela Botschner fragte ihn, was er davon halte, eine Getränkebestellung aufzugeben: »Ich bin gonns jiehbrich dorrnach, ähn Dömm Bärrnjong ze gyllgorrn!«

Bei dem folgenden Champagnergelage tranken der Autogrammsammler und Raphaela Botschner Brüderschaft. Sie kamen überein, sich gegenseitig fortan »Pit« und »Raffi« zu nennen, und als die Flasche leer war, rief Raffi: »Mich läbborrds ooch dorrnach, ähn Zwäddschgndbronnd ze zwiddschorrn …«

Auch dieser Wunsch wurde ihr erfüllt.

»Ööörr, dos zwiwwld!« sagte sie nach dem ersten Schluck und schüttelte sich, aber nachschenken ließ sie sich gern von Pit, der gleich eine ganze Flasche geordert hatte. Ä büddzchorr Gärrl, dachte Raffi.

Er erbot sich, sie heimzufahren und ihr unterwegs auf einem kleinen Umweg eine Sehenswürdigkeit zu zeigen, und Raffi war einverstanden.

Auf dem Beifahrersitz in Pits Nutzfahrzeug lagen Chipskrümel, und der Rückspiegel hatte vor kurzer Zeit einen Blutfleck abbekommen.

»Dünnorrliddchn!« rief Raffi. »Hier isses awwr dräggch! Ooch die Fännsdorr! Morr gonn ja gaum nausguggn!« Aber sie stieg ein, nahm aus Pits Hand die nächste Flasche Zwetschgenbrand entgegen und äußerte große Neugier auf die Sehenswürdigkeit. »Ich bin geschbonnd wie ähn Fliddsebouchn …«

Wegen einer leichten Unwucht in der linken Vorderfelge fuhr der Wagen, den Pit gestohlen hatte, etwas rucklig.

»Des is jo ä dichdichs Gschiddle«, sagte Raffi, und nach vier Kilometern kurbelte sie das Seitenfenster herunter. »Mir schwirrd dorr Gobb … Du ennschulldichsd giedichsd!« Sie steckte den Kopf in die Nacht, entließ die Weinschaumcreme, die Maishähnchenbrust und das Rindercarpaccio wieder in die Freiheit, lehnte sich aufseufzend zurück, schlief tief und fest ein und wurde erst drei Stunden später von Pit geweckt.

Er hatte in dem erzgebirgischen Kurort Oberwiesenthal vor der Bodenstation der Schwebebahn eingeparkt und die Beifahrertür des Wagens von außen geöffnet.

»Böarrr«, sagte Raffi, »'ch fiehl mich wie ausgeleiorrd …«

Pit half ihr heraus und unterstützte sie beim Gehen.

Nach zwei Stöckelschritten blieb sie stehen. »Huh – 's is jo so duhsdrich! Wie schbähd hammrsn? Was zeichdn dei Garrdoffl?«

Damit war Pits Armbanduhr gemeint. »Gleich halb vier«, sagte er.

Noch roch Raffi den Braten nicht, aber ihr Nackenhaar stellte sich auf. »Was sollchn hiorr?« fragte sie.

Pit führte sie zu der untersten Gondel, schloß die Tür mit einem Dietrich auf und sagte: »Bitte einsteigen!«

Das aber wollte Raffi nicht. Jedenfalls nicht zu dieser Nacht-stunde. »'ch bin doch nich middn Glammorrsagg gebühdorrd. Su ä Bledsinn!«

Pit schubste Raffi vorwärts.

»Sei nich so unfrrschämt!« keifte sie. »Nimm oochnbligglich dei Foudn weg, du Dräggboddl! Du griggs glei ä boahr gefäfford!«

Um ihren Widerstand zu brechen, drehte Pit ihr den linken Arm herum, bis der Oberarmknochenkopf mit einem leisen Knall aus der Gelenkpfanne sprang.

»Hodd morr dänn Deene!« schrie Raffi. »Bei dior schäbborrds wo!« Sie stemmte die Pfennigabsätze ihrer High-Heel-Pumps ge-gen das Gondeltürschwellenmetall und erteilte Pit einen scharfen Verweis: »Das iehborrschreided jähdwähdes Mooß däs Ährdräch-lichn!«

Pit ließ sie los, tanzte ein Stückchen nach hinten und beförderte sie mit einem sogenannten Flying Spin Kick in die Gondel hinein.

Nachdem das getan war, sperrte er die Tür zu.

Raffi, der auf dem Kabinenboden zwei Fingernägel abgebro-chen waren, zog sich mit der rechten Hand am Fensterdichtungsgummi hoch und deckte Pit mit Verbalinjurien ein: »Du Griebl! Du Rodzdoffl! Du niedorrdrächdchorr Ehgl!«

Sehen konnte sie ihn nicht, denn er hatte sich mit Hilfe seines Dietrichs in den Maschinenraum der Anlage begeben.

Nu willch mich ma bessorr forrgriehmeln, dachte Raffi, doch sie kriegte – »Goddfordammichnochämah!« – die Tür nicht auf.

Dann setzte die Seilbahn sich in Bewegung. Und nun war auch Pit wieder sichtbar. Er kniete unten auf der Plattform und richtete die verheißene Sehenswürdigkeit auf die Gondel, in der Raffi bereits darüber nachgedacht hatte, ob sie ihre Fingernägel in Bautzen besser im Cinderella Nailstore oder im American Style Nagelstudio relaunchen lassen sollte: eine rückstoßfreie Panzerfaust, in der das Zündhütchen nur darauf wartete, von einem Schlagbolzen getroffen zu werden, damit es die Treibladung freisetzen konnte.

Ei guggemah doh, dachte Raffi. Leide, goofd Gämme, 's gomm laus'che Zeidn!

Sie konnte bloß hoffen, daß die im Schneckentempo bergaufwärts treidelnde Gondel die Kampfreichweite dieser Waffe überschritt, bevor der Schuß losging. Doch dann blitzte es auch schon auf, und die Hohlladung trat ihre Kurzreise aus dem Stahlrohr der Panzerfaust an.

Glei didschse nei, dachte Raffi noch. Uff Wiedrrbesähn!

Von der Gondel blieben eine nicht mehr verwendbare Klemmbacke, zwei Tragrollen, ein verformtes Bruchstück des Gehäuses und die müllreife Hälfte einer Vergußkupplung übrig, aber nichts von Raphaela Botschner. Sie war, wie man in Sachsen sagt, »fuddschigahdowägg«.

20

Im Bundeskriminalamt trudelte Erwin Zapp mit allen Anzeichen schweren Liebeskummers ein. Er hatte rotgeweinte Augen und steil abfallende Hängeschultern, laborierte an Brustschmerzen und hielt sich nicht besser aufrecht als ein angekränkelter Schlammröhrenwurm. Internisten hätten auf eine apikale Ballonierung des linken Herzventrikels getippt und Zapp unverzüglich eine Familienpackung Betablocker verordnet.

Hohlwangig und hundemüde schlurfte er durch die Flure. Es lag eine lange Nacht hinter ihm, die er damit verbracht hatte, in Köln an der Tür von Andreas Pilz zu kratzen, selbstverfertigte Schnulzen abzusingen und Liebesschwüre zu stammeln, bis der Wohnungsinhaber die Tür geöffnet und ihm einen Strahl Essigreiniger ins Gesicht gespritzt hatte.

Man sah Zapp an, daß er nicht in der Verfassung war, sich einem Streitgespräch zu stellen, aber darauf nahm Kommissar Gerold keine Rücksicht. »Auf ein Wort, Herr Zapp«, sagte er, als er ihn erblickte, und packte ihn am Schlipsknoten. »Wie kommen Sie dazu, mich bei Kommissarin Fischer anzuschwärzen?«

Trotz der scharfen Ansprache schaute Zapp kaum auf. Er murmelte etwas wie »War nicht so gemeint« und »Kommt nicht wieder vor«, doch in Gedanken schien er meilenweit entfernt zu sein.

»Du hörst mir jetzt gut zu, Zappilein«, sagte Gerold und drehte den Krawattenknauf um neunzig Grad herum. »Wenn du noch ein einziges Mal jemanden verleumdest, sei es mich oder sonst irgendwen, dann hau ich dir den Kotzbalken aus der Sabberrinne! Capito? Verstanden? Capisce?«

Zapp nickte schlaff und fiel, nachdem Gerold ihn losgelassen hatte, in sich zusammen wie ein nasser Sack Wintererbsen.

Und schon wieder wurde Ute Fischer ein Filmabend durch einen ARD-*Brennpunkt* verdorben, der den ungeklärten Serienmordfällen galt, und auch diesmal saß Waldemar König mit seinen getrimmten und gestrählten Bartschnörkeln im Studio und wetterte über das Unvermögen der SoKo Heidefieber. Über seine vorgetäuschte Entführung log er dabei das Blaue vom Himmel herunter: »Nur dank meiner unbeugsamen Willenskraft habe ich dem Mörder ein Schnippchen schlagen können. Und genau daraus will man mir jetzt einen Strick drehen! Es ist unerhört! Statt diesen feigen Mörder zu jagen, ermittelt die Polizei gegen mich, das Opfer! Aber sie hat nicht mit der Solidarität meiner Kolleginnen und Kollegen gerechnet. Wir, die von der Kripo sträflich mißachteten Autoren von Kriminalromanen, bereiten dieser Tage eine große internationale Pressekonferenz in der Hauptstadt vor, um den Polizeischutz einzuklagen, den man uns schon vor Wochen hätte gewähren müssen …«

An deiner Stelle würde ich mich erst nach einer ausgiebigen Gesichtsrasur wieder in der Öffentlichkeit blicken lassen, dachte Ute und löffelte einen Haselnußjoghurt aus.

Dann kam die Eilmeldung, daß die Schriftstellerin Raphaela Botschner in Oberwiesenthal »in Stücke gesprengt« worden sei, und König lief feuerrot an. »Da sieht man's mal wieder!« rief er. »J'accuse!«

Weil er auf seiner Radtour am Wegrand nur schwerverdauliche Maulbeeren, Silberlindenblätter und Wurzelknollen gefunden hatte, war Frank Schulz mittlerweile gewillt, einen größeren Ort anzusteuern, und als er die Hafenstadt Durrës vor sich liegen sah, lenkte er sein Hochrad talwärts.

Es gewann rasch an Fahrt. Der Umstand, daß es keine Bremsen besaß, wurde Schulz erst wieder bewußt, als ihm bloß noch die Wahl zwischen einem Crash und einem Absprung blieb.

Er entschied sich für den Absprung und ging kurz vor einer

Kreuzung kollernd koppheister, während das Hochrad von einem Mehrpersonentaxi erfaßt und dreißig Meter weit nach Osten geschleift wurde.

Gestoppt wurde Schulz von dem Pfahl eines Verkehrsschilds, was aber wie durch ein Wunder nur zu einer kleinen Zwischenrippenmuskelverletzung führte.

Schulz stand auf. Er war hungrig wie ein Löwe. Einem Abfallkorb entnahm er eine angebissene Börekschnecke und aß sie auf. Aber er gierte nach mehr, und im Terminal des Hafens lachte ihm das Glück in Form eines offenen Containers voller Dosenfisch.

Obwohl eingelegte Sardinen keineswegs seine Leibspeise waren, riß Schulz eine Büchse nach der anderen auf und stopfte sich mit bloßer Hand so viel wie möglich in den Mund. Es kam ihm vor wie ein Mahl des Lukullus.

Mehr als zwanzig Dosen fraß er leer, bevor der Schlaf ihn übermannte, und als er aufwachte, geweckt von metallischen Klängen, fand er sich in tiefer Dunkelheit wieder. Der Container war geschlossen worden und schaukelte umher.

Ach du grüne Neune, dachte Schulz und raffte sich aus den Dosen hoch. Wird das Scheißding jetzt verladen?

»Hey, Leute!« schrie er und trommelte mit den Fäusten an die Containerwand. »Hier ist jemand drin! Hallo, hallo, hallo?«

Aber die Docker trugen Ohrenschützer und hörten keine Silbe von den Hilferufen aus dem Container, der an Bord eines Frachters gehievt wurde.

Nimmt dieser Albtraum denn nie ein Ende? fragte sich Schulz.

Dann überdachte er die neue Lage. Wohin mochte die Reise gehen? Doch wohl irgendwo zu irgendeinem europäischen Hafen, oder nicht? In welche Länder exportierte Albanien Ölsardinen? Vielleicht bin ich hier schon in ein paar Tagen wieder raus, und bis es soweit ist, hab ich genug zu essen. Wenn auch leider keine sanitären Einrichtungen …

Er irrte sich sehr. Irgendwo an Bord des Frachters hatte der Vukoja-Clan eine halbe Tonne Kokain versteckt, die ihm der Stojanović-Clan stehlen wollte, und daher hatte dessen Oberhaupt Živojin Momir Stojanović drei seiner besten Männer in die Crew geschleust. Zwanzig Seemeilen vor der albanischen Küste erschossen sie den Kapitän, brachten den Frachter in ihre Gewalt und nahmen die Suche nach dem Koks auf.

Als sie den blinden Passagier Frank Schulz entdeckten, zogen sie ihn an den Ohren heraus und warfen ihn kurzerhand über die Reling.

Schulz ging zwei, drei Meter unter und kam gulpend wieder hoch.

Die Meuterer lachten über seine tolpatschigen Schwimmkünste, aber in einer Anwandlung von Barmherzigkeit schnürten sie dann mit Nylonseilen vier leere Ölfässer unter einer Tischtennisplatte fest und schmissen sie als Rettungsfloß für ihn ins Meer.

»Don't forget your paddle!« rief einer von ihnen und ließ auch ein Kehrblech aus Plastik fliegen.

Schulz schaffte es, das Kehrblech schwimmend einzusammeln und sich auf die Tischtennisplatte zu ziehen.

Und was nun?

Der Frachter schlug einen Kurs nach Süden ein, während das Tischtennisplattenfloß und sein orientierungsloser Skipper den Naturelementen ausgeliefert waren.

Schulz tauchte das Kehrblech in die kabbelige See. In welche Richtung sollte er rudern?

Von Norden näherten sich kaltlabile Höhenluftmassen, der Wind frischte auf, die Temperatur fiel, und es fröstelte Schulz. Mit Sorge sah er, wie der Himmel sich verfinsterte. Schwarzblaues Gewölk zog herauf, der Seegang verstärkte sich, ein Donnergrollen rollte übers Meer, und es setzte ein Regensturm ein. Schäumende Wellenkämme mit verwehter Gischt zwangen Schulz dazu, sich an die Kante der kreiselnden Tischtennisplatte zu klammern.

Als er so in den brodelnden Wassermassen umhertrieb, beschloß er, bei nächster Gelegenheit der Deutschen Gesellschaft zur Rettung Schiffbrüchiger beizutreten. Einen anderen klaren

Gedanken konnte er nicht mehr fassen. Die Kälte war schneidend. Bei Orkanböen von bis zu 250 Stundenkilometern setzte ein infernalischer Hagelschlag ein, schwere Brecher ergossen sich auf die berstende Tischtennisplatte, und die vom Sturm waagerecht weggeblasenen Salzwasserschaumkronen flogen Schulz viertelliterweise in die Speiseröhre.

Es war ihm nicht zu verdenken, daß er bei diesem Geschehnis Symptome von Seekrankheit zeigte und das im Container genossene Ölsardinenfleisch aus Leibeskräften in die aufgepeitschte Adria göbelte.

Die regurgitierte Masse lockte einen Schwarm von Hammerhaien an. Zu Hunderten umkreisten sie mit ihren charakteristischen Rückenflossen das letzte Teilstück der Tischtennisplatte, an dem Schulz sich krampfhaft festhielt.

Irgendwo hatte er gelesen, daß man Haien gegenüber autoritär auftreten müsse, und er rief: »Ich warne euch! Dem ersten, der mich angreift, zieh ich eins mit dem Kehrblech über!«

Aber das Kehrblech war natürlich längst vom Meer verschlungen worden. Und als hätten sich noch nicht genug multiple Streßfaktoren eingestellt, rückte nun eine von Kugelblitzen durchzuckte Gewitterwolke mit sieben Tornadorüsseln heran, die ausgelassen über die Wellenberge tanzten.

Mit schreckgeweiteten Augen sah Schulz die Wolke nahen. Eine Herzrhythmusstörung schwächte ihn, aber er sprang von der kaputten Tischtennisplatte ab und kraulte todesmutig quer durch den Schwarm der Hammerhaie fort von dieser apokalyptischen Himmelserscheinung.

Doch sie holte ihn mit Leichtigkeit ein, und die vorderste der tosenden Wasserhosen erfaßte ihn, riß ihn in sich hinein und wirbelte ihn mit einer Drehgeschwindigkeit von einhundert Metern pro Sekunde steil hinauf. Eine Seequappe und ein Dutzend Eislaternenfische sowie eine grenzenlos verdutzte Mönchsrobbe pirouettierten in demselben Tornadoschlauch empor, und in fünfzig Meter Höhe schwanden Schulz die Sinne.

21

Andreas Pilz erschrak. Was war das für eine Kreatur, die ihn da aus dem Rasierspiegel anstarrte?

Kenn ich nicht, wasch ich nicht, sagte er sich. In Anbetracht der Lage hatte dieser alte Witz allerdings einen sehr schalen Beigeschmack. Das Gesicht im Spiegel war von Fibromen, Ekzemen und Abszessen aller Arten verunziert. Ein optisches Göttermahl für Connaisseure der Arzneimittelallergie. Die Dinger mußten über Nacht aus dem Boden geschossen sein wie …

Wie Pilze, dachte Pilz erbittert, ging sein Telefon holen und wählte die Nummer seines deutschamerikanischen Geschäftsfreunds.

»Mister Dexter? Ich habe eine Reklamation. Diese Pille, die Sie mir angedreht haben, ist das reinste Teufelszeug! Wieso haben Sie mich nicht vor den Nebenwirkungen gewarnt?«

»Hab ich doch«, sagte Dexter.

»Haben Sie nicht! Sie haben von kleinen Hautunreinheiten gesprochen, aber ich bin … stigmatisiert!« schrie Pilz. »Meine Epidermis ist ein einziges Schlachtfeld! Feigwarzen, Stielwarzen, Dornwarzen, Dellwarzen! Mosaikwarzen und Dotterwarzen!«

»Schon gut. Ich kenne das Krankheitsbild von unseren Testreihen.«

»Und was soll ich jetzt tun?«

»Nehmen Sie es wie ein Mann.«

Pilz stieß ein freudloses Lachen aus. »Das ist leichter gesagt als getan! Ich sehe aus wie der Glöckner von Notre-Dame nach zwölf Runden mit Wladimir Klitschko! Haben Sie und Ihr Verein nicht auch irgendwas entwickelt, um diese Folgeerscheinungen zu beseitigen?«

»Daran arbeiten wir noch.«

»Ach ja? Und was soll ich jetzt tun, außer es wie ein Mann zu nehmen?«

»Fragen Sie Ihren Arzt oder Apotheker. Hat die Pille denn wenigstens funktioniert?«

Ein weiteres freudloses Lachen. »Ja. Gewissermaßen.«

»Na, dann kommt's doch auf Ihr Aussehen gar nicht mehr an«, sagte Dexter fröhlich. »Und es wird Sie vielleicht freuen zu hören, daß ich Ihre zehntausend Euro beim Roulette im Baden-Badener Spielcasino verzwanzigfacht habe. So long, mein Freund! Bleiben Sie knusprig!«

Pilz kehrte geknickt ins Bad zurück. Von Stund an werde ich das Leben eines Aussätzigen führen müssen, dachte er und drückte auf einem scharlachroten Histiozytom an seinem rechten Oberlid herum. Wer soll mich so noch mögen?

Die Antwort lieferte der Postbote: dreißig neue parfümierte Liebesbriefe von Erwin Zapp.

»Fassen wir doch mal zusammen, was wir haben«, sagte Kommissar Riesenbusch bei der Morgenlage im BKA. »Eine Sonnenbrille, ein unscharfes Foto, ein Sohlenprofil, Erkenntnisse über die Gangart des Täters und den fragwürdigen Hinweis darauf, daß ein blauer Anorak und gelbe Sneaker zu seiner Garderobe gehören könnten. Nach dreizehn Morden ist das eine etwas spärliche Bilanz! Jedenfalls wird uns niemand nachrühmen, daß wir damit Meilensteine der Ermittlungsarbeit vorgelegt hätten …«

»Hier wäre noch eine Kleinigkeit«, sagte Kommissarin Schubert und präsentierte eine Asservatentasche, die sie aus Oberwiesenthal mitgebracht hatte. »Ein Zigarettenstummel vom Tatort des Mordes an Raphaela Botschner.«

Dem Profiler Hans-Dietlof Wiesling fielen fast die Augen heraus. »Soll das heißen, daß wir jetzt die DNA des Mörders haben?« fragte er.

»Das wissen wir natürlich nicht«, sagte Kommissarin Schubert.

»Könnte auch eine Trugspur sein. Unseren erzgebirgischen Kollegen traue ich sogar zu, daß einer von ihnen selbst die Kippe da hingeschmissen hat, ohne sich was dabei zu denken.«

»Und was sagt die Analysedatei?« fragte Riesenbusch. »Ist das schon untersucht worden?«

»Ja. Kein Treffer in der Datenbank.«

»Wäre ja auch zu schön gewesen. Na gut, Kinder. Ich weiß, was wir machen. Mit den Peter Müllers sind wir zwar durch, und anscheinend hat jeder von ihnen ein feuerfestes Alibi, aber um völlig sicherzugehen, holen wir uns von ihnen allen nachträglich einen Speichelabstrich zum Abgleich mit der DNA von dem Zigarettenfilter aus Oberwiesenthal …«

Er habe noch einen anderen Vorschlag, sagte Wiesling und stand auf. Nach seinem Dafürhalten, sagte er, habe diese Sonderkommission ein »Compliance-Problem«. In der Privatwirtschaft wisse man bereits seit vielen Jahren, was prozeßorientierte und technische Compliance gewährleisten könne, nämlich die Verankerung des Compliance-Management-Systems in den gelebten Prozessen, die Überwindung des Silodenkens der einzelnen Abteilungen, die Integration eines ressourcenschonenden, akzeptanzfördernden und nachhaltigen Ansatzes, die Erzielung von »Quick Wins«, also schneller Resultate, und eine verbesserte Argumentation gegenüber den Stakeholdern, die zu der Einsicht kommen müßten, daß ein CMS, also ein Compliance-Management-System, die Wertschöpfung eines Unternehmens nicht nur sichere, sondern auch fördere …

»Und was hat das mit uns zu tun?« fragte Riesenbusch. Seine Stirn lag in ackerfurchenartigen Falten, und seine Augenbrauen tanzten regelrecht Lambada.

»Nun, mir scheint, daß wir uns von der freien Wirtschaft einiges abschauen könnten und sollten und daß unsere SoKo einen Compliance-Beauftragten braucht. Als persönliche Informationsschnittstelle. Und ich will nicht verhehlen, daß ich mich dazu berufen fühle, dieses verantwortungsvolle Amt persönlich anzutreten. Als Compliance-Officer wäre ich willens, mich mit meiner Wenigkeit verstärkt in die Kontrolle des regelkonformen Ablaufs unserer, äh, Arbeitsabläufe einzubringen und damit eine hohe Integrationstiefe in den Prozessen unserer Dienstgeschäfte anzustoßen …«

»Setzen!« belferte Riesenbusch. »Sechs!«

»Aber ich – «

»Schnüss! Und falls Sie das in hochdeutscher Übersetzung brauchen: Halten Sie den Schnabel! Ihre hohe Integrationstiefe können Sie sich von der Backe wischen! Wir sind hier nicht auf dem Evangelischen Kirchentag!« Seine Augenbrauen gingen zum Squaredance über. Oder war es Kasatschok? Oder Jumpstyle?

Schamrot setzte Wiesling sich wieder hin.

Betretenes Schweigen.

»Hat hier sonst noch jemand unbrauchbare Ideen?« fragte Riesenbusch.

Kommissar Gerold nahm das Wort: »Wenn die Zigarettenkippe von dem Mörder stammen sollte, ist er nachlässiger vorgegangen als bei allen anderen Morden. Für uns wäre das zwar gut, aber es kann auch bedeuten, daß ihm jetzt alles egal ist. Weil er irgendwas Größeres im Schilde führt.«

»Als da wäre?« fragte Riesenbusch unwirsch.

Gerold hob die Schultern. »Ich weiß es nicht. Einen letzten Amoklauf vielleicht? Und dann ist mir noch eingefallen, daß man sich ja auch umbenennen kann. Sei's durch Heirat oder per Antrag beim Standesamt. Wir sollten uns deshalb auch um die Peter Müllers kümmern, die einen anderen Namen angenommen haben. Sofern sie altersmäßig in das Täterprofil passen, das der Kollege Wiesling dankenswerterweise erstellt hat.«

Alle Anwesenden wußten, daß Hauptkommissar Riesenbusch kein Genius der Selbstbeherrschung war, aber nun sahen sie erstmals, wie ihm die Kinnlade herunterfiel. »Da hätten wir auch früher drauf kommen können!« rief er. »Worauf warten wir noch? An die Arbeit!«

Fridolin Hirschbichler, ein braungebrannter Baßbaritonist aus Niederbayern, Vater zweier Töchter, der mit seiner Familie Urlaub in Doni Štoj gemacht hatte, beugte sich über das menschliche Wrack am Strand und sprach etwas aus, das in keinem rechtschaffenen Drehbuch mehr vorkommen durfte: »San Sie okay, Mo?«

Die Person, zu der er Kontakt aufzunehmen versuchte, schien durch sieben Höllen gegangen zu sein: die Lippen dunkelblau, die Stirnglatze von Sonnenbrandblasen überzogen, das Nasenbein zu Knochenmus zerstoßen, die Augen von Rißwunden umrändert und die Füße schrundig und verhornt. Aus Furcht vor noch schrecklicheren Entdeckungen wagte Hirschbichler es nicht, das Leibchen zu heben, das die Blöße des Mannes bedeckte, und wiederholte immer nur die Frage: »San Sie okay?«

Fridolins Frau Sannerl kam mit einer Flasche Mineralwasser und einem Erste-Hilfe-Koffer dazu. »Des siagt ma doch, daß dem Herrn ned wohl is«, sagte sie und übernahm die Regie.

Eine Stunde später fand Frank Schulz sich gewaschen, gesalbt, verpflastert, getränkt und neu eingekleidet auf einer Bettstatt im geräumigen Wohnmobil der Hirschbichlers wieder und erhielt eine Rollgerstensuppenterrine.

»Wo sind wir denn hier?« fragte er und lutschte seinen Löffel ab.

»In da Nähe vo Ulcinj in Montenegro«, sagte Fridolin.

»Da brate mir doch einer einen Storch! Und wer sind Sie, wenn ich fragen darf?«

Fridolin Hirschbichler stellte sich vor. »Und des do is mei Frau Sannerl, und de Maderln, de wo do schdengan, hoaßn Urschl und Greti.«

Zwei Kinderaugenpaare blickten scheu in das demolierte Gesicht, mit dem Schulz seit seinem Schlagabtausch am Strand von Ammoudia herumlief und für dessen Pflege und Verschönerung er seither nicht viel hatte tun können.

Mit seiner Frau und seinen Kindern werde er jetzt nach Vilshofen an der Donau heimfahren, sagte Fridolin. »Und zwoar in am oanzgn Rutsch. Woin S' mitkemma?«

»Nur zu gern«, sagte Schulz. »Aber Sie müssen wissen, daß ich leider weder Bargeld noch irgendwelche Ausweispapiere bei mir habe. Und wahrscheinlich liegt ein internationaler Haftbefehl gegen mich vor, wegen einer Sache, an der ich absolut unschuldig bin ...«

Er werde ihn nicht verpfeifen, sagte Fridolin, denn er sei kein »Verklamperhaferl«. Sein Herz schlage für die Underdogs. Aber die Reise sei lang, und sie führe durch Bosnien und Herzegowina, Kroatien und Slowenien, und ein Mann ohne Papiere habe auf dieser Strecke schlechte Karten. Doch es gebe unter der Naßzelle einen kleinen Hohlraum, in dem man sich verbergen könne, wenn es einem gelinge, sich so eng einzurollen wie eine Zimtschnecke.

Nach allem, was er durchgemacht hatte, war Schulz auch zum Biß in diesen sauren Apfel bereit. Aber zwei Fragen mußte er noch stellen: »Darf ich mal Ihr Handy haben? Und können Sie mir die Nummer der Auskunft sagen?«

»Uns san leida olle unsa Smartphones bei oana Kanufahrt in an Sää gfoin«, sagte Fridolin. »Is des schlimm fia Sie?«

»Nein«, sagte Schulz und zerdrückte eine Träne. »Ich bin Kummer gewohnt.«

»Wie schaut's aus?« fragte die Fischerin. »Kommt ihr ohne mich klar?«

»Wir buddeln jetzt die umbenannten Peter Müllers aus«, sagte Gerold. »Eine Sisyphusarbeit.«

»Gute Idee. Und was macht der hinterfotzige Herr Zapp? Hast du ihm die Meinung gegeigt?«

»Ja, und zwar mit Nachdruck. Und der ist nicht mehr er selbst. Bei einem Gespräch mit Kommissarin Farian ist ihm gestern ein Schwulenpornomagazin aus dem Jackett gerutscht.«

»Ist nicht wahr!«

»O doch. Und weißt du, was er mit seinem Autoschlüssel in die Fahrstuhlwand geritzt hat?«

»Ein Herz und die Initialen E. Z. und A. P.?«

»Exakt. Und Kommissar Riesenbusch hat danebengestanden und Zapp angeherrscht: ›Was tun Sie da?‹«

»Und Zapp?«

»Der hat gesagt: ›Ich schnitt' es gern in alle Rinden ein, ich grüb' es gern in jeden Kieselstein!‹ Jetzt ist er beurlaubt worden.«

»Gut. Und wann wirst du beurlaubt? Du fehlst mir.«

So deutlich hatte sie das noch nie gesagt. Ein wohliger Schauer fuhr Gerold Gerold über die Haut, und er sagte: »Bald.«

Wenn einer eine Reise tut, dann kann er was erzählen, dachte Frank Schulz, als er sich in die Fuge im Unterbau der Dusche quetschte. Bei seinen Expeditionen hatte er zwar drastisch an Gewicht verloren – die Pfunde waren nur so gepurzelt –, aber die vielen Bruchlandungen und Prügeltrachten hatten sich verheerend auf seine Gelenkigkeit ausgewirkt, und die Kubikzentimeterzahl seines Verstecks wäre selbst für ein Rehkitz recht knapp bemessen gewesen. Er nahm die Schultern eng zusammen, zog die Knie an, bis sie knirschten, und preßte das Kinn auf die Brust. Doch wohin mit den Armen?

Um sich vollständig in das Loch pferchen zu können, mußte er den linken Arm leicht verdreht auf den Rücken legen und den rechten unmäßig scharf anwinkeln, wobei es sich nicht vermeiden ließ, daß ihm der spitz gewordene Ellenbogenknochen in den rechten Leistenkanal stach.

»Leida is de Achsfedarung ned mehr gonz in Oadnung«, sagte Fridolin. »Aba domit wui i liaba east in Deitschland in de Weakstod. Deshoib werd's untawegs a wengerl rumpeln. Pack ma's?«

Er hakte den Duschwannenboden wieder ein und zog die Schrauben stramm an. Dabei merkte Schulz, daß er den Kopf zur Seite drehen mußte, um einem weiteren Nasenbeinbruch vorzubeugen. Sein Kinn lag jetzt dicht auf der rechten Schulter, und das Wannenbecken drückte schmerzhaft auf den linken Wangenknochen. Herzrasen, akute Atemnot und ein schwerer Anfall von Klaustrophobie drängten Schulz zu einem Aufschrei, aber da er wegen Platzmangels den Mund nicht öffnen konnte, brachte er nur ein hündisches Wimmern hervor.

»Baßd scho!« rief Fridolin. »Ois isi!« Dann stieg er auf den Wannenboden und wippte darauf herum, um zu prüfen, ob auch alles gut saß.

Da Schulz nun wieder wimmerte, stellten Urschl und Greti ihrem Vater einige Fragen: »Muaß da Mo sterbn?« – »Hod da wos Bös' gedo?« – »Wieso hod da so noch Fisch gstunkn?« – »Und weshoib siagt da so greislich und scheißlich aus?«

»Seids staad, ihr Schmarrnbeppis«, sagte Fridolin und stimmte, während er den Wagen startete, einen zu Herzen gehenden Song des englischen Komponisten Henry Purcell an: »O solitude, my sweetest choice!«

Und so begann die große Fahrt.

Angst schnürte Schulz die Kehle zu, doch er zwang sich, flach zu atmen. Anders wäre es auch gar nicht gegangen.

Was die schadhafte Achsenfederung betraf, hatte Fridolin nicht zuviel versprochen: Selbst auf glatter Fahrbahn wurde Schulz durchgerüttelt wie in einem Cocktailshaker. Und wenn Fridolin die Landschaft reizte, bog er gern auch mal auf schlaglochreiche, wellblechartig geformte Nebenstraßen und auf höckerige Schotterwege ab, oder er kachelte, sofern er die Krume für leidlich passierbar hielt, sogar querfeldein.

Bei alledem konnte es nicht ausbleiben, daß Schulz alsbald eine Gehirnerschütterung erlitt. Und es wurde ihm speiübel. Doch er wußte, daß er sich in diesem Punkt unter keinen Umständen gehenlassen durfte, wenn er nicht ersticken wollte.

Multipliziert wurden seine Torturen, als kurz nacheinander sein linker Fuß, sein linker Arm und sein gesamtes rechtes Bein einschliefen. Das Kribbeln machte Schulz halb irrsinnig. Er versuchte es durch minimale Veränderungen der Lage seiner Zehen und seiner Finger abzustellen, denn mehr war hier nicht drin, aber da holperte das Wohnmobil über eine Bodenwelle, und das brachte ihn auf andere Gedanken, weil er sich dabei einen Hexenschuß der gehobenen Preisklasse zuzog.

Fridolin Hirschbichler hatte auch Lieder von John Dowland im Repertoire. »In darkness let me dwell, the ground shall sorrow be«, sang er mit volltönender Stimme, während er mit überhöhter Geschwindigkeit in eine unter Denkmalschutz stehende Kopfsteinpflasterstraße einbog. »The roof despair, to bar all cheerful light from me …«

Davon bekam Schulz jedoch nicht viel mit. Er hatte sich jetzt auch eine Kreuzbandruptur eingehandelt und spürte deren Folgen nach.

»O let me living die«, sang Fridolin, »till death doth come, till death doth come …«

Durch alle Ritzen des Wohnmobils drang Straßenstaub herein, der Schulz den Atem nahm.

»I geh mi oamoi duschn«, sagte Sannerl Hirschbichler.

Wenn Schulz vor seiner Einsperrung nicht schon gesehen hätte, daß Fridolin Hirschbichlers Gemahlin über alle Maßen dickleibig war, hätte er es jetzt problemlos bemerkt, als sie den Duschwannenboden betrat, um ihren Haaren durch eine Kurspülung mit Lärchenextrakten einen seidigen Glanz zu verleihen.

Für Schulz resultierte daraus ein Splitterbruch im linken Zwischenkieferbein. Aus seinen Lungen wurde alle Luft herausgepumpt, und dank eines Schlauchlecks flutete nun auch noch Wasser in den Schlupfwinkel, in dem er sein chronisches Muskelzittern und seine anderweitigen Malessen ohne Aussicht auf Erfolg zu bemeistern versuchte.

Je höher der Pegel stieg, desto forscher stemmte Schulz sich hoch. Als die Dusche endlich abgestellt wurde, lag bloß noch sein linkes Nasenloch frei. Durch das andere hatte er mitsamt dem Wasser alle möglichen Coco-Glucoside, Natriumbenzoatbaustoffe und Ölsäure-Glycerinester aus dem Duschgel der Hirschbichlerin in sich aufgenommen.

Unglücklicherweise wiederholte sich diese Prozedur einmal stündlich, weil Sannerl Hirschbichler an Waschzwang krankte, und infolge eines baustellenbedingten Staus in Slowenien verlängerte sich die Fahrtdauer um ein Erkleckliches. Doch über einen Fehlbedarf an Unterhaltung brauchte Schulz sich nicht zu beklagen, denn er wurde von dissoziativen Krampfanfällen heimgesucht, und auf der Strecke zwischen Ljubljana und Dobro Polje lenkte ihn ein vaskulärer Spasmus im Schlundhebermuskel von dem Harndrang ab, der ihn seit grob geschätzt achthundert Kilometern zur Raserei trieb.

Nach einer neunzehnstündigen Fahrt bretterte Fridolin durch den knapp acht Kilometer langen und bei Baumaßnahmen zur Erneuerung des Straßenbelags in einen Flickenteppich aus Hubbeln und Wülsten umgewandelten Karawankentunnel zwischen Slowenien und Österreich, bevor er das Wohnmobil auf einem Rastplatz bei Rosenbach parkte und die Schrauben des Duschwannenbodens löste.

Bei seiner Entbindung aus der feuchten Bodenfuge mußte Schulz die ganze Familie helfen. Fridolin und Sannerl zogen an den Armen und Urschl und Greti an den Beinen. Aus eigener Kraft auseinanderfalten konnte Schulz sich nicht.

Ein eilig herbeigerufener Notarzt diagnostizierte bereits bei der ersten flüchtigen Untersuchung eine Pupillenstarre, eine beidseitige Schulterluxation, einen Ermüdungsbruch des linken Mittelfußknochens und einen hochfrequenten orolingualen Tremor der unteren Gesichtshälfte.

»Hui sakra!« sagte Fridolin.

22

Bevor Pit das Galadinner eröffnete, reichte er Jochen Seifert eine Menükarte aus Glanzleinen mit Schraubrücken. Das Cover war mit imprägniertem Loden überzogen und mit Schutzecken aus Altgold geschmückt.

Seifert musterte die Karte oberflächlich und klappte sie wieder zu. »Du überschätzt meine Französischkenntnisse«, sagte er. »Deine Potage aux Nids d'Hirondelles und den ganzen anderen Kram kannst du dir an den Hut stecken. Und wozu soll der Heidsieck gut sein? Gibt's irgendwas zu feiern?«

»Könnte sein«, sagte Pit.

»Immerhin hast du dir einen Smoking angezogen. Steht dir übrigens schlecht.«

»Thanks a lot! I'll do anything to give you pleasure. Schließlich habe ich gewisse Gastgeberpflichten.«

»Ach so! Wie zum Beispiel die, deine Gäste im Keller anzuketten, ja?«

»Vergiß bitte nicht, daß du als Einbrecher in mein Haus gekommen bist und nicht als geladener Gast. Ich hätte dich auch in Notwehr erschießen können.«

Seifert schnitt ein schiefmäuliges Gesicht. »Im Schußwaffengebrauch scheinst du ja geübt zu sein. Und wann bist du unter die Feinschmecker gegangen? In Berlin hast du immer nur Döner gefressen ...«

»Man lernt und wächst. Ich trage jetzt das Amuse-Bouche auf.«

»Das was?«

»Das Amuse-Gueule. Das Entrée. Ton nourriture arrivera sous peu. Attends une minute, s'il te plaît.«

Austern schlürfen an der Tafel eines Serienmörders: Bloß gut, daß mir dabei keiner zusieht außer dem Serienmörder, dachte

Seifert und ruckte an seiner Kette, während Pit die Vorspeise servierte.

»Chablis?«

Seifert nickte unlustig. »Und du hast hier für zwei Personen aufgedeckt? Besonders stilvoll ist es aber nicht, wenn der Maître de la table mitfrißt und mitsäuft. Und dazu noch im Smoking!«

»Als Obertruchseß«, erwiderte Pit, »bin ich zwar der Aufseher über die fürstliche Tafel, aber ich übe dieses Amt hier auch als Haushaltungsvorstand aus. In Personalunion. Bonne dégustation!«

Nach zwei Gläsern Weißwein, einem Glas Champagner und drei Gläsern Bordeaux hielt Seifert beim Rebhuhnmürbbraten die Zeit für gekommen, Pit nach ein paar Feinheiten seiner Arbeit zu fragen. »Dieser Eisenkorb mit der Leiche von Harry Bölsker – wie hast du den auf den Turm der Lambertikirche gewuchtet? Und wie hast du Hobbe Hubertus Schepkers Melone in die Buddelflasche gezwängt?«

»Berufsgeheimnis«, sagte Pit.

Seifert hielt ihm sein Glas hin. »Ich meine, wenn du wirklich diese ganzen Morde begangen hast, dann bist du ja fast 'n Genie! Aber auch völlig verblödet, weil du deinen Grips nicht zu deinem eigenen Vorteil oder für das Volkswohl angestrengt hast, sondern nur, um das Blut anderer Leute zu vergießen! Das ist doch kein Leben! Das ist reine Idiotie! Das ist Cäsarenwahn!«

Er hänge nicht mehr sehr am Leben, sagte Pit. Er wolle nur noch etwas Gutes tun, bevor er abtrete.

»Hast du noch alle Reifen in der Garage?« schrie Seifert. »Gutes tun, daß ich nicht lache! Weißt du, was ich glaube? Du bist einfach neidisch auf die Menschen, die es weiter gebracht haben als du, du Versager!«

»Glaub, was du willst«, sagte Pit und räumte die Teller ab. »Viel interessanter finde ich die Frage, wie du mir auf die Schliche gekommen bist.«

»Berufsgeheimnis«, sagte Seifert.

Während das geisterhafte Nachtmahl bei Edelkrebsen und gorgonzolagefüllten Artischocken seinen Fortgang nahm, sprach Pit von einer »größeren Sache«, die er noch vorhabe. »Mein letzter Auftrag. Diesmal wird's ein bißchen länger dauern. Ziemlich aufwendige Logistik. Doch ich versichere dir: In fünf Tagen springt das Türchen auf, der liebe kleine Schleppo kommt mit dem Halskettenschlüssel angeschnurrt, und du bist wieder ein freier Mann.«

Ich will ja gern glauben, daß er nicht lügt, dachte Seifert. Aber ihm muß doch klar sein, daß ich ihn hochgehen lasse, sobald ich hier raus bin!

Er hielt es jedoch für klüger, dieses heikle Thema auf sich beruhen zu lassen, und versank bis zum Ende des Banketts in Schweigen.

»Alors, le digestif«, sagte Pit. »Ein vierzig Jahre alter bernsteinfarbener Portwein. Wie man den Fachjournalen entnehmen kann, hat er ein komplexes Bouquet von nussigem Charakter mit Anklängen von Orangenschale. Und einen langen und denkwürdigen Abgang. À la tienne!«

In der Annahme, daß er zur Fahndung ausgeschrieben sei, hatte Frank Schulz sich nach der Notfallversorgung ungeachtet seiner weiterhin katastrophalen Verfassung mit Händen und Füßen dagegen gesträubt, in ein Krankenhaus verlegt zu werden. Er war lieber mit den Hirschbichlers weitergefahren – diesmal freilich unter einer kuscheligen Kaschmirdecke in einem der Wohnmobilbetten, mit schmerzstillenden und stimmungsaufhellenden Präparaten im Leib, während Sannerl ihm Ochsenschwanzragout und Hagebuttentee eingelöffelt hatte.

Urschl und Greti paßte das nicht, weil ihnen dieser Mann durch und durch mißfiel. Sie fanden ihn »gschbinnad«, »garschdig«, »dreggad«, und sie hielten auch nicht damit hinterm Berg, daß sein Ponem ihnen Übelkeit bereite. Nach Urschls und Gretis

Empfinden hatte Schulz ein »brunzbiselbläds Bockfotzngsichd«. Doch als herzensgute, gastfreundliche Menschen waren Fridolin und Sannerl Hirschbichler gern dazu bereit, ihn bei sich daheim in Vilshofen gesundzupflegen, so gut sie es eben vermochten. Ja, und mehr noch: Sannerl schenkte ihm sogar den tiefergelegten High-End-Elektro-Rollstuhl ihrer seligen Großmutter Annamirl. In diesen schwerstbehindertengerechten Power Wheelchair mit Sitzlift, Anti-Kipp-Schutz, beheizbaren Polstern und Hinterradantrieb hatte Fridolin nach Annamirls Heimgang aus Gaudi einen Zwölfzylindermotor eingebaut, der ihn bei Bedarf eine atemberaubende Geschwindigkeit erreichen ließ.

Wichtiger als alles andere war Schulz bei der Ankunft im Waldlerhaus der Hirschbichlers aber das langersehnte Telefonat mit seiner Frau.

Sannerl fischte die Nummer für ihn aus dem Internet und wählte sie an. Danach übernahm der vom Wohnmobil in den Rollstuhl umgebettete Schulz. Leider konnte er wegen des anhaltenden Schüttelkrampfs, der seine unteren Gesichtsmuskelgruppen befallen hatte, nur abgehackt sprechen, und er stieß, ohne es zu wollen, das pralltrillerartige Echo seiner eigenen Silben hervor. »Hier-hier-hier is-is-is Frank-Frank-Frank«, sagte er. »Ich-ich-ich le-le-le-be-be-be noch-noch-noch!«

»Da Mo schdoddad jo grod wiara Aff!« rief Greti und hielt sich die Ohren zu.

»Ich-ich-ich«, fuhr Schulz fort, »hab-hab-hab oft-oft-oft an-an-an dich-dich-dich ge-ge-ge-dacht-dacht-dacht …«

Eine Träne der Rührung lief ihm über die geschwollene, von subkutanen Blutergüssen malerisch in Mistelgrün, Atlantikblau und Eierpflanzenviolett gefärbte rechte Wange.

Auch Urschl vertrat nun lautstark die Auffassung, »da Mo, da varreckde«, solle »sei Goschn hoidn«, doch er kämpfte sich tapfer weiter durch seine knifflige Textpartitur: »Ich-ich-ich freu-freu-freu mich-mich-mich auch-auch-auch, dei-dei-dei-ne-ne-ne Stim-Stim-Stim-me-me-me zu-zu-zu hö-hö-hö-ren-ren-ren …«

Zwischen Ammoudia und Vilshofen hatte er sich während seines Martyriums oft erträumt, wie es wohl wäre, endlich wieder Zwiesprache mit seiner Frau zu halten, aber kein einziges Mal war es ihm in jenen wehmutsvollen Stunden in den Sinn gekommen, daß er diesen Dialog unter solch grotesk erschwerten Bedingungen führen müßte – sabotiert von einer Zitterkrankheit und außerdem von zwei impertinenten Gören, die ihm Schimpfnamen an den Kopf warfen: »Zahnluckada Kletzndepp«, »Hunzgrippl, damischer«, »Lätschnbeni«, »Breznsoizer«, »glumpada Bettbrunza« und vieles mehr.

»Jetzad lossts doch de arma Mo in Ruah in seim scheen Roischtui sitzn und sei Feangspräch fiahn, ihr goschadn Dotscherl!« rief Sannerl Hirschbichler aus der Küche herüber, wo sie im Hefeteig für einen Zwetschgendatschi rührte.

Auf die Frage, wo er so lange gesteckt habe, fiel Schulz keine einfache Antwort ein. »Das-das-das«, sagte er, »is-is-is ei-ei-ei-ne-ne-ne ziem-ziem-ziem-lich-lich-lich kom-kom-kom-pli-pli-pli-zier-zier-zier-te-te-te Ge-Ge-Ge-schich-schich-schich-te-te-te …«

Fridolin brachte ihm ein Weißbier vorbei, und Schulz nahm es dankbar entgegen und stärkte sich mit einem großen Schluck, bevor er den Telefongesprächsfaden wieder aufnahm: »Ich-ich-ich weiß-weiß-weiß gar-gar-gar nicht-nicht-nicht, wo-wo-wo ich-ich-ich da-da-da ü-ü-ü-ber-ber-ber-haupt-haupt-haupt an-an-an-fang-fang-fang-«

Nein, so ging es nicht. Er mußte pausieren, Atem schöpfen und neu ansetzen. Nur wo?

»Geh in Oasch, du Rotzpippn!« rief Greti, während Schulz sich zu sammeln versuchte. Und Urschl sekundierte ihr: »Schwammalkopf, schiaglada! Kannst ned noamal redn, du Spotznhian, du dabrunzds?«

Schulz hätte Urschl und Greti mit Vergnügen ein paar geschwalbt, wenn er die Kraft dazu besessen und dieses Geschwisterpaar in einem weniger engen Verwandtschaftsverhältnis zu seinen Herbergseltern gestanden hätte. Aber so, wie die Dinge lagen, konnte er den Blagen bloß mit dem Finger drohen. Und von vorne anfangen.

»Al-al-al-so-so-so, da-da-da war-war-war so'n-so'n-so'n Pa-Pa-Pa-raz-raz-raz-zo-zo-zo«, sagte er und rang nach Atem. »Und-und-und dann-dann-dann kam-kam-kam ich-ich-ich ins-ins-ins Ge-Ge-Ge-fäng-fäng-fäng-nis-nis-nis!«

Der Gedanke an die ungeheure Diskrepanz zwischen der Masse der Plot Points und der derzeitigen Kümmerlichkeit seiner Erzählkunst brachte Schulz ins Schwitzen, und er beschloß, nur einige Highlights der Geschichte hervorzuheben und den übergreifenden Zusammenhang erst zu einem späteren Zeitpunkt in die Debatte einzuführen. Und vorher nahm er noch einen Schluck Bier.

Dann hob er wieder an: »Und-und-und dann-dann-dann war-war-war da-da-da noch-noch-noch das-das-das Dro-Dro-Dro-gen-gen-gen-la-la-la-bor-bor-bor! Und-und-und der-der-der Bär-Bär-Bär!«

Die Nachfrage, was es mit dem Bären auf sich gehabt habe, bereitete Schulz Verlegenheit. Wie sollte er das in aller gebotenen Kürze referieren? Er beschränkte sich auf eine stark komprimierte Version: »Der-der-der hat-hat-hat mich-mich-mich im-im-im Wald-Wald-Wald ab-ab-ab-ge-ge-ge-schleckt-schleckt-schleckt …«

»Oaschgsicht, saubläds!« rief Urschl, und Greti schnickte ihm mit Füllerpatronentinte getränkte Papierkügelchen an die Stirn und forderte ihn zum Gehen auf: »Schleich di, du Oaschwimmal! Deppade Wuidsau! Hoid dei Fotzn!«

Schulz, der auf seiner Balkanreise zu einem Meister im Nehmen gereift war, stellte sich taub, kniff die Augen zu und sprach weiter: »Und-und-und die-die-die Stei-Stei-Stei-ni-ni-ni-gung-gung-gung! Und-und-und der-der-der Tor-Tor-Tor-na-na-na-do-do-do!«

Sein tremolierender Unterkiefer hätte Kilometergeld verlangen können, wenn er in der richtigen Gewerkschaft gewesen wäre.

»Und-und-und dann-dann-dann ver-ver-ver-folgt-folgt-folgt
mich-mich-mich auch-auch-auch noch-noch-noch die-die-die
Po-Po-Po-li-li-li-zei-zei-zei!«

Nackenschweiß, Achselschweiß und Rückenschweiß hatten sich
im Sitz des Rollstuhls inzwischen zu einem Bachlauf zusammen-
geschlossen, der ins Getriebe rann und dort einen Kurzschluß
herbeiführte. Eine steile blaue Stichflamme stieg auf und flämmte
Schulz die Wimpern und die Augenbrauen ab.

Waldemar König schwebte auf Wolke sieben. Es war vollbracht:
Ausnahmslos alle noch lebenden Regionalkriminalromanau-
toren aus Deutschland, Österreich und der Schweiz hatten ihm
ihre Teilnahme an der Pressekonferenz zugesichert. Viele wollten dafür sogar ihren Urlaub abbrechen, und es gab keine einzige
Krankmeldung.

Das ist gelebter Kameradschaftsgeist, dachte König. Im solidari-
schen Miteinander liegt der Schlüssel zum Erfolg!

Ihm selbst, dem Primus inter pares, fiel dabei die Aufgabe zu,
die Veranstaltung mit einer furiosen Rede zu eröffnen, die sich
unauslöschlich in die Köpfe und die Herzen aller gutwilligen
Menschen brennen sollte – ein Kilimandscharo der Redekunst in
ihrer allerhöchsten Vollendung! Fürderhin, dachte König, wird
man mich in einem Atemzug mit Oratoren wie Demosthenes,
Cato dem Älteren, Cicero, Seneca, Winston Churchill und Rai-
ner Barzel nennen. Eine hohe Ehre, gewiß, aber auch eine schwere
Bürde, wenn man jene Rede erst noch ausarbeiten muß …

Als Schreibwerkzeug kam hierfür nur das Feinste vom Feinen
in Frage: der titanbeschichtete 2018 zum »Pen of the Year« gekürte
Kolbenfüllfederhalter »Imperium Romanum« von Faber-Castell,
für den König 4500 Euro berappt hatte. Er setzte die 18-Karat-
Goldfeder auf ein elfenbeinfarbenes, handgeschöpftes Japanpapier
und schrieb:

Sehr geehrte Damen und Herren!

Schwach, ganz schwach. Er strich die Zeile durch. Nächster Versuch:

In dieser schweren Stunde, meine sehr verehrten

Auch nicht wirklich markerschütternd. Nein, er mußte viel, viel höher einsteigen. Und so kräftig ins Horn stoßen, daß dem Publikum Hören und Sehen verging:

Völker der Erde!

Ergriffen legte König den Füller zur Seite, faltete die Hände über dem Bauch und dachte: That's it. Nicht lange fackeln, sondern in die Vollen gehen, dem Affen Zucker geben und den Tiger reiten!

Er nahm den Füller wieder auf. Jetzt flutschte es nur so:

Im Buch der Offenbarung spricht der Prophet Johannes von einem Tier, das er aus dem Meer aufsteigen sah. Und es hatte sieben Köpfe und zehn Hörner und auf seinen Hörnern zehn Kronen und auf seinen Köpfen einen Namen der Lästerung. Und das Tier, das er sah, glich einem Panther, und seine Füße waren wie die eines Bären und sein Rachen wie ein Löwenrachen; und der Drache gab ihm seine Kraft und seinen Thron und große Vollmacht. Und es wurde ihm gegeben, Krieg zu führen mit den Heiligen und sie zu überwinden.

Wer Ohren hat zu hören, der höre!

Auch unter uns wandelt ein Tier, das Krieg führt – einen Krieg gegen die Freiheit des Wortes. Und dieses tollwütige Tier beißt, schießt, hackt, sticht und feuert um sich, und sein Weg ist eine Schneise der Verwüstung, und an seinen Händen klebt das Blut meiner Zunftgenossen. Der tragische Tod unserer geschätzten Kollegin Raphaela Botschner in Oberwiesenthal hat uns gezeigt, daß jenes Tier sich nunmehr auch das Prädikat »Sachsenschlächter« verdient hat.

König zögerte. Sollte er besser »Sächsinnenschlächter« schreiben?

Darum würde er sich später kümmern. Er wollte nicht den Schwung verlieren, der ihn gepackt hatte. Weiter, weiter:

Noch kurz vor ihrer Ermordung hat Frau Botschner mir mit Tränen in den Augen persönlich in die Hand versprochen, bei unserer

heutigen Veranstaltung öffentlich der von feiger Mörderhand ge-
fällten Blutzeugen zu gedenken, die in unseren Herzen die ewige
Wache bezogen haben. Da Raphaela Botschner nun aber leider
verhindert ist

Nein, das mußte er irgendwie umformulieren.

Da Raphaela Botschner aber ihrerseits einer ruchlosen, an Perfi-
die schier nicht mehr zu überbietenden Greueltat von jener Mör-
derhand erlegen ist, obliegt es heute mir, die Anklage zu vertreten.
Denn was, so frage ich, unternimmt die Kriminalpolizei gegen das
räudige Raubtier, das all diese Menschen gerissen hat?
Die Antwort lautet: nichts! Es läuft noch immer frei herum!
Den Mitgliedern der Sonderkommission, die diesen Fall unter-
sucht, rufe ich daher von hier aus zu: Weh euch, ihr Natternbrut,
ihr Heuchler, die ihr die Becher und Schüsseln außen reinigt, in-
nen aber sind sie voller Raub und Gier! Ihr Schlangen, ihr Ottern-
gezücht!

Eine halbe Minute lang zuzelte König an der Füllerkappe, bis
ihm die Fortsetzung einfiel:

»I have a dream«, sagte Martin Luther King einst in seiner be-
rühmten Rede vor dem Lincoln Memorial in Washington. Und
auch ich stehe nicht an, hier und heute zu erklären: I have a
dream – ich habe einen Traum – von einer Welt, in der dieser
Serienmörder in Einzelhaft über sein verpfuschtes Leben nach-
denken kann.
Und ich will hier, meine lieben Freunde, noch einen anderen
Amerikaner zitieren. »Ich bin ein Berliner«, verkündete John F.
Kennedy nach dem Mauerbau, nicht weit von hier, und diesem
Bekenntnis lasse ich heute mein eigenes folgen: Ja, ich bin ein Re-
gionalkrimi-Autor! Na und? Macht mich das zu einem Menschen
zweiter Klasse?
Ich schreie es hiermit laut in alle Welt hinaus: Wir Autoren von
Regionalkrimis sind

Morgen ist auch noch ein Tag, dachte König. Genug für heute.
Bettzeit!

Vorher las er aber noch auf Amazon die neuesten drei Kunden-rezensionen seiner Romane:

Der letzte Dreck. Dieser König ist nackt! Wenn ich könnte, würde ich minus fünfzig Sterne vergeben.

Und:

Kann mal jemand diesem unterbelichteten Knochenkopf mitteilen, daß seine Scharteken ver*beep*te, nach *beep* und *beep**beep* müffelnde *beep**beep**beep**beep* sind? Vielleicht wechselt er dann endlich den Beruf.

Und:

Hallo, Herr König! Falls Sie hier mitlesen: In diesem Roman (»Die Heidegrabschänder«) lassen Sie einen »Kriminalbezirksinspektor Konrad Wurzacher aus Celle« als Nebenfigur auftreten. Darf ich Ihre geschätzte Aufmerksamkeit darauf lenken, daß sowohl der Amtstitel als auch der Name des Inspektors eher auf eine österrei-chische Beheimatung seiner Person hindeuten? Und wieso kann er auf S. 57 bei einer Auslandsreise in Ecuador an »Montezumas Ra-che« erkranken und schon zwei Tage darauf auf S. 61 quietschfidel bei einer Tafelrunde von Kriminalisten im Restaurant Leonardo in Hannover »ein Duett von der Gänsestopfleber schnabulieren«, wie Sie schreiben? Und wie ist es möglich, daß er dann auf S. 102 plötzlich wieder »wegen seiner Reisedurchfallkrankheit von einem Facharzt in einer Spezialklinik in der ecuadorianischen Haupt-stadt Lima« behandelt wird? Zumal Lima ja die Hauptstadt von Peru ist und nicht von Ecuador?

Fragen über Fragen, lieber Herr König! Und gleich noch eine mehr: Kann es sein, daß Sie Ihre eigenen Bücher nicht lesen?

Die Kehrschleifen in Königs Bartgewinde erzitterten, als er aus-rief: »Ihr I-Tüpfel-Reiter! Ihr Kümmelspalter! Ihr neunmalklugen Korinthenkacker! Euch werde ich noch zeigen, wer der Größte ist!«

Während Waldemar König durch das linke Nasenloch ein Spülbad aus Wasser, Kamille und jodiertem Salz in seinen Nasenrachenraum saugte, um einer Polypenentzündung entgegenzuwirken und die Schleimhäute der Nasenhaupthöhle, die Kieferhöhlen und den Bronchialbaum zu reinigen, saß Andreas Pilz vierzig Meter weit entfernt in der Astgabelung einer Birke und richtete ein Lasermikrofon aufs Badezimmerfenster.

König hatte dem Kassenwart einer mutmaßlich neonazistischen Terrorzelle einen fünfstelligen Betrag überwiesen, und nun mußte Pilz einen nächtlichen Lauschangriff ins Werk setzen, der zu weiteren Erkenntnissen führen sollte. Doch bislang waren von dem Apparat nur Gurgeln, Röcheln, Schnauben, Husten und Spucken aufgezeichnet worden.

Aus gutem Grund glaubte Pilz, daß er diesen Spezialauftrag seinem Exterieur verdankte, denn im Büro mochte ihn niemand mehr sehen. Als Dreingabe zu allem anderen überwucherten inzwischen auch Basaliome, Leberflecken, Zysten, Ödeme und kellerasselartige Mitesser sein Gesicht. Ein Allergologe hatte Pilz eine Drainage in der Hochgebirgsklinik Davos empfohlen, aber dafür fehlte es ihm an Rücklagen.

Zur Kariesprophylaxe und zur Vorbeugung gegen säurebedingten Zahnschmelzabbau spülte König sich die Mundhöhle jetzt mit Teebaumöl und Chlorhexamed Forte aus.

Und ich sitz hier wie ein Eichhörnchen auf einem Baum und darf dir beim Ausspeien zuhören, du verfettetes, ungeschlachtes Rhinozeros! dachte Pilz. Anstatt mich von Kopf bis Fuß eingeölt Ute Fischers Body-to-Body-Massage hinzugeben!

Der Wind bewegte die Birke. Aber war es nur der Wind?

Das muß etwas Größeres sein, dachte Pilz, der schon viele Horrorfilme gesehen hatte. Und er lag richtig: Es war Erwin Zapp, der den Birkenstamm mit Bärenkräften ins Schwanken brachte.

Pilz fiel vor Schreck das Abhörgerät aus der Hand.

»Ich kann nicht länger warten!« schrie Zapp. »Komm an meine grüne Seite!«

Als auch Pilz selbst wie ein reifer Apfel heruntergefallen war, überhäufte Zapp ihn mit Küssen, aber nach einem Fußtritt in die Kronjuwelen des Aggressors konnte Pilz ihm entschlüpfen und sich in die Büsche schlagen.

23

»Und wo sind deine Eltern?« fragte Gerold, als er in Boekzeteler Hoek die gute Stube betrat.

»Die sind zum Klootschießen nach Beningafehn«, sagte Ute. »Wir haben 'ne sturmfreie Bude. Willst du 'n Tee? So'n richtig klassischen Ostfriesentee mit Kluntje und Schlagsahnewölkchen? Und 'ne Pharisäerschnitte dazu?«

»Was ist da drin?«

»In der Schnitte? Laß mich nachdenken ... ein Biskuitboden, Magerquark, Zartbitterschokolade, Mascarpone, Sahne, in Rum eingelegte Rosinen ...«

»Ist genehmigt. Und was hat man sich unterm Klootschießen vorzustellen?« fragte er und sah sich den Wandschmuck an: Delfter Kacheln mit ländlichen Motiven, Handgeschnitztes, Kupferstiche von Segelschiffen, zwei gepunzte Hochzeitslöffel, kleine Goldschmiedearbeiten, eine historische Ansicht der Stadt Leer und das Ölgemälde einer herbstlichen Gemarkung mit Bockwindmühle.

Das sei ein Kugelweitwurfwettbewerb, sagte Ute, die nebenan eine Teekanne mit heißem Wasser vorwärmte. »Eine friesische Sportart, die darauf zurückgehen soll, daß die Friesen die Römer mit Lehmklumpen beworfen haben. Kann man bei Tacitus nachlesen.«

»Und von wann datiert dieses archaische Schrankteil hier?«

»Das ist seit dreihundert Jahren in Familienbesitz. Ein Ammerländer Kannenstock. Oder meinst du den Dithmarscher Tellerschrank? Der stammt aus dem späten achtzehnten Jahrhundert …«

Den Tellerschrank hatte Gerold bei seinem Inspektionsgang noch gar nicht gewürdigt. Und auch das übrige Wohnzimmermobiliar war von hohem Alter: eine Barocktruhe aus Eiche mit Kufenfüßen und Schuppenfries, ein Tabernakelsekretär aus Kirsche, eine Wanduhr mit vergoldeten Bleiverzierungen und Mondphasenanzeiger, raumgreifende lederbezogene Ohrensessel, ein ovaler Tisch aus Nußbaumholz und ein gondelförmiges Sofa.

»Sieht ganz so aus, als kämst du aus 'ner Familie der Upperclass«, sagte Gerold.

Ute kicherte. »Schön wär's! Nein, das sind alles Erbstücke von einer kinderlosen Urgroßtante, die einen besserverdienenden Mann geheiratet hat. Mein Vater hat als Deichschäfer gearbeitet. Schlecht kombiniert, Sherlock Holmes! Und deck doch schon mal den Terrassentisch. Das feine Teegeschirr steht unten rechts im Kannenstock …«

Der parkähnliche Garten konnte sich ebenfalls sehen lassen. Gerold badete seine Augen in Laubgehölzen, Wildrosen und einer langen Flucht von Rhododendronhainen unter einem leuchtend blauen, mit Federwolken betupften Spätsommerhimmel.

»Und dieses Paradies hast du gegen eine Etagenwohnung in Uelzen eingetauscht?« fragte er, als Ute mit dem Tablett anrückte. »Bist du malle?«

»In Uelzen hab ich immerhin drei Balkonpflanzen. Außerdem muß der Mensch ja von irgendwas leben.«

»Mensch, Mädchen, du hätt'st doch die Deichschäferei übernehmen können!«

»Seh ich so aus?«

»Oder … oder … oder dir eine Karriere als Fußpflegerin aufbauen können! In Greetsiel oder Krummhörn!«

Ute zeigte ihm einen Vogel. Doch sie räumte ein, daß sie das Haus und diesen »wunnerboren Utkiek« in den Garten oft vermisse. »Das ist schon eines der schärfsten Wohnobjekte, die im

hiesigen Liegenschaftskataster verzeichnet sind. Aber jetzt erzähl
mir lieber mal den neuesten SoKo-Klatsch.«

Beim Tee und der ihn flankierenden Kalorienbombe brachte
Gerold noch einmal die geheimnisvolle und unerforschliche We-
sensveränderung aufs Tapet, die in Erwin Zapp vorgegangen war
und zu seiner Beurlaubung geführt hatte. »Als er abgedackelt ist,
hat er ausgesehen wie ’n Schluck Wasser in der Kurve. Ausgemer-
gelt, knochenfahl und in jeglicher Hinsicht insuffizient. Glaub's
mir – neben Zapp hätte selbst der Tod auf Rädern wie Ronald
McDonald gewirkt! Riesenbusch hat dem alten Zappi geraten,
sich in ärztliche Behandlung zu begeben, aber ob er das getan hat,
weiß man nicht. Kommissarin Schubert hat ihn aus Mitleid mal
angerufen, aber da hat er nur unzusammenhängendes Zeug ins
Telefon gestöhnt, und ’ne halbe Stunde danach hat er ihr kom-
mentarlos ein Gedicht von Matthias Claudius gesimst: ›Die Liebe
hemmet nichts; sie kennt nicht Tür noch Riegel, / Und dringt
durch alles sich; / Sie ist ohn Anbeginn, schlug ewig ihre Flügel, /
Und schlägt sie ewiglich.‹ Ich meine, was soll man dazu noch
sagen?«

»Und sonst? Irgendwelche neuen Spuren?«

Gerold wehrte mit der Hand eine Wespe ab, die ihm die Pharisäerschnitte abspenstig machen wollte, und sprach ein Ermitt-
lungsergebnis aus Sachsen an: »Vermutlich hat unser Mann an
Raphaela Botschner nicht nur einen Mord, sondern einen Raub-
mord begangen und ihre Speisekammer geplündert. Und auf
dem Deckel der Tiefkühltruhe hat er in einer Schrift aus weißem
Kaviar vom Beluga-Stör die Botschaft hinterlassen: ›Alles Gute
kommt von oben!‹ Was aber keinen rechten Sinn ergibt, weil der
Einbruch durch die Kellertür erfolgt ist. Und die Seilbahngondel
ist von unten abgeschossen worden und nicht von oben.«

»Den Satz mit dem Guten, das von oben kommt, hab ich in
Benno Druschkes Roman ›Reimt Crime sich auf Burg Rabenstein?‹ gelesen«, sagte Ute. »Auf Seite zweihundertvier. Das solltest du gleich weitergeben …«

Sie trank ihren Tee aus, stand auf und ließ Gerold wissen, daß sie nun duschen gehe und er sich auf dem Gästebett im oberen Stockwerk bereithalten solle. Dritte Tür links. »Für ein Deichschäferstündchen.«

Nachdem er Kommissar Riesenbusch angerufen und ihn auf den Satz in Druschkes Krimi hingewiesen hatte, befolgte Gerold die Anordnung, verschränkte auf dem rustikalen Bett die Hände im Nacken und blickte erwartungsvoll auf die Badezimmertür an der Südseite des Gästezimmers.

Seite zweihundertvier! dachte er. Hat diese Frau etwa ein fotografisches Gedächtnis?

Als Ute aus dem Bad kam, trug sie ein Negligé mit kontrastfarbener Spitze und Zierschleifen aus Satinseide und darunter, soweit Gerold erkennen konnte, eine nelkenrote Corsage und Feinstrümpfe, einen String mit funkelndem Strass und zwei flaumige Oberschenkelbänder, die auch in einem der Saloons von Wyatt Earp einiges Aufsehen erregt hätten.

Gerold kerbte sich dieses Bild tief ins Gedächtnis, als Vorrat für die langen Winterabende in der Reha, die ihm blühten, falls er den bevorstehenden Ansturm der Fischerin überleben sollte.

»Bereitmachen zur Notlandung«, sagte sie bei ihrem Striptease. »Fuel Selector auf Notbetrieb! Sauerstoff zweihundert Pfund und fallend! Sie müssen jetzt alles geben, damit wir die Kiste stabilisiert kriegen, Capt'n!«

»Haben wir etwa Houston verloren?« fragte Gerold.

»Ja, klar! Und nicht nur Houston, sondern auch Kansas, Missouri und Texas!«

»Und Elsaß-Lothringen?«

»Was immer du willst …«

»Und was ist mit dem Saarland?«

»Was soll mit dem Saarland sein?« fragte sie zurück und pfefferte Gerold eines der Strumpfbänder an den Kopf.

»Okay … wie lange brauchen wir, um die Mondfähre zu aktivieren?«

»Drei Stunden. Nach der Checkliste. Aber so viel Zeit haben wir nicht.«

»Ich schlage vor, wir schließen die Regelventile der Brennstoffzellen …«

»Das könnte dir so passen!« rief Ute. »Get ready for a little jolt, old horse …«

Fünfzehn Kilometer weiter östlich wurde ihr sportiver Vater Folkert Eyklof Hjerke Fischer im gleichen Moment von einem Obmann des Klootschießer- und Boßelvereins Freesensport Beningafehn mit einer Silbermedaille geehrt, die sauer verdient war, denn er hatte sie sich mit einer leichten Bänderdehnung in der Schulter erkauft.

Frank Schulz litt nach wie vor an kapitalen Schmerzen, aber das ärgste Kieferschlottern war abgeklungen, die Schlagzahl der Silbenwiederholungen hatte sich vermindert, und er kündigte seiner Frau telefonisch an, daß er bald heimreisen könne. Die Hirschbichlers würden ihm das Geld für eine Großraumtaxifahrt von Vilshofen nach Osnabrück vorstrecken: »Den-Den Roll-Rollstuhl-stuhl nehm-nehm ich-ich näm-näm-lich-lich mit-mit …«

Und dann wollte er baldmöglichst nach Berlin fahren und am Brandenburger Tor zehntausend Euro an den Grillmeister Niarchos abtreten. So wie er es dessen Bruder Demetrios vor langer, langer Zeit in Griechenland gelobt hatte. Schulz hielt es zwar für äußerst unwahrscheinlich, daß der Ganove Demetrios tatsächlich imstande wäre, ihn aufzustöbern und zur Rechenschaft zu ziehen, falls er sein Versprechen nicht hielt – aber wußte man's?

Eben nicht. Und nachdem er nun so oft mit einem Bein im Grab gestanden hatte, wollte er nichts mehr riskieren. Was waren zehntausend Euro schon wert, wenn man dafür beständig in der Furcht vor einem messerschwingenden Desperado aus der griechischen Gangsterwelt leben mußte?

Gekleidet war Schulz jetzt in einen Sonntagsstaat von Fridolin

Hirschbichler: eine kurze Kalbslederhose mit verspielten Stickereien und Hornverzierungen, ein Trachtenhemd mit Perlmuttknöpfen, eine grüne Filzweste und ein Paar Haferlschuhe. Ein gerüttelt Maß an Mensurzipfeln und Ehrennadeln sowie ein Tirolerhut mit Birkhuhnfedern rundeten das Gesamtbild ab.

Hier bin ich Mensch, hier darf ich's sein! dachte Schulz und ließ sich die Mittagssonne auf die gebrochene Nase scheinen.

Sannerl Hirschbichler brachte ihm auf dem Balkon einen Malzkaffee und eine Brotzeit an den von Fridolin reparierten Rollstuhl: eine Laugenbrezen mit Butter und Schnittlauch, zwei Weißwürste, zwei Spiegeleier mit Speck und einen Wurstsalat. »An Guadn, Herr Schuiz!«

»Vie-Vie-len-len Dank-Dank«, sagte er und haute rein, als gäbe es kein Morgen mehr. Diese gütigen und sanftmütigen Menschen! Er hatte sie fest in sein Herz geschlossen und nur das giftnudelige Töchtergeschwerl außen vor gelassen.

Während er zulangte, las er im *Vilshofener Anzeiger* mancherlei über die Verbreiterung einer Kreisstraße, einen Auffahrunfall in Diendorf, den Diebstahl einer Säbelsäge am Galgenberg und die Inbetriebnahme eines neuen Löschwasserbrunnens in Pleinting, aber ungeheucheltes Interesse zeigte er erst bei der Lektüre des Vorberichts über eine kulturelle Top-Veranstaltung in Passau:

A star is born – Željko Blažević! Seine lustigen Brechstangenverse begeistern die Massen. »Der Junge ist ein Naturtalent«, sagt sein Verleger und Manager Gerd Haffmans, der sich zur Zeit mit ihm auf einer großen Lesetournee befindet. »Nicht mehr lange, und er wird ganze Stadien füllen!« Heute abend um 20 Uhr liest Blažević in der nahezu ausverkauften Dreiländerhalle.

»Herr-Herr Hirsch-Hirsch-bich-bich-ler-ler?« rief Schulz über die Schulter ins Hausinnere. »Kön-Kön-nen-nen Sie-Sie mich-mich heu-heu-te-te a-a-bend-bend viel-viel-leicht-leicht nach-nach Pas-Pas-sau-sau fah-fah-«

Er verstummte, denn ein Flummi hatte ihn am Schläfenbein getroffen.

»Da Deifi soi di hoin!« rief Greti. »Hurasakrament no amoi! Schaugst aus wia zagwäddschda Lebergnedl!«

Wo Greti weilte, war Urschl nie zu fern, um in das Gezeter einzustimmen: »Glubschaugada Hosnbiesla, deppada! Du oide Dotschn! Du Duttnzuzla! Moch a Fliagn, elendiga Loderer, dahauda!«

Schulz drohte den Mädchen mit der Faust, doch da erwischte ihn der nächste Flummitreffer und richtete im linken Nasenflügelknorpel einigen Schaden an.

Worauf sich Urschl wieder meldete: »Hosds Schoafbloddan oda san des ois bloß Piggl in dai Babbm? Futgeign, dabrunzde, miserablige! Bisd panieat oda wos?«

Und wieder Greti: »Schaugs dia amoi im Schbiagl o, dai Waddschngsicht, du Hodalump! A Fotzn wiara eigdredne Wiadshausdia!«

Der dritte Flummi schoß über das Ziel hinaus, aber eine Tüte Juckpulver konnten die Mädchen Schulz noch in den Kragen schütten, bevor sie zur Kommunionsstunde mußten.

An diesem Nachmittag stand Erwin Zapp in Friedrichshain vor dem Schaufenster von Soldier of Fortune und betrachtete die ausgestellten Druckluftwaffen, Macheten und Samuraischwerter und auch die wohlgefüllten Vitrinensäulen im Ladeninneren.

Wenn Andreas Pilz nicht willig ist, dachte Zapp, dann brauch ich Gewalt. Und ein schalldichtes Liebesnest mit einem Käfig, in dem ich ihn so lange asservieren kann, bis er sich mir ergibt. Und dann werden die Hochzeitsglocken läuten.

Beim Betreten des Geschäfts trällerte er ein Lied: »Dein ist mein ganzes Herz ... Du bist mein Reim auf Schmerz ...«

Für die Flitterwochen hatte er einen vierwöchigen Aufenthalt in der Emerald Overwater Junior Suite Villa im Intercontinental Bora Bora Resort & Thalasso Spa ins Auge gefaßt – ein Refugium mit einem Glasboden, der einen uneingeschränkten Blick auf die

Schätze der polynesischen Korallenriffe bot. In der Lagune würden Pilzi und er von morgens bis abends schnorcheln und schnäbeln und tauchen, und die Nächte sollten Gott Amor geweiht sein.

Die Bitte, nach Passau chauffiert zu werden, schlug Fridolin Hirschbichler seinem Gast nicht ab, und es wurde ein runder Abend in der mit achttausend Menschen gefüllten Dreiländerhalle. Zwei Stunden lang schüttelte Željko Blažević auf Zuruf Kalauerverse aus dem Ärmel.

»Simone de Beauvoir!«

»Ich vererbe dir diesen Hosentürknauf. / Halt ihn bitte in Ehren und Beauvoir ihn gut auf.«

»Jean-Paul Sartre!«

»Was suchst du am Boxring im Menschengewühle? / Hast du keine Antenne für Sartre Gefühle?«

»Intifada!«

»Er habe, sagte Arafat unumwunden, / erst als Greis Intifada-Rolle hineingefunden …«

»Moses!«

»›Noch heut' geht ihr mit mir ins Himmelreich ein!‹ / ›Geht's auch morgen oder Moses schon heute sein?‹«

Um die Show etwas aufzubrezeln, hatte Gerd Haffmans tief in die Tasche gegriffen und auch für Augenfutter gesorgt: Zuckende Laserstrahlen, Schübe von Trockeneisnebel, eine Windmaschine und dreißig Trapezartisten verliehen der Lesung, wie der Reporter des *Vilshofener Anzeigers* notierte, »massiven Eventcharakter«.

»A geh!« rief Fridolin ein ums andere Mal. »Jessas! Marandjosef! Meina Seel!«

Für Schulz wurde das Vergnügen durch das Juckpulver in seinem Kreuz beträchtlich geschmälert. Er mußte sich unablässig am Rückenpolster des Rollstuhls schubbern und sich manchmal, wenn der Juckreiz überhandnahm, auch mit aller Kraft hochstemmen oder sich weit nach links oder rechts lehnen und seinen

Rumpf aus variierenden Lagen am Polster reiben, um nicht verrückt zu werden.

Ein Hintermann, dem das auf die Nerven fiel, versetzte Schulz einen Nackenstüber und fügte mündlich die Fußnote hinzu: »Gib a Ruah, sunst dalebts wos, du Schmoaßfliang!«

Schulz blickte sich um.

»Jo, du!« fuhr der bärbeißige Mann ihn an. »Glei fangst oane, daß d' d' Engal singa herst! Du Gschwoischädl, du oagsoachta! Und dann heb i di aus dein Schmissetl aussi und pack di beim Gnack und beim Oasch und heb di so lang zom Fensda naus, bis di Muckn dei Gfries abgfieslt homm!«

Dieser unmißverständlich vorgetragenen Aufforderung zum Stillsitzen leistete Schulz Folge, auch wenn es ihm schwerfiel, seinen geschundenen Leib zur Ruhe zu zwingen.

Für das Finale hatte Haffmans eine fünfzigköpfige Ballettgruppe aus dem Pariser Lido aufgeboten, und hier ließ Fridolin sich noch einmal vernehmen: »Heilandsack! Des gibds do ned! Sacklzement!«

Danach wollte Schulz gern mit Haffmans sprechen. Fridolin wartete solange bei einem Radler an der Bar.

Es war nicht ganz einfach, sich mit dem Riesenrollstuhl einen Weg durch die Völkermenge zu bahnen, aber irgendwann schaffte es Schulz, zu dem Signiertisch vorzustoßen, an dem Blažević seine Fans mit Autogrammen bediente. Links dahinter stand Haffmans und bündelte Geldscheine.

Schulz drückte zweimal auf die verchromte Ballhupe an seinem Rollstuhl und sagte: »Hal-Hal-lo-lo, Haf-Haf-fi-fi!«

Haffmans lachte hocherfreut auf und sagte: »Schulzi, altes Haus! Wie schön, dich in alter Frische wiederzusehen!«

Das war natürlich geschmeichelt, denn mit seiner Sattelnase und den Legionen von Wundrosen, Hautblasen und Schmauchspuren sah Schulz wie etwas aus, das zwei Jahrzehnte lang im Rauchfang einer spätmittelalterlichen Waffenschmiede gehangen hatte.

»Auf dem Balkan hab ich mir die Augen aus dem Kopf gesucht nach dir!« sagte Haffmans und beeilte sich, Schulz mit einem Glas Prosecco zu bedienen. »Und gerade eben hab ich noch backstage mit deinem Agenten Thomas Hübner telefoniert und mit ihm über dich gesprochen! Und weißt du, was der mir gesagt hat? Die griechische Regierung hat sich heute offiziell bei dir entschuldigt, und sie will dir einen Ferienbungalow in Ammoudia schenken! Zur Entschädigung für das, was man dir in Griechenland angetan hat!«

Schulz staunte Bauklötze. »Was-Was?« sagte er. »Ich-Ich hör-hör wohl-wohl nicht-nicht recht-recht ...«

Haffmans erläuterte ihm die Sachlage: Im Haus eines verschollenen Auftragskillers namens Gregorios Moraikis habe die griechische Polizei Unterlagen gefunden, aus denen hervorgehe, daß er von Eleftherios Manaskov, dem Polizeichef von Thessaloniki, auf Schulz angesetzt worden sei. Manaskov sei daraufhin verhaftet worden und habe sich in seiner Zelle erhängt. »Und nun kommt's noch besser«, sagte Haffmans. »Es ist ein Video aufgetaucht, das belegt, daß du dich am Strand von Ammoudia nur verteidigt hast und zu Unrecht verhaftet worden bist. Und außerdem haben die Griechen einen gewissen Demetrios Nikoforos gefaßt, und der hat gestanden, daß er beim Ausbruch aus dem Gefangenentransporter, in dem auch du gesessen hast, einen Polizisten erwürgt hat. Na, und jetzt wollen die Griechen nicht mehr, daß du ausgeliefert wirst, sondern sie möchten dich mit Freudenfeuern und Salutschüssen begrüßen! Noch 'n Prosecco?«

In dieser Flut guter Nachrichten mußte Schulz sich erst einmal zurechtfinden. »Ich-Ich kann's-kann's noch-noch gar-gar nicht-nicht glau-glau-ben-ben«, sagte er. »Welch-Welch ein-ein Hap-Hap-py-py End-End!«

Denn das bedeutete ja auch, daß er jetzt ohne Angst vor der Polizei in einem Krankenhaus vorstellig werden und sich dort sachgerechter zusammenflicken und bandagieren lassen konnte als von Fridolin und Sannerl Hirschbichler.

»Dieser Demetrios Nikoforos ist inzwischen übrigens schon

wieder ausgebrochen«, sagte Haffmans. »Aber das tangiert dich
ja nicht mehr ...«

»O-O doch-doch«, sagte Schulz und trank seinen zweiten Prosecco aus. »Ich-Ich muß-muß schleu-schleu-nigst-nigst nach-
nach Ber-Ber-lin-lin!«

Mit vieler Mühe legte er dar, weshalb er zehntausend Euro an
den Berliner Imbißbudenbetreiber Niarchos abdrücken müsse,
und Haffmans sagte: »Komm doch mit uns mit! Željko Blažević
tritt morgen abend im Tempodrom auf. Wir fahren heute nacht
mit unserer Karawane nach Berlin, für dich und deinen Rollstuhl
haben wir genügend Platz, und die läppischen zehntausend Euro
für diesen Niarchos schenk ich dir! Du warst früher immer eines
der besten Pferde in meinem Stall, und nun kann ich mich ja auch
mal erkenntlich zeigen!«

Dann gab er per Smartphone die Pressemitteilung heraus, daß
er Frank Schulz nach einer langen und entsagungsvollen Suche
gefunden habe und ihn demnächst der Weltöffentlichkeit präsen-
tieren werde, und Schulz nahm Abschied von Fridolin Hirschbichler: »Ich-Ich fahr-fahr jetzt-jetzt gleich-gleich mit-mit Bla-
Bla-že-že-vić-vić und-und sei-sei-nem-nem Troß-Troß mit-mit!
A-A-dieu-dieu! Und-Und noch-noch-mals-mals mei-mei-nen-
nen wärm-wärm-sten-sten Dank-Dank!« Er schüttelte Fridolin
herzhaft die Hand. »Auch-Auch für-für den-den Roll-Roll-stuhl-
stuhl und-und den-den An-An-zug-zug!«

»Gern gschehn«, erwiderte Fridolin. »Pfiat Eahna God!«

24

Das »Klootscheeten« habe »vääle Besökers antreckt«, also viele
Besucher angelockt, sagte Utes Mutter Martje beim späten Frühstück. »Daar drapt sük de Lüüd geern.« Und Folkerts letzter Wurf
habe »bannig Indruck maakt«.

Ute übersetzte: »Beim Klootschießen kommen die Leute gern zusammen, und der letzte Wurf meines Vaters hat einen starken Eindruck gemacht.«

»Ook op mi sülven«, sagte Folkert. »Aver wenn 'n Minsch 'n besünner Talent in sük hett, denn kümmt dat even ook vördag …«

Gerold verstand nur die Hälfte, doch das Übrige konnte er auch ohne Utes Dolmetscherdienste erahnen. Mit Folkert und Martje Fischer saß ihm ein Rentnerpaar aus einem uralten Ostfriesengeschlecht gegenüber: hochgewachsen, wetterhart und eisenrot. In Martjes rundes Gesicht hatten die Jahre ein Gespinst feiner Lachfältchen eingezogen, während an Folkert vor allem der majestätische Nasenzinken und die sprietsegelförmigen, im rechten Winkel von seinem knochigen Kopf abstehenden Ohren zu beeindrucken wußten.

Hier trägt man sein Äußeres noch mit Würde, anstatt sich unters Messer zu legen, wenn man nicht so aussieht wie George Clooney oder Kim Kardashian, dachte Gerold und biß in eine dick mit fangfrischem Granat belegte Scheibe Buttertoast, wobei zwei der Krabben herunterfielen.

Folkert führte Gerold vor, wie man das machen müsse: »De Ellboogen utrecken, mit twee Fingers topacken un dat Ding denn vörsichtig hoogtillen …«

Dabei fielen ihm selbst zwei Krabben vom Brot, und Martje lobte ihn: »Wat heff ick doch 'n klogen Mann!«

»Kloge Lüü püschern ook maal an't Pootje vöörbi«, sagte er.

Ihr Vater meine damit, daß selbst großen Gelehrten gelegentlich ein Fehler unterlaufe, erklärte Ute, und dann brachte Martje das Gespräch noch einmal auf den gestrigen Tag, der »mit een lüstig Danzvergnögen« ausgeklungen sei: »Dat weer een groot Pleseer!«

Dem alten Gribbert Gerkens, sagte Folkert, sei bei der Feier allerdings »de Branntwien to stark in't Kopp stegen«, und er habe »swienske Schimpwoorden van sük geven – ›Suddelmoors‹ un ›Klöterbüx‹ un wat nich all. So eenige hebbt wi gaar nich begriepen könnt! Dor hebbt sük de Lüüd düchtig över upregt. Aver ook dat beste Peerd strumpelt woll maal ...«

Dieses Thema wollte Martje nicht vertiefen, und sie fragte Ute und Gerold, ob sie nicht einen Fahrradausflug ins Moormerland unternehmen wollten.

Darauf hatte Gerold Lust, aber dann rief Kommissar Riesenbusch ihn an und bat ihn um einen kleinen Gefallen: »Wir gehen hier noch immer die Peter Müllers durch, die irgendwann einen anderen Namen angenommen haben, und einer dieser Ex-Müllers wohnt ganz in der Nähe von – wie heißt das noch, wo Sie jetzt sind?«

»Boekzeteler Hoek.«

»Genau. Hab's mir auf Google Maps angesehen. Sieht wie ein stilles Örtchen aus.«

»Kann man so sagen, ja.«

»Also, dieser ehemalige Peter Müller wohnt nur sechs, sieben Kilometer von Ihrem Standort entfernt. Ich weiß, Sie haben frei, aber ich würde mich freuen, wenn Frau Kommissarin Fischer und Sie die Güte hätten, da mal vorbeizuschauen. Sie wissen ja, daß ich sehr große Stücke auf alle unsere kleinen Landpolizisten halte, aber da Frau Fischer und Sie nun schon mal vor Ort sind ...«

Er mußte nicht ausreden. Gerold ließ sich die Adresse geben, und zwei Minuten später saß er mit Ute im Auto.

»Deine Eltern sind ja süß«, sagte er. »Aber wo hast du dein Hochdeutsch gelernt?«

»In de School«, sagte Ute. »Un later denn ook in de Bedden. Bi mien Frünnen ...«

Gerold verbiß sich die Frage, wie viele Freunde das denn gewesen seien, und nach einer zwanzigminütigen Fahrt brachte er den Wagen vor einem Klinkerbau zum Stehen.

Sie stiegen aus und klingelten.

»Kein Name auf dem Schild«, sagte Gerold. »Aber das heißt nichts. Ist bei mir genauso. Bin einfach zu faul, mich darum zu kümmern.«

Da niemand öffnete, gingen sie um das Haus herum.

»Das eine Kellerfenster hier ist kaputt und nur mit Leukoplast geflickt«, rief Ute Gerold zu. »Vielleicht sollten wir mal die Nachbarn fragen, wann sie den Besitzer zuletzt gesehen haben …«

»Welche Nachbarn?« fragte Gerold. »Kannst du hier irgendwelche Nachbarhäuser erblicken?«

Als sie weitere Kreise um das Haus zogen, entdeckte Ute ein Tarnzelt, in dem ein Kunstfaserschlafsack, ein Fernglas, ein Notebook, ein gelber Sack mit dreckiger Wäsche und eine größere Anzahl geleerter Sandwichverpackungen und Pringles-Hülsen lagen.

»Hier ist doch was oberfaul«, sagte Gerold. »Laß uns reingehen.«

»Worein?« fragte Ute. »In das Haus?«

»Worein denn sonst?«

»Ohne Durchsuchungsbeschluß?«

»Den müssen wir dann eben selbst erlassen.«

»Ich liebe dich.«

»Ich dich auch.«

»Dann ist das ja schon mal geklärt. Let's go!«

Sie stießen die Haustür mit Gerolds Wagenheber ein, und als sie die Kellerräume durchforsteten, hörten sie einen Mann durch eine Betondecke schreien: »Hilfe! Hilfe! Ist da jemand?«

»FBI!« rief Ute. »You're safe!«

Und der Mann schrie zurück: »Safe? Shit! Get me outta here!«

Als er Waldemar König auf der Berliner Wilhelmstraße nachschlich, fragte Andreas Pilz sich immer wieder, wie man unauffällig jemanden beschatten könne, wenn man aussah wie ein Elefantenmensch. Sein knotiges Rumpelstilzchengesicht hatte er notdürftig mit einer Sonnenbrille, einem bauschigen Halstuch und dem vorderen Teil seiner Schlapphutkrempe kaschiert, aber seit ihm auch ein Hexenbuckel und ein multiklumpenartiger Kropf gewachsen waren, stellte er das genaue Gegenteil eines idealtypischen Agenten im Außeneinsatz dar: einen extraordinären, aufsehenerregenden Blickfang – einen Eckenbrüller auf zwei Beinen, und die Leute starrten ihn entgeistert an. Manche zeigten sogar mit dem Finger auf ihn.

Aber König merkte von alledem nichts. Er ging im Geiste seine große Rede durch, während er voranschritt, und innerlich jauchzte er, denn es war ihm gelungen, mehr als fünfzig internationale Fernsehsender für das große Ereignis zu mobilisieren.

Pilz wiederum entging es gänzlich, daß Erwin Zapp ihm auf den Fersen war – mit den Augen der Liebe, aber auch mit einer Flasche Walther Prosecur Bear Defender, einem City-Brother-King-Cobra-Wurfmesser, einer Enola-Gaye-Rauchgranate, einem zehn Meter langen Lasso des Herstellers Mustang Saddlery und einer dicken Rolle Gaffatape. Zwischen Jüterbog und Luckenwalde hatte er am frühen Vormittag ein kleines Häuschen angemietet, in dessen Gemüsekeller er Pilz in die Mysterienspiele der Minne einweihen wollte.

In einem günstigen Moment, dachte Zapp, werde ich zuschlagen. Und der Himmel wird auf meiner Seite sein.

Jochen Seifert konnte sich nicht erinnern, jemals etwas Herrlicheres gesehen zu haben als die Klinge der Axt, unter deren Schlägen die Tür seines Kerkers zersplitterte. Dann schob ein Mann seinen Kopf durch das Loch und sagte: »Hier kommt die Infanterie. Wir sind gleich bei Ihnen.«

Nach einigen weiteren Axthieben hatte Gerold das Loch so weit vergrößert, daß er hindurchsteigen konnte.

Ute folgte ihm.

»Da draußen müßte irgendwo ein Spielzeuglaster mit dem Schlüssel für mein Halseisen stehen«, sagte Seifert. »Wären Sie so lieb, sich mal danach umzusehen?«

Pit hatte nicht gelogen: Im Vorraum stand der programmierte Smoby-Truck mit dem Schlüssel.

Ute nahm ihn an sich, befreite Seifert von seiner Kette und lief nach oben, um Verstärkung und einen Krankenwagen herbeizurufen.

»Wie lange sind Sie hier schon festgehalten worden?« fragte Gerold.

Das sei ihm selbst etwas unklar, sagte Seifert und rieb sich den Hals. »Mein Zeitgefühl hat gelitten ...«

»Und der Mann, der Sie hier angekettet hat? Wo ist der hin? Wissen Sie das?«

»Er hat gesagt, daß er noch irgendeine letzte große Sache vorhat. Mehr weiß ich darüber nicht. Aber er ist der Serienmörder, der diese ganzen Krimischreiber umgebracht hat ...«

»Ja«, sagte Gerold. »Das haben wir uns auch schon gedacht, als wir durch seine Bibliothek und seine Werkstatt gegangen sind. Wann haben sie ihn zum letzten Mal gesehen?«

»Vor ungefähr drei Tagen. Hier unten läßt sich das nicht so genau bestimmen. Und bis vor etwa zwei Tagen hab ich gehört, wie er an seiner Nähmaschine gearbeitet hat. Wie so'n Besessener. Darf ich jetzt rauf? Ich würde gern mal wieder die Sonne sehen ...«

Als Location für den Gig hatte Waldemar König den mondänen, ganz oben im Berliner Hotel Adlon Kempinski angesiedelten China Club ausgewählt, dessen Mitglied er war. Die Aufnahmegebühr betrug zehntausend Euro, und als Jahresbeitrag mußte man zweitausendfünfhundert Euro entrichten. Dafür traf man hier aber auch nur die Upper Ten: Spitzenmanager, Spitzenpolitiker und die Hautevolee aus Film, Funk, Internet, Fernsehen und Sport.

Dafür, daß der China Club seine Tore heute ausnahmsweise für eine Pressekonferenz öffnete, hatte König einen hohen Betrag gezahlt, und der Berliner Polizeipräsident – ein Waldemar-König-Fan der ersten Stunde – hatte eine Hundertschaft zum Schutz der Veranstaltung bereitgestellt.

Die Eingangstür des Clubs wurde scharf bewacht. König, den Star der Veranstaltung, ließen die Polizeikräfte natürlich ein. Andreas Pilz hatte es schon schwerer, doch sein Dienstausweis wirkte Wunder, aber Erwin Zapp, der keine Einladungskarte besaß, wiesen sie auf ruppige Weise ab, und es blieb ihm nichts anderes übrig, als unten auf dem Bürgersteig einsame Runden zu drehen und auf die Wiederkunft seines Geliebten zu warten.

Mit Lalülala näherten sich die blaugelben Streifenwagen der Leeraner Polizei.

»Eine letzte große Sache?« sagte Ute. »Wahrscheinlich hat er einen Anschlag auf die Pressekonferenz vor, die Waldemar König und seine Spießgesellen heute in Berlin geben. Im Adlon Kempinski.«

»Weißt du, wann die losgeht?« fragte Gerold.

Ute konsultierte ihr Smartphone. »Um halb fünf. Also in viereinhalb Stunden.«

Und Seifert fragte: »Haben Sie vielleicht 'ne Zigarette für mich? Oder würde ich damit den Tatort verunreinigen?«

Auf der Dachterrasse des Hotels kofferte Waldemar König zwei Tontechniker zusammen: »Das Stehpult gehört hier oben hin! Auf das Podest! Nicht irgendwo da unten ins Tal! Haben Sie denn keine Augen im Kopf? Und in spätestens fünfzehn Minuten ist Soundcheck! Dann muß ich in die Maske!«

Auch die Bardamen durften sich einen Anschiß von ihm anhören: »Hier müssen Rebensäfte aus jedem deutschen, österreichischen und schweizerischen Weingau vertreten sein, hab ich gesagt! Aber was seh ich? Nur einen Bruchteil! Also kommt in die Gänge, ihr Fettkühe! Bewegt eure Hüften!«

Von der Bar spurtete er in die Taipan-Suite zu einem Live-Interview mit einer Reporterin von ABC News, die ihn aber gar nicht über die Mordserie befragen wollte, sondern über seinen Bart: »This – how shall I call it – beard or goatee or bristles of yours – is this thing synthetic? And how do you clean it after your meals?«

Halte an dich, sagte König sich und schenkte dem amerikanischen Fernsehpublikum ein dünnes Lächeln, obwohl er dieses Weib gern filetiert hätte.

»Kommissar Riesenbusch?« rief Gerold. »Na, Gott sei Dank, daß ich Sie an der Strippe hab! Also, wir haben hier einen Mann aus dem Haus des Serienmörders befreit. In Stiekelkamperfehn. Und wir wissen, daß der Mörder einen Anschlag auf die Pressekonferenz plant, die Waldemar König heute nachmittag in Berlin abhalten will. Im Beisein von ich weiß nicht wie vielen anderen Autoren von Regionalkrimis …«

Da könne eigentlich nichts passieren, sagte Riesenbusch. »Der Berliner Polizeipräsident hat Himmel und Hölle in Bewegung gesetzt, um diese Veranstaltung zu schützen. Das hat er mir persönlich versichert. Da kommt kein Attentäter rein. Aber ich bin hochbeglückt über Ihren Ermittlungserfolg. Und jetzt gönnen Sie sich eine Mütze voll Schlaf. Die haben Sie sich verdient!«

»Was sagt er?« fragte Ute.

»Daß wir uns aufs Ohr legen sollen. Die hätten da alles im Griff.«

»Wohl kaum«, sagte Ute. »Up na Berlin!«

25

Ramazan Pepaj und sein schielender Adlatus Klodian checkten im Adlon Kempinski ein. Sie waren dort zu einem zwanglosen Gedankenaustausch mit hochkarätigen Masterminds der Camorra, der 'Ndrangheta, der Yakuza, der Triaden und der Cosa Nostra verabredet. Erwartet wurden außerdem der balkanesische Höllenfürst Živojin Momir Stojanović und der vielseitig interessierte Generalkonsul Alexander Kniepholz sowie sechs vertrauenswürdige Geschäftspartner aus Kolumbien, Mexiko, Rußland, Pakistan und Tauberbischofsheim, denn der Megatrend Konnektivität hatte auch das organisierte Verbrechen erfaßt. Das Zauberwort hieß Synergie. Man wollte bei einem guten Tröpfchen Wein über kollaborative Tools und geopolitische Herausforderungen reden und das gemeinsame Wertschöpfungspotential ausloten, um der Zwickmühle der Stand-alone-Bedingungen zu entkommen.

Für die Bereinigung etwaiger Auffassungsunterschiede hatte Pepaj eine sechsläufige, hydraulisch angetriebene Maschinenkanone im Gepäck, die er im Besprechungszimmer mit einem großen Chiffontuch zu tarnen gedachte. Darunter sollte sich dann auch Klodian versteckt halten und auf einen möglichen Feuerbefehl warten. Trau, schau, wem!

Der Vorstand des Vereins der deutschsprachigen Kriminalromanautoren e.V. war an diesem historischen Tag im China Club vollständig vertreten, und zwar durch den Vorsitzenden Dr. h. c. Frowin Echternhagen, den stellvertretenden Vorsitzenden Severin Dibelius, den Kassen- und Pressewart Egon Prümm, den Schriftführer Philipp Sonderhuisken und den Jugendwart Marvin Bröcherle. Im wachsenden Gedränge auf der Dachterrasse hatten sie einen Tisch mit guter Sicht aufs Podium erobert und sich wegen der schwer zu ertragenden Hitze zehn Flaschen eines patagonischen Edelwassers und drei Flaschen Louis Roederer Cristal Brut kommen lassen, und nun brachten sie ein Hoch auf Waldemar Königs kämpferisches Ethos aus.

»Vivat, crescat, floreat!« rief Dr. h. c. Echternhagen, der seit 1964 der pflichtschlagenden Karlsruher Burschenschaft Tuiskonia angehörte, und Severin Dibelius mischte feuertrunken seinen Jubel ein: »Hoch soll er leben!«

König konnte jedoch noch keine Huldigungen entgegenneh-
men. Er stauchte gerade einen der Tonmeister zusammen, weil
das Stehpultmikrofon einen Wackelkontakt hatte.

Schmucke Hostessen verteilten DIN-A4-Blätter mit dem Ab-
laufplan:

Ansprache von Waldemar König
Große internationale Pressekonferenz mit anerkannten Autoren
Moderation: Waldemar König
Nikolaj Rostislaw Schestakow:
Cello-Suite Nr. 6 in D-Dur, Bachwerkeverzeichnis 1012
Waldemar König:
Lesung aus seinem Roman »Die zersägte Äbtissin«
Meimung Puyang und das Württembergische Kammerorchester:
Flötenkonzert Friedrichs des Großen Nr. 3 in C-Dur
Totenehrung
Schweigeminute
Blutschwur
Fahneneid
Protestmarsch zum Berliner Polizeipräsidium
Feierliche Abschlußkundgebung
Proklamation einer neuen Sittenordnung durch
WALDEMAR KÖNIG

Was es mit dem Schwur, dem Eid und der Proklamation auf
sich hatte, wußte bislang nur König allein, und die Spannung stieg.

»Nu maak maal 'n beten to«, sagte Ute zu Gerold, der ihrer Meinung nach nicht dynamisch genug auf die Tube drückte. »Bis Berlin sind's jetzt noch immer fast hundert Kilometer, und uns bleiben bloß noch fünfzig Minuten!«

Um mit Blaulicht über die Straßen jagen zu können, hatten sie
sich von den Kollegen aus Leer einen VW Passat B6 geliehen, aus
dessen 300 PS mit einem etwas waghalsigeren Fahrstil fraglos
mehr herauszuholen gewesen wäre, aber Gerold hing aus alter

Gewohnheit an seinem Leben, und als die Raststätte Buckautal nahte, wollte er dort sogar anhalten und austreten.

»Das ist nicht dein Ernst«, sagte Ute drohend.

»Was soll ich denn machen? Ich muß halt mal kurz ins Fliesenstudio …«

»Man kann nicht mit Martinshorngetöse über die Autobahn preschen und zwischendurch pullern gehen!«

Das könne man sehr wohl, teilte Gerold ihr mit und bog ab.

Als er wiederkam, stand die Beifahrertür offen, und Ute saß am Steuer. »Pieseln geiht vöör Danzen, aber jetzt mach hinne!« rief sie und ließ den Motor aufheulen.

Beim Wiedereinscheren auf die Autobahn nahm sie einem Sattelschlepper die Vorfahrt und fädelte sich auf engstem Raum zwischen einem hupenden Langholztransporter und einem Nissan hindurch auf die Überholspur, womit sie einen Jaguar zu einer Vollbremsung zwang. Dann trat sie das Gaspedal durch.

»I'm too old for this shit«, sagte Gerold, und seine linke Hand zitterte, als er nach der Buchse für den Gurtstecker suchte.

Mit seinem Campari stand Hans-Jörg Krüselhusen ein wenig verloren zwischen all dem Volk auf der Dachterrasse des Hotels herum, aber dann fragte ihn eine mit Jojoba-Öl, Vitamin E und linolsäurehaltigen Liposomen gefirniste Dame, ob er nicht Hans-Jörg Krüselhusen sei.

Er bejahte das, und sie bat ihn um ein Kurzinterview für die *Berliner Morgenpost*.

»Nichts lieber als das!« sagte er.

»Gut! Ihr Kriminalroman ›Meppenerfleisch‹ ist ein Mega-Seller, Herr Krüselhusen. Fürchten Sie sich vor dem Serienmörder?«

»Ja und nein.«

»Sind Sie heute hier, um gemeinsam mit Ihren Kolleginnen und Kollegen ein Zeichen gegen die Angst zu setzen, die viele von Ihnen ergriffen hat?«

»Ja.«

»Und finden Sie, daß die Polizei in diesem Fall bisher genug unternommen hat?«

»Nein.«

»Vielen Dank, Herr Krüselhusen«, sagte die Dame und ließ ihn stehen. Sie hatte hinter ihm Hannes Bünkerle erkannt, den viel berühmteren Verfasser der Kriminalromantrilogie »Schwabengewitter«, »Schwabentod« und »Schwabenschlachtung«, lief spornstreichs auf ihn zu und fragte ihn: »Herr Bünkerle, sind Sie heute hier, um gemeinsam mit Ihren Kolleginnen und Kollegen ein Zeichen gegen die Angst zu setzen?«

Beim nächsten Mal, dachte Krüselhusen, werde ich weiter ausholen, und dann mußte er sich einen neuen Stehplatz suchen, weil sein alter von einem Fernsehteam aus Neuseeland okkupiert wurde.

Am Pariser Platz wurde Frank Schulz mit seinem Rollstuhl von zwei Roadies aus einem Brummi entladen.

»Tschüssing, Frank«, sagte Gerd Haffmans. »Und paß auf dich auf!«

Das werde er tun, erwiderte Schulz. »Mehr-Mehr denn-denn je-je!« Er wünschte Haffmans und Blažević einen flotten Abend im »Tem-Tem-po-po-drom-drom« und wollte sich gemächlich auf die Suche nach Niarchos machen, aber ein jäher Krampf in der rechten Hand, die den Joystick mit dem Geschwindigkeitsregler umschloß, brachte den Rollstuhl auf volle Touren – er schoß raketengleich durchs Brandenburger Tor und erreichte auf der Gegenfahrbahn der Straße des 17. Juni bereits nach acht Sekunden 265 km/h. Mit der linken Hand am Lenkergriff und der rechten am Joystick slalomte Schulz im Prestissimo und kammervorhoffflimmernden Herzens durch den dichten Gegenverkehr und konnte von Glück sagen, daß der Krampf sich wieder löste, denn sonst hätte die rasende Geisterfahrt ihr natürliches Ende am Sockel der Siegessäule gefunden. Schulz umrundete sie, etwas langsamer werdend, zweimal in der falschen Richtung, wich dabei im Schweiße seines Angesichts insgesamt neunzehn entgegenkommenden Kraftwagen aus, geriet von der Straße ab und blieb schließlich mit hängender Zunge und rauchenden Reifen im Unterholz des Großen Tiergartens vor einem Haselnußstrauch stehen.

Eine Ringeltaube flog unmutig gurrend auf und hinterließ einen weißgrauen Klecks auf der leidgeprüften Nase des Ruhestörers.

Während seine Poren alles versprühten, was die Drüsen auf Lager hatten, ging Schulz eine Ballade von Simon & Garfunkel durch den Sinn:

Homeward bound
I wish I was
Homeward bound …

Ein Herr in einem Anzug von Brioni arbeitete sich durch das Gestrüpp zu ihm durch und sagte, daß er ein Talentscout für die Paralympics sei. »Stehen Sie schon irgendwo unter Vertrag?«

Auf der Dachterrasse des Adlon trieb sich auch Clemens Podolsky herum. Seine Keilerei mit Frank Schulz am Strand von Ammoudia hatte ihn zu einem gefragten Mann gemacht, und er berichtete jetzt zweimal wöchentlich für Fox News von dem heißesten Scheiß aus der deutschen Hauptstadt.

Jetzt drängelten Podolsky und sein Kameramann sich zu Waldemar König durch, der sich soeben wüst mit einer, wie er fand, nicht knapp genug geschürzten Kellnerin gestritten hatte und deshalb noch knallrot im Gesicht war.

»Herr König«, sagte Podolsky, »man munkelt, daß Sie kürzlich mit Stephen King gechattet haben und dabei irgendwie von ihm gedisst worden sind. Ist da was dran?«

Königs Gesichtsfarbe spielte nun sogar ins Magentablaue. »Ich weiß nicht, wovon Sie reden!« kofferte er. »Im übrigen halte ich das Geschreibsel des Herrn King für maßlos überschätzt. Nein, keine weiteren Fragen mehr! Ich habe hier noch alle Hände voll zu tun …«

In Andreas Pilz, der verpflichtet war, König nicht aus den Augen zu lassen, brandete eine Welle des Selbstmitleids auf. Er hatte es restlos satt, sich das buttrige, wie mit Schweineschmalz eingewichste und auf Rokoko gestylte Rankenwerk von Königs bramsiger Bartschnecke anzusehen. Mit welcher Meditationstechnik konnte man das ertragen?

Ein paar Etagen tiefer teilten Ramazan Pepaj und seine Gefährten in der Executive Lounge bei einer Trockenbeerenauslese und Fluten von Sliwowitz ihre künftigen Einflußzonen in Amerika, Eurasien und Afrika untereinander auf. Das Teambuilding wurde dabei auf Anraten von Alexander Kniepholz durch professionelle Maßnahmen aus dem modernen Führungskräfte-Training vorangetrieben. Neben Achtsamkeits-Coachings auf Grundlage der Mindfulness-Based Stress Reduction (MBSR), interaktiven Gruppenspielen und kurzen Feedbackrunden wirkten sich in diesem Zusammenhang auch die von dem Tauberbischofsheimer Waffenschieber Dieter Leuchtweis angeregten Atemübungen positiv auf den Mannschaftsgeist aus. Von dem Vorschlag, stehend in den Beckenbodenraum zu atmen, die Augen zu schließen und einen Regenbogen zu visualisieren, waren die meisten Verhandlungspartner zuerst nicht sonderlich erbaut gewesen – D' mache a G'siicht wie die Muttergottes von Schmerleboach, hatte Leuchtweis gedacht –, aber dann war der Knoten geplatzt, und beim gemeinsamen Atmen hatte sich gezeigt, daß der ganzheitliche Ansatz nach Margot Scheufele-Osenbergs Leitfaden »Die Atemschule« selbst die Verbrecherkartellbildung optimieren konnte.

Nachdem die Männer in Kreisformation auch die Chandra-Bhedana-Übung absolviert hatten, bei der man abwechselnd durch das linke und das rechte Nasenloch atmet, um die Mondenergie zu stärken, wandten sie sich in aufgeräumter Stimmung den Märkten in Australien und Ozeanien zu. Und währenddessen saß Klodian mucksmäuschenstill unter dem Chiffontuch und wartete auf das Codewort für die allzeit mögliche Gefechtseröffnung. Es lautete »Perëndi« (»Gott«).

Hinter der Autobahnabfahrt Potsdam-Nord wurden Ute und Gerold von einem Stau aufgehalten.

»Sla mi de Donner!« schrie Ute und setzte zusätzlich zur Sirene die Lichthupe ein. »Sünd de swaar von Begripp? Schon mal was von Rettungsgasse gehört? De hebbt doch woll neet mehr all hör Fief bienanner! Macht Platz, ihr Krömmeskacker!«

Da das Sport Utility Vehicle vor ihr sich nicht rührte, wurde es von Ute mit dem Schlachtruf »Haal mi de Kuckuck!« von hinten gerammt. Dann setzte sie zwei Meter zurück, stieß wieder vor und rammte auch das Heck des BMW 225xe, der den Überholstreifen blockierte.

Dank dieser Patentlösung huschten die Fahrzeuge auf der A10 auseinander wie Kaninchen unter Schrotbeschuß.

»De neet wagt, de neet winnt, de neet schitt, de neet stinkt«, sagte Ute, als sie in einen höheren Gang schaltete, und den aufgebrachten Fahrern der angedötschten Autos rief sie durchs offene Fenster zu: »Gaht na 'n Düwel, ji Duddellappen! So vööl Benüll as 'n Koh!«

Erst auf der Höhe von Dallgow-Döberitz fand Gerold so weit aus seiner Schockstarre heraus, daß er Ute fragen konnte, was »Benüll« heiße.

»Verstand«, sagte sie und überholte mit 280 Stundenkilometern einen Jumbo, der Gefahrengut geladen hatte.

»Und hast du vor, wenigstens im Innenstadtbereich auch mal auf die Bremse zu treten?«

Das bleibe abzuwarten, sagte Ute. »Elk Ding hett sien Wetenschup ...«

Die schweißnasse Tracht, die er am Körper trug, hatte Frank Schulz im Schein der lieben Sonne trocknen lassen, und nun prömmselte er mit seinem Rollstuhl im ersten Gang zum Brandenburger Tor zurück, um die Bude des Grillchefs Niarchos zu suchen und sich mit den von Gerd Haffmans spendierten zehntausend Euro endlich von dem Albdruck freizukaufen, daß der Bösewicht Demetrios eines Tages mit einer Mistgabel oder einer Reihenfeuerpistole hinter der Tür lauern könnte.

Obwohl sein Geruchsvermögen durch die vielen Attacken auf seine Nase in Mitleidenschaft gezogen worden war, konnte Schulz den Imbißwagen schon von weitem riechen. An der Stirnseite prangte in Leuchtschrift der Name »Taverne Niarchos«. Aber weder die Akropolis-Platte noch der Mykonos-Teller sprachen Schulz an, und er wollte auch nichts von dem Bifteki-Spezial, dem Schnitzel hollandaise und der Zwiebelwurst wissen, die die Köche ihm anpriesen. Er wollte nur seine Bringschuld abtragen. »Wer-Wer von-von euch-euch is-is Ni-Ni-ar-ar-chos-chos?« fragte er.

Ein Mann mit einem fleischtomatenartigen Kopf tauchte aus dem Smog über dem Pommesbecken auf und sagte, daß er Niarchos heiße.

Schulz fragte ihn, ob er einen Bruder namens Demetrios habe, und da brach Niarchos in Tränen aus, die zischend ins Frittenfett fielen: Jawohl, sagte er, aber sein Brüderchen Demetrios sei gestern bei einer Schießerei mit der Polizei auf der Insel Elafonisos getötet worden.

»Oh-Oh, das-das tut-tut mir-mir sehr-sehr leid-leid«, log Schulz, wendete seinen Rollstuhl und strahlte wie Goofy bis über seine beiden heillos zerstochenen, angeräucherten und vernarbten Backen.

Schmachtend zog Erwin Zapp seine Kreise auf dem Bürgersteig der Behrenstraße und dachte über die drolligen Wechselfälle des Lebens nach. War es nicht im höchsten Maße verwunderlich, daß nur ein ganz klein wenig sanfte Gewalt dazugehörte, um eine scheinbar aussichtslose Lage in die beste Ausgangsposition seit dem Überfall der Cherusker auf die römischen Legionen zu verwandeln? Und wie schnell die Lebensfreude dann in den Busen eines Menschen zurückströmte?

Blumen lockt sie aus den Keimen,
Sonnen aus dem Firmament,
Sphären rollt sie in den Räumen,
die des Sehers Rohr nicht kennt ...

Und wie wollte er sich feinmachen für Pilzi! Förmlich baden würde er in Paco Rabanne, Dior Sauvage und Giorgio Armanis Acqua di Giò Homme!

In Berlin kamen Ute und Gerold nicht ganz bis ans Ziel: Die Polizisten, die vor der Eingangstür des China Clubs Wache schoben, verwehrten ihnen den Eintritt. Da halfen auch die Dienstmarken nicht weiter.

»Es ist ja lobenswert, daß Sie Ihren Job ernst nehmen«, sagte Gerold. »Aber Sie müssen ihn noch viel ernster nehmen und die Veranstaltung da oben auflösen! Sofort! Und das gesamte Gebäude evakuieren!«

Die Antwort bestand in einem geringschätzigen Lächeln und der Bitte, weiterzugehen.

Ihr Kollege und sie wüßten nicht, auf welche Weise es geschehen werde, sagte Ute, aber wenn die in dem Club versammelten Leute sich nicht augenblicklich in Sicherheit brächten, würden sie unweigerlich »gewaltig wat up't Wamms kriegen«.

Gerold verlangte den Einsatzleiter zu sprechen. »Rufen Sie ihn her! Auf der Stelle! Und sagen Sie ihm, daß er den Turbogang einlegen soll!«

Dann ging er mit Ute unruhig auf und ab, und sie sagte, daß die Jungs hier nicht so aussähen, als ob sie das Ausmaß der Gefahr begriffen hätten. »Watt weet de Buur all van Gurkensalat!«

Um fünf vor halb fünf klabasterte Waldemar König in die Küche, um den Hors d'œuvrier anzuranzen: »Das Fingerfood ist unter aller Sau! Die Crostini mit der Hühnerleber sind vollkommen labbrig, an den Rotbarschröllchen fehlt der Meerrettich, und die Granatapfelkerne im Cous-Cous schmecken nach Birnenessig! Außerdem hatte ich Backpflaumen im Speckmantel und Rauchlachsrosen auf Pumpernickel bestellt! Wo sind die? He? Können Sie mir das mal erklären, Sie vergimpelter Schwachstromfunker?«

In seiner Erregung wurde er übergriffig, doch das hätte er lieber unterlassen sollen, denn er geriet dabei in die Nähe der rotierenden Doppelklinge des Elektromessers, das sein Counterpart in der Hand hielt, und im großen und ganzen bestand Königs Bart danach bloß noch aus seiner linken Hälfte. Der Löwenanteil der rechten war nach dem glatten Schnitt in eine Stielkasserolle mit brutzelnden Mettwurstscheibchen gefallen.

König kreischte auf. Seit dreißig Jahren hatte er diese Barthaare geschniegelt und 2012 in Las Vegas bei den World Beard and Moustache Championships in einer Freestyle-Kategorie sogar den Publikumspreis damit eingeheimst. Und nun das! Unmittelbar vor dem wichtigsten öffentlichen Auftritt seines Lebens! Bei dem die Augen der ganzen Welt auf ihn gerichtet sein würden!

Ob sich noch etwas retten ließ? Mit Zweikomponentenkleber?

Einen Versuch war es wert. Er griff in die Kasserolle, aber dabei verbrühte er sich die Fingerspitzen, und die nasse, abgetrennte Barthälfte zerfiel in ihre – überschlägig berechnet – fünfundzwanzigtausend Grundbestandteile.

»Dit is ja sehr liebensjewürzich von Ihn'n, aba nu machense hia ma keen Zimt«, sagte der Einsatzleiter, Hauptkommissar Otto Jaroschkowitz, der sich trotz seines kolossalen Übergewichts eigens von der Dachterrasse auf die Straße hinunterbemüht hatte, um den zwei Landeiern aus Uelzen ihre Sorgen auszureden. Seine Leute, sagte er, hätten mit den zuverlässigsten Sprengstoffspürhunden des Großraums Berlin einen umfassenden Gebäudecheck durchgeführt und seien im Adlon Kempinski »durch de janze Botanik jestiefelt«, bis in den letzten Kellerwinkel, ohne irgendwas Verdächtiges zu finden. Und die Einlaßkontrolle sei so rigoros wie bei einem Staatsbesuch. »Dit könnense sich doch an Ihrn finf Finga abklaviern, dit wir uff Draht sind!« Die Kriminellen finde die Berliner Polizei jedenfalls auch ohne fachliche Beratung aus der Lüneburger Heide. »Da brauchen Piepel wie Sie uns nich mit de Neese druffzustulksen ...« Doch das müsse er jetzt »nich genauer auseinanderposamentiern«. Es genüge zu sagen, daß der Herr Polizeipräsident die Pressekonferenz im China Club mit seiner persönlichen Anwesenheit beehre, und dieser Mann sei nicht dafür bekannt, daß er sich fahrlässigerweise an Orte begebe, die in die Luft gesprengt zu werden drohten. »Dit is ma amtlich!«

Gerold hatte nun genug. Er fuhr Jaroschkowitz an: »Wir wissen, daß der Mörder hier einen Anschlag plant! Lassen Sie das Gebäude räumen! Und am besten gleich auch das gesamte Viertel! Oder wollen Sie am Tod von mehreren Hundert Menschen schuld sein?«

»Ha'ick von Bockwurscht jeredt, dasse Ihrn Senf dazujehm?« fragte Jaroschkowitz zurück und maß Gerold mit einem imperialen Herrscherblick, den er sich in dem Film »Der Untergang« bei Bruno Ganz abgeschaut hatte. »Tunse hier ma nich so wie Lord Kacke! Im Adlon is allet in Butta, Meesta! Da könnense Jift druff nehmen!«

Er drehte sich um und walzte zur Eingangstür.

»Ich glaube nicht, daß Sie den heutigen Tag überleben werden, wenn Sie da wieder hochfahren«, rief Ute ihm nach.

Jaroschkowitz blieb stehen, wandte sich noch einmal um und erwiderte: »Ihr Jlobensbekenntnis is mir schnurzpiepe! Und nu macht ma 'n Abjang. Ihr Furzkruken könnt mir ma anner Pupe schmatzen!«

»Welch weiser Mann«, sagte Gerold, und Ute pflichtete ihm bei: »So wies as't Kackhus to Bremen.«

Mit trauerumflorten Augen trat Waldemar König an das Terrassengeländer. Am bedeutungsträchtigsten Tag seines Erdenwallens hatte man ihn um fast fünfzig Prozent seiner Manneszierde beraubt, und das tat weh.

Sollte er dem Ganzen ein Ende bereiten? Und springen? Anstatt derartig verschandelt und verhunzt zu Milliarden Menschen zu sprechen?

Ute holte ein Fernglas aus dem quer auf dem Bürgersteig geparkten Auto, ging auf die andere Straßenseite, schaute hoch und sah König am Geländer stehen.

»He sücht ut as de Dood van Ypern«, sagte sie. »Steiht daar, as wenn he Eier utbrööden wullt. Un mi schient, dat he sick 'n nejen Figaro utsööcht hett ...«

Und während Gerold telefonisch vorsichtshalber schon einmal zwanzig Krankenwagen bestellte, dachte sie: Wo mach dat wall utlopen?

Überglücklich und fast aller Kümmernisse quitt rollerte Frank Schulz die Ebertstraße hinunter, aß ein Eis und freute sich ein Loch in den Bauch. Viel besser hätte es für ihn nicht laufen können. Demetrios tot! Und zehntausend Euroletten von Old Haffi in der Tasche!

Demütig und von heißem Dank erfüllt blickte er zum Himmel auf, der sich von seiner Schokoladenseite zeigte. Tuffwolken, tirilierende Vöglein, ein schöner roter Heißluftballon und die weißen Wirbelschleppen der Flugzeuge: Ja, dachte Schulz, ich lebe noch, ich kann das alles mit meiner Sehrinde perzipieren, und ich darf dabei sogar an einem Ananas-Chili-Eis schlecken! Wie gütig bist du zu mir, lieber Gott!

Eine Frau blieb vor dem Rollstuhl stehen. Es war Rajmonda, der er in Albanien das Leben gerettet hatte. Nach der Flucht aus ihrer

Kate hatte sie sich auf langen Umwegen nach Deutschland durchgeschlagen, ihr Asylantrag war bewilligt worden, und jetzt stand sie hier vor ihrem Helden, den sie wiedererkannte, obwohl sein Gesicht ein Ruinenfeld war.

Sie beugte sich vor und gab Schulz einen dicken Kuß auf den Mund.

Auf der gesteckt vollen Dachterrasse wurde rhythmisch geklatscht. Es war zwanzig vor fünf.

»Kö – nig – vor! Noch – ein – Tor!« skandierte der Vorstand des Vereins der deutschsprachigen Kriminalromanautoren e. V., der in seiner Fankurve inzwischen bei Mampe Halb & Halb angekommen war, und eine angehackte Autorin aus Friedrichshafen, die mit zwei Promille in Hans-Jörg Krüselhusens Armen lag, schrie lauthals: »Gockelores! Kikeriki!«

In der ersten Reihe flüsterte der Berliner Polizeipräsident dem Regierenden Bürgermeister ins Ohr: »Keene Angst! Die tun Ihn'n nüscht!«

Die Luft knisterte vor Erwartung, als Waldemar König sich schlußendlich vor sein Auditorium verfügte.

Um in den richtigen Flow zu finden, hatte er nach dem Zoff in der Restaurantküche einen Sauerkirschlikör getankt, und er fühlte sich wieder viertelwegs obenauf, aber das Raunen, das durch die Volksmenge lief, als er sich ihr mit seinem halbierten Schnauzbart zeigte, ging ihm durch Mark und Bein.

Hier steh ich nun und kann nicht anders, dachte König.

Im Publikum sah er viele bekannte Gesichter: die FC-Bayern-Veteranen Franz Beckenbauer und Uli Hoeneß, den Siemens-Chef Joe Kaeser, den Altbundeskanzler Gerhard Schröder und dessen Duz-Freund Hartmut Mehdorn, die Entertainerin Barbara Schöneberger, die Comedians Dieter Nuhr und Oliver Pocher, den Musikanten Dieter Bohlen, das Model Heidi Klum, den Schauspieler Ben Becker, den *Bild*-Verleger Mathias Döpfner, dessen Chefin

Friede Springer, ihre Freundin Patricia Riekel und deren Mann Helmut Markwort, den Kunstgewerbler Ai Weiwei, die crossmedialen Urgesteine Rupert Murdoch, Silvio Berlusconi und Franz Josef Wagner, die Overseas Members Nicolas Cage und Melania Trump und sogar die Society-Experten Jo Groebel und Sibylle Weischenberg sowie das komplette Literarische Quartett.

König holte Atem und rief, so wie er es sich vorgenommen hatte, mit der Lunge der letzten Posaune: »Völker der Erde!«

Es schwebten Flugblätter herab. Gerold hob eins auf und las:
Für mich ist es nur ein kleiner Schritt.
Aber es ist ein großer Sprung für die Menschheit.
Er sah nach oben und sagte: »Siehst du, was ich auch sehe?«
»Ja«, sagte Ute. »Een roden Ballon. Un weetst du, wat ick klööv?«
»Verrat's mir.«
»Wat een sük inbrockt, dat moot he ook utfreten.«

Waldemar König hatte erwartet, mit seiner Anrede sogleich das ganze Publikum für sich zu gewinnen, doch nun stierten plötzlich alle in den Himmel.

»Völker der Erde!« rief er noch einmal, aber niemand merkte auf, und als er selbst nach oben schaute, sah er genau über sich einen ihm unbekannten Mann mit einer Aerosolbombe im Arm herabstürzen.

Dit issen Ding, dachte Hauptkommissar Jaroschkowitz und stellte seine Faßbrause zur Seite.

In dem Actionfilm »Unknown Identity« hatte Frank Schulz schon einmal einen Teil des Hotels Adlon auseinanderfliegen sehen, aber das war nur ein matter Abglanz von dem, was er jetzt erlebte. Der Explosionslaut hätte ihm fast die Trommelfelle zerrissen, und der

Feuerball blähte sich, bis die Kronen der Bäume auf der Südseite der Behrenstraße aufloderten.

»O Perëndi!« schrie Ramazan Pepaj, als er es knallen hörte, und sein treuer Befehlsempfänger Klodian schoß alles über den Haufen, was sich in der Executive Lounge bewegte. Auch Ramazan Pepaj und sich selbst.

Dieter Leuchtweis stieß, bevor er starb, noch den Ausruf »Botzdausend!« hervor und betrachtete die Einschußlöcher in seiner Brust. Des is m'r mejner Lääbdoach no nit bassiert, dachte er.

Ute und Gerold liefen nach Westen, weg von dem zersplitternden Gebäude, und entgingen nur mit Glück den Einschlägen der Trümmerteile.

Das Adlon wankte in seinen Grundfesten.

Für Fragen der Ballistik hatte Schulz sich noch nie erwärmt, und als er jetzt ein riesenhaftes schwarzes Flugobjekt meteoritengleich nahen sah, mußte er auch gar nichts über vektorielle Bahngleichungen, Schwerebeschleunigung, Winkelgruppen oder Wurfparabeln wissen, um beurteilen zu können, wo es aufprallen würde, nämlich genau dort, wo Rajmonda vor ihm stand.

Bei dem Gegenstand, den er im Auge hatte, handelte es sich um einen brennenden und stark verbogenen Großküchenkessel aus Chrom-Nickel-Stahl mit fünfhundert Litern kochender Pekingsuppe.

Uhlàlà, dachte Schulz. Er riß Rajmonda auf seinen Schoß, legte den Rückwärtsgang ein, gab Gas und donnerte mit dem Rollstuhl affenzahnartig aus der Gefahrenzone, wobei er auf der Ebertstraße zwei Liegeradfahrer plattmangelte, die allerdings auch wirklich besser hätten aufpassen können.

Statt Schulz und Rajmonda traf der Kochkessel den Zuhälter und Box-Promoter Bugatti-Ede mittschiffs und half ihm dadurch nebenbei aus einem beängstigend hohen Schuldenturm heraus.

Einhundertfünfzig Meter weiter östlich auf der Behrenstraße drohte Erwin Zapp eine Karambolage mit einem großformatigen Gasbackofen, der sich selbständig gemacht hatte und der Schwerkraft nicht mehr länger widerstehen konnte. Um sich zu wappnen, entwand Zapp einer Mutter ihren Kinderwagen mitsamt dem schreiend darin liegenden Baby und hielt ihn schützend über sich. Das aber duldete der Berliner Maler Michael Sowa nicht, der dort um sein Leben rannte. Er fällte Zapp mit einem Tritt in die Kniekehle, brachte den Kinderwagen an sich und floh, mit der linken Hand an dessen Schiebegriff und der Mutter an der rechten, aus dem Steine- und Scherbenhagel in Richtung Wilhelmstraße, während Zapp und sein Traum von der Romanze mit Andreas Pilz ein blutiges Ende unter dem Gasbackofen fanden. Einer seiner höhenverstellbaren Edelstahlfüße bohrte sich in Zapps Gehirn durch den Mandelkern und löschte damit jede Erinnerung an diese Liebesgeschichte aus.

Wenn man das Ganze von der rein pyrotechnischen Warte aus betrachtete, hatte Pit Müller den Berlinern hier etwas geboten, das ihnen als »großet Kino« erscheinen mochte, aber Ute Fischer, die zuletzt doch noch von einem achthundert Grad heißen Stück Metall am Hals gestreift worden war, dachte anders darüber, als sie sich neben Gerold auf einen Grünstreifen geworfen hatte und beim Einatmen nur Brenzliges roch.

»De arme Minsken«, sagte sie, und Gerold breitete seine Hände über ihren Hinterkopf.

Schulz war mit dem Rollstuhl hintenübergekippt und lag mit der verdatterten Rajmonda im Arm auf dem Rücken.

Funkenflug, Sirenen, Schreie, brandspezifischer Gestank und Schuttwolken: So dürfte es auch in Ground Zero gewesen sein, dachte Schulz, aber erst in diesem Moment stürzte das Hotel Adlon Kempinski vollständig ein.

Dank Gerolds frühzeitiger Krankenwagenbestellung konnte vielen Menschen das Leben gerettet werden, die andernfalls verloren gewesen wären.

»Nää, wi sücht dat ut«, sagte Ute, nachdem sie sich aufgesetzt hatte.

Dann erkannte sie Frank Schulz, der gleich neben Gerold und ihr mit der noch immer sprachlosen Rajmonda unter einer Staubschicht lag, und fragte ihn nach seinem Befinden. »Sie scheinen einige Widrigkeiten hinter sich zu haben …«

Das treffe den Kern der Sache, erwiderte Schulz und pustete sich drei Mörtelstücke vom Kinn. Er habe gelitten wie unter Pontius Pilatus, er sei begraben worden und niedergefahren zur Hölle, und er sei, so unglaublich es klingen möge, sogar aufgefahren gen Himmel, doch nun sei er »wohl-wohl-auf-auf«, auch wenn es vielleicht nicht so aussehe.

»Und wohin soll's jetzt gehen?« fragte Gerold, der aus beiden Ohren blutete.

»No-No Huus-Huus henn-henn«, sagte Schulz. »Een-Een-fach-fach blot-blot no-no Huus-Huus henn-henn.«

26

»Die Fliegerbombe hat er anscheinend in seinem eigenen Garten ausgegraben«, sagte Kommissar Riesenbusch. »Muß 'n wieder scharfgemachter Blindgänger aus 'm Zweiten Weltkrieg gewesen sein. Aber wie er's geschafft hat, den Heißluftballon so exakt übers Adlon zu lenken, können sich die Aviatiker hier nicht erklären. Solche Ballons sind Spielbälle der Lüfte. Die kann man nicht steuern wie 'ne Linienmaschine ...«

Gerold, der mit dem Handy am Ohr durch seinen Garten ging und mit der freien Hand verwelkte Blütenköpfe abzupfte, äußerte die Vermutung, daß der Mörder auch bei seinen anderen Anschlägen vom Glück verwöhnt worden sei. »Wenn er aber eines ganz gewiß nicht war, dann ein glücklicher Mensch! Man braucht sich bloß die Katakomben unter seinem Haus anzusehen, und dann weiß man Bescheid. In so 'nem Rattenbunker kann's nur ein Soziopath ausgehalten haben!«

»Seine Frau hat ihn vor drei Jahren verlassen, und unter die Leute gegangen ist er seitdem offenbar nur noch, um sie umzubringen.«

»Und haben Sie sonst noch was rausgekriegt?« fragte Gerold.

»Nicht viel. Aber falls es Sie interessiert: Der Pforzheimer Club der Bartfreunde 1993 e. V. hat Waldemar König postum für den Friedensnobelpreis vorgeschlagen. Und nächste Woche«, merkte Riesenbusch mit hörbarem Behagen noch an, »werde ich das vakante Amt des Berliner Polizeipräsidenten übernehmen. Und mal richtig Zug in diesen Schweinehaufen bringen.«

Der Höhepunkt seiner eigenen Geburtstagsfeier bestand für Gerold in der Welturaufführung seines Songs »Fort mit Fortnite« in der offenen, mit Lichterketten geschmückten Garage seines Hauses in Uelzen-Ripdorf. Vor den rund fünfzig Gästen hauten Gerold Gerold and the Middle Agers mächtig auf den Putz und brachten die Wände mit solidem Schweinerock zum Beben.

»Fortnite is' ein Deppensport!« brüllte Gerold unter dem Beifall aller Ü40er ins Mikro und drosch auf die Saiten seiner E-Gitarre ein, während auch der Drummer und der Keyboarder, zwei Realschullehrer aus Tätendorf-Eppensen, sich bis zum Äußersten verausgabten. »Öder, blöder Massenmord ...«

In der Partygarage lernte Ute endlich Gerolds Sohn Fabian kennen, der sich über den Auftritt seines Vaters nur vage vernehmen ließ – »Mit einem guten Bewährungshelfer ist er vielleicht resozialisierbar« –, und auch Gerolds Ex-Frau Annegret, die von ihr wissen wollte, wie sie sein Schnarchen ertrage.

In solchen Fällen ziehe sie ihm eins mit dem Pantoffel über, und das helfe meistens, sagte Ute, und dann stellte ihre Kusine Angelika ihr den gutaussehenden Kolumnisten Jürgen Wagner von der *Wetterauer Zeitung* vor. »Das ist der Mann, auf den du mich angesetzt hast«, sagte sie. »Falls du dich daran noch erinnerst. Fürs erste leben wir jetzt in wilder Ehe zusammen ...«

»Und wir haben natürlich auch ein Geburtstagsgeschenk dabei«, sagte Wagner. »Eine Erstausgabe des Romans ›Onno Viets und der Irre vom Kiez‹ von Frank Schulz. Vom Autor signiert! Kennen Sie Schulz? Der ist einsame Klasse!«

Es war ein linder Septemberabend. In den Beeten glommen Stabfackeln, in einer Schale aus Gußeisen knisterte ein Holzfeuer, Glühwürmchen tanzten umher, und auf dem Tresen der improvisierten Terrassenbar brannten zwei Stumpenkerzen.

Je later up de Avend, je mojer de Lüü, dachte Ute. Sie holte sich zwei Gläser Melonenbowle, reichte im Garten eins an Gerold weiter, gab ihm einen Kuß auf seinen Ohrverband und sagte: »Laß es dir schmecken. Man leeft neet all Dage in't Leileckerland!«

Gerhard Henschel
SoKo Fußballfieber
304 Seiten, Klappenbroschur
ISBN 978-3-455-01062-6
Hoffmann und Campe Verlag

Nach *SoKo Heidefieber*:
**Der Wahnsinn geht weiter und jetzt muss
die FIFA dran glauben.**

Vier Fifa-Funktionäre sterben eines gewaltsamen Todes: in
Uelzen, in Seoul, in einem argentinischen Nationalpark und in
Piräus. Und das ist erst der Auftakt einer Serie grausamer Morde.
In Athen tritt eine internationale Sonderkommission zusam-
men, der sich auch Kommissar Gerold Gerold und Kommissa-
rin Ute Fischer aus Uelzen anschließen. Wie sich zeigt, helfen
in diesem Fall nur außergewöhnliche Methoden. Kommissarin
Fischer wird als verdeckte Ermittlerin in die Zürcher Fifa-
Zentrale eingeschleust, und Kommissar Gerold verfolgt eine
Spur, die ihn nach Hannover, Greetsiel, Casablanca und immer
weiter um die Welt führt. Währenddessen kämpft der deutsche
Dichter Thomas Gsella sich durch den Mittleren Osten, bis sich
in Asien ein mörderischer Showdown anbahnt. Können Gsella,
Gerold und die Fischerin die größte Katastrophe der Fußball-
geschichte verhindern?